Lorena Schäfer

The waves we catch

Weitere Titel der Autorin:

The stars we reach

Lorena Schäfer

THE
waves
WE
CATCH

(one)

Dieser Titel ist auch als E-Book und Hörbuch-Download erschienen

Die Bastei Lübbe AG verfolgt eine nachhaltige Buchproduktion. Wir verwenden Papiere aus nachhaltiger Forstwirtschaft und verzichten darauf, Bücher einzeln in Folie zu verpacken. Wir stellen unsere Bücher in Deutschland und Europa (EU) her und arbeiten mit den Druckereien kontinuierlich an einer positiven Ökobilanz.

Originalausgabe:
Copyright © 2023 by Lorena Schäfer
Lorena Schäfer wird vertreten durch die Agentur Brauer

Textredaktion: Annika Grave
Kartenillustration: © Christl Glatz, Guter Punkt München
Umschlaggestaltung © SO YEAH DESIGN, Gabi Braun unter Verwendung
von Motiven © ranimiro / shutterstock.com; NotionPic / shutterstock.com;
Melok / shutterstock.com; CHRISTIANTO / shutterstock.com
Satz: 3w+p GmbH, Rimpar
Gesetzt aus der Adobe Caslon Pro
Druck und Einband: GGP Media GmbH, Pößneck

Printed in Germany
ISBN 978-3-8466-0185-3

5 4 3 2 1

Sie finden uns im Internet unter one-verlag.de
Bitte beachten Sie auch luebbe.de

*Für meine Testleserin Tess,
die Down Under genauso liebt wie ich*

Playlist

Where's My Love – SYML
Gypsy – Jack Botts
The Open Road – Hollow Coves
Without Your Love – The Paper Kites, Julia Stone
Someone Like You – Noah Kahan, Joy Oladokun
Blue Eyes – Jordy Maxwell
Waves – Dean Lewis
You Might Think – Sons Of The East
Too Young – Louis Tomlinson
Ocean Wide – JONAH
Being Me – Jack and the Weatherman
Now You Don't – Ocie Elliott
Wonderwall – Oasis
Sweet Child O'Mine – Taken By Trees
Thinking out Loud – Ed Sheeran

BILLIE

»Fünf Dollar, dass sie sich *Love Yourself* wünschen«, raunte Garrett mir zu.

Ich setzte die Ukulele ab und musterte die Menschentraube, die sich vor mir gebildet hatte. Teenager standen neben Familien mit kleinen Kindern, und auch ein älteres Ehepaar war dazwischen. »Nicht ganz eindeutig heute«, raunte ich zurück. Dann sah ich, wie einer der beiden Väter seiner Frau einen Arm um die Schulter legte und ihr etwas ins Ohr flüsterte. Ich musste lächeln. »Fünf Dollar dagegen, dass es *Wonderwall* wird.«

Es war zu so etwas wie unserem Ritual geworden. Garrett kam jeden Nachmittag zur letzten halben Stunde meines Auftritts am Federation Square, und wir wetteten, welcher Song sich zum Abschluss gewünscht wurde. Wenn ich falschlag, spendierte ich uns einen heißen Kaffee aus einem der Foodtrucks. Wenn Garrett verlor, kaufte er ihn. Es war Ende Oktober und damit Frühling in Melbourne, doch an manchen Tagen war es trotzdem immer noch kühl, und meine Hände waren oft ganz steif beim Spielen.

Ich räusperte mich und sagte laut: »Danke, dass ihr so ein tolles Publikum wart. Meinen letzten Song heute dürft ihr wählen. Hat jemand einen Wunsch?« Wie immer rührte sich zunächst keiner, wenn ich die Menschen in der Menge direkt ansprach. »Vielleicht ein Lieblingslied, das ich spielen soll?«, fragte ich erneut.

Ein Mädchen flüsterte ihrer Freundin etwas zu, und Garrett grinste mich schon siegessicher an. Doch in dem Moment rief der Familienvater: »*Wonderwall* von Oasis!«

»Eine gute Wahl«, antwortete ich und zwinkerte Garrett zu, der so tat, als ob er vor mir salutierte. Das war der dritte Abend in Folge, an dem ich gewann – ein neuer Rekord.

Ich strich einmal langsam über die Saiten der Ukulele und begann die ersten Akkorde zu spielen. Während ich sang, versuchte ich die Menschen und die Handys, mit denen sie mich filmten, auszublenden. Ich war nun seit über zwei Jahren als Busker, wie man die australischen Straßenmusiker nannte, unterwegs und hatte mich trotzdem noch nicht daran gewöhnt.

Ein kleiner Junge legte drei Münzen in den Instrumentenkoffer vor mir und lächelte mich zaghaft an. Ich nickte ihm dankbar zu. Melbourne war das große Ziel für jeden kreativen Kopf in Australien, doch die Busker-Szene war hart umkämpft. Garrett hatte immer einen Verstärker dabei, mit dem man ihn durch die Essensstände des gesamten Queen-Victoria-Market hörte. Penny wechselte mehrmals am Tag ihre Outfits und tanzte zu ihren Songs. Und vor ein paar Tagen war vor dem Bahnhof der *Flinders Street Station* ein Typ aufgetaucht, der einen riesigen fahrbaren Flügel dabeihatte. Fast jede Woche strömten neue Menschen in die Stadt, die darauf hofften, wie Ed Sheeran oder Passenger auf der Straße entdeckt zu werden.

Ich konzentrierte mich wieder auf den Songtext. Die Menge war nun größer geworden. Zusammen sangen sie mit mir den letzten Refrain des Liedes, und dieses warme Gefühl, das nur die Musik in mir auslösen konnte, überkam mich. Für einen kurzen Moment waren wir alle hier miteinander verbunden. Egal woher wir kamen oder wie unterschiedlich wir sein mochten.

Als ich die Ukulele wieder absetzte, erhielt ich Applaus, und einige Zuschauer warfen mir Scheine und Münzen in meinen Koffer. Dann löste sich die Gruppe langsam auf. Der Moment war vorbei.

Lewis, der bis eben noch neben mir gedöst hatte, hob seinen Kopf und sah mich erwartungsvoll an. Ich kniete mich zu ihm und strich ihm über sein weiches Fell. »Wir gehen ja schon«, versicherte ich ihm.

Im nächsten Moment sprang er an mir hoch und warf mich dabei fast um.

»Spinner«, kicherte ich und gab ihm einen Kuss auf den Kopf. Der Tierarzt hatte mir, nachdem ich Lewis an einer Raststätte auf dem Princes Highway gefunden hatte, geraten, ihn streng zu erziehen.

»Australian Shepherds sind sehr schlaue Hunde, Miss«, hatte er erklärt. »Sie müssen ihm schnell aufzeigen, was er darf und was nicht, sonst wird er Ihnen auf der Nase herumtanzen.«

Ich versuchte, seinen Ratschlag so gut es ging zu berücksichtigen, doch Lewis hatte mein Herz von der allerersten Sekunde an erobert. Er war, wie ich, ganz auf sich allein gestellt gewesen. Doch nun hatten wir einander.

»Wollen wir?«, fragte Garrett und hielt mir den Koffer entgegen.

Ich nickte und stand wieder auf, dann zählte ich das Geld aus dem Koffer und steckte es in meine kleine alte Lederhandtasche. Siebenunddreißig Dollar waren an diesem Nachmittag zusammengekommen. Am Wochenende würde ich wieder zusätzlich auch abends spielen. Vor allem am Samstag platzte der Federation Square aus allen Nähten, und es waren viele Menschen unterwegs, die Lust auf Musik und Feiern hatten.

Ich verstaute meine Ukulele, schulterte den Koffer und nahm Lewis an die Leine. Wir schlenderten über die bunten Pflastersteine zu den Foodtrucks, und Garrett löste seine Wettschulden ein.

»Ich kann es nicht glauben, dass ich schon wieder verloren habe.« Er schüttelte den Kopf und fuhr sich durch die blonden Haare. »Absolutes Pech.«

»Von wegen Pech«, erwiderte ich und wedelte mit dem Zuckerpäckchen vor seiner Nase. »Das ist eine Gabe. Ich weiß genau, was die Leute denken, wenn sie vor mir stehen.« Ich schüttete den Zucker in den dampfenden Kaffee und rührte ihn um. »Man muss nur richtig hinschauen.«

Garrett erwiderte nichts, sondern nahm einen Schluck aus seinem Becher.

Lewis tänzelte um meine Beine und wedelte mit dem Schwanz. »Heute gibt es keine Zimtschnecke«, erklärte ich ihm und schüttelte den Kopf. »Das ist viel zu ungesund für dich.«

Lewis hechelte und ließ die Zunge aus der Schnauze hängen. Anscheinend hatte er die Hoffnung noch nicht aufgegeben.

»Was machst du heute Abend, Billie?«, fragte Garrett nun, und ich zuckte zusammen. Ich dachte mir schon, dass dieser Moment irgendwann kommen würde, aber hatte gehofft, dass es noch etwas dauerte.

»Nichts Besonderes«, antwortete ich vage.

»Hast du Lust-«, fuhr er fort, doch ich ließ ihn nicht ausreden.

»Ich bin echt müde, und es war ein langer Tag für Lewis. Wir gehen lieber direkt nach Hause.«

Garrett nickte nur und konnte seine enttäuschte Miene nicht so richtig verbergen.

Ich gähnte ausgiebig, winkte ihm noch einmal zu und ging dann schnell zurück über den Platz in Richtung Bahnhof. Lewis lief neben mir her, und ich konzentrierte mich auf das untergehende Sonnenlicht, das sich in den großen Glasfenstern der umliegenden Kunstgebäude spiegelte. An der Straße nahm ich Lewis enger an die Leine und drängte mich mit ihm durch die vielen Menschen zur Tramstation. Zum Glück kam die Linie sechzehn in diesem Moment eingefahren, und ich ergatterte sogar einen Sitzplatz. Lewis legte sich unter den Sitz. Zu Beginn waren ihm die Züge nicht ganz geheuer gewesen, aber inzwischen hatte er sich daran gewöhnt.

Ich sah aus dem Fenster und versuchte, nicht an die Situation mit Garret zu denken. Keine Chance. Sein Blick würde mich bestimmt den ganzen Abend beschäftigen. Ich mochte ihn wirklich, doch ich hatte aus gutem Grund zwei Regeln, an die ich mich hielt. Erstens: Nur oberflächliche Bekanntschaften waren erlaubt. Und zweitens: Ich blieb nie zu lange an einem Ort. Alles andere brachte Unglück.

Draußen zogen die Hochhäuser von Southbank an mir vorbei. Nur zwanzig Minuten Fahrt in Richtung Süden, und Lewis und ich waren daheim.

BILLIE

Als wir schließlich in St. Kilda, einem Vorort von Melbourne, ausstiegen, ließ ich Lewis wieder von der Leine. Wir liefen in Richtung Strand, zum unteren Abschnitt, an dem Hunde erlaubt waren. Vergnügt sah ich von der Promenade zu, wie er freudig ins Wasser sprang.

»Nicht!«, rief ich kichernd, als er wieder zu mir kam und sich ausgiebig schüttelte.

Lewis sah mich mit seinen treuen Augen an.

»Du hast ja recht«, gab ich zu und zuckte mit den Schultern. »Lieber hier als im Bett.«

Wir schlenderten unter den hohen Palmen am Hafen entlang. Immer wieder blieben Passanten stehen, um Lewis zu streicheln, und wir kamen nur langsam vorwärts. Doch ich konnte es ihnen nicht verübeln. Sein weiches Fell mit den hellbraunen Flecken lud geradezu dazu ein. Es war, als ob man einen Teddy kraulte.

Als wir schließlich vor dem weißen Gartenzaun standen und ich das Tor öffnete, war es schon dunkel. Ich lief über den Gartenweg auf das kleine Haus aus rotem Backstein zu und klopfte an der Haustür.

Nach einem Augenblick öffnete mir Kate. Sie hatte sich einen Pinsel hinters Ohr geklemmt. »Hey Billie.«

»Hi«, erwiderte ich.

Sie ging in die Knie und kraulte Lewis. »Hallo, mein Hübscher.«

Ich reichte ihr die Scheine, die ich in der Tram abgezählt hatte. »Hier, die Rate bis Sonntag.«

Ich zahlte nie weiter als drei Tage im Voraus. So konnte ich flexibel sein und spontan jederzeit weiterreisen.

»Danke.« Kate richtete sich wieder auf und nahm das Geld. »Hattest du einen erfolgreichen Tag?«

Ich wiegte den Kopf hin und her. »Er war ganz gut. Und du?«

Kate zog den Pinsel hinter dem Ohr hervor und seufzte. »Ging so. Die Bilder müssen bis zum Wochenende fertig werden, aber irgendwie habe ich eine Blockade.«

Kate illustrierte Kinderbücher. Viel mehr wusste ich nicht über sie, auch wenn ich sie sehr nett fand.

»Falls du Lust hast, heute Abend mit uns zu essen, gib Bescheid«, bot sie an. »Sobald Dylan da ist, schmeißen wir den Grill an.«

»Vielen Dank, aber ich werde heute früh ins Bett gehen«, lehnte ich ab.

»Dann vielleicht ein anderes Mal«, sagte Kate.

»Ja, ein anderes Mal«, wiederholte ich.

Sie winkte mir zu, und ich ging mit Lewis ums Haus zur offenen Garage. Der Van stand noch genauso da, wie wir ihn heute Morgen zurückgelassen hatten. Er war vor langer Zeit wohl weiß gewesen, aber inzwischen war die Lackierung fleckig. Einige rostige Stellen ließen sich nicht mehr verdecken, aber das machte mir nichts aus. Ich fand ihn wunderschön, genau so, wie er war.

»Home sweet home«, murmelte ich und zog die große Seitentür auf.

Lewis wollte schon hineinspringen, doch ich hielt ihn zurück. »Stopp, erst die Pfoten.«

Ich nahm einen Lappen vom Boden des Vans und wischte sie damit ab. »Brav«, lobte ich ihn. »Und nun die andere Seite.«

Lewis wartete geduldig, bis ich fertig war, und sprang dann in den Wagen. Ich zog meine braunen Boots aus und kletterte hinterher.

Die Autobatterie hatte den Tag über in der Garage aufgeladen, und ich knipste die Lichterketten an, die ich an einer Seite gespannt hatte. Der Van war innen wunderbar gemütlich. Die kleine Küchenzeile aus weißem Holz hatte ein Waschbecken, ein Kochfeld und einen kleinen Kühlschrank. Daneben gab es eine schmale Duschkabine, in der sich auch das Klo befand. Der hintere Teil des Wagens bestand aus einem Holztisch, der sich hin- und herschwenken ließ, und einer großen Matratze, die zu einer Eckbank umfunktioniert werden konnte. Lewis machte es sich zwischen den vielen Kissen und Decken darauf bequem.

Ich öffnete den Kühlschrank. Bis auf Toastbrot, Butter und etwas Gemüse herrschte gähnende Leere. »Morgen müssen wir dringend einkaufen«, stellte ich fest.

Lewis sah mich aufmerksam an.

»Für dich ist natürlich noch genügend da, keine Sorge.« Ich schmunzelte und holte das Trockenfutter aus einem der vielen Oberschränke. Direkt daneben lag meine Unterwäsche. Obwohl fast jeder Zentimeter mit Regalen und Schränken ausgebaut war, war Platz im Van Mangelware. Doch das machte mir nichts aus. Außer meiner Ukulele, ein bisschen Geschirr, meinen Kleidern, Kosmetik und einer geblümten Kiste mit Briefen und Erinnerungen brauchte ich nichts.

Bis auf einen einzigen anderen Ort hatte ich mich nirgends so geborgen gefühlt wie hier. Und da ich nicht mehr an diesen Ort zurückkehren würde, war der Van mein Zuhause geworden.

Ich schüttete Futter in Lewis' Napf und stellte ihn aufs Bett. Sofort machte er sich darüber her. Dann schmierte ich Butter auf ein Toastbrot und biss nebenbei einfach direkt in eine Tomate. Im Van gab es nicht viel Platz für Etikette. Wir aßen, schlafen und lebten auf wenigen Quadratmetern.

Schließlich putzte ich mir die Zähne am Spülbecken. Als ich den Wasserhahn aufdrehte, kam nur noch ein schwacher Strahl. Ich musste dringend den Wassertank mit dem Gartenschlauch auffüllen.

Kate und Dylan waren toll, sie ließen mich alles nutzen, ohne Extrakosten zu berechnen. Seit ich mit dem Van unterwegs war, buchte ich Übernachtungsmöglichkeiten über eine App, in der Leute ihre Gärten und Höfe als Stellplätze anboten. Quasi Campersurfing anstatt Couchsurfing. Ich achtete darauf, dass die Anbieter offiziell registriert waren und nur positive Bewertungen hatten, sodass ich mich sicher fühlen konnte.

Lewis schob seinen Napf mit der Nase in meine Richtung. Es war sein Zeichen für *mehr*.

Ich lachte. »Kleiner Nimmersatt. Aber nur noch ein

wenig, ja? Zu viel tut dir nicht gut.« Ich schüttete noch etwas Futter in den Napf. In letzter Zeit hatte ich mehr Geld verdient als noch in den kalten Wintermonaten. Ich würde Lewis morgen im Supermarkt die Kaustangen kaufen, die er so mochte.

Mein Handy, das auf dem kleinen Tisch lag, vibrierte. Ich griff vom Bett hinüber. Auch wenn ich die Ziffern der Vorwahl kannte, sagte mir die Nummer nichts. Ich runzelte die Stirn und überlegte. Es gab nur eine einzige Person, die meine Nummer hatte. Und ich wollte mit niemand anderem sprechen.

Ich legte das Handy wieder zurück. Dann zog ich meinen langen Rock und meinen Pullover aus, streifte die Ringe von meinen Fingern und meine Ketten über den Kopf. Sorgsam legte ich alles auf den Tisch. Ich öffnete meinen halben Dutt und kämmte meine langen hellbraunen Haare durch. Wie immer war das Umziehen im Van, in dem ich gerade mal so aufrecht stehen konnte, eine Turnübung.

»Yoga kann ich mir sparen«, erklärte ich Lewis, als ich meine Schlafsachen anzog. »Aber morgen früh powern wir dich mal wieder so richtig aus. Nicht, dass dir noch langweilig mit mir wird.«

Lewis sah mich an, als ob er jedes Wort von mir verstand. Ich kraulte ihn hinter den Ohren. Noch wollte ich nicht an morgen denken. Ich würde Garrett gegenübertreten müssen. Bestimmt erwartete er eine Erklärung für mein schnelles Verschwinden heute. Wir kannten uns nun schon seit fast zwei Monaten, doch ich würde bald weiterreisen, und ich wollte auf keinen Fall seine Gefühle verletzen.

Es war meine Schuld. Ich hatte ihn schon zu sehr in mein Leben gelassen. Normalerweise knüpfte ich keine engeren Kontakte, doch er war eines Abends einfach aufgetaucht und hatte sich nach meinem Auftritt zu mir gesellt. Es war schön, jeden Tag mit ihm zu reden. Von mir aus konnte es genauso weitergehen, doch das war unmöglich. Andere Leute wollten immer mehr, aber ich wollte oberflächlichen Kontakt halten.

Wie jeden Abend legte ich mich neben Lewis, der bereits ruhig atmete, und zog die Decke über mich. Und wie jeden Abend tauchte ein Paar tiefblauer Augen vor meinem Gesicht auf, bevor ich endlich einschlief.

NATHAN

»Nathan!« Hazel schnippte mit ihren Fingern vor meinem Gesicht. »Hörst du mir überhaupt zu?«

»Natürlich«, sagte ich schnell, obwohl das komplett gelogen war. Meine Gedanken waren seit der Hastings Street und dem riesigen Werbeplakat für den East-Coast-Surfcup, der im Februar hier in Emerald Bay stattfinden würde, ganz weit weg.

»Ich glaub dir kein Wort.« Hazel schmunzelte und hielt mir die Tür zum Kindergeschäft auf.

Wir schlenderten durch die Gänge mit der Kleidung, und Hazel hielt ein T-Shirt nach dem anderen nach oben. »Alles pink und rosa.« Sie verzog das Gesicht. »Können die nicht auch mal Klamotten in anderen Farben herstellen?«

»Vielleicht schauen wir besser nach Spielzeug«, schlug ich vor.

Sie nickte. »Isla hat neulich erwähnt, dass sie gerne ein neues Boogie Board mit Schildkröten darauf hätte.«

»Bei mir war es ein Astronautenkostüm für den Strand, in dem man keine sandigen Füße bekommt«, erwiderte ich.

Wir grinsten uns an. Unsere Nichte Isla wurde in ein

paar Tagen fünf Jahre alt, und wir wollten ihr das perfekte Geschenk kaufen. Unser Bruder Sam war der Meinung, dass wir sie zu sehr verwöhnten, aber das hielt uns nicht davon ab, es trotzdem zu tun.

Wir stöberten noch eine Weile und entschieden uns schließlich für eine dunkelgrüne Latzhose und ein großes Schwimmtier in Form einer Schildkröte. Nachdem wir gezahlt hatten, schlenderten wir zur Pacific Avenue, der Straße, die direkt am Strand verlief.

»Hast du noch Zeit für einen Kaffee?«, fragte Hazel.

Ich sah auf meine Uhr. Meine Schicht im Restaurant fing erst in einer halben Stunde an. »Kaffee kling gut.«

Sie steuerte die Terrasse des Cooloola Cafés an und ließ sich in einen der Stühle fallen.

»Eigentlich könnten wir einfach einen Kaffee im Restaurant oder daheim trinken, das wäre auf Dauer billiger«, überlegte ich.

Hazel verzog das Gesicht. »Das ist doch nicht dasselbe. Daheim sehen wir uns sowieso jeden Tag, und im Restaurant arbeitest du, sobald du durch die Tür gehst. Das war bei Mum und Dad auch schon immer so.«

Eine Kellnerin mit schwarzen Locken trat an den Tisch. »Was darf es für euch sein?«

»Einen Cappuccino und einen schwarzen Kaffee, bitte«, antwortete ich.

»Hey, wie kommst du darauf, dass du weißt, was ich will?«, fragte Hazel empört.

Ich verdrehte die Augen und lächelte die Kellnerin entschuldigend an. Sie lächelte zurück, und ihre Nase kräuselte sich dabei. Das hatte ich bisher nur bei einer einzigen Person gesehen.

»Du nimmst jedes Mal dasselbe, Hazel«, sagte ich und schob diesen Gedanken schnell beiseite.

Hazel grinste. »Stimmt, ich bin einfach zu vorhersehbar. Ich wünschte, es wäre anders.«

Die Kellnerin lachte. »Kommt sofort.«

Sie ging nach drinnen, und ich sah ihr hinterher. Nach einem Moment bemerkte ich, dass Hazel dasselbe tat. Als wir unsere Blicke bemerkten, fingen wir beide an zu prusten.

»Was ist eigentlich aus deinem letzten Date geworden?«, fragte ich.

Hazel zuckte mit den Schultern und warf ihre dunkelbraunen Haare, die sie zu zwei Zöpfen geflochten hatte, zurück. »Sie war nett. Sie war lustig. Hübsch. Check, check, check.« Sie malte mit ihrer Hand kleine Häkchen in die Luft.

»Aber?«

»Es hat einfach nicht gefunkt. Wie soll es auch, wenn man vorher auf einem Profil seine besten Vorzüge ausfüllen muss?«

Ich wollte gerade etwas erwidern, als sie sagte: »Nein, keine Dating-Ratschläge von dir.«

»Wieso?«, fragte ich. »Ich habe auch Erfahrungen.«

Hazel verdrehte die Augen. »Du hattest letztes Jahr *ein* Date mit Amanda Pearce, und die kennst du noch aus der Schule. Außerdem war das nicht mal ein eigenes Date, Taylor hat dich auf ein Doppeldate mitgeschleift, bevor er Ivy kennengelernt hat.«

Der Abend war eine Katastrophe gewesen. Mein bester Freund Taylor hatte es gut gemeint, als er mich im letzten Jahr zu einem Vierer-Date überredet hatte. Er war der Ansicht, dass ich inzwischen genug Trübsal für ein ganzes Leben geblasen hatte. Den ganzen Abend über hatte Taylor für uns beide reden müssen, weil ich kein Wort von mir gegeben hatte. Ich war einfach nicht in der Stimmung zu daten.

»Was wolltest du mir vorhin eigentlich erzählen?«, fragte ich Hazel, um das Thema zu wechseln. Ich setzte mich aufrecht hin, um ihr zu zeigen, dass ich ihr dieses Mal konzentriert zuhörte.

Sie lehnte sich zu mir und schob ihre Brille ein Stück die Nase hoch. »Es sind nur noch zwei Monate bis zur Zeugnisvergabe.« Hazel war im letzten Schuljahr und würde bald ihren Abschluss in der Tasche haben. »Mr Lee meinte, wenn ich mich bei den Abschlussprüfungen genauso anstrenge wie bisher, kann ich es schaffen, Jahrgangsbeste zu werden.« Sie strahlte mich an.

»Hazelnut!«, rief ich begeistert. »Das ist ja der Wahnsinn!«

Hazel war nur eineinhalb Jahre jünger als ich. Während ich in der Schule nur das Nötigste getan hatte, um irgendwie durchzukommen, hatten sie und Sam von Anfang an geglänzt. Meine Lehrer waren regelmäßig enttäuscht gewesen, dass ich das einzige Kind der Harrison-Familie war, das nicht für die Schule zu begeistern war.

Ich drückte Hazels Hand. »Ich freue mich für dich. Wissen Mum und Dad schon Bescheid?«

Sie schüttelte den Kopf. »Die haben im Moment so viel zu tun. Ich überrasche sie, wenn es so weit ist.«

Die Bedienung brachte den Kaffee, und ich hob meine Tasse feierlich: »Auf meine kleine Schwester–«

Hazel räusperte sich.

Ich begann von vorne. »Auf meine Schwester, die nicht kleiner, sondern einen Zentimeter größer als ich ist. Und eindeutig die Schlauere von uns.«

Hazel nickte zufrieden. Wir stießen an und nahmen beide einen Schluck.

»Wenn ich jetzt noch das Praktikum in der Tierklinik bekomme, kann ich im Herbst mit der Uni starten.« Hazel wollte Tierärztin werden, seitdem sie ganz klein war.

»Du bist Jahrgangsbeste. Bestimmt bekommst du das Praktikum«, beruhigte ich sie.

»*Wahrscheinlich* bin ich Jahrgangsbeste«, korrigierte sie mich.

»Du lernst seit Monaten für deine Prüfungen. Was soll da noch schiefgehen?«

»Es sind gerade mal noch vier Wochen.« Hazels Stimme schraubte sich nach oben. »Wenn ich nur daran denke … Ich sollte dringend wieder nach Hause, anstatt hier Zeit beim Kaffeetrinken zu vergeuden.« Sie rutschte plötzlich unruhig auf ihrem Stuhl hin und her.

»Vielen Dank fürs Kompliment.« Ich lachte. »Komm schon, die zehn Minuten werden deine Note nicht beeinflussen. Du wirst mehr Punkte erreichen als Taylor und ich zusammen.«

Sie machte eine wegwerfende Handbewegung. »Als ob das mein Maßstab wäre. Sogar am Prüfungstag warst du morgens noch beim Surfen.«

»Mum war stinksauer«, erinnerte ich mich. »Aber es hat ja alles geklappt.«

Hazel wiegte den Kopf hin und her, als würde sie mir nicht wirklich zustimmen.

»Was?«, fragte ich.

»Du weißt genau, was ich meine.«

»Hazel, es ist gut so, wie es ist«, versicherte ich ihr. »In welchem Job kann ich ansonsten in Surfshorts herumlaufen?« Ich zupfte an meiner Hose.

»Als-«

»Und sag jetzt nicht Surfer«, hielt ich sie ab, den Satz zu Ende zu sprechen.

Hazel biss sich auf die Lippen.

»Ich übernehme das.« Ich deutete auf die leeren Tassen vor uns. »Viel Spaß mit deinen Büchern.«

*

Nachdem Hazel sich von mir verabschiedet hatte, machte ich mich auf den Weg ins Three Pines. Das Restaurant am Ende des Main Beach gehörte unseren Eltern, und wir waren praktisch dort aufgewachsen. Dad war für die Küche verantwortlich, und Mum hatte früher den Service übernommen. Inzwischen kümmerte sie sich nun oft um Isla. Sam war mit ihr von Sydney zurück nach Emerald Bay gezogen, als seine Frau Kelsey überraschend gestorben war. Mum und Dad konnten also jede Hilfe gebrauchen, und ich hatte nach der Schule ebenfalls begonnen, im Three Pines zu arbeiten. Egal, was Hazel dachte, so war es die beste Lösung für alle.

Ich ging die letzten Meter direkt über den Strand. Eine Gruppe Surfschüler war gerade dabei, mit ihren Brettern ins Wasser zu gehen, und ich musste wieder an das Plakat des East-Coast-Surfcups denken.

Komm schon, sagte ich mir. *Es ist jetzt über zwei Jahre her. Es ist alles in Ordnung, so wie es ist.* Trotzdem war da diese unbändige Wut, die ich immer wieder in mir verspürte und über die ich nie sprach.

Ich lief die Treppen hoch zur Terrasse des Restaurants. Von hier hatte man einen großartigen Ausblick über die ganze Bucht. Mum und Dad konnten zu Recht stolz auf ihren Erfolg sein. Das Three Pines war in der Gegend bekannt, und unsere Stammgäste kamen seit Jahren hierher. Dad grillte Fisch wie kein anderer, und die Menschen fühlten sich wohl bei uns. Wir bereiteten authentische Küche für die Leute aus der Region zu. Oft lief ich einfach barfuß durchs Restaurant, obwohl Mum mich immer wieder deswegen rügte.

Auf dem Weg nach drinnen räumte ich die Teller von einem der Tische ab und brachte sie hinein. Die großen Glastüren waren, wie immer bei gutem Wetter, ganz aufgeschoben. Das Restaurant und die Terrasse wirkten damit wie ein einziger großer Raum. Mum und Dad hatten das Three Pines vor ein paar Jahren renoviert, und mit den hellen Holztischen und den Lampen aus geflochtenem Korb war die Atmosphäre modern und freundlich.

»Du bist früh dran, mein Schatz«, stellte Mum fest und gab mir einen Kuss auf die Wange, als ich zu ihr hinter die Theke trat.

»Ich war mit Hazel unterwegs, und sie musste dringend zurück, um zu lernen.«

»Sie sollte sich mehr Pausen gönnen«, sagte Mum und reichte mir den Besteckkasten aus der Spülmaschine.

Ich nahm ihn entgegen und sortierte das Besteck in das Regal ein, das Taylor für uns gebaut hatte. Es war ein altes Surfbrett von mir, an das er Bretter geschraubt und damit zu einem coolen Regal umfunktioniert hatte. Mein bester

Freund machte eine Ausbildung zum Zimmermann und war schon immer handwerklich begabt gewesen.

»Du kennst Hazel doch«, beruhigte ich Mum. »Sie liebt es, zu lernen. Nicht, dass ich das verstehen würde …« Ich grinste, und Mum warf mir schmunzelnd ein Spültuch zu, damit ich das Besteck polieren konnte.

Die Eingangstür ging auf, und ein Junge kam herein. Unter dem Arm hatte er einen Stapel zusammengerollter Poster. »Entschuldigen Sie, darf ich hier etwas aufhängen?«

Wir hatten im Eingangsbereich ein großes Brett, an dem Konzerte, Märkte und andere Veranstaltungen in Emerald Bay angekündigt wurden und Flyer aufgehängt werden konnten.

»Klar, kein Problem«, antwortete ich und polierte weiter das Besteck.

»Oh«, sagte Mum plötzlich und machte große Augen.

Ich folgte ihrem Blick. Der Junge pinnte das Plakat des Surfcups, das ich heute Morgen bereits gesehen hatte, an das Korkbrett.

Mum lief zu ihm. »In dem Fall geht das leider nicht.«

»Mum, es ist okay«, beschwichtigte ich sie. Ich wand mich dem Jungen zu. »Du kannst es gern aufhängen.«

»Bist du dir sicher?« Mum sah mich besorgt an.

»Klar.« Ich versuchte, unbeeindruckt zu klingen. »Ich werde es sowieso nicht vermeiden können, wenn ich nicht bis Februar aus der Stadt verschwinde. Sie werden überall Werbung dafür machen.«

Mum sah immer noch nicht überzeugt aus.

»Können diese blauen Augen lügen?«, fragte ich gespielt ernst, und nach einem kurzen Moment des Zögerns lächelte sie schließlich.

Ich wollte auf keinen Fall, dass sie sich Sorgen machte. Mum sollte wie alle anderen glauben, dass ich kein Problem damit hatte.

Ich nahm einen weiteren Stoß Besteck und machte mich an die Arbeit. *Du musst einfach die nächsten Monate so tun, als wäre alles in Ordnung. So, wie du es die letzten beiden Jahre auch getan hast.*

BILLIE

Am nächsten Morgen kaufte ich zunächst ein und joggte dann mit Lewis eine große Runde bis zum Strand und wieder zurück. Die unbekannte Nummer hatte am Abend zuvor noch zweimal angerufen, aber ich ignorierte sie weiterhin. Mittags machten wir uns wieder auf den Weg zum Federation Square in der Innenstadt. Bei schönem Wetter verbrachten dort viele Menschen ihre Mittagspause. Lewis wartete wie immer brav neben mir, während ich auf meiner Ukulele spielte und sang. Ich verdiente gut an diesem Tag. Ich wusste nicht warum, meistens hatte ich keinen Einfluss darauf. Es gab eben gute und schlechte Tage. Das Wetter, die Jahreszeit, Veranstaltungen in der Stadt, zu denen die Leute strömten – alles spielte eine Rolle, und ich konnte immer nur mein Bestes geben.

Ich hatte mir am Vorabend umsonst Gedanken gemacht, denn Garrett tauchte nicht auf. Ich sah mich immer wieder um, doch er kam nicht, auch nicht zu meinem letzten Lied. Das konnte kein Zufall sein. Ich wusste, dass ich nicht traurig darüber sein durfte, doch es tat trotzdem irgendwie weh.

»Wahrscheinlich ist es besser so«, sagte ich zu Lewis

und auch zu mir selbst, als ich ihn anleinte, um zur Bahnstation zu gehen. »Ich hatte mich schon zu sehr daran gewöhnt.«

Anstatt über Garrett nachzudenken, überlegte ich mir auf der Bahnfahrt nach Hause, welche Songs ich als Nächstes üben wollte. Ich zog das abgegriffene kleine Notizbuch, das ich immer dabeihatte, aus meiner Tasche.

Die meisten Texte darin waren noch keine vollständigen Lieder. Und ich würde mich bestimmt nicht trauen, sie auf der Straße zu performen. Trotzdem arbeitete ich an ihnen, so oft es ging. Ich war so vertieft, dass ich fast den Ausstieg in St. Kilda verpasste. Schnell sprang ich auf und lief mit Lewis nach draußen. Ich summte die Melodie, die ich für den Text im Kopf hatte, auf dem Weg nach Hause und auch dann noch, als ich Lewis mit dem Gartenschlauch von Dylan und Kate abwusch. »Die Töne passen noch nicht ganz«, erklärte ich ihm. »Es soll melancholisch sein, aber nicht zu traurig. Eher hoffnungsvoll. Und das ist gar nicht so einfach.« Ich trocknete ihn mit einem Handtuch ab.

Plötzlich stellte Lewis die Ohren auf und fing an zu bellen.

Ich sah mich um. »Was hast du denn?«, fragte ich. Ich ging in den hinteren Teil des Gartens, aber es war niemand zu sehen. Doch Lewis hörte nicht auf zu bellen. So kannte ich ihn gar nicht.

»Es ist alles gut«, erklärte ich ihm. »Schau, es ist niemand da.« Zusammen gingen wir einmal durch den Garten, doch Lewis drängte mich zum Van.

»Willst du etwa schon ins Bett?«, fragte ich verständnislos. »Es ist doch noch nicht einmal vier Uhr.« Als ich die Türe aufzog, sprang er allerdings nicht wie gewohnt hinein. Ich war ratlos. Lewis war eigentlich wie ein offenes Buch. Sonst verstand ich immer, was er brauchte.

Plötzlich fing er wieder an zu bellen, blieb aber sitzen.

Ich beugte mich zu ihm. Neben ihm lag meine Tasche, die ich achtlos auf den Boden geworfen hatte, als wir heimgekommen waren. Im Inneren vibrierte es. Ich zog mein Handy heraus und sah aufs Display. Es war schon wieder die Nummer von gestern. Ich verstand es einfach nicht. Wer wollte mich so dringend sprechen, dessen Nummer ich nicht mal kannte?

Lewis bellte noch einmal.

»Ich soll also rangehen?«, fragte ich zögerlich. Es fühlte sich nicht gut an. Als Lewis immer weiter jaulte, drückte ich schließlich auf den Hörer.

»Hallo?«, ergriff ich das Wort, ohne meinen Namen zu nennen.

»Miss Stevens?«, fragte eine helle Stimme am anderen Ende.

»Das bin ich«, bestätigte ich.

»Endlich erreiche ich Sie.« Die Frau am Telefon klang erleichtert. »Ich bin Bindi Sanders, Gesundheits- und Krankenpflegerin im Newcastle Hospital.«

Mein Herz sank in die Hose.

»Miss Stevens, wir haben Sie als Notfallkontakt in den Unterlagen unserer Patientin Phoebe Newman gefunden.«

Was ist passiert? Hatte Phoebe etwa einen Unfall? Geht es ihr gut? Eine Frage nach der anderen schoss mir durch den Kopf, doch ich brachte keine davon hervor. Ich sah das große Krankenhausgebäude in Newcastle vor meinem inneren Auge. Als ich mit vierzehn eine Blinddarmentzündung gehabt hatte, war Phoebe mit mir von Emerald Bay dorthin gerast und hatte auf dem Parkplatz beinahe noch einen Unfall verursacht.

»Miss Stevens, sind Sie noch da?«, unterbrach die Frau meine Gedanken.

»Ja«, flüsterte ich. Plötzlich rechnete ich mit dem Schlimmsten.

»Mrs Newman hat sich die Hüfte gebrochen und eine Gehirnerschütterung zugezogen. Sie wird in diesem Moment operiert.«

Ich schluckte. Phoebe war mein Rettungsanker, auch wenn wir meilenweit voneinander entfernt lebten.

»Aber das … das kann doch nicht sein«, krächzte ich. »Ich habe am Sonntag noch mit ihr telefoniert, und da war alles in Ordnung. Was ist denn passiert?«

Die Pflegerin seufzte. »Sie ist leider gestern Morgen gestürzt, als sie aus der Dusche steigen wollte.«

»Wer hat sie ins Krankenhaus gebracht?«, fragte ich. »Wird sie wieder gesund?«

»Miss Stevens, wir sollten das nicht am Telefon besprechen. Es ist wichtig, dass Sie so schnell wie möglich hierherkommen.«

Ich hatte Emerald Bay mit dem Vorsatz verlassen, niemals dorthin zurückzukehren. Doch Phoebe war verletzt, und deshalb zögerte ich mit meiner Antwort auch nicht.

»Natürlich«, stotterte ich und versuchte, mich zu konzentrieren. »Ich komme. Allerdings werde ich erst morgen da sein können.« Die Fahrt nach Emerald Bay würde ewig dauern. Ich war über tausend Kilometer entfernt.

»Machen Sie sich keine Sorgen«, beruhigte sie mich. »Ihre …« Sie suchte offenbar nach dem richtigen Wort.

»Großmutter«, sagte ich. Alles andere war zu kompliziert.

»Ihre Großmutter ist bei uns in guten Händen. Doch sie wird jede Unterstützung brauchen.«

Ich ballte meine freie Hand zur Faust und bohrte dabei meine Fingernägel tief in meine Handfläche. Ich wollte nicht daran denken, was Phoebe bevorstand.

»Gibt es sonst noch jemanden, den wir anrufen können? Ein anderes Familienmitglied?«, fragte die Pflegerin.

»Nein.« Ich schüttelte den Kopf, obwohl sie mich nicht sehen konnte. »Es gibt nur mich.«

»Ich verstehe. Dann bis morgen.«

»Darf ich Sie doch noch etwas fragen?«, hielt ich sie davon ab aufzulegen. Es ließ mir keine Ruhe.

»Natürlich.«

»Warum wird sie erst heute operiert, wenn sie doch schon gestern früh gestürzt ist?«

Die Pflegerin antwortete nicht sofort. Schließlich sagte sie leise: »Sie lag viele Stunden in ihrem Bad, bevor sie von einer Nachbarin gefunden wurde.«

Ich wollte mir nicht vorstellen, wie Phoebe alleine mit ihren Schmerzen auf dem Boden verharren musste. Eine Träne lief mir über die Wange. Sofort richtete Lewis sich auf und kam zu mir.

»Okay«, sagte ich in den Hörer, obwohl nichts okay war. »Danke für Ihren Anruf.«

Es klickte in der Leitung, und ich ließ mein Handy sinken.

Lewis kuschelte sich an mich, und ich vergrub mein Gesicht in sein Fell.

BILLIE

So blieb ich für eine ganze Weile sitzen. Mit dem Zeigefinger fuhr ich immer wieder langsam über meine Nasenwurzel und merkte, wie ich ruhiger wurde. Phoebe lag seit gestern im Krankenhaus, und ich hatte nichts davon gewusst. Ich hatte die Anrufe sogar einfach ignoriert! Wieso hatte ich nicht daran gedacht, dass ihr etwas passiert sein könnte? *Weil du genau deswegen gefahren bist. Damit es Phoebe gut geht. Du hast nicht damit gerechnet, dass so etwas geschehen würde.* Ich fühlte mich schrecklich. Phoebe hatte alles für mich getan – sie war die Person, auf die ich immer zählen konnte.

Schließlich richtete ich mich auf und wischte meine Tränen weg. »Wir müssen sofort los«, erklärte ich Lewis. »Erinnerst du dich noch an Phoebe?« Lewis war ihr erst einmal begegnet. Sie war an meinem zwanzigsten Geburtstag nach Adelaide geflogen, und wir hatten uns dort getroffen. Doch wegen ihrer Hundehaarallergie hatte sie Lewis nicht allzu nah kommen können, ohne sofort einen Niesanfall zu kriegen.

Ich versuchte, meine Gedanken zu sortieren. Eigentlich war es mein Plan gewesen, in den kommenden Wochen die Great Ocean Road entlang in den Westen zu fahren. Nun musste ich genau in die entgegengesetzte Richtung zurück an die Ostküste. Unsere Sachen waren sowieso schon im Van, wir brauchten also keine Zeit mit Packen zu verschwenden. Eigentlich gab es nur noch eines zu tun.

Entschlossen stand ich auf, ging ums Haus zur Eingangstür und klingelte. Drinnen rührte sich nichts. Ich drückte noch einmal auf den Klingelknopf, aber Kate und Dylan waren anscheinend beide nicht zu Hause. Ich ging zurück zum Van, riss eine Seite aus meinem Notizbuch und schrieb ihnen eine Nachricht. Ich erklärte ihnen, dass ich früher als geplant abreisen musste, und bedankte mich für ihre Gastfreundschaft. Dann legte ich den Zettel auf die Stufe vor der Haustür und beschwerte ihn mit einem Stein aus dem Blumenbeet. Lewis wartete schon mit wedelndem Schwanz vor dem Van auf mich.

»Los geht es«, sagte ich zu ihm und öffnete die Beifahrertür. Er sprang in den Fußraum und legte sich hin. Ich sah mich noch einmal im Garten um. Wenn wir losfuhren, würde nichts darauf hinweisen, dass wir hier gewesen waren. Wir hatten keine Spuren bei irgendjemandem hinterlassen, wie immer.

Ich überprüfte, ob alle Schränke im Van fest verschlossen waren, stieß die Seitentüre mit einem Schwung zu und setzte mich schließlich hinters Steuer. Dann nahm ich mein Handy und tippte *Emerald Bay* in Google Maps ein. Ich hatte nicht damit gerechnet, dass ich tatsächlich so schnell dorthin zurückkehren müsste.

»Elf Stunden Fahrt«, sagte ich zu Lewis. »Das schaffen wir auf keinen Fall am Stück. Wir werden unterwegs Pause machen.«

Ich startete den Motor und rollte langsam aus der Garage die Einfahrt hinunter. Der Traumfänger am Rückspiegel wackelte, als ich auf die Straße einbog. Um auf den Highway zu gelangen, musste ich mich einmal quer durch den Verkehr von Melbourne kämpfen. Als die Türme von Southbank vor mir auftauchten, dachte ich an Garret. Ob er wohl an einem der nächsten Tage zum Federation Square kommen würde? Oder wären wir uns sowieso nie wieder begegnet?

Versuch, einfach nicht daran zu denken.

Meine Gedanken kreisten immer wieder um Phoebe, ihrer Operation und dass sie ganz allein war.

Daran willst du doch ebenso auf keinen Fall denken.

Meine Gedanken drehten sich weiter.

Du fährst wirklich zurück nach Emerald Bay. Du weißt, was das heißt.

Schnell machte ich Musik an, um mich abzulenken. Mein Aufbruch war übereilt gewesen, doch nun hatte ich elf Stunden, mich darauf vorzubereiten, was mich in dem Örtchen erwarten würde, dass ich eigentlich nie wiedersehen wollte.

*

An diesem Abend fuhr ich fünf Stunden durchs Landesinnere und überquerte die Grenze vom Bundesstaat Victoria nach New South Wales. Die Route entlang der Küste wäre viel schöner, aber ich durfte keine Zeit verlieren. Als ich meine Augen kaum mehr offen halten konnte, stoppte ich an einem der vielen Campingplätze entlang des Highways und bezahlte für einen Stellplatz. Wildcampen war in Australien verboten, und ich hatte Phoebe von Anfang an versprechen müssen, dass ich niemals einfach alleine mit dem Van am Straßenrand parken würde.

Ich versuchte zu schlafen, doch wälzte mich nur unruhig hin und her. Lewis merkte, dass es mir nicht gut ging, und legte seine Schnauze auf meinen Bauch. Sein regelmäßiger Atem beruhigte mich sonst immer, doch dieses Mal war es zwecklos. Ich konnte nicht aufhören, an Phoebe zu denken. Ich musste so schnell wie möglich zu ihr. Und doch fuhr ich gleichzeitig an den Ort, an dem ich eigentlich als Letztes sein wollte. So lag ich noch viele Stunden wach, bevor ich endlich in einen unruhigen Schlaf fiel.

Als es hell wurde, ging ich mit Lewis eine Runde über den Campingplatz, damit wir uns die Beine vertreten konnten. In dem großen Wohnmobil neben mir briet ein Mann Speck und Würstchen an. Ich fütterte Lewis und aß selbst nur halbherzig eine Schüssel Cornflakes. Eigentlich hätte ich riesigen Hunger haben müssen. Zuletzt hatte ich gestern Mittag etwas gegessen, doch ich hatte einfach keinen Appetit.

»Dann wollen wir mal«, sagte ich zu Lewis, als ich das Geschirr wieder in den Schränken verstaute und für die Fahrt befestigte. »Wir haben die Hälfte der Strecke noch vor uns.«

Die grünen Felder des Hinterlands zogen vorbei, und ich versuchte weiterhin, alle Gedanken beiseitezuschieben und mich nur auf die Straße zu konzentrieren. Keine Chance. Mit jedem einzelnen zurückgelegten Kilometer fühlte ich mich gleichzeitig besser und schlechter.

Nur noch ein kurzes Stück, und das Straßenschild, das den Hinweis auf Emerald Bay gab, würde auftauchen. Ich hätte die Stelle immer wiedererkannt, denn als ich das erste Mal daran vorbeigekommen war, saß ich auf dem Rücksitz des Wagens meiner Betreuerin vom Jugendamt.

»Dieses Mal ist es für länger«, versprach sie und lächelte mich im Rückspiegel an. »Da bin ich mir sicher.«

Ich antwortete nicht, denn dasselbe hatte sie all die Male zuvor gesagt. Doch die Familien, in denen ich untergebracht war, waren Pflegefamilien auf kurze Zeit. Keine wollte mich adoptieren, und je älter ich wurde, desto schwieriger wurde die »Vermittlungssituation«. Das Wort hatte ich aufgeschnappt, nachdem Mum und Dad zwei Jahre zuvor bei einem Unfall gestorben waren. Wir hatten keine nahen Verwandten, daher wurde ich in die Obhut des Jugendamts gegeben. Mit meinen zwölf Jahren war es schwierig, Familien zu finden, die mich aufnahmen. Ich versuchte, mir keine Hoffnungen mehr zu machen, mich an niemanden zu gewöhnen und mein Herz zu verschließen. Es war einfacher, anstatt immer wieder enttäuscht zu werden.

Dieses Mal war es keine große Pflegefamilie, so wie bei den letzten Versuchen. Keine Pflegegeschwister, die manchmal nett und oft schrecklich waren. Nein, eine ältere Dame würde mich bei sich aufnehmen. Ich stellte mir eine Frau mit grau gelockten Haaren und Schürze vor. Vielleicht waren ihre eigenen Kinder inzwischen erwachsen. Sie würde sicher gerne mit mir backen und kochen wollen und am Abend in einem Schaukelstuhl sitzen und stricken, weil sie viel Ruhe brauchte.

Ich hätte mich nicht mehr irren können. Phoebes Haare waren zwar grau, doch sie trug sie streichholzkurz, hatte eine rote Brille mit dickem Rahmen auf der Nase und einen wallenden Kaftan an. Bei der Begrüßung umarmte sie mich nicht, so wie es alle anderen Pflegemütter einfach getan hatten, sondern reichte mir erst einmal die Hand. Ich fühlte mich sofort wohl in ihrer Gegenwart.

An unserem ersten Abend bestellte sie chinesisches Essen, und wir machten es uns auf den großen Sesseln in ihrem Wohnzimmer gemütlich. »Du wirst bestimmt froh sein, wenn du einfach mal nicht reden musst«, vermutete sie und machte den Fernseher an. »Und wenn du doch mit mir sprechen willst, gibst du mir sofort Bescheid, ja?«

Ich nickte und atmete tief durch. Es war das erste Mal seit zwei Jahren, dass ich mich irgendwie sicher fühlte. Trotzdem war ich die ersten Tage skeptisch und abweisend zu Phoebe. Doch sie ließ mir einfach Zeit. Nach ein paar Tagen fuhr sie mit mir in den Baumarkt, und ich durfte mir die Farbe für mein neues Zimmer selbst aussuchen.

»Eine gute Wahl«, sagte sie, als ich auf den sonnengelben Farbtopf zeigte. »Das Leben ist oft schon grau genug.«

Zusammen strichen wir die Wand, kauften ein neues Bett und einen Schrank für mich und räumten die wenigen Sachen aus meinem Koffer hinein. In den anderen Familien hatte ich kein eigenes Zimmer gehabt. Doch Phoebe ging scheinbar fest davon aus, dass ich bleiben würde.

Die Ausfahrt nach Newcastle und Emerald Bay tauchte vor mir auf und riss mich aus meinen Gedanken. »The road to the past«, murmelte ich und fuhr vom Highway ab.

Zur Pflegerin hatte ich am Telefon gesagt, dass Phoebe meine Großmutter war, doch so nannte ich sie nicht. Sie war mein gesetzlicher Vormund gewesen, solange ich unter achtzehn gewesen war, und daher auch nicht meine Adoptivmutter. Nein, Phoebe war einfach Phoebe. Sie hatte in ihrem Leben noch nie einen Kuchen gebacken und interessierte sich auch nicht für das Stricken. Dafür konnte sie die besten Geschichten erzählen. Sie war früher eine erfolgreiche Künstlerin gewesen und hatte die ganze Welt gesehen, bevor sie zurück nach Emerald Bay gezogen war. Sie war Mitglied des Theatervereins, joggte jeden Morgen und half gerne bei allen Veranstaltungen in der Stadt. Mit ihrer besten Freundin Helen, die direkt nebenan wohnte, ging sie regelmäßig aus und zur wöchentlichen Pokerrunde. Sie hatte keine eigenen Kinder, doch hatte alles dafür getan, damit ich bei ihr ein neues Zuhause fand. Der Schmerz, den ich spürte, seitdem Mum und Dad gestorben waren, würde sich nie ganz heilen lassen, doch Phoebe hatte es geschafft, dass ich mich wieder geborgen fühlte. Sie war die erste Erwachsene gewesen, die mich ernst genommen hatte und all meine Fragen beantwortete. Im Gegensatz zu den Pflegefamilien zuvor hatte sie erst gar nicht versucht, Mum und Dad zu ersetzen. Ich hatte darauf gewartet, dass der Traum, bei Phoebe zu bleiben, nach einigen Wochen wieder platzen würde – doch sie schickte mich nicht weg. Emerald Bay wurde mein neues Zuhause. Ich wurde unvorsichtig und öffnete mein Herz immer mehr und mehr. Als kurze Zeit später auch noch Nathan und Taylor in mein Leben traten, war das zu schön, um wahr zu sein. *Und dein Bauchgefühl hatte von Anfang an recht. Es war tatsächlich zu schön gewesen, um wahr zu sein.*

NATHAN

Als ich aufwachte, war es draußen noch dunkel. Wie immer brauchte ich keinen Wecker. Mein Körper war es seit Jahren gewohnt, zu dieser Zeit aufzustehen. Ich stieg aus dem Bett, zog meine Surfshorts und einen Hoodie an und band meine langen Haare zu einem Zopf. Dann ging ich leise aus meinem Zimmer. Im Haus war es still. Mum, Dad und Hazel schliefen noch. Ich schlich an Hazels Zimmertür vorbei und die Treppe hinunter. Wie immer lagen all unsere Schuhe verteilt auf dem Boden im Flur. Mum hatte es nach vielen Jahren aufgegeben, uns zu ermahnen, sie ordentlich aufzustellen. Ich suchte im Dunkeln nach zwei zusammenpassenden Turnschuhen, um niemanden aufzuwecken. Dann schlüpfte ich hinein und ging leise aus dem Haus. Mein Neoprenanzug und mein Surfbrett lagen noch unter dem Vordach, nachdem ich sie dort gestern zum Trocknen platziert hatte. Ich packte beides in meinen alten Jeep und startete den Motor.

Es dämmerte, als ich aus der Stadt hinaus in Richtung Norden fuhr. Der Sunshine Beach hatte bessere Wellen, aber vor allem schätzte ich an ihm, dass sich kaum jemand dorthin verirrte. Seit zwei Jahren surfte ich nur noch an abgelegenen Stränden, denn am Main Beach waren mir einfach zu viele Zuschauer. Ich öffnete das Fenster ein Stück, und die frische Morgenluft strömte ins Innere des Wagens. Vor wenigen Wochen war es noch eiskalt um diese Uhrzeit gewesen, doch nun wurde es mit jedem Tag wärmer. Ich lenkte den Jeep über den holprigen Weg. Langsam begann die Sonne aufzugehen. Der Ozean tauchte vor mir auf, und ich musste lächeln. Auch nach Hunderten Sonnenaufgängen hatte ich mich nicht daran sattgesehen. Dieses Gefühl, im Meer zu sein, wenn die Welt erwachte, war unvergleichlich.

Sam hatte schon immer den Traum gehabt, Anwalt zu werden, Hazel war von Anfang an eine Einser-Schülerin gewesen. Doch ich wollte von klein auf nichts anderes machen, als Wellen zu reiten. In die Schule war ich eigentlich nur gegangen, um mit Taylor abzuhängen. Am liebsten hätte ich einfach hingeschmissen, doch Mum und Dad waren eisern geblieben. Sie unterstützten mich, doch ich hatte meinen Abschluss machen müssen.

Faye stand bereits im Neoprenanzug vor ihrem Auto. Ich parkte daneben und stieg aus.

»Guten Morgen, Harrison«, sagte sie. Faye nannte mich immer beim Nachnamen.

»Guten Morgen, Gilbert«, antwortete ich daher.

Sie zeigte auf meine Füße. »Du hast zwei verschiedene Schuhe an.«

Ich sah an mir hinunter. Ein weißer und ein blauer Sneaker zierten meine Füße – ich hatte im Dunkeln wohl doch danebengegriffen. Mist.

»Mein neuer Style«, antwortete ich.

Sie grinste und band ihre langen blonden Locken zu einem Zopf.

Ich zog die Schuhe und den Hoodie aus, schlüpfte in meinen Neoprenanzug und zog den Reißverschluss nach oben.

»Wie lange hast du heute Zeit?«, fragte ich und nahm mein Surfbrett unter den Arm.

Faye nahm ebenfalls ihr Board, und wir liefen barfuß zum Strand vor. Der Sand war noch kühl von der Nacht.

»Ich hab heute keine Schicht auf der Farm und den ganzen Tag frei.«

Faye arbeitete auf der Rosewood Farm, wo sie dem Besitzer, Mr Benfield, unter die Arme griff. Noch vor einigen Monaten hatte die Farm fast vor dem Aus gestanden, doch Faye und Taylors Freundin Ivy hatten mit einer Crowdfunding-Aktion dafür gesorgt, dass die Farm gerettet werden konnte. Und das Three Pines wurde weiterhin jede Woche mit frischem Gemüse von dort beliefert.

»Ich habe übrigens Arthur höchstpersönlich davon überzeugen können, dass die Farm der perfekte Ort für Veranstaltungen ist«, erzählte Faye stolz. »Ab sofort kann die Scheune gemietet werden.«

Ich stellte mir die Reaktion des knurrigen Mr Benfield vor. »Hat er wirklich Ja gesagt oder wollte er nur, dass du aufhörst zu reden und ihn in Ruhe lässt?«

Faye boxte mich sanft in den Arm. »Was soll das denn heißen?« Sie legte ihr Surfbrett in den Sand und streckte sich.

Ich ließ meines danebenfallen und ruderte zum Aufwärmen mit den Armen. Dann beugte ich meinen Oberkörper tief hinunter, um in den herabschauenden Hund zu gehen, und atmete aus. Die Yogaübungen lockerten meine

Muskeln und halfen mir gleichzeitig, an meiner Körperspannung zu arbeiten.

»Es ist wunderschön heute Morgen«, sagte Faye und sah aufs Wasser. Die Sonne war inzwischen am Horizont aufgegangen und färbte den Himmel bereits in sanftem Orange.

Ich stand wieder auf. »Es ist jeden Tag wunderschön.« Mir war egal, ob die Sonne schien oder es regnete. Wenn ich im Wasser war, spürte ich die Regentropfen nicht.

»Dass Taylor sich das entgehen lässt.« Faye schüttelte verständnislos den Kopf.

Noch vor Kurzem waren Taylor und ich immer zu zweit surfen gewesen. Seitdem er Ivy kennengelernt hatte, war auch Faye wieder in unser Leben getreten. Wir waren zwar in der Schule in dieselbe Klasse gegangen, doch hatten uns erst im letzten Jahr so richtig kennengelernt.

»Ist da etwas zwischen dir und Faye?«, hatte Taylor mich erst vor Kurzem gefragt.

»Nur weil du jetzt eine Freundin hast, braucht nicht jeder andere auch eine«, hatte ich genervt erwidert und mit den Augen gerollt. Ich mochte Faye, sie war witzig und cool. Doch ich hatte keine romantischen Gefühle für sie.

Ich wusste, was meine Freunde und Familie über mein Single-Dasein dachten. *Es ist über zwei Jahre her, dass Billie gegangen ist. Komm endlich darüber hinweg!* Manchmal fragte ich mich, ob ich je wieder etwas für eine andere Person empfinden würde.

»Taylor hat gestern lange auf der Baustelle gearbeitet«, sagte ich zu Faye und schüttelte meine Gedanken ab. »Nächstes Mal ist er bestimmt wieder dabei.«

»Na dann. Bereit, Harrison?« Faye stützte ihre Hände herausfordernd in die Taille.

Ich nahm mein Brett und rannte ins Wasser. »Worauf du dich verlassen kannst, Gilbert!«, rief ich über die Schulter und warf mich in die Wellen.

*

Irgendwann würde ich es wieder spüren. Ich musste es einfach nur immer und immer wieder versuchen. Früher war der Ozean der Ort gewesen, an dem ich alles hatte vergessen können. Wenn ich mit meinem Surfbrett ins Wasser tauchte, waren da nur noch ich und die Wellen gewesen. Egal, ob etwas in der Schule gewesen war oder ob mich etwas anderes belastete – es war in diesem Moment nicht mehr von Bedeutung. Selbst als Billie verschwand, konnte ich hier meinem Schmerz und Kummer wenigstens für kurze Zeit entkommen. Inzwischen schaltete mein Kopf jedoch selbst beim Surfen nicht mehr ab. Im Gegenteil. Meine Gedanken überschlugen sich förmlich, und ich achtete auf jedes winzige Detail um mich herum. Ich sprach mit niemandem darüber, nicht einmal mit Taylor. Nein, ich machte jeden Tag weiter, in der Hoffnung, dass es irgendwann endlich besser werden würde. Und nach dem Surfcup im Februar wäre dieses miese Gefühl in meinem Magen bestimmt auch wieder verschwunden.

Faye und ich surften eine Welle nach der anderen. Wir saßen gerade rittlings auf unseren Brettern im tiefen Gewässer und warteten auf die nächste, als Faye fragte: »Noch eine Runde, und dann Schluss für heute?«

Ich nickte, obwohl es auch dieses Mal nicht geklappt

hatte, dass sich mein Gedankenchaos beruhigte. Die nächste Welle baute sich auf, und ich paddelte los. Als sie dabei war zu brechen, stieß ich mich vom Brett ab, stellte mich auf und surfte los. Die Welle trug mich bis an den Strand, und ich watete aus dem Wasser. Während ich meine Haare auswrang, beobachtete ich, wie Faye ihre letzte Welle surfte. Als sie sich gerade auf ihr Surfbrett gestellt hatte, verlor sie das Gleichgewicht. Die Welle umspülte sie, doch einen Moment später tauchte sie bereits wieder auf.

»Sehr galant«, sagte sie schwer atmend, als sie aus dem Wasser kam.

»Alles in Ordnung?«, fragte ich besorgt.

Sie winkte ab. »Alles gut. Ich habe nur eine Nasendusche abbekommen.«

Ich verzog das Gesicht.

Sie lachte. »Es kann nicht jeder so gut sein wie du. Bei dir sieht das alles immer so mühelos aus.«

Wenn du wüsstest.

»Hast du Lust auf Frühstück?«, fragte ich überschwänglich.

»Ja, gerne. Wohin willst du? Ins Cooloola?«

Ich schüttelte den Kopf. »Wir können zu mir gehen. Meine Eltern sind heute beim Großhändler.«

Wir gingen zurück zu unseren Autos, schälten uns aus unseren Neoprenanzügen und trockneten uns ab.

»Ich war noch nie bei dir zu Hause«, stellte Faye fest und zog sich ein Kleid und eine Jeansjacke über ihren Bikini.

»Dann wird es höchste Zeit«, sagte ich. »28 Oak Street ist die Adresse. Fahr mir einfach hinterher.« Ich zog meinen Hoodie wieder an, um mich aufzuwärmen, und packte meine Sachen ins Auto. »Bis gleich.« Ich winkte Faye noch einmal zu und setzte mich barfuß hinters Steuer. Der Boden des Jeeps war, wie so oft, sowieso mit einer dünnen Schicht Sand bedeckt.

Ich fuhr voraus und sah im Rückspiegel, wie Faye mir den Weg zurück zur Straße folgte. Die Sonne stand inzwischen viel höher, und die Straßen von Emerald Bay füllten sich langsam mit Leben. Im Greenside Park fand heute ein Footballspiel statt. Die Zuschauer waren mit Klappstühlen und Essen bepackt und tummelten sich am Rand des Spielfelds, um sich an einem geeigneten Platz niederzulassen. Ich fuhr durch die Main Street und bog dann in unsere Straße ein. Wir waren in das Haus aus rotem Backstein gezogen, als Hazel und ich noch ganz klein gewesen waren. Ich parkte den Jeep in der Auffahrt und stieg aus. Einen Moment später stand auch Faye neben mir.

»Es ist schön hier.« Faye betrachtete den Vorgarten, den meine Mum mit vielen bunten Blumen bepflanzt hatte.

»Es ist nicht sehr groß. Und irgendwie immer voll«, sagte ich. Auch wenn ich bisher nicht bei Faye zu Hause gewesen war, wusste ich, dass ihre Eltern sehr wohlhabend waren.

Ich schloss die Tür auf, und wir gingen hinein. Das Chaos kam mir nun, da Faye dabei war, noch viel größer vor. Der Flurboden war übersät mit Schuhen, überall im Wohnzimmer lagen Notizen von Hazel herum, und die Gläser von unserem Familien-Barbecue am Vorabend standen noch auf dem Esszimmertisch. Schnell räumte ich sie in die Spülmaschine in der Küche. »Wie gesagt, es ist nicht groß oder besonders«, wiederholte ich. Hoffentlich sah Faye nicht den Wäscheberg, den Mum auf dem Sofa platziert hatte, damit ich ihn heute noch zusammenlegte.

Faye betrachtete die selbst gemalten Bilder von Isla an der Wand. »Es ist herrlich gemütlich«, sagte sie und lächelte. »Das ist das Wichtigste.«

Ich holte Tassen und Teller aus dem Küchenschrank und stellte sie auf ein Tablett.

»Was kann ich tun?«, fragte Faye.

»Deinen berühmten Kaffee machen«, bat ich. Faye hatte früher im Cooloola als Barista gearbeitet.

»Meine Spezialität.« Sie rieb sich die Hände.

Ich zeigte ihr die Dose mit dem Kaffeepulver und deckte den Tisch auf der Terrasse. Inzwischen war es warm genug, um draußen zu sitzen. Dann schnitt ich Mangos, Kiwis und Avocados. »Ein Vorteil, wenn deine Eltern ein Restaurant besitzen«, erklärte ich Faye. »Der Kühlschrank daheim ist ebenfalls immer voll.«

Es polterte auf der Treppe, und einen Moment später stand Hazel in Boxershorts und Tanktop vor uns. Anscheinend war sie gerade erst aufgewacht.

»Hey«, sagte sie und streckte sich.

»Hi«, erwiderte Faye, die gerade dabei war, Milch aufzuschäumen.

»Du erinnerst dich an Faye, oder?«, fragte ich Hazel und packte das Obst und Joghurt auf das Tablett. »Wir sind zusammen in eine Klasse gegangen.«

Hazel nickte. »Ich hab dich neulich im Three Pines gesehen. Und warst du nicht das Mädchen, das in der Schule einen Sitzstreik für besseres Kantinenessen veranstaltet hat?«

Faye lachte laut. »Stimmt, in der neunten Klasse. Fünf Stunden haben sie mich mit meinem Protestplakat sitzen gelassen, ehe mich meine Mutter abholen musste. Aber danach hat sich Mrs Holmes dafür eingesetzt, dass der Wunschtag eingeführt werden konnte, an dem einmal im Monat über das Essen abgestimmt wurde.« Sie reckte wie zum Sieg eine Faust in die Luft.

»Ich bedanke mich hiermit nachträglich bei dir.« Hazel grinste und strich sich die Haare zurück. »Das war wirklich gut.«

Ich runzelte die Stirn. »Daran kann ich mich gar nicht mehr erinnern. Aber das klingt eindeutig nach dir, Faye.«

Wir trugen die restlichen Sachen hinaus und setzten uns an den Tisch.

»Ich hab einen Riesenhunger«, sagte Hazel und biss in ein Croissant.

»*Wir* haben einen Riesenhunger«, betonte ich. »Wir waren bereits im Wasser.«

»Wie kommt es, dass du nie mit Nathan beim Surfen bist?«, fragte Faye Hazel und nahm sich ebenfalls ein Croissant.

Ich prustete. »Hazel? Niemals. Ich habe es als Kind einmal versucht, sie dafür zu begeistern. Aber sie hat sich strikt geweigert, auf das Surfbrett zu steigen.«

Hazel verzog ihr Gesicht. »Dabei wird man nass.«

»Ja, ich denke, das ist der Sinn daran«, pflichtete Faye ihr bei und grinste.

»Ich bleibe lieber an Land.« Hazel zog die Beine auf ihrem Stuhl an.

»Hazel würde niemals ohne ein Buch irgendwohin gehen, also scheidet das Meer aus«, erklärte ich.

»Du hast bald Abschlussprüfungen, oder?«, fragte Faye. Hazel nickte.

»Hazel ist die Jahrgangsbeste«, verriet ich.

»Wahrscheinlich«, korrigierte mich Hazel und lief rot an.

»Das ist ja großartig«, freute sich Faye für sie.

Hazel seufzte. »Alles kommt auf meine Englischnote an. Ich bin einfach nicht gut in Gedichtinterpretationen.«

»Ich war immer gut in Englisch«, sagte Faye. »Wenn du willst, helfe ich dir.«

»Wirklich?«, fragte Hazel.

»Klar.« Faye lächelte sie an. »Ist ja gerade mal zwei Jahre hier, seitdem wir Abschlussprüfungen hatten. Ich glaube, ich hab sogar noch all meine Unterlagen.«

Hazel deutete auf mich. »Er hat seine direkt danach in die Mülltonne geschmissen.«

Faye grinste nur.

»Musst du nicht dringend in deinem Zimmer lernen?«, fragte ich Hazel und legte meinen Kopf schief.

»Es ist Samstag«, antwortete sie und trank genüsslich einen Schluck Kaffee. »Ich brauch eine Pause vom Lernen und bleib genau hier sitzen.«

Ich sah Faye an. »Wie gesagt, dieses Haus ist immer voll.«

»Ich find's toll hier«, meinte Faye und lächelte mich an.

BILLIE

»Hunde dürfen leider nicht mit rein«, erklärte ich Lewis, als ich ihn vor der Eingangstür des Krankenhauses anleinte. Hier an der Ostküste war es viel wärmer als in Melbourne, und ich konnte ihn auf keinen Fall im stickigen Van lassen.
Lewis sah nicht überzeugt aus, doch setzte sich brav hin.
»Tut mir leid, dass du hier draußen auf mich warten musst. Ich bin bald wieder da«, versprach ich und ging durch die Schiebetüre. In der Eingangshalle musterte ich das große Schild, auf dem die unterschiedlichen Stationen ausgeschrieben waren. Ich hatte keine Ahnung, wohin ich musste.
»Entschuldigen Sie«, sagte ich zu dem Mann, der am Empfang saß und gerade ein Kreuzworträtsel löste. »Meine Großmutter hat sich die Hüfte gebrochen. Können Sie mir sagen, wo ich hinmuss?«
»Dritter Stock. Nach dem Aussteigen links und dann den langen Flur hinunter«, antwortete er, ohne den Kopf zu heben.

»Vielen Dank.« Ich eilte zum Aufzug, drückte den Knopf und wartete.

Als ich wegen des Blinddarms hier eingeliefert worden war, war Phoebe direkt mit mir in die Notaufnahme gelaufen. Nathan und Taylor hatten Stunden im Wartezimmer gesessen, bis sie endlich zu mir durften. Ich biss mir auf die Lippen. *Und kaum bist du hier, kannst du die Erinnerungen an sie nicht mehr aufhalten.*

Ich fuhr mit dem Aufzug in den dritten Stock, lief nach links und dann den langen Flur hinunter.

Eine Pflegerin mit kurzen dunklen Locken führte einen älteren Mann, der nur langsam gehen konnte, am Arm. »Wenn Sie so weitermachen, Mr Foster, muss ich abends wieder auf meinen Hometrainer steigen. Ich muss doch mit Ihnen mithalten können!«

Der Mann lachte vergnügt.

»Entschuldigung, wissen Sie, wo ich Bindi Sanders finde?«, fragte ich, während ich auf die beiden zuging.

»Sie steht vor Ihnen«, antwortete sie und lächelte mich herzlich an. »Wie kann ich helfen, Darling?«

»Wir haben gestern telefoniert. Ich suche meine Großmutter, Mrs Newman.«

Ihr Blick erhellte sich. »Dann müssen Sie Miss Stevens sein. Ihre Großmutter liegt in Zimmer einhundertzwölf.« Sie deutete den Flur entlang. »Ich versuche, den zuständigen Arzt zu finden, damit Sie mit ihm sprechen können.«

»Vielen Dank.« Ich eilte den Gang hinunter. Vor dem Zimmer blieb ich stehen und atmete einmal tief durch. Dann klopfte ich und trat leise ein.

Die Vorhänge waren zugezogen und ließen kaum Licht hinein. Meine Augen brauchten einen Moment, um sich daran zu gewöhnen. Phoebe lag im Bett und schlief. Neben ihr stand ein Monitor, der rhythmisch piepste. Sie war schon immer zierlich gewesen, doch in diesem Bett sah sie winzig aus. Ich ging leise zu ihr und setzte mich auf den Stuhl, der neben ihrem Bett stand. Erst jetzt erkannte ich den Blumenstrauß auf ihrem Nachttisch. Mist, ich hatte ihr überhaupt nichts mitgebracht. Daran hatte ich gar nicht gedacht, als ich völlig überhastet losgefahren war. Vielleicht gab es einen Shop im Krankenhaus, in dem ich ihr etwas kaufen konnte? Vorsichtig streichelte ich über ihren Handrücken und versuchte, nicht den Schlauch zu berühren, der darin steckte.

Das erste Mal, seitdem ich Melbourne überstürzt verlassen hatte, konnte ich durchatmen. Gleichzeitig schnürte mir Phoebes Anblick in diesem Krankenhausbett die Luft ab. Ich lehnte mich zurück, ohne ihre Hand loszulassen, und meine Augen wurden schwer.

*

Kurz darauf schüttelte mich jemand sanft an den Schultern. »Miss Stevens.«

Schlaftrunken richtete ich mich auf. Bindi stand neben mir und sah mich freundlich an. »Der Arzt hat nun Zeit für Sie.«

Ich nickte, ordnete meine Haare und folgte ihr nach draußen.

»Hey, Billie.« Vor mir stand Scott in einem weißen Arztkittel. Völlig perplex starrte ich ihn einfach nur an. Er sah genauso aus wie früher. *Klar! Scott hat Medizin stu-*

diert. Und inzwischen ist er Arzt, so wie er es immer geplant hatte.

»Hallo«, brachte ich endlich heraus.

»Sorry, ich wollte dich nicht überrumpeln«, sagte er und lächelte mich an.

»Ich … es, es ist einfach alles ein bisschen viel gerade«, stammelte ich.

»Natürlich. Aber ich kann dir schon mal sagen, dass es Phoebe den Umständen entsprechend gut geht.«

Tausend Steine fielen mir vom Herzen, und ich wäre am liebsten durch den Krankenhausflur getanzt, doch gleichzeitig war ich wie festgefroren, schockiert von der Person, die vor mir stand.

Sag was! Einfach irgendwas! Das ist Scott. Du hast ständig mit ihm Karten gespielt, wenn du bei Taylor warst. Taylors ältere Schwester Drew und ihr Freund Scott hatten früher oft Zeit mit uns verbracht, und ich mochte die beiden sehr. Doch auch bei ihnen hatte ich mich nie wieder gemeldet, seitdem ich aus Emerald Bay weggegangen war. Scott lächelte mich weiterhin an und wartete geduldig auf meine Antwort.

»Ich bin so schnell ich konnte aus Melbourne hierhergekommen!«, sprudelte es nun endlich aus mir heraus. »Ich musste die ganze Zeit fahren, daher konnte ich währenddessen nicht googeln, was es bedeutet, eine Hüft-OP zu bekommen. Aber das kann ich nachholen! Der Monitor da drin piepst die ganze Zeit, aber er piepst immer im selben Rhythmus, das ist ein gutes Zeichen, oder? Sie wird doch wieder ganz gesund? Ich verspreche, ich werde alles dafür tun, um zu helfen. Vielleicht kann ich ja-«

»Billie«, unterbrach Scott mich sanft, und ich biss mir auf die Unterlippe. »Sie wird wieder ganz gesund.«

Erleichtert atmete ich aus.

»Sie hat sich beim Sturz die Hüfte gebrochen und eine Gehirnerschütterung zugezogen. Doch die OP gestern ist gut verlaufen.«

»Was heißt das genau?«, fragte ich. »Wie geht es jetzt weiter?«

»Sie hat ein neues Hüftgelenk eingesetzt bekommen«, erklärte er. »Die Genesung wird eine ganze Weile dauern, vermutlich einige Monate, bis sie wieder völlig selbstständig ist. Das wird keine leichte Zeit für sie.«

»Ich bin jetzt wieder hier und werde ihr helfen«, sagte ich mit fester Stimme.

Scotts Miene verrutschte unmerklich, doch ich sah es trotzdem. Dann fuhr er fort: »Es wird allerdings nicht einfach. Phoebe wird Unterstützung bei ganz alltäglichen Dingen brauchen.« Er zögerte für einen Moment. »Du wohnst also inzwischen in Melbourne?«

»Ja. Nein, also ich war dort, aber ich wohne nicht dort.« Ich atmete einmal tief durch. »Ist auch egal. Ich bleibe erst einmal hier.«

»Okay.« Scott nickte. »Phoebe war heute Morgen bereits wieder bei vollem Bewusstsein und hat auch schon etwas gegessen. Ich hoffe, dass wir sie Ende der Woche wieder entlassen können. Dann muss sie allerdings regelmäßig Physiotherapie machen. Aber wenn es so weit ist, sprechen wir sowieso noch einmal, um alle weiteren Schritte abzustimmen.«

Irgendwie war das alles verdammt viel. Ich atmete laut aus.

»Hey«, sagte Scott, »das wird wieder. Wenn eine das schafft, dann doch Phoebe.«

Auch wenn ich nicht damit gerechnet hatte, ihm hier zu begegnen, war ich froh, dass er nun vor mir stand. Scott war schon immer nett gewesen, und bestimmt war er ein richtig guter Arzt. Ich vertraute ihm.

»Du bist also inzwischen Arzt?«, fragte ich.

»Assistenzarzt der Orthopädie, um genau zu sein. Für den Arzt braucht es noch ein paar Jahre.«

Für einen Moment sagten wir beide nichts.

»Ich muss jetzt weiter«, erklärte er schließlich. »Es ist schön, dass du hier bist, Billie.«

»Danke«, erwiderte ich leise. Damit meinte ich seine Hilfe. Aber auch, dass er so freundlich zu mir war.

Als er sich gerade umdrehen wollte, fragte ich: »Scott, kannst du ihnen erst einmal nicht sagen, dass ich wieder da bin?«

Er wusste sofort, wovon ich sprach. »Ich *darf* es ihnen gar nicht sagen. Das fällt unter die ärztliche Schweigepflicht.« Er nickte mir noch einmal zu und ging dann den Flur hinunter.

Ich war erleichtert. Noch hatte ich keine Ahnung, wie ich Taylor und Nathan unter die Augen treten sollte.

Vielleicht hast du ja Glück und begegnest ihnen gar nicht erst? Ha, als ob. Du bist keine Stunde hier, und sofort steht Scott vor dir.

Ich schüttelte den Kopf, um die Gedanken zu vertreiben. Jetzt ging es erst einmal um Phoebe. Also drehte ich mich um und ging wieder zurück in ihr Zimmer.

»Liebes«, flüsterte eine vertraute, wenn auch schwache Stimme.

»Du bist ja wach.«

»Das, oder ich träume gerade sehr schön.«

Ich schmunzelte und ging zum Fenster, um die Vorhänge ein Stück zurückzuziehen. Das helle Tageslicht ließ den kargen Krankenhausraum gleich weniger beängstigend erscheinen. Phoebe blinzelte gegen das Licht.

»Soll ich sie wieder zuziehen?«, fragte ich besorgt.

»Nein, nein.«

Ich setzte mich zu ihr aufs Bett und nahm ihre Hand.

»Also ist das kein Traum?«, fragte sie.

Ich schüttelte den Kopf und gab ihr einen Kuss auf die Wange. »Nein, es ist eindeutig kein Traum.«

»Du bist den ganzen Weg hierhergefahren?« Sie sah mich besorgt an.

Ich nickte. »Du hättest mich auch einfach bitten können, dass wir uns bald wiedersehen, anstatt so etwas zu machen.«

Phoebe lachte leise, und ich merkte, wie schwer es ihr fiel. »Du kennst mich doch. Ich liebe dramatische Auftritte.«

Die Tränen, die ich die ganzen letzten Stunden zurückgehalten hatte, bahnten sich jetzt ihren Weg nach draußen, und ich wischte sie schnell weg.

»Hey«, flüsterte Phoebe. »Es wird alles wieder gut.« Sie legte mir ihre Hand auf die Wange. »Ich werde wieder gesund. Versprochen.«

»Ja«, sagte ich mit Nachdruck. »Das wirst du. Ich werde persönlich dafür sorgen und hier bei dir bleiben, bis du vollständig gesund bist.«

»Ach, Liebes.« Phoebe atmete tief aus. »Im Moment bin ich zu müde. Können wir die Diskussion darüber verschieben? Ich will wenigstens eine faire Chance gegen dich haben.«

»Okay, ausnahmsweise.« Ich lächelte. »Brauchst du etwas? Wasser vielleicht? Oder noch ein Kissen?«

»Nein, im Moment nicht.«

»Soll ich dir etwas von daheim holen?«, bot ich an.

Phoebe setzte sich ein wenig auf. »Helen hat mir meine Brille und meine Kosmetik gebracht.«

»Sind von ihr auch die schönen Blumen?«, fragte ich.

»Ja. Wobei ich eigentlich *ihr* etwas schenken müsste.«

Stirnrunzelnd sah ich Phoebe an.

»Helen hat mich gefunden. Nachdem ich nicht zu unserer Verabredung aufgetaucht bin, hat sie den Ersatzschlüssel genommen und nach mir gesucht.«

»Gute alte Helen«, flüsterte ich.

»Ich bin so froh, dass du hier bist, Liebes«, sagte Phoebe, und ihr fielen dabei die Augen zu. »Aber du musst doch müde nach der langen Fahrt sein.«

»*Ich* mache mir jetzt hier die Sorgen«, erklärte ich. »Nicht andersherum. Du musst nur daran denken, dich auszuruhen.«

Phoebe ließ sich tiefer in ihr Kissen sinken. Nach ein paar Minuten war sie wieder eingeschlafen.

Vorsichtig stieß ich mich von der Bettkante ab und ging zur Tür. Ich hatte es ausgesprochen. Ich würde hierbleiben. Keine Ahnung, wie ich das hinbekommen sollte, aber um mich ging es dabei auch nicht. Phoebe brauchte mich, und ich würde für sie da sein, solange es nötig war.

BILLIE

»Liebes, der Krankenhausparkplatz ist eindeutig nicht der richtige Ort zum Schlafen.« Phoebe sah mich besorgt an. Sie war heute schon viel ausgeruhter und kräftiger als am Tag zuvor und saß bereits wieder aufrecht im Bett.

»Das geht schon«, winkte ich ab und trug die Blumenvase ins Bad, um sie mit frischem Wasser zu befüllen. »Im Van ist es so gemütlich, dass es egal ist, wo ich parke.« Die Sirenen der Rettungswägen hatten mich in der Nacht ständig geweckt, doch das erzählte ich ihr nicht.

»Ich glaube dir kein Wort.« Phoebe setzte ihre Brille ab und musterte mich. »Komm, setz dich zu mir.«

Ich stellte die Vase wieder auf ihren Nachttisch, nahm den Stuhl und rutschte ganz nah an sie heran.

»Das, was du gestern versprochen hast, war wirklich nett von dir gemeint. Aber ich bin immer gut alleine zurechtgekommen. Ich schaffe das auch jetzt.«

»Aber ich kümmere mich gerne um dich.«

»Du bist von hier weggegangen, um dein eigenes Leben zu leben«, widersprach sie.

»Und jetzt brauchst du meine Hilfe. Also bleibe ich erst einmal hier.«

Phoebe seufzte. »Ich will dir keine Last sein.«

»Du bist keine Last«, protestierte ich.

Phoebe betrachtete mich. »Du meinst das wirklich ernst?«

»Natürlich«, sagte ich. »Lewis und ich passen ab sofort auf dich auf. Wobei Lewis wohl besser ein Stück Abstand halten sollte.«

Es fiel mir schwer, ihn alleine zu lassen, solange ich im Krankenhaus war, aber es ging nicht anders.

»Hast du dir das wirklich gut überlegt?«, fragte Phoebe noch einmal.

Als ich gestern Abend mit Lewis spazieren gegangen war, hatte ich noch einmal in Ruhe über alles nachgedacht. Emerald Bay war klein. Ich würde es nicht vermeiden können, den Menschen von früher zu begegnen. Ich würde Taylor wiedersehen. Alle aus der Schule. Und … Nathan. Allein bei dem Gedanken daran, fing mein Herz an, wie wild zu klopfen. Doch es gab keine andere Möglichkeit. Ich konnte nicht einfach wieder losfahren, solange es Phoebe nicht gut ging. Sie war immer für mich da gewesen, und ich wollte jetzt auch für sie da sein.

»Ja«, antwortete ich bestimmt. »Ich bleibe hier. Bis es dir wieder besser geht.«

Phoebe nahm meine Hand. »Ich freue mich natürlich darüber.« Sie lächelte mich an. »Aber ich will nicht, dass du nur mit mir beschäftigt bist. Du sollst auf keinen Fall den ganzen Tag meine Pflegerin spielen.«

Ich wollte protestieren, doch Phoebe hob abwehrend die Hand. »Helen ist ebenfalls da, und ein Physiotherapeut kommt regelmäßig, der mir bei den Übungen helfen soll. Wenn du bleibst, dann will ich, dass wir uns eine schöne

Zeit zusammen machen.« Sie seufzte. »Und nicht nur über Tabletten und Rehabilitation sprechen.«

»Apropos«, sagte ich. »Hast du deine Tabletten heute Morgen schon genommen?« Ich nahm das Kästchen vom Nachttisch.

»Ich sehe schon, du hörst mir wie immer zu.«

Ich reichte ihr ein Glas Wasser, und sie schluckte die Tabletten.

»Das wird gut«, sagte ich überschwänglich. »Ich habe mir auch schon eine Lösung für den Van überlegt.«

Phoebes Wohnung lag in einem großen Gebäudekomplex in der Nähe der Strandpromenade. Sie hatte keinen eigenen Garten, in dem ich den Van gut abstellen konnte. Und ich konnte mit Lewis auf keinen Fall zu ihr in mein altes Zimmer ziehen. Ihre allergische Reaktion auf Hundehaare war leider zu schlimm.

»Ich könnte den Van im Garten am Kangaroo Hill abstellen«, schlug ich ihr daher vor. Phoebes Mutter Beth hatte früher in dem Haus gewohnt, und Phoebe hatte es nie über das Herz gebracht, es nach ihrem Tod zu verkaufen. Es war inzwischen bestimmt noch verfallener als früher, aber alles, was ich brauchte, war ein geschützter Stellplatz.

Phoebe räusperte sich. »Das ist eine gute Idee. Du kannst den Van auf jeden Fall dort abstellen. Allerdings ... habe ich das Haus am Kangaroo Hill vermietet.«

Ich runzelte die Stirn. Das Haus war schon vor Jahren völlig heruntergekommen gewesen, wer würde darin wohnen wollen?

»Taylor ist dort eingezogen«, erklärte Phoebe. »Er hat

es mit ein wenig Hilfe selbst renoviert. Es ist wunderschön geworden.«

»Wow«, stammelte ich überrumpelt. Taylor hatte schon immer Zimmermann werden wollen, genau wie sein Vater. Doch ich hatte keine Ahnung gehabt, dass er seinen Traum so schnell wahr gemacht hatte. Phoebe und ich hatten die letzten zwei Jahre eine Abmachung gehabt: Wir sprachen nicht über Emerald Bay und seine Bewohner. Vor allem nicht über einen ganz bestimmten Bewohner. Sie hatte sich immer daran gehalten. Doch nur weil sie mir nicht davon erzählt hatte, hatte das Leben hier natürlich nicht die Pausetaste gedrückt.

»Du wirst das Haus nicht wiedererkennen. Taylors Freundin Ivy wohnt auch dort. Sie ist ein tolles Mädchen, du wirst sie bestimmt mögen.«

Okay, das sind verdammt viele neue Infos. Geht es nicht eine Nummer kleiner?

»Ich finde deine Idee toll.« Phoebe strahlte mich an und sah gleich etwas unbesorgter aus. »Du hättest Gesellschaft, und ich würde mich nicht mehr schlecht fühlen, weil du nur meinetwegen hierbleibst.«

Ich hatte nicht mehr mit Taylor gesprochen, seitdem ich Emerald Bay verlassen hatte. Was würde er dazu sagen, wenn ich nun einfach wieder auftauchte und im Garten schlafen wollte? Seine neue Freundin wäre darüber bestimmt auch nicht begeistert.

»Nein, besser nicht«, wehrte ich ab. »Das wäre bestimmt komisch. Mir fällt schon etwas anderes ein.« Ich hatte mich eben erst an den Gedanken gewöhnt, hierzubleiben. Ich wollte mich auf Phoebe konzentrieren und hatte gehofft, mich nicht *sofort* der Vergangenheit stellen zu müssen.

»Du kannst nicht einfach irgendwo am Straßenrand stehen«, hielt Phoebe dagegen. »Bei mir kannst du ebenfalls nicht wohnen. Das Haus am Kangaroo Hill ist einfach perfekt.« Sie sah mich hoffnungsvoll an.

Ich seufzte. Sie hatte recht. Man fuhr nur wenige Minuten von dort zu ihrer Wohnung. Ich könnte jederzeit bei ihr sein, falls sie etwas brauchte. Für den Anfang wäre es eine gute Lösung.

»Okay, ich überlege es mir«, sagte ich schließlich, obwohl ich Angst davor hatte, was mich erwartete.

»Mach das.« Zufrieden lehnte sich Phoebe zurück. »Und gib mir Bescheid, wenn ich ihn anrufen soll.«

Auf keinen Fall würde ich Phoebe vorschicken, sollte ich mich dafür entscheiden, Taylor tatsächlich zu fragen. Nein, das musste ich selbst schaffen.

»Hast du heute schon etwas gegessen?«, wechselte ich schnell das Thema.

»Nur etwas Müsli zum Frühstück.«

Ich stand auf. »Dann geh ich jetzt in den Supermarkt und hole etwas Obst, damit du schnell gesund wirst.«

*

Auch den nächsten Tag verbrachte ich größtenteils bei Phoebe, während Lewis geduldig im Schatten vor dem Krankenhauseingang wartete. Am Nachmittag fuhr ich mit ihm nach Emerald Bay in den Greenside Park. Auf dem Rasen spielten Familien Cricket, und einige Meter von mir entfernt stand eine Tai-Chi-Gruppe und war vertieft in ihre Übungen. Ich sah mich suchend um, doch ich erkannte niemanden von früher. Erleichtert nahm ich Lewis' Ball und warf ihn so weit, wie ich konnte. In den letzten Tagen hatte er sich nur bei unserer abendlichen Spazierrunde um das Krankenhaus bewegen können, und ich hatte schon ein ganz schlechtes Gewissen. Lewis jagte davon und kam in ebenso schnellem Tempo wieder zurück.

»Hol ihn dir!«, rief ich und warf den Ball erneut.

»Billie?«, fragte in diesem Moment eine Stimme hinter mir. Ich erschrak und fuhr herum. Vor mir stand Louie, mein früherer Schulbusfahrer. Seine Haare waren noch genauso schneeweiß, wie ich sie in Erinnerung hatte.

»Entschuldige.« Er hob die Hände. »Ich wollte dich nicht erschrecken.«

»Nein, nein, alles gut.«

Er lächelte mich an. »Ich habe dich eine Ewigkeit nicht mehr hier gesehen.« Er überlegte. »Nicht seit deinem Abschluss.«

»Ich war viel unterwegs«, sagte ich schnell. »Wie geht es Ihnen?«

»Alles wie immer«, erzählte er vergnügt. »Ich fahre immer noch jeden Tag Bus. Aber ich werde nie das Mädchen vergessen, das mir zu meinem Geburtstag ein Ständchen gesungen hat.«

»Daran können Sie sich noch erinnern?« Ich lächelte. Ich war vierzehn gewesen und hatte meine Ukulele eingepackt, um Louie damit zu überraschen. Er hatte sich gefreut, doch das Getuschel der anderen Kinder im Bus danach war unerträglich gewesen.

»Ich muss dann wieder«, unterbrach Louie meine Gedanken. »Bis bald, Billie. Und alles Gute für dich.« Er winkte mir noch einmal zu und ging über den Rasen zum Parkplatz.

Lewis, der inzwischen hechelnd neben mir stand, ließ den Ball vor mir ins Gras fallen. Ich warf ihn noch einmal in hohem Bogen davon und sah ihm gedankenverloren hinterher. In ein paar Tagen würde Phoebe aus dem Krankenhaus entlassen werden. Bis dahin brauchte ich dringend eine Lösung, wo ich den Van abstellen würde. Sie durfte sich keine Sorgen um mich machen. Emerald Bay hatte keinen Campingplatz, und ich wollte gerne in Phoebes Nähe sein. Ich hatte in der App nachgesehen, es gab zwei Nutzer, die ihre Gärten zum Campen anboten. Der erste hatte eine miese Bewertung, und der zweite war mit Nathan und Taylor in einer Klasse gewesen. Ich kannte ihn nicht richtig, aber hatte auch keine Lust, von ihm mit Fragen durchlöchert zu werden. Und dann war da noch der Garten vom Kangaroo Hill. Phoebe gehörte zwar das Grundstück, doch ich hatte riesige Angst, Taylor unter die Augen zu treten.

Scott ist nett zu dir gewesen, als du ihn wiedergesehen hast. Und Louie auch. Ja, aber mit beiden hattest du nur hin und wieder zu tun. Taylor war aber einer deiner besten Freunde. Bestimmt schlägt er dir die Tür gleich wieder vor der Nase zu. Meine Gedanken rasten, und ich kniff die Augen zusammen, um mich zu konzentrieren. *Du wirst ihn sowieso wiedersehen, wenn du hierbleibst. Du wirst nicht drumherum kommen. Also kannst du auch zu ihm fahren und selbst bestimmen, wann es passieren wird. Und Phoebe wäre bestimmt erleichtert.*

Ich sollte wirklich versuchen, das Pflaster abzureißen. Wobei ich noch keine Ahnung hatte, wie tief die Wunde darunter war. Zwei Jahre lang hatte ich Emerald Bay und alles, was damit verbunden war, aus meinen Gedanken ausgeschlossen.

Ich stieß einen kurzen Pfiff aus, und Lewis kam zu mir zurückgerannt. »Wir haben etwas Wichtiges vor«, verkündete ich. Wie immer hatte ich das Gefühl, dass Lewis mich irgendwie verstehen konnte, denn er sprang mit den Vorderpfoten an mir hoch. »Ich schaff das schon. Auch wenn ich noch keine Ahnung habe, was ich zu ihm sagen soll.«

Taylor führte laut Phoebe inzwischen ein völlig anderes Leben. Mit *Hi, wie geht's?* war es bestimmt nicht getan. Aber welche Begrüßung wäre nach so langer Zeit passend? Gab es überhaupt einen richtigen Satz dafür? Seufzend tätschelte ich Lewis den Kopf. Ich würde es wohl oder übel gleich herausfinden …

BILLIE

Mit schnell klopfendem Herz fuhr ich kurze Zeit später durch Emerald Bay. Die Main Street sah immer noch genauso aus wie früher. Kleine Geschäfte reihten sich aneinander, und vor dem Visitor Center waren Schilder mit den Touristenattraktionen der Umgebung aufgestellt. Das Kino war allerdings neu. Anscheinend hatte der Antrag endlich Erfolg gehabt. Es sah mit seiner roten Eingangstüre und der großen Leuchttafel, auf der mit schwarzen Buchstaben die neuen Filme angekündigt wurden, aus wie in einem Film.

Auch der Rest der Stadt hatte sich nicht verändert. Ein paar Häuser waren neu gebaut worden, doch Emerald Bay war weiterhin der Küstenort mit den vielen kleinen Häusern aus Holz, den großen Eukalyptusbäumen und der spektakulären Aussicht auf den Ozean. Mein Herz bekam einen Stich. Ich hatte mir in den letzten Jahren verboten, darüber nachzudenken. Es hatte keinen Sinn, doch ich konnte nichts gegen meine Gefühle tun. Denn Emerald Bay war auch der Ort, den ich hinter mir lassen wollte.

Das Haus am Ende des Kangaroo Hills hatte sich allerdings so sehr verändert, dass ich es fast nicht erkannt hätte.

Das zuvor ausgeblichene Holz strahlte nun weiß, es hatte neue Fenster bekommen, und selbst das Dach war mit grauen Schindeln neu gedeckt worden. Auf der umlaufenden Veranda stand ein alter Schaukelstuhl. Es war wunderschön geworden. Taylor hatte ganze Arbeit geleistet.

Ich parkte den Van in der Einfahrt. Als ich den Motor ausschaltete, richtete Lewis sich auf und sah neugierig hinaus.

»Wir können wieder umdrehen, wenn es zu viele neue Leute auf einmal sind«, sagte ich in verständnisvollem Ton. »Du musst nur einmal bellen.« Am liebsten wäre ich wieder umgekehrt. Doch Lewis sah mich nur mit heraushängender Zunge an und hechelte fröhlich vor sich hin.

»Ich hab dich doch zu gut erzogen«, murmelte ich, stieg aus und öffnete die Beifahrertür. Lewis sprang hinaus und beschnüffelte sofort die neue Umgebung. Ich sah zum Haus. Was, wenn Taylors Freundin öffnete? Sie kannte mich nicht. Es war eine doofe Idee gewesen, einfach hierherzufahren. *Bring es hinter dich,* sagte ich mir, obwohl meine Hände leicht zitterten.

Entschlossen ging ich die Stufen zur Eingangstür nach oben und klopfte. Nach einem Moment, der sich schrecklich lang anfühlte, hörte ich es im Haus rumpeln, und die Tür öffnete sich einen Spalt. »Du bist doch sonst nie zu früh«, hörte ich Taylors Stimme. »Zum Glück hab ich schon zusammengepackt, wir können sofort los.«

Ich räusperte mich. Taylor öffnete die Tür nun ganz und starrte mich an.

Er war noch größer als in meiner Erinnerung, wahrscheinlich war er ein weiteres Stück gewachsen. Seine blonden Haare waren nicht mehr lang, sondern inzwischen kurz geschnitten, und seine Gesichtszüge waren kantiger geworden. Doch ansonsten sah er genauso aus wie früher.

Ich wusste nicht, was ich sagen sollte. Jedes Wort kam mir komisch oder völlig fehl am Platz vor. Taylor starrte mich immer noch an und sagte ebenfalls kein Wort. Ich rechnete schon damit, dass er mich wegschicken würde, doch dann machte er einen Schritt auf mich zu und umarmte mich. Ich war so überrumpelt von seiner Bewegung, dass ich taumelte, doch er fing mich auf. Erleichtert atmete ich aus und drückte ihn ebenfalls.

»Du bist wirklich hier.« Er ließ mich wieder los. »Mum hat mir von Phoebes Sturz erzählt, aber ich war mir nicht sicher, ob du kommen würdest.«

Ich wusste nicht, was ich darauf erwidern sollte, denn ich konnte es ihm nicht verübeln.

»Komm erst mal rein«, sagte Taylor.

»Störe ich dich nicht?«

»Nein, nicht direkt ... ich hatte etwas vor und muss nur ganz dringend eine Nachricht schreiben.« Er zog sein Handy aus der Hosentasche.

In dem Moment kam Lewis die Treppe zu uns nach oben.

»Wer ist das denn?«, fragte Taylor erfreut und steckte sein Handy zurück.

»Das ist Lewis.«

»Hi, Lewis.« Taylor kraulte ihm ausgiebig den Nacken. »Schön, dich kennenzulernen.«

Lewis genoss die Aufmerksamkeit, nachdem er die letzten beiden Tage viel zu viel Zeit alleine vor dem Krankenhaus verbracht hatte. Plötzlich schlüpfte er an Taylor vorbei ins Haus.

Ich pfiff durch die Zähne. »Entschuldige, ich hol ihn sofort zurück.«

»Ach, das ist kein Problem. Ich will dir sowieso alles zeigen.«

Ich hatte damit gerechnet, dass Taylor abweisend zu mir sein würde. Dass er mich nun so freundlich empfing, war seltsamerweise fast schwerer zu ertragen. Ich folgte ihm nach drinnen. Die helle Einrichtung und die abgeschliffenen Holzdielen waren nicht zu vergleichen mit dem verfallenen Haus aus meiner Erinnerung. Taylor führte mich in die Wohnküche am anderen Ende des Flures, und wir setzten uns an einen großen Küchentisch.

»Die Führung muss warten«, erklärte er. »Erst musst du mir alles erzählen.«

Ich hatte befürchtet, dass Taylor sofort Antworten haben wollte. »Es tut mir leid, dass ich dich einfach so überfalle«, sagte ich. »Phoebe hat mir erzählt, dass du inzwischen hier wohnst, und ich hab mich nicht getraut, dich anzurufen. Es war einfacher, direkt hierherzukommen.«

Taylor nickte. »Wie geht es ihr?«

»Okay. Sie würde mir nie sagen, dass sie Schmerzen hat, du kennst sie ja.«

Er lächelte.

»T«, rief in diesem Moment eine Stimme, die ich sofort erkannte. Mein Herz sank in die Hose. Taylor sah mich erschrocken an und sprang auf. Ich überlegte fieberhaft, was ich tun sollte, doch ich war wie festgenagelt.

»Wir hatten doch abgemacht, dass ich dich vor dem Haus zum Surfen abhole. High Tide ist in knapp einer Stunde. Das wird-« Nathan stand nur wenige Meter von mir entfernt, doch ich traute mich nicht, ihn anzusehen.

Stattdessen starrte ich auf den Boden. Die Stille, die sich in der Küche ausbreitete, war kaum auszuhalten.

»Nathan«, sagte Taylor schließlich. »Lass uns in Ruhe darüber reden!«

Doch Nathan drehte sich, ohne ein weiteres Wort zu sagen, um und rannte einfach hinaus.

*

»Liebes, pass auf! Die Klippen sind sehr steil!«, rief Phoebe mir hinterher.

»Ja-ha«, antwortete ich und kletterte trotzdem noch ein bisschen weiter hinunter. Von hier hatte ich einen perfekten Blick auf das Meer.

Ich war erst seit zwei Wochen in Emerald Bay, doch der Leuchtturm war schon jetzt mein Lieblingsort hier. Sein weißer Anstrich strahlte hell in der Sonne, und nachts sah man sein kreisendes Licht in der Dunkelheit. Er war immer da und lotste die Schiffe sicher durch das Wasser. Vor ein paar Tagen hatte ich von dieser Stelle aus Delfine gesehen, und ich hatte fest vor, sie wieder zu entdecken. In Moree, wo ich früher gewohnt hatte, gab es kein Meer, sondern nur Felder, so weit das Auge reichte. Die Wellen schlugen gegen die Klippen, und ich sah fasziniert zu, wie der entstandene Schaum sich wieder auflöste.

Morgen würde ich das erste Mal in die neue Schule gehen. Das war die vierte innerhalb eines Jahres. »Bestimmt findest du bald Freunde«, hatte Phoebe zuversichtlich gesagt.

Ich hatte nur mit den Schultern gezuckt. Selbst als ich noch mit Mum und Dad daheim in Moree gelebt hatte, hatte ich mich schwer damit getan, Kontakt mit anderen Kindern zu knüpfen. Am liebsten würde ich tagsüber bei Phoebe bleiben. Dann würde es nur sie und mich geben. Keine Mitschüler oder Sportstunden, in denen man beim Cricket als Letzte ins Team gewählt wurde. Das war an jeder Schule gleich, hatte ich festgestellt.

Hinter mir knackste es, und ich drehte mich um. Ein schlaksiger Junge mit langen dunkelbraunen Haaren kletterte barfuß die Klippen hinunter. Er trug Surfshorts und eine Baseballcap. Dann kam er zu mir und setzte sich neben mich. »Hi«, sagte er.

»Hallo«, erwiderte ich. Seine tiefblauen Augen musterten mich. Schnell sah ich wieder aufs Meer.

»Ich bin Nathan«, stellte er sich vor.

Ich nickte nur. Wenn du nicht mit ihm redest, geht er bestimmt einfach von selbst wieder.

Wir saßen schweigend nebeneinander, aber er blieb genau da, wo er war. Ich wollte schon aufstehen, doch dann fielen mir die Delfine wieder ein. Ich wollte sie unbedingt sehen.

Schließlich räusperte Nathan sich. »Ich schau mir immer die Wellen von hier oben an. Ich werde Surfer und muss alles über sie wissen.« Er sagte diesen Satz selbstbewusst. Anscheinend hatte er keine Angst, dass ich ihn auslachen könnte. Vielleicht wollte er wirklich nett zu mir sein.

»Ich will Delfine sehen«, erklärte ich ihm.

»Das klappt bestimmt.« Er lächelte mich an. »Als ich gestern surfen war, sind sie ganz nah an mir vorbeigeschwommen.«

Ich sah ihn mit großen Augen an. Er war wirklich mit ihnen im Wasser gewesen?

»Dein Armreif ist übrigens echt cool.« Nathan deutete auf mein Handgelenk.

Misstrauisch sah ich ihn an.

»Wirklich«, sagte er mit Nachdruck.

»Meine Mum hat ihn für mich gemacht.« Ich drehte den goldenen Armreif hin und her und versuchte, nicht zu sehr zu zittern. Mum hatte Schmuck hergestellt und auf Märkten und Festivals verkauft.

»Echt richtig cool«, meinte Nathan bewundernd.

Ich musste gegen meinen Willen lächeln.

»Schau!«, rief er plötzlich und zeigte aufs Wasser.

Tatsächlich – in den Wellen tummelte sich ein ganzer Schwarm Delfine.

»Da sind sie!«, rief ich begeistert und klatschte in die Hände. Es mussten mindestens sieben Stück sein. Anmutig glitten sie nebeneinander durchs Wasser und sprangen immer wieder nach oben. Wir sahen ihnen zu, bis sie am Horizont verschwanden.

»Ich muss jetzt los«, sagte ich und stand auf. Phoebe wartete bestimmt schon.

Nathan folgte mir, und wir kletterten zurück auf den Weg. Phoebe stand im Schatten eines Baums und winkte mir zu.

»Also tschüss«, verabschiedete ich mich und lief los.

»Warte!«, rief Nathan. »Wie heißt du?«

Ich drehte mich noch einmal um. »Billie.« Ich sah, wie er den Namen wiederholte, als hätte er ihn noch nie gehört. »Stevens«, fügte ich schnell hinzu. Er sollte wissen, dass ich einen ganz normalen Nachnamen hatte. Und nicht komisch oder anders war, wie die anderen Kinder in meiner alten Klasse immer gesagt hatten.

»Wenn du willst, kann ich dir bald mal die Stelle zeigen, wo ich die Delfine gesehen habe.«

Ich zuckte mit den Schultern. Bestimmt würde ich ihn sowieso so schnell nicht mehr wiedersehen. »Vielleicht. Bye.«
»Bis bald, Billie!«, *rief er und winkte mir hinterher.*

NATHAN

»Sicher, dass du nichts essen willst, T?«, fragte ich Taylor und schob ihm eine Cola über den Tresen zu.

»Nee, danke.« Taylor schüttelte den Kopf und nahm einen Schluck. »Ivy kocht heute Abend, und du weißt, was das heißt.«

Taylors Freundin Ivy war eine grandiose Köchin und hatte eine Zeit lang im Three Pines ausgeholfen. Inzwischen studierte sie Ernährungswissenschaften. Wenn sie kochte, durfte man sich das nicht entgehen lassen.

Taylor besuchte mich oft nach der Arbeit im Restaurant. Er hatte immer noch seinen Werkzeuggürtel und dicke Timberland-Boots an.

»Wie läuft es auf der Baustelle?«, fragte ich. Taylor absolvierte gerade das letzte Jahr seiner Ausbildung als Zimmermann.

»Gut«, antwortete er und balancierte eine Gabel auf seinem Zeigefinger. »Wenn wir so weitermachen, sind wir in zwei Monaten fertig, und der Auftraggeber kann das Bed and Breakfast eröffnen.« Die Gabel fiel herunter, und er fing sie auf. »Sorry, dass ich gestern nicht mitgekommen bin. Ich war einfach zu müde, um so früh fürs Surfen aufzustehen. Wollen wir morgen eine späte Session einlegen? Ich kann um vier Uhr Feierabend machen.«

Ich nickte, und er hielt mir seine Hand hin, damit ich einschlug. »Deal.« Taylor und ich surften seit der Grundschule zusammen. Ohne ihn wäre ich vor zwei Jahren ganz sicher nicht wieder auf mein Board gestiegen.

Die Tür ging auf, und Sam kam mit Isla auf dem Arm herein. Als sie uns sah, strahlte sie und rief: »Onkel Nathan, Onkel Taylor!«

Sam setzte sie auf dem Tresen ab. »Hey, Jungs.« Er setzte sich auf einen der Barhocker und lockerte seine Krawatte. Während ich nur in Surfshorts herumlief, trug Sam jeden Tag einen Anzug. »Nathan, gibst du mir bitte ein Wasser?«

Ich nickte und stupste Isla an. »Und was willst du?«

»Pommes«, antwortete sie und grinste.

»Vergiss es.« Sam schüttelte den Kopf. »Dein Pommes-Konsum ist höher als bei jedem anderen Kind in Australien. Nein, ich frage Grandpa, ob er dir ein Avocadobrot macht.« Er ging in die Küche, und Isla zog eine Schnute.

»Na, Isla«, lenkte Taylor sie ab. »Wie hat dir deine Geburtstagsparty gefallen?«

»Toll! Ich bin auf einem echten Pony geritten«, sagte sie begeistert.

Taylor pfiff durch die Zähne. »Das hört sich nach einer großartigen Party an. Bestimmt die beste, die es bisher in Emerald Bay gegeben hat.«

Isla lächelte und kramte in der Vordertasche ihrer grünen Latzhose. Schließlich zog sie eine zerdrückte Pommes hervor.

»Wo hast du die denn her?«, fragte ich und verzog das Gesicht.

»Grandpa hat mir heute Mittag schon Pommes gemacht. Da hab ich die hier für später aufgehoben.« Zufrieden biss sie hinein.

Einen Moment später kam Sam wieder aus der Küche. »Grandpa ist so nett und macht uns Salat und Avocadotoast zum Mitnehmen, damit du etwas Gesundes isst. Und danach geht es ab ins Bett.«

Taylor, Isla und ich grinsten uns an.

»Was?«, fragte Sam, doch wir antworteten nicht. »Was habt ihr jetzt schon wieder zusammen ausgeheckt?«

Isla prustete los, und ich gab Sam sein Wasser.

»Wir haben uns nur unterhalten«, erklärte ich ihm.

»Und ich lauf heute Abend noch bis nach Sydney«, sagte er trocken und trank einen Schluck. Dann zog er Isla zu sich und kitzelte sie durch, bis sie vor Vergnügen quietschte. »Die beiden sind einfach die schlimmsten Onkel, die man sich vorstellen kann!« Doch er grinste Taylor und mich dabei an.

Taylor stand auf. »Ich muss los. Holst du mich morgen ab?«

»Mach ich«, sagte ich. »Ich warte um vier Uhr draußen.«

Taylor klopfte Sam auf die Schulter und strich Isla übers Haar. »Erklärt ihr mir, warum ich mich jede Woche aufs Neue darauf einlasse und mich neben Nathan blamiere? Keiner surft so gut wie er.«

»Blamieren würde ich das wirklich nicht nennen«, widersprach Sam. »Was soll *ich* denn sagen? Als ich zwanzig war, wollten meine Freunde lieber mit meinem kleinen

Bruder als mit mir zum Surfen gehen. Da war Nathan zehn.«

Es hatte eine Zeit gegeben, in der weder Taylor noch Sam und seine Freunde mit mir mithalten konnten. Ich hatte keine Furcht im Wasser gehabt. Doch die Dinge hatten sich geändert – und es hatte keinen Sinn, zurückzublicken.

*

Am nächsten Tag fuhr ich nach der Arbeit direkt zu Taylor. Es war schon ein paar Wochen her, dass wir zu zweit surfen waren, und ich freute mich darauf. Er hatte zurzeit viel zu tun. Im nächsten Jahr wurde er mit der Ausbildung fertig, und es gab immer ein Projekt, an dem er arbeitete. Er hatte das Haus am Kangaroo Hill, in dem Ivy und er wohnten, selbst renoviert. Taylor wollte den Betrieb seines Vaters übernehmen, und Ivy liebte ihr Studium. Selbst Faye, die dafür bekannt gewesen war, jeden Job in Emerald Bay auszuprobieren, war inzwischen glücklich auf der Rosewood Farm und erzählte allen begeistert von ihren Plänen. Sie alle hatten ein Ziel vor Augen. Schön für sie. Ich hatte ebenfalls große Pläne gehabt – und war gescheitert. Mein Leben war trotzdem keinesfalls schlecht. Ich ging jeden Tag zum Surfen und half Mum und Dad dabei, das Three Pines am Laufen zu halten. Ich hatte mich daran gewöhnt. Es war okay, so wie es war.

Ich fuhr den Kangaroo Hill nach oben und hielt vor dem kleinen Haus ganz am Ende der Straße. In der Einfahrt stand ein alter Van. Vielleicht war es der Installateur, den Taylor versucht hatte zu erreichen. Die Rohre im Bad machten wohl Ärger.

Ich schaltete den Motor ab und sah auf mein Handy. Ich war pünktlich auf die Minute. Bestimmt würde Taylor gleich rauskommen. Ich machte die Musik an und ließ das Fenster hinunter.

Als Taylor ein paar Minuten später immer noch nicht aufgetaucht war, stieg ich aus und ging zur Haustür. Dabei warf ich einen Blick in den Van. Er gehörte auf keinen Fall dem Installateur, denn er war komplett ausgebaut. Ich konnte eine Küchenzeile und eine große Matratze erkennen. Es sah so aus, als wohnte jemand darin. Wer hatte in Emerald Bay denn so einen Wagen? Und warum stand er damit bei Ivy und Taylor in der Einfahrt?

Ich lief die Stufen nach oben und öffnete die Haustür, die wie immer nicht abgesperrt war, wenn jemand zu Hause war.

»T!«, rief ich, als ich in den Flur trat. Ich hörte einen Stuhl über den Boden scharren und ging in die Küche. »Wir hatten doch abgemacht, dass ich dich vor dem Haus zum Surfen abhole. High tide ist in knapp einer Stunde. Das wird-«

Taylor kam auf mich zu, aber es war bereits zu spät. Ich hatte sie schon gesehen. Mein Körper war wie festgefroren, und mein Herz fing an, wie wild zu klopfen. *Was zum Teufel ist hier los? Das kann einfach nicht wahr sein!* Aber das war es. Sie war wirklich hier. Billie saß in Taylors Küche. Billie, die vor mehr als zwei Jahren einfach verschwunden war. Sie sah mich nicht an, sondern starrte auf den Boden. Mein Kopf versuchte, meinem Körper Signale zu geben, doch ich bewegte mich nicht und konnte meinen Blick nicht von ihr abwenden.

»Nathan«, unterbrach Taylor die Stille, die sich wie eine Ewigkeit anfühlte. »Lass uns in Ruhe darüber reden!«

Sein Worte gaben meinem Körper den nötigen Impuls. Ohne groß darüber nachzudenken, drehte ich mich um und rannte hinaus zum Jeep. Ich setzte mich hinters Steuer, startete den Motor und versuchte hektisch, den Rückwärtsgang einzulegen. »Verdammt!«, fluchte ich und schaffte es nach dem dritten Versuch endlich, den Wagen zurückzusetzen. Taylor war mir nicht gefolgt. Ich fuhr den Kangaroo Hill nach unten und trommelte dabei mit den Fingern aufs Lenkrad. Das alles konnte einfach nicht wahr sein. Zwei Jahre lang hatte ich mir diese Situation ausgemalt. Immer und immer wieder. Wie sie aussehen würde. Was sie sagen würde. Was ich sagen würde. Doch niemals hatte ich damit gerechnet, dass sie einfach wieder hier auftauchen würde. Was tat sie hier? Und wieso war sie ausgerechnet bei Taylor in der Küche gewesen?

Mein Handy klingelte, doch ich ignorierte es. Meine Gedanken überschlugen sich. *Haben die beiden etwa Kontakt gehabt? Hat Taylor dich die ganze Zeit über angelogen? Und hätte er dir überhaupt erzählt, dass sie wieder da ist, wenn du nicht zufällig hineingeplatzt wärst?* Plötzlich kam mir noch ein ganz anderer Gedanke. *Was ist, wenn sie in diesem Moment schon wieder aus Emerald Bay wegfährt? Und was ist, wenn sie bleibt?*

Ich fuhr den Weg zum Sunshine Beach. Ich wusste, dass ich zu schnell war, doch ich wollte den Fuß nicht vom Gas nehmen. Mit Schwung parkte ich den Wagen und blieb dann regungslos hinterm Steuer sitzen. Ich sah auf das Meer und die Wellen, die sich brachen. Die Bedingungen fürs Surfen waren einfach perfekt.

Wütend schlug ich aufs Lenkrad. Es gab eine Grundregel, die mir mein früherer Surfcoach Blake beigebracht hatte: »Geh nie aufs Wasser, wenn du nicht Herr deiner Gefühle bist.«

Ich fuhr mir übers Gesicht und versuchte, klar zu denken. Billie war tatsächlich wieder hier. Zwei Jahre lang hatte ich versucht, sie zu vergessen. Als wäre alles, was wir zuvor zusammen erlebt hatten, nie passiert. Zwei Jahre hatte ich trotzdem jeden Tag an sie gedacht.

Ich beobachtete die Wellen, die unaufhaltsam kamen und gingen. Am liebsten wäre ich zurückgefahren, um sie anzuschreien. Nein, am liebsten wäre ich ganz weit weggefahren. Abgehauen, so wie sie es getan hatte.

Wenn ich ehrlich zu mir war, hatte ich keine Ahnung, was ich tun sollte. Auch wenn ich mir immer wieder gewünscht hatte, dass sie zurückkommen würde, hatte ich nicht mehr damit gerechnet. Ich hatte versucht, sie zu vergessen. Und jetzt, da sie wieder hier war, schmerzte es so viel mehr als je zuvor.

BILLIE

»Shit, shit, shit!«, fluchte Taylor. »Ich habe vergessen, ihm abzusagen! So sollte er es doch auf keinen Fall erfahren!«

Ich fühlte mich schrecklich. Schlimmer hätte es nicht laufen können. Taylor war so nett zu mir – und jetzt das.

»Das wollte ich wirklich nicht«, entschuldigte ich mich bestürzt. Bis vor zwei Tagen hatte ich nicht damit gerechnet, Nathan je wiederzusehen. Ich hatte ihn aus meinem Kopf verbannt, mich gezwungen, nicht an ihn zu denken. Das hatte an manchen Tagen mies und an anderen Tagen noch schlechter funktioniert.

Taylor versuchte derweil, Nathan am Telefon zu erreichen, doch legte nach einem Moment frustriert auf. »Er geht nicht ran.«

»Ich hätte nicht einfach hier aufkreuzen dürfen.« Ich stand auf. »Das war eine idiotische Idee.«

Taylor raufte sich die Haare. »Es war ein verdammt schlechter Zeitpunkt. Aber bitte bleib.« Wieder wählte er Nathans Nummer, doch man hörte nur das blecherne Klingeln. Er steckte das Handy in die Hosentasche.

Noch immer stand ich unschlüssig da. »Willst du nicht sofort los zu ihm?« Ich brachte Nathans Namen nicht über die Lippen. An ihn zu denken und ihn auszusprechen waren zwei komplett unterschiedliche Dinge.

»Wahrscheinlich ist es besser, wenn ich ihm etwas Zeit gebe. Du weißt ja, wie er ist, wenn-« Taylor beendete den Satz nicht.

Nein, ich wusste nicht mehr wirklich, wie Nathan war. In zwei Jahren konnte viel passieren, und er hatte sich mit Sicherheit verändert.

»Ich gehe besser wieder. Es tut mir ehrlich leid, was passiert ist. Ich wollte den Van hier im Garten abstellen. Ich wusste ja nicht, dass du jetzt hier wohnst. *Ihr* jetzt hier wohnt. Phoebe fand die Idee toll und sah so glücklich aus, also bin ich hergekommen. Aber das funktioniert auf keinen Fall. Mir fällt schon etwas anderes ein.«

Taylor sah mich verwirrt an. »Ich hab nur die Hälfte verstanden.«

Ich atmete tief aus. Wie immer, wenn ich nervös war, redete ich wie ein Wasserfall.

»Bitte geh nicht.« Taylor sah mich ernst an. »Du bist doch eben erst gekommen.«

»Wieso willst du, dass ich hierbleibe?«, platzte es aus mir heraus. »Du sollst dich nicht meinetwegen mit ihm streiten.«

»Weil ich endlich wissen will, was passiert ist! Du warst von einem auf den anderen Tag einfach weg. Phoebe hat uns zwar gesagt, dass es dir gut geht, aber mehr nicht.« Taylor sah enttäuscht und wütend aus. »Du warst auch meine Freundin. Wieso hast du dich nie gemeldet?«

Taylor war so etwas wie ein Bruder für mich gewesen. Doch als ich Emerald Bay verlassen hatte, hatte ich den Kontakt zu allen außer Phoebe abgebrochen. Es war die einzige Möglichkeit gewesen, alles hinter mir zu lassen. Und Nathan zu vergessen.

»Es ging nicht anders«, erklärte ich. »Bitte, T, mehr kann ich nicht sagen.«

Taylor sah mich prüfend an. »Du wirst mir also nicht erzählen, was passiert ist?«

Ich fuhr mit dem Finger über die Holzplatte des Tischs. Ob Taylor ihn wohl selbst geschreinert hatte? Ich würde ihn gerne so vieles fragen. *Nate hat Taylor also nicht gesagt, warum du gegangen bist. Er hätte ihm nur deinen Brief zeigen müssen. Komisch, sie haben sich doch sonst immer alles erzählt.*

»Ich kann nicht«, sagte ich schließlich. »Da ist etwas zwischen ihm und mir.«

Taylor verschränkte die Arme. »Okay, das versteh ich. Aber Mensch, Billie ... du hast ihm das Herz gebrochen, als du einfach abgehauen bist!«

Mein Gesicht brannte vor Verlegenheit. Ich konnte Taylor nicht sagen, dass es die schlimmste Entscheidung gewesen war, die ich je treffen musste. Und dass mein Herz dabei ebenfalls zerbrochen war.

»Ich weiß«, flüsterte ich stattdessen.

Lewis kam zu mir und legte seinen Kopf auf meinen Schoß.

»Du hast also einen Van?«, fragte Taylor schließlich.

Ich nickte. »Ja, er steht draußen in der Einfahrt.«

»Und Phoebe will, dass du ihn hier abstellst?«

»Es war eigentlich meine Idee. Ich werde in Emerald Bay bleiben, bis sie wieder fit ist. Mit Lewis kann ich allerdings nicht bei Phoebe wohnen, und ich schlafe sowieso am liebsten im Van. Aber ich wusste natürlich nicht, dass du inzwischen hier lebst. Ich finde eine andere Abstellmöglichkeit.«

Taylor schüttelte den Kopf. »Nein, es ist Phoebes Grundstück. Also bleibst du natürlich hier.« Er stand auf und sah durchs Fenster in den Garten. »Du könntest ihn unter den großen Eukalyptusbaum auf die Wiese stellen.«

Nach dem, was eben passiert war, wäre ich am liebsten sofort wieder gegangen. *Taylor bietet dir an zu bleiben. Ja, aber nur weil Phoebe seine Vermieterin ist und er keine andere Wahl hat.*

»Ich will euch wirklich nicht stören«, versuchte ich, sein Angebot ein letztes Mal abzuwehren. »Phoebe hat erzählt, dass du jetzt eine Freundin hast?«

Taylor nickte und lächelte. »Ivy. Du wirst sie bestimmt mögen.«

Wenn sie so ist wie die anderen Mädchen aus Emerald Bay – auf keinen Fall.

»Sie wäre bestimmt nicht begeistert, wenn ich hierbleibe«, wandte ich ein.

»Ivy würde alles für Phoebe tun«, widersprach Taylor. »Und ich auch. Sie war großartig im letzten Jahr. Das ist das Mindeste, was wir tun können.«

Sein Standpunkt war klar. Er war es Phoebe schuldig. *Was hast du denn erwartet? Dass er einfach vergisst, was passiert ist, und alles wie früher ist?*

»Komm schon, Billie.« Taylor ging einen Schritt auf mich zu. »Das Ganze ist doch sowieso schon kompliziert genug. Du bist jetzt hier und brauchst einen Stellplatz. Das Haus und der Garten gehören deiner Familie. Lass uns einfach versuchen, es irgendwie hinzubekommen.«

»Und ... Nate?« Als ich seinen Namen aussprach,

konnte ich nicht verhindern, dass meine Stimme brach. »Ich will nicht, dass ihr euch streitet.«

»Das lass mal meine Sorge sein.«

»Okay«, gab ich schließlich leise nach. Er hatte ja recht. Und da war dieser winzige Teil in mir, der still darauf hoffte, dass wir irgendwann wieder wie früher miteinander umgehen konnten. Auch wenn ich kein Recht dazu hatte. *Hast du denn gar nichts gelernt? Was ist aus deiner Regel geworden? Sie hat dich in den letzten zwei Jahren gut beschützt.*

Ich schob meine Gedanken an die Seite. Das war unterwegs gewesen. Doch jetzt war ich zurück in Emerald Bay und musste damit klarkommen, dass ich erst einmal hierbleiben würde.

»Komm«, sagte Taylor. »Ich zeig dir, wo du am besten parken kannst.«

Wir gingen zusammen nach draußen. Auch der Garten sah inzwischen komplett anders aus. Er war nicht mehr verwildert, sondern gepflegt. Doch man hörte noch immer das Meer von hier oben rauschen, so wie früher.

»Gibt es die Holztreppe, die an den Strand führt, noch?«, fragte ich Taylor, als wir über die Veranda in den Garten gingen.

Er nickte. »Ich hab nur ein paar Stufen austauschen müssen. Das Ding war ganz schön morsch.«

Grandma Beth hatte ihr ganzes Leben hier am Kangaroo Hill verbracht und sich stets geweigert, etwas zu verändern.

»Die sind ja cool.« Ich deutete auf zwei große Hochbeete.

»Ivy versucht gerade, selbst Salat und Tomaten anzubauen«, erklärte Taylor.

Lewis lief durch den Garten und beschnupperte alles eingehend. Taylor und ich gingen um das Haus zur Rückseite der Garage, die zwei große Flügeltüren hatte.

»Wie wäre es, wenn du durch die Garage hier in den Garten reinfährst?«, schlug Taylor vor.

»Super«, stimmte ich zu. »Dann kann ich den Strom von dort nutzen und stehe geschützt hier drunter.« Ich betrachtete den großen Eukalyptusbaum über uns. Er kam mir noch viel imposanter vor als früher.

Taylor öffnete die Türen zur Garage. Neben einem alten Fahrrad und einigen Farbeimern stand ein kaputtes Surfbrett mit einem großen Riss in der Mitte. Das war Nathans! Ich hätte es immer wiedererkannt. Er hatte es zu seinem sechzehnten Geburtstag bekommen. *Aber wieso steht es hier bei Taylor?*

»Wir benutzen die Garage sowieso nie«, erklärte Taylor gerade, schob das Rolltor nach oben und riss mich so aus meinen Gedanken.

Wir traten nach draußen in die Einfahrt und standen nun wieder vor meinem Van.

»Danke. Ihr werdet mich kaum bemerken«, versprach ich Taylor. »Ich will sowieso so viel Zeit wie möglich mit Phoebe verbringen.«

»O-kay«, sagte Taylor und verschränkte die Arme vor der Brust.

»Ja, ich fahr auch jetzt am besten gleich wieder zu ihr, bevor die Besuchszeiten vorbei sind.«

Taylor nickte.

»Dann bis später«, verabschiedete ich mich. »Also keine Ahnung, wann ich wieder hier bin. Ist ja auch egal ... ihr müsst natürlich nicht auf mich warten, also natürlich wartet ihr nicht auf mich … ich meine, ich werde sowieso direkt ins Bett gehen.« *Halt einfach die Klappe, Billie.*

»Bis später«, erwiderte Taylor. »Wenn du etwas brauchst, klopf einfach. Und richte Phoebe gute Besserung aus, ja?«

Ich nickte und öffnete die Tür des Vans. Lewis hüpfte auf den Beifahrersitz, und ich stieg ein. Ich beobachtete, wie Taylor zurück zur Haustür ging und sie hinter sich schloss. Geräuschvoll atmete ich aus.

»Das ist nicht so ganz gelaufen, wie ich es geplant hatte«, sagte ich zu Lewis. Noch immer lag mir das Aufeinandertreffen mit Nathan im Magen. Er war sofort weggerannt. Und ja, Taylor war nett zu mir gewesen, doch er hatte auch klargemacht, dass er das eigentlich nur für Phoebe tat. Wirklich erwünscht war ich hier nicht. Ich raufte mir die Haare. Ich hatte keine Ahnung, wie ich das alles hinkriegen sollte.

Eins nach dem anderen. Wenigstens haben wir jetzt erst mal einen Schlafplatz, und Phoebe macht sich hoffentlich etwas weniger Sorgen. Du hast das Pflaster zumindest schon mal abgerissen.

NATHAN

Die Welle baute sich auf. Sie war stark und würde alles mitspülen, was sie erfasste. Einige Surfer warteten schon weiter draußen darauf, sie zu reiten, während ich noch paddelte. Ich erkannte Zac und Hannah, mit denen ich früher oft trainiert hatte. Ihre Position war optimal, und sie hatten damit den Vortritt, doch es war mir egal. Ich wollte in diese Welle. Ich drückte mich vom Brett hoch und sah aus den Augenwinkeln, wie sie vor mir dasselbe taten. Die Welle schob mich mit all ihrer Kraft nach vorne, und ich versuchte, an ihnen vorbeizusurfen, doch es war nicht genug Platz. Mein Board wackelte, und ich stieß Zac mit um, der genau vor mir war. Die Welle brach über uns und spülte uns beide unter. Für einen kurzen Moment verlor ich die Orientierung, doch kam dann wieder nach oben und schnappte nach Luft. Ich zog mein Surfbrett zu mir, das über eine Leine mit meinem Fuß verbunden war, und stieg aus dem Wasser. Keuchend setzte ich mich in den Sand, um durchzuatmen.

»Scheiße, Nathan, was sollte das?«, schrie Zac, der aus dem Wasser zu mir gewatet kam.

Ich antwortete nicht.

»Du hast genau gesehen, dass ich sie kriegen würde.

Das war meine Welle!« Zac baute sich vor mir auf. »Das war verdammt gefährlich, und das weißt du auch!«

Hannah kam ebenfalls aus dem Wasser. »Ist etwas passiert?«, rief sie Zac zu.

Er schüttelte den Kopf.

»Gott sei Dank.« Sie drehte sich wütend zu mir. »Das war total daneben! Ihr hättet euch alle Knochen brechen können!«

Ich stand auf und drehte mich ohne ein Wort zum Gehen um. Es gab sowieso nichts zu sagen.

Dann hörte ich Zac höhnisch lachen. »Anscheinend ist ihm das total egal. Aber andere wollen noch etwas erreichen in ihrem Leben!«

Wütend drehte ich mich wieder um und wollte auf ihn losgehen, doch Hannah stürzte sich zwischen uns.

»Hau ab, Nathan!«, rief sie. »Beruhig dich, und komm erst wieder ins Wasser, wenn du klar denken kannst! Verdammt noch mal, was ist denn in dich gefahren?« Sie sah mich entgeistert an.

Ich atmete heftig. Dann nahm ich mein Brett und verließ den Strand.

*

Daheim schmiss ich meine Sachen nur achtlos auf die Veranda. Mum würde bestimmt sauer werden, aber es war mir egal. Es war mir alles egal. In der Dusche ließ ich eiskaltes Wasser über mich laufen, doch es half nicht. Ich fühlte mich beschissen. Ich war so wütend gewesen, dass ich den Surfer-Kodex missachtet hatte. Zac hatte allen Grund gehabt, mich anzuschreien. Ich trocknete mich ab, zog mich wieder an und band meine feuchten Haare zu einem Knoten. Dann ging ich in mein Zimmer und legte mich auf mein Bett. Dieser Tag war komplett schiefgelaufen, und ich wollte einfach nur, dass er vorbeiging.

In diesem Moment klingelte es, und ich hörte, wie die Tür geöffnet wurde. Hazel begrüßte jemanden. Das war bestimmt Taylor. Eine Sekunde später rief Hazel laut: »Nathan, Taylor ist hier!«

Ich blieb reglos auf dem Bett liegen.

Dann waren Schritte auf der Treppe zu hören, und es klopfte an der Tür. »Kann ich reinkommen?« Taylors Stimme klang dumpf.

Ich antwortete nicht.

»Komm schon, Mann. Lass es mich wenigstens erklären.«

Am liebsten hätte ich ihn wieder weggeschickt, doch ich wusste, dass er einfach so lange vor der Tür warten würde, bis ich irgendwann herauskam. Auch wenn es Stunden dauern würde.

»Okay«, brummte ich schließlich.

Taylor kam herein. Er setzte sich mir gegenüber auf den Boden und lehnte seinen Kopf an meinen Schreibtisch. Schon als wir zusammen für die Schule gelernt hatten, war das immer sein Platz gewesen.

Ich verschränkte die Arme vor der Brust und sagte immer noch nichts.

»Es tut mir leid, dass du es so herausgefunden hast«, erklärte Taylor. »Sie war gerade mal ein paar Minuten da, als du kamst. Ich war so überrascht, dass ich vergessen hab, dir Bescheid zu geben. Ich schwöre dir, ich wusste nicht, dass sie zurückkommt! Auch wenn ich es fast erwartet habe.«

Ich starrte weiterhin nur die Decke an.

»Wir beide wissen, dass du schweigst, obwohl du verdammt viel zu sagen hast.« Taylor nahm einen meiner Haargummis vom Schreibtisch und warf ihn nach mir. »Probier mal was Neues. Lass es sofort raus!«

Ich nahm den Haargummi und warf ihn zurück. Taylor sah mich einfach nur an. Die Situation kam ihm bestimmt genauso bekannt vor wie mir. Er hatte vor zwei Jahren Tag für Tag dort gesessen und war nicht abgehauen, selbst als ich ihn angeschrien hatte. Taylor war immer für mich da gewesen. Er war die falsche Person für meine Wut, aber es war niemand anderes in der Nähe.

»Was will sie hier?«, fragte ich schließlich zornig und setzte mich im Bett auf.

»Du weißt doch, dass Phoebe gestürzt ist«, erklärte Taylor.

Ich wusste es, aber mir war nicht in den Sinn gekommen, dass Billie tatsächlich deswegen zurückkommen würde.

»Warum geht sie einfach zu dir? Sie lässt zwei Jahre nichts von sich hören und spaziert dann einfach bei dir herein?«

»Aber nur, weil Phoebe unsere Vermieterin ist. Ich glaube nicht, dass sie sonst zu mir gekommen wäre.«

Es dauerte einen Moment, bis ich kapierte, was Taylor damit meinte. »Sie zieht bei euch ein?« Ich sprang vom Bett auf.

Taylor hob beschwichtigend die Hände. »Sie wird nur

den Van, mit dem sie unterwegs ist, in den Garten stellen.«

Ich konnte es nicht fassen. Billie *wohnte* ab sofort bei Taylor und Ivy. Heute Morgen war die Welt noch in Ordnung gewesen, und jetzt wollte ich am liebsten laut schreien.

»Das ist doch ein schlechter Witz, T!«

»Was hätte ich denn machen sollen?«, fragte Taylor ungehalten. »Phoebe gehört das Haus und der Garten. Und ich glaube nicht, dass es Billie leichtgefallen ist, zu mir zu kommen.«

Ich schnaubte. »Als ob wir wüssten, was Billie wirklich denkt.«

Früher hatte ich gedacht, dass ich sie kennen würde, aber sie hatte mir das Gegenteil bewiesen.

»Vielleicht ist es ja gut so«, sagte Taylor mit Nachdruck.

Ich funkelte ihn an. »Wie sollte *irgendetwas* gut daran sein?«

»Vielleicht kannst du so herausfinden, was wirklich passiert ist.«

»Wieso sollte ich, T?«, rief ich laut. »Es ist klar, was passiert ist. Sie ist einfach abgehauen. Ohne Warnung, ohne eine Erklärung – nichts. Sie hatte offensichtlich kein Interesse mehr daran, mit mir zusammen zu sein.«

Auch zwei Jahre später bekam mein Herz einen Stich, wenn ich nur daran dachte. Kurz nach ihrem Highschool-Abschluss war Billie einfach verschwunden. Sie war schon eine ganze Weile komisch gewesen, doch ich wäre nie darauf gekommen, dass sie mich ohne ein Wort verlassen würde.

»Ich kann es dir auch nicht erklären«, hatte Phoebe traurig zu mir gesagt, als ich vor ihrer Tür gestanden hatte. »Es tut mir so leid, Nathan.«

Billie hatte auf keinen meiner Anrufe reagiert, bis ich ihre Nummer irgendwann ganz gelöscht hatte. Sie war nicht auf Instagram, TikTok oder irgendwo anders zu finden. Sie war einfach weg. Wie ausradiert. Eine Weile hatte ich überlegt, sie zu suchen, doch Australien war riesig. Ich hatte keine Ahnung, wo ich überhaupt anfangen sollte. Zunächst hatte ich mir eingeredet, dass sie zurückkommen würde, doch als sie nach mehreren Monaten immer noch nicht wieder da war, realisierte ich, dass sie mich wirklich verlassen hatte. Niemals hatte ich damit gerechnet, dass sie mir so wehtun würde.

»Irgendetwas *muss* damals passiert sein«, sagte Taylor. »Mir will sie es nicht sagen. Aber vielleicht schaffst du es, es endlich herauszufinden.«

»Hörst du mir überhaupt zu?«, fragte ich wütend. »Ich *will* nicht mit ihr reden. Ich will sie einfach vergessen!«

»Hat das denn in den letzten Jahren funktioniert?«

Ich antwortete nicht.

»Eben.« Taylor stand auf. »Sie wird so lange hierbleiben, bis Phoebe wieder gesund ist. Du weißt, wie klein Emerald Bay ist. Wir werden ihr sowieso begegnen.«

»Muss sie deswegen gleich in deinem Garten wohnen?«, brauste ich erneut auf.

»Es ist nicht mein Garten, es ist Phoebes Garten«, korrigierte mich Taylor. »Ich musste es ihr einfach anbieten, nach allem, was Phoebe für uns getan hat. Wir könnten uns die Miete am Kangaroo Hill nie leisten, wenn sie nicht so großzügig wäre.« Er machte einen Schritt auf mich zu.

»Komm schon, Mann. Ich versuche nur, das Richtige zu tun. Ist alles cool zwischen uns?«

Ich nickte widerwillig. Was sollte ich auch sonst tun. Taylor hatte es sich nicht ausgesucht. Trotzdem war der Gedanke, dass Billie ab sofort bei ihm und Ivy wohnte, unerträglich.

Taylor sah sichtbar erleichtert aus. »Dann kann ich morgen Abend im Three Pines vorbeikommen?«

»Ja«, antwortete ich. »Aber auf keinen Fall-«

»Ich komme alleine«, beschwichtigte er mich. »Das wird sich nicht ändern.«

»Gut«, sagte ich mit Nachdruck. »Und ich will nichts von ihr wissen.« *Soll sie doch bei Taylor wohnen. Hauptsache, du musst sie nicht sehen. Du gehst ihr aus dem Weg, bis sie wieder verschwindet.*

*

»Wie heißt du?«, fragte ich das Mädchen. Sie hatte auf den Klippen beim Leuchtturm gesessen und hatte mich sofort in ihren Bann gezogen. Für einen winzigen Moment hatte ich geglaubt, sie war ein Märchenwesen aus einer der vielen Geschichten, die Sam mir immer über den Leuchtturm erzählt hatte. Sie trug ein weißes Kleid und einen großen goldenen Armreif. Ihre wilden Haare wehten im Wind. Ich versuchte, mit ihr zu reden, doch sie sagte nicht viel. Ihr Blick war irgendwie ... verletzt.

»Billie Stevens«, antwortete sie nun.

Lautlos wiederholte ich ihren Namen, um ihn mir für immer einzuprägen. Ich fragte sie, ob ich ihr die Delfine noch einmal zeigen sollte, denn als wir sie gemeinsam im Wasser entdeckt hatten, fingen ihre Augen an zu leuchten. Es war das Schönste, was ich bisher gesehen hatte. Doch Billie antwortete nicht darauf und verabschiedete sich einfach.

»Bis bald!«, rief ich ihr hinterher, denn ich war mir sicher, dass ich sie wiedersehen würde. Und dann würde ich alles dafür tun, um ihre Augen wieder zum Leuchten zu bringen.

BILLIE

»Hast du genügend getrunken?«, fragte ich Phoebe.

Sie seufzte. »Ich weiß, du meinst es nur gut, aber du musst das nicht tun.«

Ich hörte nicht auf ihren Einwand, sondern hielt ihr nur nachdrücklich das Wasserglas hin.

»Ich habe mir die Hüfte gebrochen, Liebes. Mein Kopf funktioniert einwandfrei.« Trotzdem nahm sie das Wasserglas und trank einen Schluck.

Ich setzte mich an Phoebes Bettende. »Ich war am Kangaroo Hill.«

Phoebe richtete sich auf. »Wie war es?«

»Das Haus ist wirklich wunderschön geworden.«

»Ja, Taylor hat tolle Arbeit geleistet.« Sie sah mich über die Ränder ihrer Brille an. »Aber das Haus ist nicht das Einzige, das sich verändert hat, oder?«

Ich schüttelte den Kopf. »Taylor sieht ganz anders aus mit den kurzen Haaren. Und trotzdem wie früher. Er war auf jeden Fall genauso nett.« Von Nathan wollte ich Phoebe nicht erzählen. Sie sollte sich keine Gedanken machen. Ich nestelte an den Knöpfen des Bettbezugs. »Ich werde den Van im Garten abstellen können. Aber ich glaube, Taylor will damit nur dir einen Gefallen tun.«

»Wie kommst du denn auf so etwas?«, fragte Phoebe.

Ich zuckte mit den Achseln.

»Du und Taylor wart lange Zeit befreundet.«

»Ja klar, bis ...«

»Bis du gegangen bist, schon klar. Aber glaubst du nicht, ein Teil von ihm freut sich einfach, dass du wieder hier bist?«

»Ich an seiner Stelle wäre stinkwütend«, gab ich zu.

»Bestimmt ist er auch wütend. Wie du sagst, das ist sein gutes Recht. Aber gib ihm doch eine Chance. Gib *euch* eine Chance, jetzt, wo du wieder hier bist.«

Es klopfte, und Scott kam herein. »Hi, Billie.«

»Hi«, erwiderte ich.

»Phoebe, wie geht es Ihnen?«

»Wunderbar«, antwortete sie. »So gut, dass ich bald nach Hause kann. Oder?«

Scott lächelte. »Die Röntgenbilder von heute sehen gut aus. Wenn alles so bleibt, kann ich Sie in zwei Tagen entlassen.«

»Das sind großartige Nachrichten.« Phoebe klang erleichtert.

»Sie müssen mir allerdings versprechen, dass Sie sofort mit der Physiotherapie beginnen und sich ansonsten gut schonen.«

Phoebe nickte. »Versprochen.«

Scott lächelte mich an. »Außerdem haben Sie ja jetzt Billie wieder.«

»Ich werde sie unterstützen, so gut ich kann«, versicherte ich ihm. Ich hatte die letzten Abende gegoogelt, was bei der Heilung helfen würde, und mir einen Plan zusammengestellt. Außerdem hatte ich von Bindi einen Stapel an Broschüren bekommen und sie hatte mir versichert, dass ich mich jederzeit melden könnte, wenn ich Fragen hätte.

»Wir sehen uns morgen wieder«, verabschiedete sich Scott und ging hinaus.

»Du kannst bald nach Hause!« Ich drückte Phoebes Hand.

»Ich kann es kaum erwarten«, sagte sie glücklich.

Phoebes Gesundheit war jetzt das Wichtigste. Ich musste mich zusammenreißen und alles dafür tun, damit sie sich bald wieder besser fühlte.

*

Am Abend fuhr ich mit dem Van durch die Garage in den Garten, so wie ich es mit Taylor besprochen hatte. Während ich das Stromkabel nahm und es in die Steckdose in der Garage steckte, tollte Lewis fröhlich durch den Garten. Für einen Augenblick betrachtete ich das Surfbrett. Mit meinem Zeigefinger fuhr ich über den langen Riss. In meiner Erinnerung war alles in Emerald Bay so, wie ich es verlassen hatte. Die Menschen, die mir begegneten, waren dieselben, und doch war alles anders.

Ich ging zurück zum Van und sah Taylor durch das Küchenfenster. Er lachte über etwas. Ein Gefühl, das ich lange verdrängt hatte, kam plötzlich in mir hoch. Sehnsucht. Sehnsucht nach meinem alten Leben und all den Menschen, die darin vorgekommen waren. *Du hast das mit Absicht hinter dir gelassen. Die letzten Jahre waren gut. Du hast endlich einmal keine Tränen mehr geweint und keine Angst mehr gehabt.*

Ich pfiff nach Lewis, der in den Büschen herumschnüffelte, und er kam zu mir gelaufen. »Komm, wir machen es uns gemütlich«, sagte ich und stieg in den Van. Ich knipste das Licht an und zog die Vorhänge zu. Am Abend war es hier drin immer am schönsten. »Es ist gut so, wie es ist, richtig?«

Lewis legte sich auf seinen Platz auf der Matratze.

Ja, es ist gut, so wie es ist. Für alle. Und sobald Phoebe wieder gesund ist, lebst du dieses Leben weiter.

*

Am nächsten Morgen wachte ich durch ein Klopfen an der Tür auf. Ich fuhr hoch und versuchte, mich zu orientieren. Im Van sah es immer gleich aus, doch ich vergaß oft, an welchem Ort ich gerade stand. *Du bist am Kangaroo Hill im Garten.* Es klopfte wieder.

»Einen Moment!«, rief ich und kletterte aus dem Bett. Dann zog ich die Seitentür auf.

Vor mir stand eine zierliche junge Frau mit dunkelbraunen Haaren, die ihr bis zur Schulter reichten. Das musste Ivy sein. »Guten Morgen. Hab ich dich geweckt? Oh nein, das tut mir wirklich leid!« Sie sah mich zerknirscht an.

»Kein Problem«, erwiderte ich und versuchte meine zerzausten Haare zu ordnen.

»Ich bin Ivy«, stellte sie sich vor. »Taylor hat mir schon so viel von dir erzählt. Ich freue mich, dich kennenzulernen!«

»Oh ... danke.« Ich verschränkte die Arme vor der Brust, um das ausgewaschene T-Shirt zu verdecken, in dem ich immer schlief.

»Taylor ist schon zur Arbeit gefahren, aber ich muss erst später zur Uni. Hast du Lust, mit mir zu frühstücken?«

Ich wusste nicht, was ich sagen sollte. Ich hatte nicht damit gerechnet, dass Ivy mich einlud, sondern dass sie mir aus dem Weg ging. Schließlich war ich eine Fremde, die einfach bei ihr daheim aufgetaucht war. Und Taylor und Nathan hatten ihr zwar bestimmt von mir erzählt, aber ich wollte lieber gar nicht wissen, was genau. Doch Ivy lächelte mich immer noch aufrichtig und erwartungsvoll an.

»Okay«, sagte ich schließlich. »Allerdings bin ich nicht allein.«

Ivy sah mich mit großen Augen an. »Oh! Sorry, ich hätte nicht einfach klopfen sollen. Tja ..., ähm, dann geh ich besser schon mal rein und lass euch in Ruhe.«

Ich brauchte einen Moment, bis ich kapierte, was sie meinte, und rief: »Nein, nein, das wollte ich damit nicht sagen!« Ich schnipste mit meinen Fingern. »Komm her, Lewis.«

Lewis sprang vom Bett und beschnüffelte neugierig Ivys Hand. Sie lachte und streichelte ihn. »Natürlich, Taylor hat mir schon gesagt, dass du einen Hund hast.«

»Ich brauche nur fünf Minuten«, bat ich sie.

»Na klar«, erwiderte Ivy. »Lewis und ich können ja schon mal rübergehen.«

Mit einem Nicken zog ich die Tür des Vans wieder hinter mir zu. Schnell wusch ich mir das Gesicht und kämmte mir die Haare. Während ich mir mit der einen Hand die Zähne putzte, zog ich mir mit der anderen ein Kleid an. Wie so oft stieß ich mir dabei meinen Kopf an einem der Schränke. »Autsch«, fluchte ich und betrachtete mich im Spiegel, der an der schmalen Tür zum Bad hing. Ich fühlte mich wie früher, wenn ich zur Schule gehen musste. *Was Ivy wohl von deinen Klamotten hält? Bestimmt wird es gleich total komisch. Ihr kennt euch ja gar nicht! Und eigentlich solltest du sie auch besser nicht näher kennenlernen.* Ich seufzte. Wenn ich hierbleiben wollte, musste ich es hinter mich bringen. Ich würde kurz mit ihr frühstücken, und wir würden wahrscheinlich merken, dass wir nichts gemeinsam hatten.

Ich stieg aus dem Van und ging zum Haus. Auch heute war der Himmel blau, und die Vögel zwitscherten. Die Meeresbrandung war noch stärker als gestern Abend zu hören, bestimmt war in diesem Moment Flut. Sofort dachte ich an Nathan. Ob er jetzt gerade mit seinem Surfbrett unten im Wasser war? War er oft in Emerald Bay oder surfte er inzwischen in ganz Australien oder sogar in anderen Ländern? Jedes Mal, wenn ich Phoebe danach fragen wollte, hatte mich meine innere Stimme im letzten Moment davon abgehalten. Es war einfacher, wenn ich nichts über ihn wusste.

Die Terrassentür stand offen, und ich ging in die Küche. Ivy stand am Herd und bereitete ein Rührei zu. Lewis saß mit heraushängender Zunge neben ihr. Auf dem gedeckten Tisch standen Brot, Marmelade, Pancakes, Orangensaft und Kaffee.

»Ich weiß, ich übertreibe es immer«, sagte Ivy, als sie

meinen Blick sah, und lachte. »Bitte setz dich.« Sie nahm die Pfanne vom Herd, und wir setzten uns an den Tisch.

Ich hatte schon lange mit niemandem mehr zusammen gefrühstückt. Ich saß sonst immer mit Lewis im Van, trank einen Tee und betrachtete die Umgebung. Wir waren oft an einsamen Stränden, in grünen Gärten und auf großen Farmen aufgewacht.

»Greif zu«, ermunterte mich Ivy.

Ich nahm mir eine Scheibe Brot.

»Selbst gebacken«, erklärte sie. »Nach einem deutschen Rezept meiner Mutter. Auch wenn ich hier ganz andere Mehlsorten benutzen muss.«

Ivy sprach perfektes Englisch, nur an den letzten Silben hörte man, dass sie nicht aus Australien war. Sie zog sie nicht in die Länge.

»Seit wann lebst du hier?«, fragte ich und schmierte Butter auf mein Brot.

»Seit Anfang des Jahres. Eigentlich wollte ich nach der Schule ein ganzes Jahr Work & Travel machen ... aber dann war da Taylor.« Sie lächelte. »Ich wurde an der Universität angenommen und bin hiergeblieben.«

»Was studierst du?«

»Ernährungswissenschaften.« Sie deutete auf den vollbeladenen Tisch und lachte. »Wie man sieht, steh ich auf Kochen und Backen.«

Ich nickte und suchte im Kopf fieberhaft nach einer weiteren Frage, doch mir fiel nichts ein.

»Gleich kommt noch eine Freundin von mir«, sagte Ivy. »Du müsstest sie kennen, sie ist mit dir, Taylor und Nath-«, Sie biss sich auf die Lippen. »Sie war auf derselben Schule wie ihr.«

Mein Herz rutschte in die Hose. Auf keinen Fall wollte ich einem der Mädchen aus meiner Klasse wieder begegnen!

»Mist, ich hab die Avocados ganz vergessen.« Ivy stand auf. »Ich bin sofort wieder da.« Sie ging nach draußen in den Garten.

Wenn sie wiederkommt, sagst du ihr, dass es dir nicht gut geht. Hauptsache du kannst von hier verschwinden!

»Hallo-hoo«, rief in dem Moment eine helle Stimme aus dem Flur. »Die Tür war offen. Sollte Taylor wie letztes Mal gerade nackt sein, gebt mir doch dieses Mal bitte ein Zeichen!«

Ich räusperte mich. Es war wohl zu spät, um einfach abzuhauen.

»Okay, dann komme ich jetzt!« Wenige Sekunden später stand ein Mädchen mit langen blonden Locken vor mir, das mir definitiv bekannt vorkam. Sie schnalzte mit der Zunge. »Billie Stevens, ich glaube es nicht.«

Da fiel es mir wieder ein. »Faye?«, fragte ich überrascht. Als ich Faye das letzte Mal gesehen hatte, waren ihre Haare dunkel gefärbt gewesen, und schwarzer Kajal hatte ihre Augen umrandet. Sie war mit Taylor und Nathan in eine Klasse gegangen. Erleichtert atmete ich aus.

»Ich hätte nicht gedacht, dass ich dich noch einmal sehe.« Sie setzte sich neben mich an den Tisch. »Wie geht es dir? Was hast du in den letzten Jahren gemacht?«

Bevor ich antworten konnte, kam Ivy wieder herein. »Da bist du ja«, begrüßte sie Faye.

»Tut mir leid, dass ich zu spät bin. Ich war gestern doch *etwas* länger auf der Halloweenparty im Cooloola.« Faye grinste und nahm sich einen Pancake. »Du bist übrigens noch schöner, als ich dich in Erinnerung hatte, Billie.«

Verlegen strich ich mir eine Haarsträhne hinters Ohr. »Danke, Faye.«

»Billie war eine Klasse über uns«, erklärte sie Ivy. »Taylor, Nathan und Billie waren miteinander befreundet, doch ich hatte damals noch nichts mit ihnen zu tun.«

Es stimmte, wir waren immer nur zu dritt gewesen. Es hatte keinen Platz für jemand anderen gegeben. Bei Nathan und Taylor hatte ich mich sicher gefühlt.

»Ich war damals richtig neidisch«, gab Faye zu.

»Auf was?«, fragte ich.

»Na, auf dich!«

Ich verschluckte mich fast an meinem Kaffee. Meine Schulzeit war schrecklich gewesen, wer hätte auf mich neidisch sein sollen?

»Du warst mit den zwei süßesten Jungs der Schule befreundet. Ihr habt einfach alles zusammen gemacht. So etwas habe ich mir auch immer gewünscht.« Faye zuckte mit den Schultern. »Ich war oft alleine. Ich glaube, die meisten fanden mich zu laut.«

Ich konnte nicht glauben, was sie da sagte. Faye hatte auf mich immer so fröhlich gewirkt. Ich hatte gedacht, dass sie nichts an ihrer Schulzeit bereute.

»Jetzt hast du ja mich.« Ivy zwinkerte Faye zu. »Obwohl du immer noch laut bist. Aber ich mag dich genau so.«

Faye kicherte und erzählte von der Halloweenparty am Abend zuvor, doch ich hörte nicht richtig zu. Meine Zeit an der Highschool hätte ich gerne für immer vergessen. Doch sie hatte recht. Nathan, Taylor und ich waren immer füreinander da gewesen.

Die ganze Schule war an diesem Tag am Main Beach, doch ich saß ganz alleine abseits auf meinem Handtuch und beobachtete die anderen Kinder aus meiner Klasse. Seit vier Wochen war ich nun hier in der Schule, und ein Tag war schrecklicher als der andere. Sie zogen wegen meiner Kleidung und meiner Aussprache über mich her. Am liebsten hätte ich ihnen gesagt, dass in Moree jeder über sie und die teils komischen Abkürzungen, die sie für Wörter benutzten, lachen würde. Doch ich traute mich nicht und saß nur stumm da, wenn sie eine blöde Bemerkung machten.

Aber heute musste ich wenigstens nicht mit ihnen in einem Klassenzimmer sitzen. Ich hatte einen Plan. Ich war noch drei Mal mit Phoebe am Leuchtturm gewesen, doch die Delfine waren nicht wieder aufgetaucht. Dieser Nathan hatte erzählt, er hätte sie im Wasser gesehen. Also würde ich sie heute selbst suchen.

Als keiner der Lehrer hinsah, lief ich den Strand weiter nach unten, obwohl es uns ausdrücklich verboten worden war. Aber das war mir egal. Ich watete ins Meer. Wenn ich die Delfine finden wollte, musste ich ins tiefe Wasser. Entschlossen fing ich an zu schwimmen. Mum und Dad waren früher ab und zu mit mir im Schwimmbad gewesen, aber nur einmal am Meer, als ich klein gewesen war. Eine hohe Welle rollte auf mich zu, und ich tauchte unter ihr hindurch. Ich schwamm und schwamm und merkte plötzlich, dass ich vom Strand abtrieb. Die Strömung war stark, und ich kam kaum dagegen an. Eine weitere Welle spülte mich unter, und ich bekam einen Schwall Wasser in den Mund. Ich tauchte auf, hustete und versuchte Luft zu bekommen, doch schluckte nur noch mehr Wasser, als schon die nächste Welle heranrollte. Ich wollte panisch nach Hilfe rufen, doch konnte kaum atmen.

Im nächsten Moment packte mich jemand an meinem Arm und zog mich nach oben. »Halt dich fest«, *rief eine Jungenstimme, und ich bekam ein Surfbrett zu fassen. Ich zog mich daran hoch, und er half mir, mich mit dem Bauch auf das Brett zu legen. Erleichtert schnappte ich nach Luft und hustete. Meine Augen brannten vom Salzwasser.*

»*Ist alles okay?*«

Ich sah nach oben und blickte in ein Paar tiefblaue Augen. Nathan hielt mich fest, während das Brett auf und ab schaukelte.

Ich versuchte, ruhiger zu atmen. »*Ja. Danke.*«

Nathan schaffte es, uns zurück in das flache Gewässer zu bringen. Seine Bewegungen im Wasser waren geschmeidig.

»*Wir sollten schnell zurück*«, *meinte er.* »*Bevor wir noch Ärger bekommen.*«

»*Bitte erzähl es niemandem*«, *sagte ich ängstlich. Bestimmt würde mein Lehrer Phoebe benachrichtigen, und ich wollte ihr auf keinen Fall Sorgen bereiten.* »*Ich wollte einfach nur die Delfine sehen.*«

Nathan nickte. »*Okay, das bleibt unser Geheimnis. Und die Delfine zeige ich dir nächstes Mal.*«

Wir stiegen aus dem Wasser, und er hielt meine Hand fest, bis wir wieder am Strand waren. Noch nie zuvor hatte ein Junge meine Hand genommen.

»*Da bist du ja!*« *Ein blonder Junge kam auf uns zugerannt.* »*Mann, ich hab dich schon überall gesucht. Wir müssen gleich zurück, und Mrs Holmes hat schon nach dir gefragt. Ich hab gesagt, du bist pinkeln.*«

»*Das ist Taylor*«, *stellte Nathan ihn mir vor.* »*Und das ist unsere neue Freundin Billie.*«

Taylor reichte mir seine Hand. Es war besiegelt. Zusam-

men liefen wir zu den anderen zurück. Ab diesem Tag waren wir unzertrennlich.

NATHAN

Die Tür des Three Pines ging auf, und ich zuckte zusammen. Mum und Hazel, die gerade dabei waren, frische Blumen für die Vasen auf den Tischen zu schneiden, sahen mich irritiert an. Schnell tat ich so, als würde ich etwas in der Bedienungsanleitung für die neue Kaffeemaschine nachlesen.

Ich war Billie nicht mehr begegnet, seitdem ich am Kangaroo Hill gewesen war. Dass sie in der Stadt war und ich ihr jederzeit in die Arme laufen konnte, stresste mich. *Sie wird allerdings bestimmt nicht einfach hier reinspazieren. Das traut sie sich nicht. Also entspann dich mal.* Trotzdem wanderte mein Blick immer wieder zur Tür.

»Nathan, lass uns das Plakat vom Surfcup wieder abhängen«, schlug Mum vor. Sie deutete auf die Pinnwand neben der Tür.

»Was? Nein, das ist es nicht.«

»Es ist doch okay, dass du nicht daran erinnert werden willst. Wir können es-«

»Mum!«, unterbrach ich sie mit lauter Stimme. »Darum geht es nicht.«

Sie hob beschwichtigend die Hände, und Hazel stieß einen Pfiff durch ihre Zähne aus.

Ich warf die Bedienungsanleitung auf den Tresen und ging in die Küche. Dad stand vor dem Kühlschrank und räumte gerade eine Lieferung ein. »Schreibst du frische Forellen auf die Tageskarte?«, bat er mich. »Sie sind eben geliefert worden und wirklich gut.«

Ich nickte.

»Ich bin mir allerdings nicht sicher, mit was ich sie serviere.« Er fuhr sich durch den Bart. »Ich habe irgendwie keine neue Idee.«

»Dir fällt doch immer etwas ein«, brummte ich.

Er schloss die Kühlschranktür und musterte mich. »Ist alles in Ordnung bei dir?«

»Klar.« Ich zuckte mit den Schultern. »Die neue Kaffeemaschine ist angeschlossen. Ich komme zu meiner Schicht heute Abend wieder.«

»Okay«, erwiderte Dad. »Aber bist du dir sicher, dass wirklich-«

»Es ist alles in Ordnung«, sagte ich und ging schnell zur Hintertür raus. Draußen atmete ich einmal tief durch. Die Fragen meiner Familie und Freunde machten mich wahnsinnig. Doch was nun? Ich wollte nicht zum Surfen, mittags waren die Wellen zu dieser Jahreszeit viel zu klein. Doch ich hatte auch keine Lust, zurück ins Restaurant zu gehen. *Was soll's, auf dem Wasser ist es sowieso immer besser.* Ich öffnete die Tür des Jeeps, setzte mich hinein und fuhr los.

*

Die Wellen am Sunshine Beach waren kaum der Rede wert, und ich vertrieb mir eigentlich nur die Zeit auf dem

Wasser, um nicht ins Three Pines zurückzugehen. Schließlich gab ich es auf und trug mein Board wieder zurück an den Strand. Ich wrang meine Surfshorts aus. Meinen Neoprenanzug hatte ich im Auto gelassen, es war zu warm dafür.

Plötzlich tauchte ein Hund neben mir auf und beschnupperte mich.

»Zu wem gehörst du denn?«, fragte ich und kraulte ihn am Kopf. Er war wirklich hübsch. Sein weißes Fell hatte hellbraune Flecken, und seine dunklen Augen sahen mich treuherzig an. Suchend schaute ich mich um – und schnappte nach Luft. Ein paar Meter entfernt stand tatsächlich Billie und sah zu uns herüber. *Das soll wohl ein schlechter Scherz sein! Du bist doch extra hier hingefahren, damit du ihr nicht begegnest!*

»Verdammt«, sagte ich leise. Sie war nicht weit entfernt, also konnte ich nicht so tun, als hätte ich sie nicht gesehen. Ihr Hund stand immer noch schwanzwedelnd vor mir, und ich streichelte ihn einfach weiter, weil ich nicht wusste, was ich sonst tun sollte. Aus den Augenwinkeln sah ich, wie Billie langsam auf mich zukam. Mein Herz fing wie wild an zu klopfen. *Bleib cool. Sie ist abgehauen. Sie ist diejenige, die sich schlecht fühlen muss! Du bist jeden Tag hier und hast keinen Grund, dich irgendwie komisch zu fühlen.* Doch mein Herz scherte sich nicht um meine Gedanken und klopfte immer schneller.

Billie blieb vor mir stehen, sagte jedoch kein Wort. Es ärgerte mich. Sie wartete echt darauf, dass ich den ersten Schritt machte?

»Tut mir leid«, stieß sie schließlich hervor. »Ich hab

versucht, ihn zurückzuhalten, aber er ist einfach zu dir gelaufen.«

Der Hund genoss meine Streicheleinheiten, und ich war froh, dass ich etwas zu tun hatte, anstatt sie ansehen zu müssen.

»Wie heißt er?«, fragte ich, obwohl ich am liebsten nicht mit ihr gesprochen hätte.

»Lewis«, antwortete Billie.

Ich musste gegen meinen Willen lächeln. Natürlich. Dean Lewis war Billies Lieblingssänger. Wir waren zusammen bei einem seiner Konzerte in Newcastle gewesen. Schnell zwang ich mich, meine Mundwinkel wieder nach unten zu ziehen. Sie sollte auf keinen Fall denken, dass irgendetwas zwischen uns in Ordnung war.

»Also dann«, sagte sie und schnippte mit den Fingern. Lewis wandte sich von mir ab, und ich richtete mich auf. Für einen Moment sah ich sie an. Sie hatte sich kaum verändert. Sie trug die goldenen Armreifen ihrer Mutter, die sie früher schon immer anhatte, einen langen Rock und eine bauchfreie Bluse. Ihre langen Haare fielen ihr über die Schultern. Ich vermied es, ihr in die Augen zu sehen. Noch immer konnte ich es nicht glauben. Sie stand wirklich hier vor mir. In mir herrschte nichts als Chaos. Ich war gleichzeitig wütend und neugierig. Ich wollte, dass sie sofort wieder verschwand, und gleichzeitig, dass sie blieb. Ich wollte ihr ins Gesicht sagen, wie sauer ich auf sie war, und gleichzeitig nie wieder mit ihr sprechen.

»Es tut mir wirklich leid«, meinte sie noch einmal. »Ich werde in Zukunft nicht mehr hierherkommen.« Bevor ich etwas erwidern konnte, drehte sie sich um und ging zum Parkplatz.

Ich sah ihr hinterher und hätte am liebsten geschrien. Stattdessen nahm ich einen Stock und schleuderte ihn ins Wasser. »Verdammt, verdammt, verdammt«, fluchte ich. Ich hielt diese Situation kaum aus. Wie sollte ich nur normal weitermachen?

*

Daheim duschte ich und legte mich dann ins Wohnzimmer auf die Couch. Ich hatte noch zwei Stunden, bis meine Schicht im Three Pines anfing. Ich schaltete den Fernseher an, um mich abzulenken, doch sah nicht richtig hin.

Hazel kam herein und setzte sich in Dads Fernsehsessel.

Ich atmete hörbar laut aus.

»Was?«, fragte sie.

»Ich bin gerade hier.«

Sie verdrehte die Augen. »Wenn du alleine sein willst, geh in dein Zimmer.«

»Ich will aber gleich das Spiel ansehen.« Football interessierte mich kaum, aber es ärgerte mich, dass Hazel mich nicht alleine ließ.

»Dann nimm das Tablet von Mum und geh hoch«, schlug sie vor und öffnete ihr Buch.

»Das macht doch keinen Spaß. Ich will das Spiel auf dem Fernseher sehen.«

»Und ich will hier lernen. Faye kommt gleich vorbei, und ich muss mich vorbereiten.« Sie funkelte mich an.

»Lern an deinem Schreibtisch!«

»Da saß ich schon den ganzen Nachmittag. Ich will jetzt hier sein! Was hast du überhaupt für ein Problem?«

Ich schnaubte. »Ich hab gar kein Problem.«

»Du bist schon seit Tagen so mies drauf«, stellte sie fest. »Vorhin hat Mum deine Laune abbekommen und jetzt ich.«

Ich stand auf. »Weil man in diesem Haus einfach nie seine Ruhe hat. Und weil du nervst, Hazel!«

Sie schob ihren Unterkiefer vor, und ihre Augen blitzten auf. »Dann zieh doch endlich aus! So wie jeder normale Mensch, der nicht mehr zur Schule geht und schon sein eigenes Geld verdient!«

Frustriert lief ich nach oben in mein Zimmer und knallte die Tür hinter mir zu. Einen Moment später klopfte es, und Hazel kam rein.

»Hab ich dir gesagt, dass du reinkommen kannst?«, fuhr ich sie an. »Nirgends habe ich meine Ruhe! Nicht im Three Pines, nicht hier, nicht mal am Strand!«

Sie ließ sich nicht von meiner Wut beeindrucken. »Entschuldigung. Was ich gerade gesagt habe, war richtig fies.«

Ich atmete tief durch. »Angenommen.« So war es immer zwischen Hazel und mir gewesen. Wir stritten uns, aber vertrugen uns ebenso schnell wieder.

»Sagst du mir jetzt endlich, was mit dir los ist, oder müssen wir noch ein paar Tage so weitermachen?«, fragte sie.

Ich stöhnte.

»Jetzt komm schon.«

»Billie ist wieder da«, sagte ich. Nun war es raus. Bisher hatte ich außer mit Taylor noch mit niemandem darüber gesprochen.

»Billie ist wieder da?«, wiederholte Hazel mit hoher Stimme und sah mich mit aufgerissenem Mund an.

»Ja.«

»Einfach nur *ja*?« Sie warf die Hände nach oben. »Seit wann? Und warum?«

Ich seufzte.

»Du bist nicht gerade für deine langen Reden bekannt, aber du musst mir hier schon mehr Infos geben.«

»Seit Phoebes Sturz.«

»Ich fass es nicht!« Hazel schüttelte den Kopf. »Was bedeutet das?«

»Nichts!«

»Nichts? Das glaubst du doch selbst nicht! Hast du schon mit ihr gesprochen?«

»Nein. Also nicht richtig. Und ich hab es auch nicht vor.«

»Und wie geht es jetzt weiter?«

»Hab ich doch schon gesagt«, erklärte ich ungeduldig. »Gar nichts wird passieren. Ich gehe ihr aus dem Weg, bis sie wieder weg ist.«

»Okay. Und was erwartest du von mir?«

»Was meinst du?«

»Wenn ich Billie auf der Straße treffe, sage ich dann hallo? Oder: Du hast meinem Bruder das Herz gebrochen, bitte wechsle die Straßenseite?«

»Niemand hat hier irgendwas gebrochen.«

Hazel nickte übertrieben. »Ja, sicher.«

»Du kannst machen, was du willst, Hazel«, sagte ich und verdrehte die Augen.

Sie betrachtete mich eingehend. »Jetzt mal im Ernst.

Das muss alles echt hart für dich sein. Der Surfcup, jetzt Billie ... kein Wunder, dass du so mies drauf bist.«

Ich zuckte mit den Schultern.

»Wir könnten eine riesige Packung Eiscreme kaufen und sie zusammen verdrücken. Das hilft mir immer.« Sie lächelte mich aufmunternd an.

»Das ist nett von dir, aber ich muss später noch arbeiten.«

»Ich würde dir sogar meine unendliche Schwesternliebe beweisen, indem ich mit dir morgen zum Strand gehe. Ohne Bücher.«

Ich stieß ein Lachen aus. »Okay, dann muss es wirklich schlimm um mich bestellt sein.«

»Ich weiß, dass du nicht gerne über Probleme redest, aber ich bin immer für dich da.«

Ich nickte.

Sie wollte gerade aus dem Zimmer gehen, als ich sie stoppte. »Hazel, warte.« Ich musste dringend noch etwas loswerden. »Ich würde ja ausziehen, wenn es nicht so schwierig wäre, eine Ein-Zimmer-Wohnung zu finden.«

»Okay.«

»Wirklich. Außerdem wohnen wir supernah am Three Pines.«

»Okay.«

»Und ich kann in wenigen Minuten bei Isla und Sam sein.«

Hazel rollte mit den Augen. »Das ist Emerald Bay. Du kannst von überall in ein paar Minuten bei Isla und Sam sein.«

»In der Garage hat mein ganzes Surfequipment Platz.«

»Nathan, willst du mich überzeugen, dass es richtig ist, hier zu wohnen, oder dich selbst?«

»Es ist einfach gut so, wie es ist.«

Hazel zuckte mit den Schultern und ging wieder nach unten. Kurze Zeit später drifteten meine Gedanken erneut zu Billie.

Ob sie inzwischen schon wusste, was aus meinen ehemaligen Plänen geworden war? *Ist ja auch egal. Das geht sie sowieso nichts an. Wie hast du es Hazel gerade erklärt? Es ist gut, so wie es ist.*

Ich hatte eine Entscheidung getroffen. Und es sollte mir ganz egal sein, was andere darüber dachten.

BILLIE

»Willkommen zu Hause!«, rief ich und schloss Phoebes Wohnungstür auf. Vorsichtig stützte ich sie, damit sie aus dem Rollstuhl, den wir vom Krankenhaus bekommen hatten, aufstehen konnte. Ganz langsam gingen wir hinein. Zum Glück hatte das Haus einen Aufzug, sodass Phoebe keine Treppen überwinden musste.

Ich hatte Lewis am Kangaroo Hill gelassen. Dort konnte er im Garten bleiben, solange ich bei Phoebe war. Die letzten Stunden hatte ich damit verbracht, ihre Wohnung zu putzen und für sie einzukaufen. Es war ein seltsames Gefühl gewesen, als ich das erste Mal seit zwei Jahren wieder in die Wohnung gegangen war. Phoebes Einrichtung war geschmackvoll, und an den Wänden hingen neben eingerahmten Fotos von uns beiden einige ihrer eigenen Kunstwerke. Sie hatte die offene Küche, die direkt an das Wohnzimmer grenzte, renoviert, aber ansonsten war alles beim Alten geblieben. Auch mein Zimmer war unverändert. Noch immer hing das große Dean-Lewis-Poster über meinem Bett, und die Wände strahlten sonnengelb. Ich hatte verdrängt, wie sehr ich diesen Ort vermisste. Aber der Van war nun mein Zuhause – und das aus gutem Grund. Mit ihm war ich unabhängig und ungebunden, so wie ich es gewollt hatte.

Ich half Phoebe zum Esstisch, wo sie sich auf einen der Stühle setzte. »Ich bewege mich wie eine Schildkröte«, seufzte sie.

Ich gab ihr einen Kuss auf die Wange. »Was hast du gegen Schildkröten? Sie sind süß. Und sie leben sehr, sehr lange.« Ich holte eine Wasserflasche und stellte sie auf den Tisch. »Der Kühlschrank ist randvoll mit all deinen Lieblingssachen.«

»Danke, Liebes. Es ist so schön, wieder daheim zu sein.«

Ich schlug mein Notizbuch auf und fing an, meine Einträge vorzulesen. »Ich habe einen Notknopf an deinem Bett installiert, der sofort Alarm schlägt, sollte etwas sein.« Ich hielt mein Smartphone hoch. »Er ist per App mit mir verbunden.«

Phoebe seufzte. »Findest du das nicht *etwas* übertrieben?«

»Auf keinen Fall.« Ich schüttelte den Kopf. »Ich werde mit Helen sprechen, ob sie einmal am Tag nach dir sehen kann, und ich habe eine Pflegekraft engagiert, die dir morgens beim Aufstehen hilft«, erklärte ich. »Jeden Montag, Mittwoch und Freitag kommt der Physiotherapeut um zehn Uhr. Und ich bin sowieso sofort zur Stelle, wenn du etwas brauchst.« Phoebe hatte sich mit Händen und Füßen gegen weitere Unterstützung gewehrt, doch das war das Mindeste, was ich tun musste.

Phoebe hielt mir ihre Hand hin. »Lass mal sehen.«

Ich reichte ihr das Notizbuch, das sie aufmerksam studierte.

»Glück gehabt. Ich dachte schon, es gibt auch geregelte Zeiten, an denen ich auf die Toilette gehen darf.«

»Haha«, sagte ich. »Ich meine es ernst. Ich will auf keinen Fall, dass so etwas noch einmal passiert.«

Phoebe nahm meine Hand. »Das weiß ich doch. Aber es ist alles gut. Wie Scott gesagt hat – ich werde wieder fit. Du machst dir viel zu viele Sorgen.«

Nein, ich habe mir zu wenige Sorgen gemacht. Ich bin einfach weggegangen und habe nicht mehr darüber nachgedacht, was hier passieren könnte. Ich dachte, wenn ich gehe, wird alles gut.

»Bist du böse auf mich?«, fragte ich leise.

»Auf dich?«, fragte Phoebe erstaunt. »Aber wieso denn? Du bist sofort gekommen, als ich dich gebraucht habe. Du bist jetzt hier.«

»Aber ich *war* nicht hier!« Meine Augen füllten sich auf einmal mit Tränen. »Als es passiert ist, warst du ganz allein.«

»Oh, Liebes.« Phoebe zog mich an sich und umarmte mich. »Und wenn du hier gewesen wärst? Dann wäre ich wahrscheinlich ebenfalls gestürzt.«

»Aber es hätte nicht Stunden gedauert, bis dich Helen gefunden hätte!«

»Das weißt du doch gar nicht! Vielleicht nicht, vielleicht doch. Es bringt überhaupt nichts, dir darüber den Kopf zu zerbrechen. Ich muss eben lernen, besser aufzupassen. Ich bin nun mal keine siebzig mehr.« Sie grinste mich an, und ich lächelte erleichtert. *Phoebe ist stark. Zusammen schafft ihr das!* Ich wischte mir die Tränen weg. Dann schnappte ich mir mein Buch zurück. »Ich war übrigens noch nicht fertig.«

»Das dachte ich mir schon.«

»Ich habe Scott gefragt, wie wir deine Genesung unterstützen können, und er meinte, dass Schwimmen der optimale Sport dafür ist. Natürlich ohne direkt zu übertreiben, aber das Wasser entlastet deine Gelenke, während du dich bewegst. Ich weiß, dass du eigentlich lieber joggst, aber dafür ist es jetzt noch viel zu früh. Daher fahren wir zweimal die Woche zum Rockpool, um dort zusammen zu üben.«

»Ich freue mich darauf.« Phoebe tätschelte meine Hand. »Aber ich habe eine Bedingung: Verbring deine Zeit nicht nur mit mir, jetzt, wo du wieder hier bist.« Sie sah mich eingehend an.

»Ich werde sowieso kaum Zeit haben«, wehrte ich ab. »Ich suche mir einen Nebenjob.« Wenn ich schon einfach auftauchte und in ihrem Garten wohnte, wollte ich Taylor und Ivy etwas zur Miete beisteuern. Und so könnte ich mir zusätzlich ein kleines Polster aufbauen. Ich hatte zwar etwas Geld auf der Bank, aber das rührte ich nicht an. Mit dem Geld als Straßenmusikerin war ich immer knapp über die Runden gekommen.

Bevor Phoebe Einspruch erheben konnte, klingelte es. Ich lief zur Tür und öffnete sie. Helen stand davor und hielt in einer Hand einen Teller mit Kuchenstücken, in der anderen eine Weinflasche. Ihr kinnlanger Bob war immer noch platinblond gefärbt.

»Billie!«, begrüßte sie mich und kam herein.

Ich gab ihr einen Kuss auf die Wange.

»Lass dich ansehen«, sagte sie und betrachtete mich von oben bis unten. »Genau wie ich mir eine Abenteurerin vorstelle. Phoebe hat mir so viel von deinen Reisen erzählt. Ich will aber alles noch einmal ganz genau von dir wissen!«

»Natürlich«, sagte ich und lächelte. Zusammen gingen wir zu Phoebe ins Wohnzimmer.

»Willkommen zu Hause!« Helen stellte den Kuchen und den Wein auf dem Tisch ab und umarmte Phoebe. »Zum Glück bist du wieder da.« Helen und Phoebe wohnten schon seit vielen Jahren nebeneinander und waren beste Freundinnen.

»Was habe ich in der Zwischenzeit verpasst?«, fragte Phoebe. Ich holte drei Gabeln aus der Küche, und wir machten uns über die Kuchenstücke her.

»Nächste Woche wird die kaputte Regenrinne repariert. Und Peter Walsh ist aus der Pokerrunde ausgetreten, nachdem seine Frau Gerüchte gehört hat, dass wir angeblich Strip-Poker spielen.«

Phoebe und ich fingen laut an zu lachen.

Ich sah auf die Uhr. Phoebe fing meinen Blick auf und sagte: »Geh schon, Liebes. Helen ist ja jetzt hier.«

Helen nickte eifrig. »Ich kümmere mich um sie.«

Ich zögerte. Lewis war die letzten Tage so viel alleine gewesen, und ich wollte einen langen Spaziergang mit ihm machen. Doch ich wollte gleichzeitig auch nicht von Phoebe weg.

»Keine Widerrede«, sagte Phoebe bestimmt. »Sonst geh ich nicht mit dir, sondern mit Helen an den Rockpool und sehe mir mit ihr die hübschen Schwimmer in ihren Badeshorts an.«

»Okay, okay, ich gebe auf.« Ich stand auf. »Ich hab dir übrigens ein neues Buch auf den Nachttisch gelegt, damit du etwas zum Lesen hast.«

»Hab ich nicht eine tolle Enkelin?«, fragte Phoebe Helen.

Helen nickte. »Was ist es denn für ein Buch?«

»Strip-Poker für Anfänger«, feixte ich, und die beiden lachten laut. »Nein, es ist der neue Thriller von dieser Autorin, die dir so gut gefällt.«

Ich umarmte Phoebe zum Abschied und ging hinaus. Es tat gut, sie so fröhlich zu sehen. Ich fühlte mich nun viel leichter, jetzt, da sie nicht mehr im Krankenhaus lag. *Du wirst die nächsten Monate schon schaffen. Du konzentrierst dich auf Phoebe und darauf, etwas Geld zu verdienen. Und dann fährst du wieder, so wie du es von Anfang an geplant hattest.*

*

Ich holte Lewis am Kangaroo Hill ab und fuhr in Richtung Sunshine Beach in den Norden. Dort waren kaum Menschen unterwegs, und ich war bestimmt allein. Außerdem hatte Nathan immer am Main Beach gesurft, und laut Wellenbericht war gerade Ebbe. Er war also mit Sicherheit nicht im Wasser. Nach unserem letzten Aufeinandertreffen wollte ich ihm aus dem Weg gehen.

Tatsächlich standen nur zwei Autos auf dem Parkplatz, und der meilenlange Strand war so gut wie leer. Wir stiegen aus, und Lewis rannte sofort los. Wir liefen den Strand entlang, und er brachte mir Treibholz und Stöcke, die ich für ihn warf.

»Du wirst nie müde, oder?«, fragte ich nach einer Weile. »Aber ich schon.« Die frische Luft und die Ruhe hatten uns beiden gutgetan, und gemeinsam gingen wir wieder in

Richtung Parkplatz. Da lief Lewis noch einmal los in Richtung Wasser. Ein Surfer kam gerade aus den Wellen. Seine langen Haare waren zu einem Zopf gebunden. *Oh shit. Nein, nein, nein!* Das war eindeutig Nathan!

Unsicher blieb ich stehen. Vor ein paar Tagen war er weggerannt, also wollte er jetzt bestimmt auch nicht mit mir sprechen. Nathan kraulte Lewis und schaute sich suchend um. Ich sah den exakten Moment, als er mich erkannte. Ich traute mich nicht, ihm zuzuwinken oder zu ihm zu gehen. Ich konnte aber auch nicht einfach weglaufen. Warum musste Lewis auch der netteste Hund der Welt sein? *Es kann ja doch nicht schlimmer werden als in Taylors Küche.*

Langsam ging ich zu ihm und atmete dabei tief durch. Nathan streichelte immer noch Lewis. Ich betrachtete ihn. Er sah ganz genauso aus wie früher. Seine Schultern waren durchtrainiert vom Surfen, und auf der Haut zeichnete sich ein Sonnenabdruck von den Konturen seines Neoprenanzugs ab. Er trug wie immer Surfshorts. Ich hatte ihn so gut wie nie in anderen Klamotten gesehen. Bestimmt hatte er inzwischen als Profisurfer auch Sponsoren, die ihm seine Kleidung zur Verfügung stellten. Mein Blick wanderte über die Shorts weiter nach unten. Über Nathans rechtes Knie zog sich eine große Narbe. Ich runzelte die Stirn. *Was ihm wohl passiert ist?*

»Tut mir leid«, sagte ich schließlich. »Ich hab versucht, ihn zurückzuhalten, aber er ist einfach zu dir gelaufen.«

Nathan sah immer noch nicht nach oben. *Er erträgt es nicht einmal mehr, dich anzusehen.* Ich hatte erwartet, dass er abweisend zu mir sein würde, wenn ich nach Emerald Bay kommen würde, aber es tat trotzdem weh.

»Wie heißt er?«, fragte Nathan schließlich und streichelte Lewis immer weiter. Seine Stimme nun nach all den Jahren wieder zu hören, war schön und schlimm zugleich. Ich hatte sie immer in meinen Erinnerungen gehabt, aber in echt klang sie noch viel besser.

»Lewis«, antwortete ich und musste sofort an *das* Konzert denken. Dean Lewis war mein Lieblingssänger, und Nathan hatte mir zu meinem siebzehnten Geburtstag Tickets zu seinem Konzert in Newcastle geschenkt. Ich war ausgeflippt vor Freude. Nathan hatte mich sogar auf die Schultern genommen, damit ich alles sehen konnte. Die Erinnerung daran tat verdammt weh.

»Also dann«, sagte ich schnell und schnippte mit den Fingern. Lewis kam zu mir gelaufen. Nathan richtete sich auf, doch sah mich nicht richtig an. Ich wollte nur weg von hier.

»Es tut mir wirklich leid«, sagte ich noch einmal. »Ich werde in Zukunft nicht mehr hierherkommen.« Ich drehte mich um und lief so schnell wie möglich mit Lewis zum Parkplatz zurück. Am liebsten hätte ich den Van genommen und wäre weit weggefahren, so wie ich es inzwischen gewohnt war. Doch das ging nicht. Auch wenn mich die Nähe zu Nathan mehr schmerzte, als ich jemals für möglich gehalten hatte.

BILLIE

Die nächsten Tage verbrachte ich bei Phoebe und half ihr, so gut es ging. Mit jedem Tag fühlte sie sich ein bisschen besser, auch wenn es nur kleine Fortschritte waren.

Ich war gerade dabei, im Van mein dreckiges Geschirr abzuspülen, das sich schon stapelte, als Taylor durch den Garten geschlendert kam. Ich zog die Tür weiter auf. »Hi.«

»Hey«, erwiderte er. »Ich hab dich in den letzten Tagen gar nicht gesehen.«

»Ich war bei Phoebe«, erklärte ich. »Sie ist aus dem Krankenhaus entlassen worden.«

»Wie geht es ihr?«

»Sie ist froh, dass sie wieder zu Hause ist. Aber das Ausruhen fällt ihr schwer. Sie würde am liebsten sofort wieder durch Emerald Bay joggen.«

Taylor wippte von einem Fuß auf den anderen. Ich räusperte mich. *Früher habt ihr ständig Zeit miteinander verbracht, und jetzt könnt ihr euch nicht einmal mehr unterhalten.* Es tat weh, und genau deswegen hatte ich nicht zurückkommen wollen. Ich musste nicht vor Augen geführt bekommen, was ich alles mit meiner Entscheidung kaputt gemacht hatte.

Taylor sah angestrengt auf seine Schuhspitzen. Bestimmt hatte er auch Ärger mit Nathan. Und ich wollte nicht, dass es ihm wegen mir schlecht ging. Er tat sowieso schon mehr als genug für mich.

»Ich muss dann mal weitermachen.« Ich hielt den Spülschwamm in meiner Hand hoch.

»Ja, klar.« Taylor kratzte sich am Hinterkopf. »Hast du Lust, danach einen Spaziergang zu machen?« Seine Stimme klang unsicher.

»Wirklich?«, fragte ich überrascht.

Er nickte.

Ich lächelte. »Okay. Lass uns jetzt gleich gehen. Das hier kann sowieso warten.« Ich trocknete meine Hände ab und schlüpfte in meine Sandalen.

Draußen ging die Sonne langsam unter, und der Himmel färbte sich rosa. Lewis folgte uns, als Taylor und ich zum Gartentor gingen und die Holztreppe zum Strand hinunterstiegen. Wir nahmen unsere Schuhe in die Hand, um barfuß über den Sand laufen zu können. Früher hatte ich die Bucht des Main Beach geliebt. Sie erstreckte sich vom Crescent Mountain im Norden bis zum Leuchtturm im Süden.

»Es ist immer noch genauso schön hier«, sagte ich. Die Wellen schwappten über unsere Füße. Taylor nickte. Ich wusste genau, was er dachte: *Warum bist du dann weggegangen?*

»Wo warst du die letzten Jahre?«, fragte er stattdessen und steckte die Hände in die Hosentaschen. »Phoebe hat uns nur gesagt, dass du auf Reisen bist.«

Ich hob eine schwarze Muschel aus dem Sand auf. »Das stimmt auch. Ich bin mit dem Van die ganze Küste abgefahren. Hoch bis in den Norden und dann einmal quer durch das Outback wieder in den Süden. Ich war gerade in Melbourne, als das Krankenhaus angerufen hat.«

»Wow!« Taylor war sichtlich beeindruckt. »Aber ... warst du nicht einsam?«

Ich schüttelte den Kopf. »Nein, beim Campen ist man selten allein. Selbst an den abgelegensten Orten.« Ich erzählte ihm von der Straßenmusik und meinen Auftritten in den Städten. Doch ich verschwieg, dass ich mit keinem Menschen mehr als ein paar Sätze gewechselt hatte. Ich hatte mich genau aus diesem Grund für das Reisen entschieden: Ich konnte einfach immer weiterziehen, ohne jemandem zu nahe zu kommen.

»Du hast ganz Australien gesehen«, stellte er fest.

»*Fast* ganz Australien«, korrigierte ich ihn. »Ich war noch nicht im Westen. Dort will ich als Nächstes hinfahren.« Sofort biss ich mir auf die Lippen. Eigentlich wollte ich mit ihm nicht darüber sprechen, dass ich, sobald Phoebe wieder gesund war, wieder losfahren würde.

»Wie geht es deinen Eltern?«, fragte ich, um das Thema zu wechseln.

Taylor zog eine Grimasse und atmete hörbar aus. »Dad ist vor zwei Jahren krank geworden. Er hat Alzheimer.«

Vor Schreck hob ich mir die Hand vor den Mund. Ich wusste nicht, was ich sagen sollte. Stephen war immer der wichtigste Mensch in Taylors Leben gewesen. Ich wollte mir nicht vorstellen, was er durchgemacht hatte. Und ich war nicht da gewesen, um ihm beizustehen. Schuldgefühle stiegen in mir auf.

»T, das …« Ich suchte nach den richtigen Worten. Jedes Mal, wenn ich anderen erzählen musste, dass meine Eltern nicht mehr lebten, ertrug ich das Mitleid in ihren Augen kaum. Daher sagte ich, wie es war: »Das ist einfach scheiße.«

Taylor nickte. »Ja, du sagst es.«

»Wie geht es ihm im Moment?«

»Es ist okay. Er musste aufhören zu arbeiten. Viel zu gefährlich. Aber wenn ich mit der Ausbildung fertig bin, werde ich Wilson & Son übernehmen.«

»Er ist bestimmt so stolz auf dich«, sagte ich.

Taylor nickte. »Er wird mir helfen, solange es geht.« Er seufzte. »Man weiß einfach nie, wann es schlimmer wird oder er dich anschaut und dich für einen Augenblick nicht mehr erkennt.«

Am liebsten hätte ich ihn in den Arm genommen, aber ich traute mich nicht.

»Es gibt aber auch gute Nachrichten«, sagte er. »Drew und Scott heiraten in ein paar Wochen.«

Ich lächelte. »Wie schön!«

»Sie und Mum sind ganz aufgeregt. Die Vorbereitungen lenken sie von all den Problemen mit Dad ab. Das ist gut.«

Wir waren inzwischen schon ganz in der Nähe des Three Pines, und Taylor sagte: »Lass uns lieber umkehren.«

Früher war ich ständig dort gewesen. Nathans Eltern, Graham und Liz, denen das Restaurant gehörte, hatten uns oft eingeladen. Bestimmt waren sie nicht gut auf mich zu sprechen.

»Ja«, stimmte ich ihm zu. »Ist wahrscheinlich besser so.« Ich pfiff nach Lewis, und wir drehten um.

»Es ist nur ... Nathan arbeitet inzwischen fast jeden Tag dort.«

Überrascht sah ich Taylor an. »Wieso das denn?« Das machte überhaupt keinen Sinn! Nathans Plan war es gewesen, Profisurfer zu werden. Er hatte nie etwas anderes werden wollen. Hatte er etwa eine neue Freundin und war wegen ihr hier in Emerald Bay geblieben? Auch wenn ich wusste, dass ich keinerlei Recht hatte, darüber traurig zu sein, wurde mein Herz ganz schwer bei diesem Gedanken.

Taylor schien sofort zu verstehen, an was ich dachte, denn er schüttelte entschieden den Kopf. »Es geht dabei nicht um ein Mädchen. Nach dir hat er keine andere mehr angeschaut.«

Schon wieder fühlte ich mich einfach schrecklich. Ich wusste, wie sehr ich Nathan wehgetan hatte, aber diese Momente führten es mir noch einmal mehr vor Augen.

»Warum ist er dann geblieben?«, hakte ich nach.

Taylor seufzte. »Es fühlt sich nicht richtig an, wenn ich dir das erzähle. Kannst du ihn das nicht selbst fragen?«

Ich biss mir auf die Lippen. »Ich denke nicht, dass er mit mir darüber reden würde.« Unsere Begegnung am Strand hatte klargemacht, dass Nathan auf keinen Fall mit mir sprechen wollte und ich lieber Abstand halten sollte.

»Vielleicht nicht jetzt. Aber bestimmt bald. Er braucht Zeit, sich daran zu gewöhnen, dass du wieder hier bist.«

Ich nickte. Aber ich hatte keine Ahnung, ob ich wieder mit Nathan sprechen wollte.

»Ich will einfach nicht zwischen euch stehen«, fuhr

Taylor fort. »Nathan ist mein bester Freund. Und die letzten beiden Jahre waren echt heftig für ihn.«

Betreten sah ich auf meine Füße. Ich wusste, wie sehr ich ihm wehgetan hatte. *Jeden Tag denke ich daran.*

»Aber du warst immer wie eine Schwester für mich«, fuhr Taylor fort. »Ich hab dich vermisst.«

»Ich dich auch«, erwiderte ich leise. »Es tut mir wirklich leid, T.«

»Du willst mir nicht sagen, was passiert ist – okay. Aber können wir nicht wenigstens versuchen, dass es wieder so wird wie früher?«

Mir wurde ganz warm. So war Taylor schon immer gewesen.

»Ja, das wäre schön«, antwortete ich, obwohl ich wusste, dass es nie ganz genau so wie früher werden würde. Doch ich war unfassbar erleichtert, dass Taylor trotz allem wieder mit mir befreundet sein wollte.

»Dann starten wir doch gleich. Isst du heute Abend mit uns? Ivy kocht meistens viel zu viel. Faye kommt auch.«

»Ja, gerne«, sagte ich.

Wir waren wieder an der Treppe angelangt. Inzwischen war es schon fast dunkel. Wir stiegen nach oben und gingen gemeinsam ins Haus.

»Ihr kommt gerade richtig.« Ivy nahm eine Auflaufform aus dem Ofen. Taylor holte Teller und Besteck und deckte den Tisch.

»Danke, dass ich mitessen darf«, sagte ich zu Ivy.

»Na klar!«, erwiderte sie. »Ich habe vegane Lasagne gemacht.«

Wir setzten uns an den Tisch, und Lewis blieb schwanzwedelnd neben mir stehen. »Du bekommst nachher dein Futter, das hier ist nichts für dich«, sagte ich. Er legte sich hin und sah mich mit großen Augen an. Ich lachte. »Wenn er mich so ansieht, kann ich ihm nichts abschlagen.«

Ivy gab jedem eine Portion Lasagne, und wir fingen an zu essen. »Das ist ja superlecker«, meinte ich, nachdem ich probiert hatte. Ivy errötete.

»Du solltest erst mal die Kuchen probieren, die sie backt«, sagte Taylor stolz. »Ivy eröffnet bestimmt irgendwann mal das beste Café an der Ostküste.« Die beiden grinsten sich an, und ich musste lächeln. Sie waren wirklich ein süßes Paar.

»Ich möchte euch übrigens etwas zur Miete beisteuern«, erklärte ich. »Ich muss nur einen Job finden.«

»Du kannst doch auch hier Straßenmusik machen«, schlug Taylor vor.

Die Vorstellung, mich singend in die Straßen von Emerald Bay zu stellen, schnürte mir die Luft ab. Ich schüttelte den Kopf. »Nee, lieber nicht.«

Taylor überlegte weiter. »Ich hab's! Mum sucht dringend Hilfe im Kindergarten. Sie sind unterbesetzt und daher auf der Suche nach jemandem, der sie ein paar Stunden in der Woche unterstützt.«

Ich im Kindergarten? Ich hob abwehrend die Hände. »Ich kann nicht gut mit Kindern, glaube ich. Und braucht man für so etwas nicht die richtige Ausbildung?«

»Du musst nicht beim Erziehen helfen. Sie braucht nur Hilfe beim Bespaßen.«

Ich zögerte. Ob das der richtige Job für mich war?

In dem Moment klopfte es an der Terrassentür, und Ivy stand auf, um Faye hereinzulassen.

»Hallo, Lieblings-WG«, sagte Faye entzückt und setzte sich zu uns an den Tisch.

»Du kommst genau zum richtigen Zeitpunkt«, erklärte Ivy und gab ihr einen Teller mit Lasagne. »Wir überlegen gerade, welchen Job Billie annehmen könnte, solange sie hier ist.«

»Oh, mein Spezialgebiet.« Faye rieb sich die Hände. »Bevor ich auf der Farm angefangen habe, habe ich jeden anderen Job in dieser Stadt ausprobiert.« Sie räusperte sich und fing dann in schnellem Tempo an aufzuzählen: »Wenn du kellnern möchtest, ist das Cooloola eindeutig die beste Wahl. Sie zahlen fair, und am Wochenende gibt es gute Zuschläge. Im Visitor Center lernst du die meisten Leute kennen – ein echter Bonus. Und mein Geheimtipp: Eisverkäuferin am Main Beach. Ich hab noch nie so viel Trinkgeld bekommen. Zusammen mit Lewis wäre deine Kasse bestimmt jeden Abend voll.« Faye lächelte stolz und sah mich genauso wie Taylor und Ivy erwartungsvoll an.

»Wow, das sind wirklich tolle Tipps«, sagte ich. »Es ist nur ... weißt du vielleicht etwas, wo man nicht ganz so vielen Leuten begegnet?«

»Oh.« Faye runzelte die Stirn. »Lass mich überlegen ... Mist, Mr Benfield hat bereits alle Jobs für die Ernte auf der Farm vergeben.« Sie sah mich zerknirscht an. »Aber ich gebe dir Bescheid, sobald der Erste kündigt, ja?«

»Danke dir.«

Taylor sah mich an. »Vielleicht ist der Job im Kindergarten doch etwas für dich«, überlegte er. »Du würdest deine Zeit mit Kindern verbringen, die du noch nicht kennst, anstatt mit Erwachsenen.«

Er hatte durchschaut, warum ich nicht in einem Café,

am Strand oder im Supermarkt arbeiten wollte. Wahrscheinlich hatte er recht. Im Kindergarten kannte mich niemand, und ich hatte Joanne, Taylors Mutter, immer gemocht.

»Okay«, willigte ich schließlich ein. »Ich probiere es aus.«

»Ich gebe Mum sofort Bescheid«, meinte Taylor.

»Im Kindergarten gibt es allerdings kein Trinkgeld«, gab Faye zu bedenken.

Ich grinste. »Das Risiko gehe ich ein.«

Wir aßen und redeten, und der Abend fühlte sich fast normal an. Schon lange hatte ich nicht mehr mit vielen Menschen an einem Tisch gesessen. Es war ein schönes Gefühl. Doch natürlich meldete sich wieder eine kleine Stimme in mir, die mich auf den Boden der Tatsachen zurückholte. *Pass auf, Billie. Du weißt, dass es nur für kurz ist. Gewöhn dich besser nicht daran.*

BILLIE

Als ich am Freitag mit dem Van vor dem Kindergarten anhielt, war ich nervös. Fast wünschte ich mir, ich hätte mich doch mit meiner Ukulele in die Main Street gestellt. Egal ob im Kindergarten oder in der Schule – ich war immer die Außenseiterin gewesen und hatte keine guten Erinnerungen daran. Ich blieb für einen Moment am Steuer sitzen und überlegte, wie schlimm es wäre, wenn ich einfach nicht reingehen würde. Doch Taylor hatte mit Joanne besprochen, dass ich noch diese Woche vorbeikommen konnte. Sie verließ sich auf mich.

Komm schon! Das sind Kinder. Und du bist jetzt erwachsen. Ich betrachtete den Schokoriegel in meiner Hand. Ich hatte heute Morgen verschlafen und daher keine Zeit mehr zum Frühstücken gehabt. *Okay, vielleicht nicht ganz so erwachsen. Aber du bist mindestens dreimal so groß wie die Kinder dadrin. Du schaffst das schon.*

Ich stieg aus und ging zur großen Eingangstür, auf die ein Känguru gepinselt war. Darüber war eine bunte Wimpelkette gespannt. Ich klingelte, und einen Moment später öffnete Joanne mir die Tür. Hinter ihren Beinen versteckte sich ein kleiner Junge.

»Ich freue mich, dass du hier bist, Billie«, begrüßte Joanne mich herzlich und nahm den Jungen auf den Arm. »Komm rein.«

Ich ging hinein, und sie schloss die Tür hinter mir.

»Hi«, sagte ich zu dem Jungen, der mich schüchtern anlächelte.

»Das ist Noah«, stellte Joanne ihn vor. »Na dann, soll ich dir alles zeigen?«

Ich nickte, und sie führte mich zunächst zu einer Garderobe, in der Jacken und Schuhe aufbewahrt wurden. Über jedem Haken hing das Bild eines Tieres.

»So weiß jedes Kind ganz genau, welches sein Platz ist«, erklärte sie. Sie führte mich an der Küche vorbei zu einem großen hellen Raum. An eine Wand war ein riesiger Regenbogen gemalt, und auf dem Boden lagen überall Spielsachen. Ein paar Kinder saßen auf dem Teppich und machten zusammen ein Puzzle.

»Das hier ist das Spielzimmer«, erklärte Joanne. »Und nebenan ist das Ruhezimmer. Da gehen die Kinder hin, wenn sie ein Buch anschauen oder einfach ausruhen wollen.«

Wir gingen über die Terrassentür nach draußen in den großen Garten. Joanne setzte Noah ab, und er rannte zu ein paar anderen Kindern, die gerade dabei waren, eine Sandburg im Sandkasten zu bauen. Daneben standen ein Rutsche, eine Schaukel und ein Piratenschiff aus Holz.

»Das ist meine Kollegin Meghan.« Joanne deutete auf eine Frau, die gerade dabei war, einem Mädchen einen Zopf zu flechten. Als sie uns entdeckte, winkte sie mir zu.

»Wie viele Kinder sind hier?«, fragte ich.

»Im Moment einundzwanzig.«

»Das sind ganz schön viele«, stellte ich fest.

»Ja«, sie seufzte. »Unser Kollege Matt ist krank und fällt eine ganze Zeit lang aus. Ich habe immer noch niemanden gefunden, der ihn so lange vertritt.« Sie lächelte mich an. »Aber dafür bist du jetzt ja da.«

»Ich weiß nur nicht, ob ich eine große Hilfe für euch bin«, gab ich zu bedenken. »Ich hab so etwas noch nie gemacht.« Ich hatte mein Geld nie mit Babysitten verdient oder wusste, was Kinder brauchten.

»Da mach dir mal keine Sorgen«, sagte Joanne. »Du sollst natürlich nicht die volle Verantwortung übernehmen, sondern uns nur ein bisschen unterstützen. Mit den Kindern spielen oder ihnen etwas vorlesen. Ich bin einfach froh über jede Hilfe, die ich kriegen kann.«

Ich nickte, aber war noch immer nicht ganz überzeugt.

»Lass es uns so machen«, schlug Joanne vor. »Du schaust in den nächsten Stunden einfach, ob es dir gefällt, und dann klären wir alles Weitere.«

»Okay.« Ich hatte nichts zu verlieren.

»Na dann – viel Spaß«, sagte Joanne. »Ich muss kurz in die Küche und nachsehen, wie weit das Mittagessen ist.«

Sie ging ins Haus, und ich schaute mich um. Die meisten Kinder spielten oder rannten im Garten umher, und ich wusste nicht so richtig, was ich tun sollte. Ich schlenderte zurück in das Spielzimmer, wo weniger los war. Zwei Mädchen und ein Junge drängten sich um einen Puppenwagen.

»Wir spielen Mutter, Vater, Kind«, erklärte der Junge, als ich zu ihnen trat. Ich lächelte ihn an, als mir ein Mädchen mit braunem Pferdeschwanz und einer grünen Latzhose auffiel, das abseits an einem Tisch mit Malstiften saß und ihnen dabei zusah. Offenbar traute sie sich nicht, mitzumachen.

»Hallo, ich bin Billie«, stellte ich mich bei ihr vor.

»Ich bin Isla«, erwiderte sie tonlos. Irgendwie erinnerte sie mich an jemanden.

»Möchtest du nicht mit den anderen spielen, Isla?«, fragte ich.

Sie schüttelte den Kopf so sehr, dass ihr Pferdeschwanz hin- und herflog.

»Versteh ich. Manchmal will man gerne alleine sein.«

Sie zuckte mit den Schultern und zog eine Schnute. »Ich will ja gar nicht alleine sein.«

»Nein?« Ich setzte mich neben sie auf einen der kleinen Stühle.

»Ich will nur das doofe Spiel nicht spielen.«

»Okay«, sagte ich. »Was möchtest du stattdessen machen?«

Isla antwortete nicht, sondern nahm einen der Stifte und fing an, auf das Papier vor ihr zu kritzeln. Offensichtlich wollte sie mich lieber nicht in ihrer Nähe haben. Ich wollte gerade wieder aufstehen, als sie leise sagte: »Ich hab keine Mum. Also will ich das doofe Spiel auch nicht spielen.«

Oh nein. Unsicher sah ich mich um. Doch Joanne war in der Küche und Meghan draußen. *Das musst du jetzt alleine schaffen.* Ich atmete aus. »Ich hab auch keine Mum«, sagte ich schließlich.

Isla drehte sich zu mir und musterte mich. »Ehrlich?«

»Ehrlich.«

»Wo ist deine Mum?«, fragte sie mich und zog dabei die Augenbrauen zusammen.

»Sie ist gestorben, als ich noch ein kleines Mädchen war.« Keine Ahnung, ob Joanne es für richtig hielt, wenn ich Isla davon erzählte. Doch ich hatte mir als Kind gewünscht, dass die Erwachsenen ehrlich zu mir waren. Ständig hatte mich ein Betreuer oder eine Mitarbeiterin vom Jugendamt mit irgendwelchen Ausflüchten hingehalten, anstatt mir die Wahrheit zu erzählen.

»Meine Mum ist auch gestorben.« Isla nahm einen anderen Stift und malte quer über das Papier. »Mein Dad sagt, dass sie aber trotzdem immer da ist und auf mich aufpasst. Auch wenn ich sie nicht sehen kann.«

Ich nickte. »Das stimmt.«

Sie rutschte etwas näher zu mir heran. »Willst du auch malen?« Sie streckte mir einen gelben Stift mit ihrer kleinen Hand entgegen.

»Ja, klar.« Ich lächelte und nahm den Stift. »Auch wenn ich echt mies darin bin.«

»Das ist okay.«

Ich malte zuerst eine Sonne und eine Blume. Dann nahm ich mir einen braunen Stift und versuchte, Lewis zu zeichnen.

»Was ist das?«, fragte Isla neugierig und beugte sich zu mir.

»Na, ein Hund«, erklärte ich. »Sieht man das nicht an den Beinen und dem Schwanz?«

Sie kicherte. »Du kannst das wirklich nicht gut.«

Ich lachte laut. *Wo sie recht hat, hat sie recht.*

»Ich kann dafür gut Musik machen und singen«, erklärte ich ihr.

»Mit einem echten Instrument?«

»Ja, ich spiele Ukulele. Soll ich sie das nächste Mal mitbringen?«

»Ja!«, antwortete sie begeistert und nickte. Inzwischen sah sie nicht mehr traurig aus.

»Wir machen es so«, erklärte ich. »Ich bringe meine Ukulele mit, und du wünschst dir ein Lied, das ich spielen soll. Dann singen wir gemeinsam.«

»Wann kommst du denn wieder?«, fragte Isla und umfasste meinen Arm.

»Das weiß ich noch nicht, ich muss zuerst mit Mrs Wilson sprechen. Ich gebe dir nachher Bescheid.«

Sie nickte und strich über die goldenen Armreifen an meinem Handgelenk. »Sind die schön.«

»Danke«, erwiderte ich.

Sie malte mit der einen Hand weiter und ließ meinen Arm mit der anderen dabei nicht los.

BILLIE

Die nächsten Stunden vergingen wie im Flug. Ich malte mit Isla, half Joanne dabei, Obst zu schneiden, und klebte ein Pflaster auf ein aufgeschürftes Knie. Ich war stolz, als Joanne sagte: »Du machst das wirklich toll, Billie.« Ich hatte nicht damit gerechnet, doch es machte mir tatsächlich Spaß. Und nach der Begegnung mit Isla konnte ich mir gut vorstellen, hier auszuhelfen.

»Ich würde dein Angebot gerne annehmen«, meinte ich zu Joanne.

Sie klatschte in die Hände. »Toll! Mir fällt ein Stein vom Herzen.«

»Wäre es okay, wenn ich immer am Montag, Mittwoch und Freitag komme?« An diesen Tagen war Phoebe mit der Physiotherapie beschäftigt. »Ich möchte so viel Zeit wie möglich bei Phoebe verbringen, solange ich hier bin«, erklärte ich Joanne.

»Natürlich! Wir freuen uns einfach, dass du uns aushilfst.«

»Super.« Ich lächelte. Nie hätte ich gedacht, dass es so einfach werden würde, einen Job zu finden.

»Da ist noch eine Sache, Billie …« Joanne zögerte.

»Kannst du mir sagen, wie lange du in Emerald Bay bleiben wirst?«

»Bis Phoebe wieder gesund ist. Scott meinte, spätestens Anfang Februar sollte alles wieder verheilt sein.«

»Die Kinder werden uns fragen, wie lange du bei uns bleiben wirst, und ich möchte ihnen keine falschen Versprechungen machen. Sie gewöhnen sich so schnell an eine neue Bezugsperson.« Joanne sah mich unsicher an.

Sie hat Angst, dass du wieder einfach abhaust.

»Ich bleibe auf jeden Fall bis Anfang Februar«, versprach ich. »Bevor Phoebe nicht wieder gesund ist, gehe ich nicht weg.«

»Gut.« Joanne lächelte mich erleichtert an.

»Ich muss jetzt los, Phoebe wartet bestimmt schon auf mich.«

»Dann sehen wir uns am Montag. Richte ihr liebe Grüße aus.«

»Das mache ich. Ach ja, kann ich nächstes Mal meine Ukulele mitbringen und ein bisschen Musik mit den Kindern machen?«, fragte ich.

»Das ist eine großartige Idee«, antwortete Joanne begeistert. »Wir singen hier zwar hin und wieder, aber ich bin alles andere als musikalisch. Die Kinder werden es bestimmt toll finden, wenn sie das mit dir machen können.«

Ich winkte ihr zu und wollte gerade gehen, doch lief noch einmal ins Spielzimmer zurück. Isla war gerade dabei, ein Puzzle zu machen. »Ich komme am Montag wieder«, sagte ich zu ihr.

Sie strahlte mich an. »Und dann bringst du deine Ukulele mit?«

»Versprochen. Bis bald!«

Ich ging hinaus und lief zurück zum Van. Der Vormittag war ein voller Erfolg gewesen, obwohl ich nicht damit gerechnet hatte. Jetzt konnte ich etwas Geld verdienen, ohne dabei ganz Emerald Bay begegnen zu müssen. Und mit den Kindern zu singen würde bestimmt viel Spaß machen. Ich musste an Islas traurigen Blick denken. Und an ihre fehlende Mum. Ich war zwar etwas älter gewesen, als meine Eltern gestorben waren, doch dieses Gefühl würde nie ganz vergehen. Als ob immer ein Stück von mir selbst fehlte. Es war schrecklich, dass Isla das ebenfalls erleben musste. Je mehr ich darüber nachdachte, desto mehr freute ich mich auf Montag. Ich würde mit ihr Musik machen und ihr damit hoffentlich ein Lächeln aufs Gesicht zaubern.

*

»Hast du alles?«, fragte Phoebe, als sie vor der Einfahrt zu Taylors Haus hielt.

»Ja«, antwortete ich und nahm meinen Rucksack.

»Falls du heute Nacht doch nach Hause willst, kannst du mich einfach anrufen, okay? Ich hole dich jederzeit ab.«

Ich nickte. Es war das erste Mal, dass ich nicht bei Phoebe schlief, und irgendwie war sie aufgeregter als ich. Doch ich freute mich schon seit Tagen darauf. Nathan und ich durften bei Taylor übernachten, und seine große Schwester Drew und ihr Freund Scott würden auf uns aufpassen. Taylors Eltern und Phoebe hatten Karten für eine Theatervorstellung.

Wir stiegen aus und gingen zur Haustür. Ich klingelte, und Taylors Mutter öffnete in einem blauen Kleid die Tür. »Hallo, Billie. Schön, dass du hier bist.«

Taylors Dad kam in einem schicken Anzug in den Flur. »Hi, Billie. Die Jungs sind im Wohnzimmer und streiten darüber, wer der Beste bei Mario Kart ist.«

Ich drehte mich zu Phoebe und umarmte sie schnell. »Bye!«

»Bye, Liebes«, erwiderte Phoebe. »Und denk daran, was ich gesagt habe, ja?«

Ich nickte und lief durch den Flur ins Wohnzimmer. Taylor und Nathan saßen auf dem Boden vor dem Fernseher.

»Hi«, sagte ich.

»Pause!«, rief Nathan, und Taylor drückte die Stopp-Taste auf seinem Controller.

»Spielst du mit?«, fragte Nathan.

»Klar«, erwiderte ich.

»Wir sind auch dabei!«, rief Drew aus der Küche.

Taylor wackelte mit den Augenbrauen. »Dann knutschen sie wenigstens mal nicht.«

Nathan und ich kicherten.

»Wirklich, sie tun nichts anderes! Ich hab keine Ahnung, was daran so toll sein soll.«

»Ich auch nicht«, stimmte Nathan zu, und ich nickte. Bisher hatte ich noch nie darüber nachgedacht, einen Jungen zu küssen.

Einen Moment später kamen Drew und Scott herein.

»Du hast ja coole Haare«, staunte ich.

»Oh, danke.« Drew zupfte an ihren knallrot gefärbten Haaren. »Das war eine spontane Aktion. Seit ich im Krankenhaus angefangen habe, muss ich jeden Tag dasselbe anziehen. Also dachte ich, wenigstens meine Haare könnten eine Abwechslung vertragen.« Taylor hatte mir erzählt, dass Drew eine Ausbildung zur Hebamme machte und dabei half, Kinder auf die Welt zu bringen.

Scott stellte eine große Schüssel Chips auf den Tisch. »Los geht es«, sagte er. »Jeder gegen jeden?«

»Mädchen gegen Jungs!«, rief Drew und grinste mich an. »Die Verlierer müssen das Abendessen machen.«

Etwas später saßen wir in der Küche. Scott, Nathan und Taylor belegten die Pizza, und Drew lackierte mir die Fingernägel. Ich wünschte mir, es wäre für immer Wochenende und ich müsste montags nicht wieder in die Schule.

»Mein großer Bruder Sam wohnt in Sydney«, erzählte Nathan gerade Scott. »Er studiert da, und in den Sommerferien besuche ich ihn. Er hat mir versprochen, mir die größten Wellen zu zeigen.«

Ich war bisher erst einmal in Sydney gewesen. Mum und Dad hatten mir die große Brücke und die Oper dort gezeigt. Ich erinnerte mich, dass die Stadt riesig und voller Menschen gewesen war und ich Mums Hand fest umklammert hatte, um nicht im Gedränge verloren zu gehen.

Schnell stand ich auf. Wenn mich dieses Panikgefühl überkam, musste ich mich bewegen, das half.

»Willst du die zweite Hand nicht auch noch lackiert bekommen?«, fragte Drew überrascht.

Ich schüttelte den Kopf.

»Du hast recht. So sieht es schon richtig cool aus.« Sie öffnete eine Colaflasche. »Eigentlich hat Mum ja verboten, dass wir heute Abend so viel Süßkram essen und trinken.« Sie grinste und zwinkerte mir zu. »Aber zum Glück ist sie nicht hier, und ich habe das Sagen.«

Nachdem wir Pizza gegessen und den neuen Avengers-Film angesehen hatten, lag ich auf einer Matratze neben Taylors Bett und versuchte zu schlafen. Der Mond schien ins Zimmer und warf schwaches Licht hinein.

»T, mach dich nicht so breit«, beschwerte sich Nathan, doch Taylor schnarchte bereits. Die beiden teilten sich Taylors Bett.

Mir war übel. Es lag nicht an der Pizza oder der Cola. Nein, das war eine andere Übelkeit. Ich versuchte, ruhig zu atmen. Mein Zimmer bei Phoebe war inzwischen mein Zuhause, doch hier war alles anders. Die Bettwäsche roch anders, und die Geräusche aus dem Garten waren ebenfalls fremd.

»Billie?«, fragte Nathan vorsichtig. »Ist alles in Ordnung?«

Ich starrte an die Decke und sagte nichts. Mühsam versuchte ich, meine Tränen zurückzuhalten. Bei Phoebe fühlte ich mich inzwischen so sicher, dass ich nachts keine Probleme damit hatte, einzuschlafen. Doch hier... alles war so ungewohnt.

»Alles super«, sagte ich mit hoher Stimme und räusperte mich schnell. Ich wollte nicht, dass sie dachten, sie könnten mich nicht wieder einladen. Ich musste mich zusammenreißen.

Doch Nathan schlug die Decke zurück, kam zu mir und legte sich kurzerhand neben mich. »Weißt du, was meine Mum immer macht, wenn ich Angst habe?«, flüsterte er. Sanft streichelte er mir mit dem Zeigefinger über die Nasenwurzel.

Ich konzentrierte mich auf die Bewegung und atmete langsamer.

»Besser?«, fragte er nach einem Moment.

Ich nickte und schluckte.

»Hast du eigentlich einen Spitznamen?«

»Nein«, antwortete ich. »Für Billie gibt es echt keine gute Abkürzung.«

Nathan überlegte. »Nee, wirklich nicht. Aber ich mag deinen Namen.«

»Ja?«

»Er ist besonders. Er passt also zu dir.«

Ich lächelte.

»Ich hätte gerne einen Spitznamen. Wenn ich Profisurfer werde, braucht es doch einen coolen Namen, den sie überall schreiben.«

»Und welchen hättest du gerne?«

»Der, der die Monsterwellen bezwingt.«

Ich kicherte.

»Oder Aquaman.«

Ich hielt mir die Hand vor den Mund, um nicht laut loszulachen. Wir überlegten uns weitere Namen für ihn, und irgendwann schlief ich einfach ein.

Als ich wieder aufwachte, lag Nathan immer noch neben mir. Ich drehte mich auf die andere Seite und sah in Taylors schlafendes Gesicht. Er musste in der Nacht zu uns geklettert sein. Ich lächelte.

»Bist du wach?«, flüsterte Nathan auf einmal.

»Ja«, flüsterte ich und drehte mich wieder zu ihm.

Seine langen Haare waren ganz zerzaust. »Hast du gut geschlafen?« Er sah besorgt aus. Genauso wie Phoebe gestern Abend. Doch ich wollte nicht, dass sie sich Sorgen wegen mir machten. Ich musste unbedingt schaffen, dass das aufhörte.

»Alles super, Nate«, beteuerte ich.

Er grinste. »Der gefällt mir.«

Wir lächelten uns an.

»The great Nate. Das lass ich auf mein Trikot drucken.«

NATHAN

»Komm schon, Hazel, nur für eine Stunde«, bettelte ich.

Sie schüttelte den Kopf. »Ich muss lernen, das weißt du doch.«

Ich lehnte mich an ihr Poster von David Attenborough, das an der Wand hing. Hazel hatte nie Bilder von Bands oder Schauspielerinnen aufgehangen, sondern ihr Zimmer lieber mit Naturforschern und anatomischen Zeichnungen von Tieren vollgeklebt. »Mum sagt auch, dass du mehr Pausen machen solltest.«

»Ich kann wirklich nicht. Faye kommt gleich vorbei.«

»Schon wieder?«, fragte ich überrascht.

»Man kann nicht gut genug vorbereitet sein.«

»Du weißt schon, dass es keinen besseren Notendurchschnitt als eins gibt, ja? Sie werden ihn nicht für dich auf null anheben.«

»Haha.« Hazel verdrehte die Augen. »Und außerdem, wieso willst du mich unbedingt mit zu Taylor nehmen? Sonst seid ihr doch auch immer am liebsten zu zweit.«

»Ich fahre ja gar nicht zu ihm, wir gehen schwimmen«, meinte ich. Seitdem Billie am Kangaroo Hill wohnte, war ich nicht noch einmal dort gewesen und vermied es um jeden Preis. Daher hatte ich den Rockpool als Treffpunkt vorgeschlagen.

»Moment mal ... aha!« Hazel deutete mit ihrem Bleistift auf mich. »Ich soll also nur dein Ablenkungsmanöver sein, oder? Du willst nicht mit Taylor alleine sein! Du findest es komisch, weil Billie bei ihm wohnt, und weißt jetzt nicht, wie du mit ihm umgehen sollst.«

»Quatsch!«

»Schon klar. Vergiss es, Nathan, das musst du alleine hinkriegen.«

»So viel zur Schwesternliebe«, brummte ich. »Das klang neulich noch ganz anders.«

Hazel seufzte. »Sobald meine letzte Prüfung vorbei ist, gehen wir zusammen an den Strand, ja?«

Ich nickte und ging widerwillig die Treppe hinunter. Natürlich hatte Hazel recht. Die letzten Male, als Taylor im Three Pines gewesen war, war es total komisch zwischen uns gewesen. Wir waren betont lässig miteinander umgegangen – was es *noch* komischer gemacht hatte. Ich schnappte meinen Schlüssel und meine Tasche mit den Schwimmsachen und ging los. Sonst freute ich mich immer, Taylor zu sehen. Aber jetzt wäre ich am liebsten umgekehrt. Ich lief die Pacific Avenue hinunter, bis ich am Rockpool stand. Das große Schwimmbecken am Ende des Main Beach war direkt an die Klippen gebaut und mit Salzwasser gefüllt. An Tagen mit starker Flut wurde es von den Wellen aus dem Meer überspült. Ich war schon lange nicht mehr dort schwimmen gewesen.

Taylor saß auf einer der Bänke am Beckenrand und wartete schon.

»Hey«, begrüßte ich ihn und streckte meine Hand aus.

Taylor schlug ein. »Alles klar?«

»Alles super.«

Wir zogen unsere T-Shirts und Turnschuhe aus.

»Wie läuft's im Three Pines?«, fragte Taylor.

»Gut«, antwortete ich. »Und auf dem Bau?«

»Auch gut.«

Das ist doch Bullshit! Du konntest immer über alles mit Taylor sprechen. Und jetzt tauscht ihr diese komischen Floskeln aus.

»Und ... sonst so?«

»Ivy ist ein bisschen gestresst, weil sie im Dezember Prüfungen hat.«

Er wusste bestimmt genau, dass ich etwas anderes meinte, doch er erzählte nichts weiter. Ich stellte mir vor, wie Taylor mit Billie im Garten des Kangaroo Hills saß. Über was sie wohl sprachen? Allein der Gedanke, dass die beiden zusammen ohne mich abhingen, machte mich rasend. Allerdings konnte ich ihm das auf keinen Fall sagen. Ich hatte ihm ausdrücklich verboten, mir von Billie zu erzählen. Doch ich war eifersüchtig. Auf Taylor, weil er mit Billie zusammen war, und auf Billie, weil Taylor nett zu ihr war, obwohl sie so einen Scheiß abgezogen hatte. Ich allein war der Verlierer in diesem blöden Dreieck, und das war unfair.

Wir stiegen in das Becken und schwammen nebeneinander her. Normalerweise hätte Taylor Sprüche gerissen, und ich hätte ihn untergetaucht. Doch wir konzentrierten uns einfach nur darauf, eine Bahn nach der anderen zu ziehen.

Taylor und ich waren seit über dreizehn Jahren miteinander befreundet – seit dem ersten Schultag, an dem wir nebeneinandergesessen hatten. Natürlich hatten wir uns auch gestritten, doch ich wusste, dass ich mich immer auf ihn verlassen konnte. *Bis jetzt. Jetzt ist ganz klar, auf wessen Seite er steht.*

Als wir wieder aus dem Wasser stiegen und uns abtrockneten, wollte ich schon etwas zu Taylor sagen, ließ es im letzten Moment aber doch bleiben. Er hatte beschlossen, Billie bei sich wohnen zu lassen, also sollte er auch den ersten Schritt machen.

»Bis bald«, verabschiedete ich mich.

»Gehen wir nächste Woche zusammen surfen?«, fragte er.

»Ich muss erst mal Faye fragen«, wiegelte ich ab. »Ich hab versprochen, mit ihr zu gehen. Aber ich schreib dir.«

»Okay«, erwiderte Taylor. »Also … bis dann.« Er ging zum Parkplatz und stieg in seinen Pick-up. Ich sah ihm hinterher und ballte die Fäuste. Unsere Freundschaft zu dritt hatte immer funktioniert. Aber nun war alles anders.

*

Ich klatschte am Beckenrand ab und tauchte nach oben. Sofort sah ich auf meine Uhr. Mum und Dad hatten sie mir zu Weihnachten geschenkt. Sie war wasserdicht und hatte eine Stoppfunktion. Vierunddreißig Sekunden. Das war eine Sekunde schneller als noch vor zwei Wochen. Ich atmete tief aus und ein. Mein neuer Surfcoach Blake war überzeugt, dass ich meine Ausdauer verbessern musste. Er war früher selbst Profisurfer gewesen und wirklich cool. Seitdem er da war, trainierte ich noch mehr als zuvor. Er sagte, dass ich großes Potential hatte.

Obwohl Sonntag war, war es am Rockpool heute ziemlich leer, denn im Greenside Park fand das Sommerfest statt. Taylor und Billie hatten die ganze Woche von nichts anderem gesprochen. Sie wollten Achterbahn fahren und Zuckerwatte essen. Mum hatte mich heute Morgen noch einmal gefragt, ob ich nicht lieber mit ihr und Hazel dorthin gehen wollte. Doch in ein paar Tagen fand die Auswahl für das neue Surfteam von Emerald Bay statt, und ich musste es einfach schaffen. Also würde ich heute weiter kraulen üben und danach noch einmal surfen. Dad hatte versprochen, dass er nach seiner Mittagsschicht mit mir zum Sunshine Beach fuhr, denn dort waren die Wellen noch größer.

Ob Taylor mit Billie Riesenrad fahren würde? Sie hatte es sich so gewünscht. Auf einmal machte sich ein giftiger Gedanke in mir breit. Was, wenn Billie es gefallen würde, mit Taylor allein zu sein? Was, wenn sie so viel Spaß zusammen haben würden, sodass sie mich das nächste Mal nicht fragten, ob ich mitkommen wollte? Bisher hatte ich nie darüber nachgedacht, doch jetzt war da dieses bescheuerte Gefühl. Am liebsten wäre ich sofort nach Hause gelaufen, um mich umzuziehen.

Ich sah zu, wie die Wellen aus dem Meer ins Becken schwappten. Nein, ich wollte unbedingt in das Team, und ich würde alles dafür tun, dass es klappte. Ich holte tief Luft und fing wieder an zu kraulen. Als ich auf der anderen Seite des Beckens wieder auftauchte, hörte ich eine mir vertraute Stimme sagen: »Knapp unter vierunddreißig Sekunden. Du wirst immer besser.«

Ich drehte meinen Kopf zur Seite. Am Beckenrand standen Taylor und Billie. Taylor hatte eine rote Plastiksonnenbrille auf der Nase, und Billie hielt Zuckerwatte in der Hand.

»*Was macht ihr denn hier?*«, *fragte ich außer Atem.* »*Wolltet ihr nicht Riesenrad fahren?*«

»*Sind wir schon*«, *antwortete Billie.* »*Es war echt lahm. Und überhaupt nicht hoch. Außerdem wollten wir lieber zu dir.*«

Ich lächelte und kletterte aus dem Becken.

»*Ich hab dreimal beim Dosenwerfen abgeräumt*«, *sagte Taylor.*

»*Und das ist alles, was du gewonnen hast?*« *Ich schnappte seine rote Sonnenbrille und setzte sie mir auf.*

»*Zwei Plastikrosen hab ich auch gekriegt.*«

»*Er hat sie beide Amanda Pearce geschenkt.*« *Billie grinste, und ihre Nase kräuselte sich dabei. Ich fühlte mich unglaublich erleichtert. Sie waren hierhergekommen.*

Billie hielt mir die Zuckerwatte hin, und ich nahm einen Bausch davon.

»*Amanda Pearce also?*«, *fragte ich Taylor und grinste ihn an.*

Er zuckte mit den Schultern. »*Mal sehen.*«

»*Er hat sie die ganze Zeit angeschaut und ist dabei ganz rot geworden*«, *erzählte Billie.*

Taylor tat so, als würde er Billie ins Wasser schubsen, und sie quietschte.

»*Warte mal ab, bis du rot bei jemandem wirst*«, *sagte Taylor.*

Billie legte ihm und mir jeweils einen Arm um die Schulter. »*Das wird bestimmt nicht passieren. Ich hab doch euch. Wir sind für immer beste Freunde, so wie wir es abgemacht haben.*«

Ich nickte und murmelte: »*Beste Freunde.*«

BILLIE

»Billie!«, rief Isla aufgeregt, als ich am Montag darauf wieder in den Kindergarten kam. Sie stand in der Garderobe und hatte wohl schon auf mich gewartet.

»Hallo, Isla«, begrüßte ich sie. »Hilfst du mir mit meiner Ukulele?«

Sie nickte, und ich reichte ihr den kleinen Koffer. Vorsichtig trug sie ihn ins Spielzimmer, wo die anderen Kinder in einem Kreis auf dem Boden saß. »Billie ist hier«, verkündete sie. »Und sie hat ihre Ukulele dabei.«

Die Kinder sprangen auf und drängten sich um sie. Erst jetzt bemerkte ich einen Typen, der noch im Schneidersitz auf dem Boden saß und eine große Muschel in der Hand hielt. Er hatte kurze dunkle Locken und eine Collegejacke an. Als er meinem Blick begegnete, grinste er.

»Entschuldige, ich wollte dich nicht unterbrechen«, sagte ich zu ihm.

»Kein Problem.« Er winkte ab. »Sie haben eh schon kaum mehr zugehört.« Er stand auf, streckte seine langen Beine und fuhr sich durchs Haar.

Joanne kam aus dem Garten herein und rief: »Wer hat Lust auf einen kühlen Eistee?«

»Ich, ich, ich!«, schrien die Kinder durcheinander.

»Draußen steht alles bereit.«

Die Kinder liefen auf die Terrasse, und Joanne kam zu uns herüber. »Meine beiden Retter! Ihr habt euch also schon kennengelernt.«

»Noch nicht so richtig«, sagte er und hielt mir seine Hand hin. »Ich bin Jake.«

»Billie«, antwortete ich und schüttelte seine Hand.

»Jake studiert Meeresbiologie an der Universität. Er ist so nett und kommt ab und zu vorbei, um den Kindern etwas darüber zu erzählen«, erklärte Joanne. »Billie ist ab sofort drei Tage die Woche hier und greift uns unter die Arme. Heute will sie Musik mit den Kleinen machen.«

Jake pfiff durch die Zähne. »Dagegen kommt mein Vortrag über Plankton natürlich nicht an.«

Ich runzelte die Stirn, und er grinste. »Keine Sorge, damit würde ich keine Fünfjährigen quälen. Nein, wir haben versucht, das Meer in einer Muschel rauschen zu hören.«

In dem Moment kamen die Kinder wieder rein. »Singst du jetzt endlich mit uns?«, fragte Isla ungeduldig.

»Jetzt singe ich mit euch«, bestätigte ich. »Wollt ihr euch alle in einen Kreis setzen?«

Die Kinder setzten sich wie zuvor bei Jake auf den Boden. Jake selbst machte keine Anstalten, zu gehen, sondern lehnte sich erwartungsvoll an das kleine Spielhäuschen. Ich hatte nicht damit gerechnet, dass er einfach zuhören würde.

Ich räusperte mich, nahm die Ukulele und setzte mich zwischen Isla und einem Mädchen namens Priya auf den Boden.

»Das ist meine Ukulele. Ihr könnt sie gerne anfassen«, erklärte ich und ließ sie einmal durch den Kreis wandern.

»Sieht aus wie eine kleine Gitarre«, rief Priya, als sie sie in der Hand hielt.

»Stimmt«, sagte ich. »Nur hat die kleine Ukulele vier Saiten zum Spielen, die Gitarre sechs.«

Die Kinder gaben das Instrument weiter und einige zupften an den Saiten.

»Ukulele ist ein Wort aus Hawaii«, fuhr ich fort. »Wisst ihr, was es heißt?«

Die Kinder schüttelten allesamt den Kopf.

»Hüpfender Floh«, verriet ich.

Sie brachen in Gelächter aus, und ich musste grinsen.

»Heute darf Isla sich ein Lied wünschen, das nächste Mal ist dann jemand anderes dran«, ergriff ich das Wort, als die Ukulele wieder bei mir angekommen war. Ich beugte mich zu ihr. »Was sollen wir singen?«

»Den Koala-Song«, antwortete sie und klatschte in die Hände.

Ich kannte das Kinderlied zwar, nahm aber mein Handy, um die Akkorde zu suchen. Tatsächlich waren es nur drei Stück. »Kennt ihr denn alle den Koala-Song?«

Alle Kinder nickten.

Ich fing an zu spielen, und zusammen sangen wir das Lied über den Koala, der die meiste Zeit des Tages im Baum saß und Eukalyptusblätter aß. Die Kinder sangen aus voller Brust, es war ihnen egal, ob sie die Töne trafen, und hatten riesigen Spaß.

Plötzlich ertönte eine Melodie aus der anderen Seite des Raums. Überrascht stoppte ich und sah nach oben. Jake hatte eine Mundharmonika in der Hand und spielte darauf. Die Kinder lachten laut vor Begeisterung. Ich stimmte wieder mit ein, und gemeinsam spielten wir das Lied zu Ende. Als wir fertig waren, klatschte ich begeistert und rief: »Bravo!«

Jake und die Kinder klatschten ebenfalls.

»Das war ja ein richtiges Konzert«, freute sich Joanne, die im Türrahmen stand und zusah. »Ihr hört euch toll zusammen an.«

Jake zwinkerte mir zu. »Schade, dass ich gehen muss. Das hat Spaß gemacht.«

»Du bist jederzeit zu einem Gastauftritt willkommen«, meinte ich.

Er steckte die Mundharmonika in die Hosentasche. »Ich wiederhole bestimmt nur, was dir bestimmt schon oft gesagt wurde: Du singst echt toll!«

Wie immer wusste ich nicht, was ich sagen sollte, wenn jemand mich für meine Musik lobte. »Du warst aber auch richtig gut.«

»Vielen Dank. Meine Highschool-Band wäre stolz auf mich.«

»Du warst in einer Band?«

Er grinste. »Wir hatten mindestens drei Auftritte, also ja, das zählt als Band.«

Ich lachte. »Jetzt untertreibst du bestimmt.«

»Ich muss jetzt los. Die Uni wartet.« Er hob die Muschel hoch und winkte damit zum Abschied.

»Tschüss«, verabschiedete ich mich und nahm meine Ukulele wieder.

»Singen wir noch mal von vorne?«, fragte Isla.

»Na klar, los geht's!« Ich stimmte den ersten Akkord an. Wir sangen das Lied insgesamt noch dreimal. Ich musste zugeben, mit Jakes Mundharmonika zusammen hatte es sich *noch* schöner angehört.

*

Der Vormittag war im Flug vergangen. Ich war gerade dabei, die Jacken und Schuhe in der Garderobe zu ordnen, als die Tür aufging und Nathan hereinkam. Ich erschrak so sehr, dass ich einen kleinen Satz nach hinten machte.

»Was willst du denn hier?«, fragte ich perplex. Ich war so darauf bedacht gewesen, ihm aus dem Weg zu gehen, und dies hier war der letzte Ort, an dem ich ihn vermutet hätte.

»Dasselbe könnte ich dich ja wohl auch fragen«, erwiderte er. Seine Stimme klang genauso abweisend wie vor ein paar Tagen am Strand.

»Ich helfe hier aus«, erklärte ich.

»Und ich hole jemanden ab.« Er deutete ins Spielzimmer, wo Isla mit konzentrierter Miene am Zeichentisch saß und malte. »Das ist Isla – meine Nichte.«

»Oh«, murmelte ich, und meine Gedanken überschlugen sich. *Das* war Sams Tochter? Aber sie wohnten doch in Sydney? *Daher* war Isla mir so bekannt vorgekommen – ich hatte sie zuletzt als kleines Baby gesehen. Dann zählte ich eins uns eins zusammen und schlug mir die Hand vor den Mund. Sam hatte seine Frau Kelsey verloren und Isla ihre Mutter. Und nun waren sie wieder nach Emerald Bay gezogen. Ich schämte mich und wusste nicht, was ich sagen sollte. Nathans Familie war mir immer wichtig gewesen, und ich hatte nicht mal mitbekommen, was ihnen Schreckliches passiert war.

»Ich ... ich hatte ja keine Ahnung«, stammelte ich schließlich.

»Woher auch«, entgegnete Nathan kühl.

Für einen Moment standen wir beide schweigend da. Ich traute mich nicht, ihn noch mal anzusehen.

»Ich hole sie immer montags in meiner Mittagspause ab. Wir teilen uns alle zusammen die ganze Woche auf«, erklärte er.

Das war so fürsorglich von ihm. Aber verdammt, hätte ich das gewusst, hätte ich den Job doch niemals angenommen! Schnell ging ich alle Ausreden durch, die ich Joanne auftischen konnte, um nicht mehr hier zu arbeiten. Doch die beiden letzten Tage hatten mir so viel Spaß gemacht, dass ich eigentlich gar nicht kündigen wollte.

»Onkel Nathan!«, rief Isla in diesem Moment, kletterte von ihrem Stuhl und kam zu uns gelaufen. Sie warf sich in seine Arme, und er wirbelte sie umher. Ich konnte nicht anders, als zu lächeln.

Als Nathan sie wieder auf dem Boden absetzte, zeigte Isla auf mich und erklärte ihm: »Das ist Billie. Sie ist neu und singt mit mir.«

Nathan ging nicht darauf ein. »Hast du all deine Sachen?«

Sie nickte und nahm ihren Rucksack von der Garderobe.

»Tschüss, Billie«, verabschiedete sie sich. Nathan nahm sie an der Hand, und gemeinsam gingen sie nach draußen.

»Tschüss«, sagte ich leise und sah ihnen hinterher. Ich konnte das alles einfach nicht glauben. Ich hatte Isla nicht wiedererkannt. Sam und sie lebten nun hier. Nathan arbeitete im Three Pines, anstatt unterwegs zu sein, um zu surfen, und ich hatte keine Ahnung, warum. Und nun würde ich ihm hier jede Woche im Kindergarten begegnen. Mein Plan, allen aus dem Weg zu gehen, war also grandios gescheitert.

*

»Schneller, Billie!«, feuerte Nathan mich an. Ich trat noch kräftiger in die Pedale und sauste die Straße hinunter. Taylor war mir nur noch ein kleines Stück voraus. Ich konnte sein orangenes Mountainbike fast schon berühren.

»Du holst mich nicht ein!«, rief Taylor übermütig. Er stand von seinem Sattel auf und fuhr nun im Stehen.

»Ha, ich hab Nathan hinten dran und bin trotzdem genauso schnell wie du!« Nathan stand auf seinem Skateboard und klammerte sich am Gepäckträger meines Fahrrads fest. »Außerdem ist heute mein Geburtstag, ich gewinn also sowieso!«

»Ach ja?«, rief Taylor.

»Oh ja!« Ich nahm alle Kraft zusammen und trat immer stärker in die Pedale. Taylor und ich waren nun gleichauf.

»Du musst es genießen, Billie!« Taylor breitete die Arme aus und fuhr jetzt freihändig. Ich konnte kaum hinsehen.

»Wooohoooo!«, schrie er.

Ich lachte und fing an, Schlangenlinien zu fahren. Schnell sah ich nach hinten, doch Nathan stand immer noch auf seinem Skateboard.

»Wooohoooo!«, rief Nathan nun ebenfalls und streckte einen Arm in die Luft.

»Wooohoooo!«, schrie auch ich aus voller Kehle. Meine

Haare flatterten im Fahrtwind, und für einen Moment fühlte ich mich schwerelos.

Ein paar Minuten später stoppten wir vor unserer Wohnung. »Gleichstand«, entschied ich großzügig, obwohl Taylor ein kleines Stück langsamer gewesen war. Er grinste und stieg vom Sattel.

Wir stellten die Räder ab und liefen nach drinnen. Phoebe hatte angeboten, eine große Geburtstagsparty für mich zu veranstalten, doch ich wollte sowieso nur Nathan und Taylor einladen. Nach meinem Geburtstagsfrühstück war ich mit ihnen losgefahren. Zuerst hatten wir ein Eis am Strand gegessen und waren dann an den Crescent Mountain gefahren, um Koalas in den Bäumen zu suchen. Wir hatten zwei entdeckt, was doppeltes Glück bringen würde, wie Nathan behauptete.

»Da seid ihr ja«, begrüßte uns Phoebe, als sie die Tür öffnete. »Der Kuchen steht schon auf dem Tisch.«

»Selbst gemacht?« Ich runzelte die Stirn.

»Selbst gekauft«, antwortete sie. »Aus der neuen Bäckerei auf der Pacific Avenue.«

»Dann probiere ich ihn«, sagte ich und grinste.

Phoebe lachte, und wir setzten uns an den gedeckten Tisch. Sie hatte sich viel Mühe gegeben. Durch den ganzen Raum waren Girlanden gespannt, und ein großer Blumenstrauß stand neben einem Schokoladenkuchen auf dem Tisch. In dem Kuchen steckten vierzehn angezündete Kerzen.

Ich setzte mich zwischen Nathan und Taylor. Phoebe legte ein großes Päckchen mit blauer Schleife auf den Tisch.

»Gleich kannst du auspacken«, sagte sie. »Doch zuerst müssen die Kerzen ausgeblasen werden.«

»Nein«, erwiderte ich und schüttelte den Kopf. Die anderen sahen mich erstaunt an. Doch ich wollte mir nichts wünschen.

Der einzige Wunsch, den ich hatte, würde sowieso nie in Erfüllung gehen. Man konnte die Vergangenheit nicht rückgängig machen. Und ich war dankbar über alles, was ich hatte. Auf keinen Fall wollte ich es verschreien und nach mehr fragen. Nach den Jahren im Heim und in den Pflegefamilien war es jetzt zu schön, um wahr zu sein. Ich hatte früh gelernt, dass es bestimmt nicht so bleiben würde.

»*Die Kerzen sehen so hübsch aus*«, *versuchte ich meine Reaktion zu erklären.* »*Können wir sie nicht einfach brennen lassen?*«

»*Natürlich, Liebes.*« *Phoebe nahm das Päckchen und reichte es mir.* »*Happy Birthday noch einmal.*« *Sie wechselte einen schnellen Blick mit Taylor und Nathan.*

»*Was?*«, *fragte ich misstrauisch.*

»*Jetzt mach schon*«, *erwiderte Taylor ungeduldig.*

Ich riss das Papier auf. Eine große Schachtel kam zum Vorschein. Vorsichtig öffnete ich sie. Darin lag eine wunderschöne Ukulele aus dunklem Holz. Ich hielt den Atem an.

»*Woher ...?*«

»*Das Foto auf deinem Nachttisch*«, *erklärte Phoebe.* »*Und es gibt keinen Tag, an dem du nicht singst. Es war dringend Zeit dafür.*«

Das Foto auf meinem Nachttisch zeigte Mum und mich. Ich war noch ganz klein und saß auf ihrem Schoß. Im Hintergrund war Dad zu sehen. Er hatte eine Ukulele in der Hand und spielte für uns. Ich liebte dieses Bild. So hatte ich ihn in Erinnerung. Er hatte ständig Musik gemacht und für mich gesungen.

»*Danke*«, *flüsterte ich und holte die Ukulele heraus. Sanft strich ich über ihre Saiten. Ich konnte mein Glück nicht fassen.*

Nathan räusperte sich und hielt mir ein kleines Päckchen hin. »Das ist von T und mir.«

Ich nahm es und packte es vorsichtig aus. Hervor kam ein Notizbuch mit einem wunderschönen grünen Einband aus Stoff.

»Es sind abwechselnd Notenlinien und leere Seiten darin«, erklärte Nathan. »Für deine Melodien.«

Ich stand auf und umarmte erst Nathan, dann Taylor und zum Schluss Phoebe. Zusätzlich gab ich ihr einen Kuss auf die Wange. Für einen Moment war die Welt einfach nur wunderschön.

BILLIE

»Gibst du mir noch etwas Reis?«, fragte Phoebe.

Ich reichte ihr wortlos die kleine Styroporbox. Phoebe hatte sich indisches Essen gewünscht, also hatte ich nach meinem Vormittag im Kindergarten unsere Bestellung abgeholt, und nun saßen wir auf ihrem Balkon und aßen.

Phoebe hatte gute Laune. Sie hatte es, wenn auch nur langsam, geschafft, alleine auf ihren Stützen von ihrem Schlafzimmer in die Küche zu gehen.

»Glaub mir, in Nullkommanichts jogge ich wieder den Crescent Mountain nach oben«, versicherte sie mir.

Ich nickte nur.

»Derryl, mein Physiotherapeut, wird sich noch wundern. Er will es langsam angehen lassen, aber du kennst mich.«

Ich nickte wieder.

Phoebe legte ihre Gabel zur Seite. »Liebes, ich dachte, *ich* bin hier die Kranke. Aber du siehst ganz blass aus.«

»Es ist nichts«, erwiderte ich und stocherte in meinem Butter Chicken herum. *Reiß dich zusammen! Du hast versprochen, Phoebe zu unterstützen, und willst ihr nicht noch mehr Sorgen bereiten. Reg sie nicht auf!*

»Ist wirklich alles in Ordnung?«, hakte Phoebe nach.

Ihre Sorge brachte das Fass für mich zum Überlaufen. Ich legte die Gabel weg, dann brach es ungefiltert aus mir heraus: »Wieso hast du mir nicht erzählt, was hier alles passiert ist, während ich weg war? Taylors Dad ist krank! Sam und Isla leben in Emerald Bay! Ich arbeite im Kindergarten, und natürlich musste Nathan mir gerade dort über den Weg laufen. Wieso hast du mich nicht gewarnt?«

Phoebe seufzte. »Als du gegangen bist, musste ich dir versprechen, dass ich dir nichts mehr erzähle. Du hast mich darum gebeten, und ich habe mich an diese Abmachung gehalten.«

»Ja, dass Taylor eine Freundin hat oder Emerald Bay ein Kino bekommt. All die normalen Dinge, die passieren. Aber es hat sich *alles* geändert, und ich wusste rein gar nichts!«

Phoebe atmete hörbar aus. »Billie, du bist zwanzig Jahre alt. Du triffst deine eigenen Entscheidungen, und das respektiere ich. Aber du musst auch mit den Konsequenzen leben. Das gehört dazu.«

Ich vergrub den Kopf in meinen Händen. Ich wusste, wie unfair ich Phoebe gegenüber war. Aber es tat alles so weh.

Phoebe löste meine Hände von meinem Gesicht. »Die Zeit bleibt nicht stehen, Liebes. Auch nicht, wenn man weggeht und in seinem Kopf ein altes Bild von den Dingen hat.«

»Das weiß ich jetzt auch«, flüsterte ich.

Phoebe streichelte mir über die Wange.

»Entschuldige«, sagte ich und räusperte mich. »Ich

weiß, dass du nur versucht hast, dich an dein Versprechen zu halten.«

»Wenn du etwas Bestimmtes wissen möchtest, erzähle ich es dir natürlich.«

Da war tatsächlich etwas, das mir keine Ruhe ließ. Taylor wollte mir nichts darüber sagen, aber es beschäftigte mich schon die ganze Zeit. »Was ist mit Nate passiert?«, fragte ich.

Phoebe legte ihre Gabel zur Seite. »Er hatte einen Unfall. In dem Jahr als du gegangen bist. Beim East-Coast-Surfcup.«

Ich wusste direkt, um welchen Wettbewerb es ging. Nathan hatte jeden Tag wie verrückt dafür trainiert.

»Er hatte großes Glück, dass ihm nichts Schlimmeres passiert ist«, fuhr Phoebe fort. »Er kann weiterhin surfen. Die Wettbewerbe hat er allerdings aufgegeben und sich stattdessen für das Three Pines entschieden.«

»Aber das macht doch keinen Sinn! Er liebt es zu surfen!« Ich konnte kaum glauben, was Phoebe da sagte. Nathan hätte doch niemals seinen Traum aufgegeben. Mein Puls fing an zu rasen. Das änderte einfach alles. *Hast du die falsche Entscheidung getroffen, als du weggegangen bist?*

»Mehr weiß ich leider auch nicht«, erklärte Phoebe. Wir aßen schweigend weiter, doch ich dachte nur an Nathan. Keiner sagte mir ganz genau, was mit ihm los war. Aber mit ihm sprechen konnte ich auch nicht, denn er hatte mehr als deutlich gemacht, dass er mich nicht sehen wollte. *Du hast einfach alles kaputt gemacht.* Ich stocherte in meinem Essen herum. Mir war der Appetit vergangen.

»Wie war es denn im Kindergarten?«, fragte Phoebe.

Froh über den Themenwechsel erzählte ich ihr, wie ich

mit den Kindern gesungen hatte. »Du hättest sie sehen sollen, sie hatten so viel Spaß.«

Phoebe lächelte. »Du wirst also weiter mit ihnen üben?«

Ich nickte. Auch wenn ich Nathan begegnen würde, würde ich weitermachen. Die Freude der Kinder war es wert, dass ich über meinen Schatten sprang.

*

»Eine Fünf?« Phoebe ließ meinen Mathetest sinken und sah mich eingehend durch ihre Brillengläser an.

Ich hatte gerade mal zwei Aufgaben in dem Test berechnet, den Rest hatte ich mir nicht einmal angesehen. Natürlich hätte ich die Antworten gewusst. Aber es war alles Teil meines Plans.

Ich zuckte mit den Schultern. »Ich hab es eben nicht drauf.«

»Du hast bis vor Kurzem nur gute Noten geschrieben.«

»Ich komm mit dem Stoff nicht hinterher«, behauptete ich und schob die Nudeln auf meinem Teller von einer Seite auf die andere. Ich hatte keinen Appetit. »Die achte Klasse ist einfach viel schwerer als die siebte.«

»Das mag sein, aber ich kann nicht so richtig glauben, dass du von heute auf morgen um vier Noten nach unten rutschst.« Phoebe sah mich prüfend an, und ich starrte schnell wieder auf meinen Teller. Ihr konnte man nichts vormachen. »Wir können es mit Nachhilfe versuchen.« Ihre Stimme wurde weicher. »Oder vielleicht hilft dir es ja doch, wieder zu Dr. Palmer zu gehen?«

Schnell schüttelte ich den Kopf und sagte energisch: »Nein!«

Dr. Palmer war cool. Sie war jung, und sie trug Kleider in bunten Farben. Phoebe hatte mich nicht zu ihr gezwungen, sondern ich hatte frei wählen dürfen, ob und wann ich zu ihr gehen wollte. Wir hatten viel über Mum und Dad gesprochen. Ich hatte ihr von Mums Schmuck erzählt und dass wir am Wochenende immer mit dem alten Van unterwegs gewesen waren, um ihn auf Festivals zu verkaufen. Ich hatte ihr erzählt, wie sehr Dad es geliebt hatte, Musik zu machen, wenn er abends aus dem Büro gekommen war. Und wie ich an diesem einen bestimmten Tag vor meiner neuen Schule stand, die ich erst seit zwei Wochen besuchte. Doch Mum und Dad waren nicht gekommen. Wie ich ohnmächtig wurde, als mir gesagt wurde, dass sie einen Autounfall auf dem Weg zur Schule gehabt hatten. Einen Unfall, weil sie mich abholen wollten. An die Tage danach erinnerte ich mich nicht richtig. Dr. Palmer hörte mir zu, und ich redete wirklich gerne mit ihr.

Doch dann hatte Leanne Reid, die doofe Kuh, gesehen, wie ich in die Praxis gegangen war. Am nächsten Tag hatte sie allen anderen in der Schule davon erzählt. Sie hatte erklärt, dass ich verrückt wäre und man sich vor mir in Acht nehmen müsste. Ab da wollte ich auf keinen Fall mehr zu Dr. Palmer in die Sitzung gehen.

»Okay, du musst natürlich nicht«, beschwichtigte Phoebe mich. Ihr Blick war besorgt. Sonst war sie eigentlich immer gut gelaunt, doch in den letzten Wochen hatte sie ständig eine Sorgenfalte auf der Stirn. Grandma Beth, Phoebes Mutter, ging es sehr schlecht. Sie hatte eine Lungenentzündung, und Phoebe verbrachte jede freie Minute bei ihr oben am Kangaroo Hill.

Phoebe fuhr sich durch die kurzen Haare und seufzte. »Was ist los, Liebes?«, fragte sie mich und klang dabei erschöpft. »Willst du mir nicht sagen, was dich bedrückt?« In dem Mo-

ment klingelte das Telefon, und sie sprang auf, um ranzugehen.

Ich seufzte leise. Fast zwei Jahre hatte ich es jetzt in meiner Klasse ausgehalten, doch die anderen Mädchen hatten immer noch Spaß daran, sich über mich lustig zu machen. Meine Kleider, meine langen wilden Haare, mein Name – sie fanden immer irgendetwas. Nathan und Taylor waren im Jahrgang unter mir, und ich würde alles dafür tun, endlich mit ihnen zusammen sein zu können. Es würde alles ändern. Bisher sah ich sie nur nach der Schule und an den Wochenenden, doch wenn mein Plan aufging, würden wir den ganzen Tag zusammen verbringen können. Das Lernen fiel mir leicht, und meine Noten waren gut, daher gab es nur einen Weg: Ich musste sitzen bleiben. Also hatte ich beschlossen, von nun an schlechte Noten zu schreiben.

Ich sah Phoebe zu, wie sie in der Küche telefonierte, und bekam auf einmal ein schlechtes Gewissen. Auf keinen Fall wollte ich, dass sie sich wegen mir zusätzlich Sorgen machte. Sie hatte alles für mich getan, egal wie oft ich in meinem Zimmer verschwunden war und Zeit für mich gebraucht hatte. Es lag nie an Phoebe. Aber an manchen Tagen war ich einfach so traurig, dass ich die Welt kaum aushielt. Ich vermisste meine Eltern oft so sehr, dass es körperlich schmerzte. An anderen Tagen fühlte ich mich schuldig. Wenn ich nach einem Ausflug am Strand mit Taylor und Nathan glücklich war und mir erst hinterher plötzlich wieder einfiel, dass Mum und Dad nicht mehr da waren. Wenn ich Spaß mit Phoebe hatte oder mich in meinem neuen Zimmer wohlfühlte. Wann immer meine Stimmung dann plötzlich umschlug, war sie nie sauer, sondern verständnisvoll.

Phoebe legte auf und setzte sich wieder an den Tisch.

»*Das war das Jugendamt*«, erklärte sie.

»*Warum?*« Ich setzte mich kerzengerade hin.

»*Der nächste Besuch steht an. Du weißt ja, dass sie regelmäßig prüfen, ob es dir gut bei mir geht oder ob du Probleme hier hast.*«

Ein schrecklicher Gedanke überkam mich. Was, wenn sie mitbekamen, dass ich schlechte Noten schrieb? Oder erfuhren, dass ich Probleme in der Schule hatte? Bestimmt würden sie Phoebe dafür verantwortlich machen und mich im schlimmsten Fall wieder in eine neue Familie schicken. Mein Herz fing an zu rasen. Auf keinen Fall durfte das passieren! Ich wollte bei Phoebe bleiben. Und bei Nathan und Taylor.

»*Liebes, das ist reine Routine. Du musst dir auf keinen Fall Gedanken machen.*« Phoebe nahm meine Hand.

Doch ich hatte riesige Angst. Mein so ausgeklügelter Plan verpuffte. Er könnte komplett schiefgehen, und anstatt sitzen zu bleiben, um in Nathans und Taylors Klasse zu kommen, würde ich Phoebe weggenommen werden. Nein, ab sofort würde ich wieder lernen und die Gemeinheiten der anderen ertragen. Hauptsache, ich durfte hierbleiben.

»*Bist du dir ganz sicher, dass du nicht über irgendetwas sprechen möchtest?*« Phoebe hielt meine Hand immer noch in ihrer. »*Du weißt doch, dass du über alles mit mir reden kannst.*«

»*Nein*«, sagte ich und versuchte, die schlimmen Bilder in meinem Kopf von weiteren Pflegefamilien oder einem neuen Kinderheim zu verdrängen. »*Es ist alles gut. Ich werde in Zukunft einfach noch mehr lernen.*« Ich zwang mich zu einem Lächeln. Phoebe sah immer noch besorgt aus, aber bohrte nicht weiter nach.

Es war die letzte schlechte Note, die ich nach Hause brachte.

NATHAN

»Bereit, Isla?«, fragte ich und nahm ihr Surfbrett. Es war dasselbe, auf dem ich auch schon Surfen gelernt hatte.

Isla nickte. Sam zog ihr ein Neopren-Shirt über den Kopf, und sie schlüpfte in die Ärmel. »Und du schaust die ganze Zeit zu, Daddy?«

»Natürlich!«, erwiderte Sam. »Das verpasse ich doch auf keinen Fall.«

Hazel streckte sich auf ihrem Handtuch aus und seufzte genüsslich. »Das ist das allererste Wochenende, an dem ich nicht lernen muss. Ich kann's kaum glauben, die Prüfungen sind wirklich vorbei.« Dann setzte sie sich mit einem Ruck auf. »Meint ihr, ich sollte mich jetzt schon mal für die Uni vorbereiten?«

»Du bist noch nicht mal angenommen worden«, erinnerte ich sie. »Genieß einfach den Tag heute.«

»Schau mal auf der Uni-Website«, schlug Sam vor. »Bestimmt steht dort, welche Themen du im ersten Semester durchnehmen wirst.«

Ich nahm Isla an die Hand und sagte belustigt zu Sam und Hazel: »Manchmal bin ich mir echt nicht sicher, ob wir wirklich alle aus derselben Familie stammen.« Ich ging mit Isla über den heißen Sand zum Wasser.

»Wir sind doch eine Familie, oder?«, fragte sie mich unsicher.

»Natürlich«, beruhigte ich sie. »Ich hab nur Spaß gemacht. Wir sind alle miteinander verwandt.« *Mist.* Mit meinem blöden Spruch hatte ich sie auf keinen Fall beunruhigen wollen. Das Thema Familie war für sie sehr schwer.

»Sind wir eine Familie, auch wenn ich keine Mum habe?« Sie klang traurig.

Ich blieb stehen und ging in die Knie, um ihr in die Augen sehen zu können. »Natürlich! Nicht jeder hat eine Mum. Manche haben keinen Dad. Oder Großeltern. Oder keine Geschwister. Jede Familie ist ganz anders.«

Isla zählte an ihren Fingern ab. »Ich hab Dad, Hazel, dich, Grandma und Grandpa.«

»Eine ganze Handvoll«, bestätigte ich.

»Weißt du, wer auch keine Mum hat?«, fragte sie. »Billie aus dem Kindergarten.«

Sag irgendetwas. Einfach irgendwas.

Doch Isla erzählte schon weiter. »Wir singen zusammen, und sie bringt uns neue Lieder bei.«

Ich schluckte und fragte: »Macht dir das Spaß?«

Sie nickte. »Und ich durfte auch schon auf ihrer Ukulele spielen.«

Billies Ukulele. Sie hatte sie immer bei sich gehabt.

»Ich mag Billie«, erklärte Isla.

Wieder hatte ich keine Ahnung, was ich sagen sollte. Am liebsten wäre es mir gewesen, Billie hätte nicht im Kindergarten angefangen zu arbeiten. *Aber sie tut Isla anscheinend gut. Alles andere ist doch unwichtig.* Und doch war da ein Teil in mir, der es nur schwer ertrug.

»Na dann«, sagte ich. »Wollen wir loslegen?«

»Ja!«, rief Isla. Ich hob sie hoch und lief mit ihr in die Wellen.

*

Etwas später saßen wir wieder neben Hazel und Sam am Strand. Ich trank einen großen Schluck aus meiner Wasserflasche, denn ich hatte einen Schwall Salzwasser geschluckt, als ich Isla auf ihrem Brett gehalten hatte.

»Du warst super, Isla«, sagte Sam stolz. »Ich hab dich ganz genau gesehen.«

Hazel nickte. »Bald kann Nathan einpacken. Dann surfst du die großen Wellen.«

Isla setzte die Kapuze ihres Handtuchs mit den Koalaohren auf und grinste. »Wer bin ich?«

»Oh nein, nicht schon wieder«, tat Sam gequält.

Isla sang fröhlich den Koala-Song, und Hazel und ich lachten.

»Ihr würdet beim zehnten Mal am Tag auch nicht mehr lachen.« Sam grinste und nahm Isla auf den Schoß. Dann stieß er mich an. »Wieso erfahre ich nicht von dir, dass Billie wieder in der Stadt ist und jetzt im Kindergarten arbeitet? Isla redet von niemand anderem mehr.«

»Und wieso sollte mich interessieren, dass sie wieder da ist?«, brummte ich.

Sam und Hazel tauschten einen schnellen Blick aus.

»Sorry, das war blöd von mir«, entschuldigte sich Sam. »Ich wusste nicht, ob ihr wieder Kontakt habt.«

Ich sprang auf. »Will jemand ein Eis?«

Isla nickte. »Schokolade!«

»Bin gleich wieder da«, sagte ich und ging den Strand entlang in Richtung Eisladen. Egal, was ich tat, ständig ging es um Billie! Es war nicht auszuhalten.

Ich reihte mich in die lange Schlange vor der Ice Cream Factory ein und zog mein Handy hervor. Auf TikTok gab es neue Surf-Challenges. Die Wellen, die diese Typen vor Hawaii ritten, waren riesig.

Als ich an der Reihe war, kaufte ich ein Schokoladeneis für Isla und wollte damit zurück zu den anderen gehen, als mir Zac und Hannah entgegenkamen. Zac warf mir einen finsteren Blick zu, und ich schaute auf den Boden, als ich an ihnen vorbeilief.

»Der Typ ist sowas von daneben«, hörte ich Zac zu Hannah sagen.

Ich blieb stehen und fragte laut: »Hast du ein Problem, Mann?«

»Und ob!«, antwortete Zac.

»Jungs!«, zischte Hannah. »Hört auf mit diesem peinlichen Macho-Schwachsinn!«

»Ist hier alles in Ordnung?«, fragte eine Stimme neben mir, die mir nur allzu bekannt vorkam.

Ich drehte mich um. Blake kam zu uns. Er hatte wie immer seine knallgrünen Surfshorts an, von denen er früher immer behauptet hatte, dass sie ihm Glück brachten.

»Zac, Hannah, tragt doch schon mal eure Bretter vor und wärmt euch auf. Ich komme gleich nach.«

Die beiden nickten und gingen.

Bestimmt hält er dir jetzt einen Vortrag über die Sicherheit auf dem Wasser.

»Hast du kurz Zeit für mich?«, fragte Blake.

»Meine Familie wartet auf mich.« Ich hielt Islas Eis hoch.

»Es dauert auch nicht lange.«

»Ich wollte mich eigentlich bei Zac entschuldigen, aber er ist ein Idiot«, sagte ich schnell zu meiner Verteidigung.

Blake sah mich überrascht an. »Ich hab keine Ahnung, von was du redest. Oder was zwischen euch ist.«

Oh, Zac hat ihm wohl doch nichts von dem Vorfall beim Surfen erzählt.

»Ich wollte dich eigentlich nur fragen, wie es dir geht?«

Eine Zeit lang war Blake eine der wichtigsten Personen in meinem Leben gewesen. Er hatte jeden Tag mit mir trainiert. Doch ich hatte ihn enttäuscht.

»Richtig gut«, antwortete ich und setzte ein gezwungenes Lächeln auf.

Blake sah nicht überzeugt aus. »Du hast die Plakate bestimmt schon gesehen … du weißt schon.«

»Für den Surfcup? Klar«, sagte ich betont gelassen.

Er legte den Kopf schief. »Ich musste sofort an dich denken, jetzt, wo es wieder so weit ist.«

»Mach dir um mich keine Sorgen. Es ist alles in Ordnung.«

Blake verschränkte die Arme. »Nathan, du hast all meine Nachrichten in den letzten beiden Jahren ignoriert. Du gehst mir aus dem Weg, sobald du mich siehst. Deine Eltern haben mir gesagt, dass du aufhörst, und das war es dann von jetzt auf gleich.«

»Mehr gibt es ja auch nicht zu sagen.« Ich hoffte, dass er das Zittern in meiner Stimme nicht hörte.

»Du warst der beste Schüler, den ich je hatte. Ich hab

dich in letzter Zeit oft am Sunshine Beach gesehen. Du hast fast zu deiner alten Form zurückgefunden.«

Ha, wenn er wüsste! Alles ist inzwischen anders, wenn du surfst.

»Ich mache das jetzt nur noch zum Spaß. Wettkämpfe interessieren mich einfach nicht mehr. Und meine Eltern zählen im Restaurant auf mich«, wehrte ich ab.

Blake sah mich eindringlich an, doch ich hielt seinem Blick stand. Er fuhr sich durch die Haare. »Okay, wenn du das sagst. Ich will dich auf keinen Fall damit nerven. Aber denk doch noch einmal darüber nach.«

»Ich muss jetzt los«, entgegnete ich.

»Meine Nummer ist immer noch dieselbe. Wir trainieren jeden Tag, außer am Sonntag. Genau wie früher.«

Ich drehte mich um und ließ ihn einfach stehen. *Wieso sollte dich das interessieren?* Dieses Kapitel lag längst hinter mir. Blake schien ja gesehen zu haben, dass ich es nicht mehr draufhatte. Noch immer war ich beim Surfen nicht der Alte. Nein, ich konnte nicht wieder bei einem Wettbewerb mitmachen. Nicht, solange ich nicht das Gefühl von früher wiederfand.

BILLIE

Als ich zwei Tage später aufwachte, schüttete es wie aus Eimern. Mitte November bedeutete, dass der Sommer bald begann, doch Regenschauer waren zu dieser Zeit trotzdem keine Seltenheit in Emerald Bay. Ich liebte die Stimmung im Van, wenn es draußen regnete. Ich zog die Seitentür auf, machte mir einen Tee und schlüpfte noch einmal ins Bett. Wenn es regnete, fiel es mir außerdem leichter, neue Noten aufzuschreiben.

»Vielleicht, weil man nichts anderes tun kann, als seinen eigenen Gedanken zuzuhören«, sagte ich zu Lewis und kraulte ihn hinter den Ohren. Er blieb nun öfter alleine im Garten, da ich ihn nicht mit in den Kindergarten oder zu Phoebe nehmen konnte. Ich nahm mir vor, Ivy zu fragen, ob er heute bei ihr bleiben durfte. Taylor ging jeden Tag zur Arbeit, aber sie war oft daheim, um für die Uni zu lernen.

Ich zog mich an und band meine oberen Haare zu einem Dutt. Dann stieg ich aus dem Van und war innerhalb weniger Sekunden nass. Lewis stand an der offenen Tür und machte keine Anstalten, mir zu folgen. »Komm, Lewis, es ist nur ein bisschen Regen.« Schließlich sprang er doch hinaus, und wir liefen zum Haus hinüber. Auf der Terrasse schüttelte Lewis sich einmal ab, und ich klopfte an die Tür.

»Es ist offen!«, rief Ivy. Als wir eintraten, war Taylor gerade dabei, seine Arbeitsschuhe anzuziehen, und Ivy saß am Küchentisch über einem Stapel Notizen.

»Guten Morgen«, begrüßte mich Taylor.

»Guten Morgen«, antwortete ich.

»Von wegen gut«, sagte Ivy missmutig.

»Ist alles in Ordnung?«, fragte ich.

»Ich habe bald Prüfungen und muss das alles noch in meinen Kopf bekommen.« Sie deutete auf die Blätter und verzog das Gesicht. »Die Uni macht echt Spaß, aber ich weiß nicht, wie ich das schaffen soll.«

Ich nickte verständnisvoll.

»Tu nicht so«, neckte mich Taylor von der Seite. »Billie hat immer super Noten in der Schule geschrieben. Hast du überhaupt lernen müssen?«

»Natürlich«, protestierte ich.

»Mir fällt das Lernen echt nicht leicht.« Ivy seufzte.

Vielleicht kannst du ihr ja Tipps geben. Doch was, wenn sie dich dann für eine Angeberin hält?

Ich versuchte die negativen Gedanken an die Seite zu schieben, überwand mich und sagte: »Ich hab mir beim Lernen immer Eselsbrücken gebaut. Nicht mit Anfangsbuchstaben, sondern in Form von Liedern. Wenn ich mir etwas überhaupt nicht merken konnte, habe ich einfach eine Melodie von einem bekannten Song genommen und es umgedichtet.«

»Das ist eine coole Idee«, meinte Ivy begeistert. »Das probiere ich später gleich mal aus. Vielleicht passt diese

Nährstofftabelle ja irgendwie zu einem Lied von Harry Styles.«

Ich lächelte und sah auf mein Handy. »Oh, ich muss dringend los. Ich wollte eigentlich fragen, ob ich Lewis heute bei dir lassen kann? Es macht ihm nichts aus, alleine im Garten zu bleiben, aber es ist ganz schön für ihn, wenn er Gesellschaft hat.« Wie aufs Stichwort tapste Lewis zu Ivy und blieb neben ihr stehen.

»Natürlich!« Ivy lächelte und kraulte ihn am Kopf. »Wir machen uns eine gute Zeit.«

»Vielen Dank«, sagte ich erleichtert und stand auf. »Bis später.«

*

»Sind Regentage immer so anstrengend?«, fragte ich Joanne, als wir das Spielzimmer am Nachmittag aufräumten.

Sie lachte. »Ja, wenn die Kids nicht in den Garten können, um sich auszutoben, ist Kreativität gefragt.« Wir hatten heute gebastelt, gemalt, und ich hatte gefühlt zehnmal *Raindrops keep falling on my head* gesungen. Ich half nun schon seit zwei Wochen aus, und inzwischen kam es mir komisch vor, dass ich zu Beginn sogar etwas Angst vor der Arbeit im Kindergarten gehabt hatte. Es war zwar herausfordernd, doch gleichzeitig fiel es mir Tag für Tag leichter. Die Kinder freuten sich, wenn ich vorbeikam, und malten mir Bilder, auf denen ich mit meiner Ukulele zu sehen war. Inzwischen kannte ich all ihre Namen. Ich wusste, dass Priya eine Erdnussallergie hatte, und ich konnte unterscheiden, welcher der beiden Zwillinge Adam und welcher Aaron war.

»Mum?«, ertönte in dem Moment eine Stimme, und Drew, Taylors ältere Schwester, kam herein. Ihre kurzen Haare waren wie früher immer noch knallrot gefärbt. »Hi, Billie!« Sie umarmte mich. »Endlich sehe ich dich auch wieder! Mum und Taylor haben erzählt, dass du wieder da bist.«

Ich lächelte sie an. »Hi!«

»Hallo, mein Schatz.« Joanne gab ihr einen Kuss auf die Wange.

»Ich hab das Kleid!« Drew hielt eine schneeweiße Kleiderhülle nach oben.

Joanne klatschte in die Hände. »Die Schneiderin ist bereits fertig?«

Drew nickte. »Zum Glück. Endlich ein Punkt auf der Liste, den ich abhaken kann.«

»Herzlichen Glückwunsch«, sagte ich. »Taylor hat mir erzählt, dass du und Scott heiratet.«

»Danke!« Drew strahlte. »Wer hätte das damals gedacht, oder? Der gute alte Scott.«

»Sie heiraten auf der Rosewood Farm. Der ganze Hof wird geschmückt«, schwärmte Joanne.

»Das hört sich toll an.«

Drew seufzte. »Es sind nur noch ein paar Wochen, und im Moment geht irgendwie alles schief. Das Kleid wurde sechs Wochen zu spät in meiner Größe geliefert, Scotts Trauzeuge hat Pfeiffersches Drüsenfieber, und wir haben keine Band für die Zeremonie.«

»Das wird schon alles«, munterte Joanne sie auf.

Drew nickte. »Das Wichtigste ist, dass Dad mich zum Altar führt, wenn sein Zustand sich bis dahin nicht verschlechtert. Alles andere ist mir egal.« Sie legte vorsichtig das Kleid auf dem Dach des Spielhäuschens ab und wandte sich zu mir. »Und jetzt zu dir. Taylor meinte, dass du als Busker unterwegs warst? Wie cool ist das denn? Und Mum hat erzählt, dass die Kinder alle ganz begeistert von deinen Musikstunden sind.«

»Mir macht es auch Spaß. Und ich freue mich, dass ich helfen kann.«

Da riss Drew die Augen auf. »Ich habe eine großartige Idee!«

»Was?«, fragte ich überrascht.

»*Du* könntest auf unserer Hochzeit singen!«

»*Ich?* Oh nein, ich ... ich kann das nicht«, stammelte ich.

»Bitte, Billie! Das wäre perfekt.«

»Du hast mich doch schon ewig nicht mehr singen hören«, versuchte ich, ihren Vorschlag abzuwehren.

Sie winkte ab. »Muss ich nicht. Wenn du nur halb so gut bist wie damals, bist du besser als jede andere Musikerin, die wir uns angehört haben.«

Ich kratzte mich nervös am Hinterkopf. So viele Menschen würden bei der Hochzeit sein. Ich wollte schon nicht in den Straßen von Emerald Bay singen, und jetzt sollte ich vor einem riesigen Publikum auf der Rosewood Farm spielen? *Scott ist im Krankenhaus für Phoebe da gewesen, du darfst bei Taylor wohnen, und Joanne hat dir sogar einen Job gegeben. Die ganze Familie Wilson ist einfach nur großartig, seitdem du wieder hier bist. Das waren sie früher schon immer gewesen.*

»Es sind nur zwei Lieder während der Zeremonie. Zum Feiern legt ein DJ auf«, erklärte Drew. »Ich stelle mir das so schön vor.« Sie sah mich flehend mit großen Augen an.

»Okay, ich mach es«, sagte ich schließlich.

Drew jauchzte und umarmte mich stürmisch. »Danke, danke, danke! Du bist unsere Rettung!«

»Wann ist die Hochzeit denn?«, fragte ich.

»Am ersten Samstag im Dezember.«

»Das sind ja nur noch drei Wochen!«

»Wem sagst du das! Gibst du mir deine Nummer, damit ich dir alle Infos schicken kann?« Drew hielt mir ihr Handy hin. Ich nahm es und tippte meine Nummer ein.

Joanne lächelte. »Das ist wirklich nett von dir, Billie.«

Es war schön, ihnen einen Gefallen zu tun, aber mein Magen fühlte sich ganz flau an. Auf was hatte ich mich da nur eingelassen?

BILLIE

Einige Tage später war ich gerade dabei, die Puppen, denen einige Kinder mit Filzstiften Bärte ins Gesicht gemalt hatten, mit einem Tuch sauber zu machen, als Isla mit Sam an der Hand hereinkam. »Das ist mein Dad«, sagte sie stolz.

Ich hatte Sam das letzte Mal vor über vier Jahren gesehen. Er trug seine dunkelbraunen Haare wie damals kurz geschnitten und hatte auch heute einen Anzug und Krawatte an. Wahrscheinlich arbeitete er immer noch als Anwalt.

»Hi.« Sam lächelte mich an. »Als Isla mir erzählt hat, dass eine Billie im Kindergarten mit ihr singt, war ich mir zuerst nicht sicher. Aber es bist wirklich du.«

»Hi«, erwiderte ich und wurde rot.

»Billie und ich kennen uns schon«, erklärte Sam Isla. »Sie hat dich sogar mal auf dem Arm gehalten, als du noch ein kleines Baby warst.«

Isla grinste mich an. »So lange schon?«

»So lange schon«, bestätigte ich. »Aber du bist ganz schön groß geworden, daher hab ich dich nicht wiedererkannt.«

»Isla redet pausenlos von dir. Und sie singt ständig.« Sam lachte. »So viele neue Lieder hätte ich ihr nicht beibringen können.«

Verlegen trat ich von einem Bein aufs andere. Ich wusste nicht, wie ich mit ihm umgehen sollte. Bestimmt war er doch wütend auf mich, weil ich Nathan so verletzt hatte.

Doch Sam sagte: »Isla war in letzter Zeit oft betrübt und blüht gerade total auf – dank dir.«

»Oh!« Ich lächelte erleichtert. »Ich bin froh, wenn ich ihr etwas helfen kann.«

»Sie fühlt sich, glaube ich, auf eine gewisse Art mit dir verbunden.« Sein Blick wurde traurig. Es musste kaum aushaltbar für ihn sein, dass Kelsey nicht mehr lebte.

Mir fehlten die Worte, und ich wusste nicht so recht, was ich sagen sollte. Nichts würde ihm den Schmerz nehmen können, das wusste ich aus erster Hand. Ich räusperte mich. »Als meine Eltern gestorben sind, war die Musik das Einzige, das mir wirklich geholfen hat. Wenn ich gespielt und gesungen habe, habe ich für eine Weile nicht daran denken müssen. Für eine kurze Zeit war einfach alles gut. So geht es mir heute noch.«

Sam nickte und lächelte. »Ich muss dann jetzt los, die Arbeit wartet.« Er gab Isla einen Kuss auf die Stirn, dann beugte er sich zu mir und raunte mir zu: »Kannst du nicht vielleicht etwas von den Foo Fighters mit ihnen üben?«

Ich grinste. »Ich schau, was ich machen kann.«

*

Der Tag verging schnell und lenkte mich von dem Chaos meiner Gedanken ab. Jedes Mal, wenn mir wieder einfiel, dass ich Drew und Scott versprochen hatte, auf ihrer Hochzeit zu singen, wurde mir ganz schlecht. Bestimmt war Nathan auch eingeladen, schließlich war er mit Drew aufgewachsen. O Gott, ich würde keinen Ton herausbringen.

Ich sah Jake zu, der auf einem der winzigen Stühle saß und eine Schildkröte aus Stoff in der Hand hielt. Er erzählte den Kindern gerade mit verstellter Stimme davon, wie Meeresschildkröten ihre Eier in den warmen Sand legten. Sie hingen an seinen Lippen, und er hatte sichtlich Spaß dabei, vor der ganzen Gruppe zu reden. *Das ist es! Das ist die Lösung! Du kannst dein Versprechen jetzt nicht mehr zurücknehmen, aber du kannst dafür sorgen, dass du nicht ganz alleine spielen musst!*

Ich wartete, bis Jake fertig war, und setzte mich dann neben ihn.

»Autsch.« Er streckte seinen Rücken durch. »Diese Stühle sind echt nichts für Erwachsene.«

»Jake«, sagte ich und klang dabei viel forscher, als ich es beabsichtigt hatte.

»Billie«, erwiderte er ebenso ernst mit tiefer Stimme. Er sah mich mit hochgezogener Augenbraue an. »Habe ich etwas verbrochen?«

»Nein, auf keinen Fall«, beschwichtigte ich ihn. »Nein, ich wollte dich um etwas bitten. Ich soll in ein paar Wochen auf einer Hochzeit singen, aber alleine schaffe ich das nicht. Da musste ich an dich und die Mundharmonika denken. Wir haben uns richtig gut zusammen angehört. Ja, vielleicht sind Kinderlieder aus nur zwei Akkorden nicht der beste Maßstab, aber wenn wir zusammen üben, könnte es toll werden. Ich könnte deine Unterstützung wirklich brauchen. Wir müssten nur zwei Lieder spielen, und sie zahlen auch etwas Gage. Ich würde dir natürlich die Hälfte abgeben und-«

»Billie«, unterbrach Jake mich. »Hol Luft.«

Ich atmete einmal tief ein.

»Klar bin ich dabei«, sagte er und lächelte mich an.

»Wirklich?«, fragte ich erstaunt. Ich hatte erwartet, dass ich ihn erst überzeugen musste.

»Ja klar, das wird cool! Ein richtiges Folk-Duo.«

»Und es macht dir bestimmt nichts aus?«, hakte ich noch einmal nach.

Er schüttelte den Kopf. »Wieso sollte es? Ich darf mit einer tollen Sängerin auftreten. Das ist doch super.«

»Okay.« Ich lächelte. Die Vorstellung, dass ich nicht alleine, sondern zusammen mit Jake spielen würde, ließ mein Herz etwas leichter werden.

»Wann ist die Hochzeit?«, fragte er.

»Am siebten Dezember.«

Er pfiff durch die Zähne. »Dann sollten wir wohl dringend mit dem Üben anfangen.«

»Hast du am Sonntag Zeit?«, fragte ich.

Jake nickte. »Ja. Ich wohne im Studierendenwohnheim, da ist man selten ungestört. Können wir bei dir üben?«

»Oh ... ähm«, stammelte ich. Eigentlich lud ich nie jemanden in den Van ein. Er war mein Rückzugsort, und ich hatte in den letzten Jahren auch mit niemandem näher Kontakt gehabt. Ich hatte immer alles und jeden abgeblockt. Doch jetzt bat ich Jake um einen Gefallen.

»Okay«, stimmte ich zu. »Die Adresse ist 431 Kangaroo Hill. Klingel nicht, sondern geh einfach durch die Garage in den Garten.«

Jake stand auf. »Gut. Dann bis Sonntag.«

»Danke, du bist wirklich meine Rettung!«

Jake lächelte. »Ich freu mich darauf.«

Ich sah ihm hinterher, und ein komisches Gefühl überkam mich. Es war das erste Mal seit Jahren, dass ich jemanden um Hilfe gebeten hatte. Ich machte sonst alles allein. Ich war dabei, die beiden einzigen Regeln, die ich immer über alles gestellt hatte, komplett zu ignorieren. Hoffentlich würde ich es nicht bereuen.

*

Am Sonntag saß ich vor dem Camper und wartete auf Jake. Ivy und Taylor waren am Strand, und wir konnten ungestört üben. Ich hörte, wie ein Auto in die Einfahrt fuhr, und kurze Zeit später kam Jake durch die Garage gelaufen. Als er den Van sah, pfiff er durch die Zähne. »Jetzt macht deine Wegbeschreibung Sinn! Dadrin wohnst du? Wie cool.«

»Ja, es ist schon etwas Besonderes.«

»Und fährst du damit auch herum?«

Ich nickte. »Bis vor Kurzem war ich darin in ganz Australien unterwegs. Ich bin gerade nur hier, weil ich meiner Großmutter helfe. Sie hatte eine Operation. In ein paar Monaten fahr ich wieder los.«

Lewis, der bis eben vor dem Camper gedöst hatte, richtete sich auf und begrüßte ihn ebenfalls.

»Das stelle ich mir echt aufregend vor.« Jake betrachtete den Van. »Und was machst du, außer herumzureisen?«

»Straßenmusik«, antwortete ich.

Auf Jakes Gesicht zeichnete sich ein Lächeln ab.

»Was?«, fragte ich.

»Du machst Musik auf der Straße, aber brauchst mich, um auf einer Hochzeit zu singen?«

Ich schmunzelte. »Das sind zwei vollkommen unterschiedliche Dinge. Es ist vielleicht nicht einfach, vor Fremden zu spielen, aber ich hab mich daran gewöhnt. Doch vor Menschen, die man kennt ... das ist viel schwieriger!« *Vor allem, wenn man mit ihnen zusammen war und dachte, dass man ihnen nie wieder begegnet.*

»Okay.« Jake nickte. »Die begnadete Sängerin, die kein Publikum mag. Das ist eine echt gute Story.«

»Fangen wir an«, sagte ich lachend und holte die Notenblätter, die ich im Kindergarten ausgedruckt hatte, aus dem Van. Im Internet fand man die richtigen Akkorde für jedes Lied. »Hier, das sind deine Notenblätter, und das sind meine Akkorde. Drew und Scott wünschen sich *Sweet Child O'Mine* zum Start der Zeremonie.«

»Guns N' Roses – ein Klassiker«, sagte Jake fachmännisch.

»Und bevor sie sich das Jawort geben, sollen wir *Thinking Out Loud* von Ed Sheeran spielen.«

»Sehr romantisch.« Jake setzte seine Mundharmonika an, und ich nahm meine Ukulele.

»Los geht's.« Ich zählte auf drei, und wir fingen an zu spielen.

Es war ein Desaster. Ich sang viel zu tief, und Jake setzte an den falschen Stellen ein. Bei der dritten Strophe fing Lewis an zu jaulen. Wir stoppten, und Jake schüttelte sich vor Lachen. Ich stimmte mit ein, obwohl mir eher zum Heulen zumute war. Wir hatten nur drei Wochen. Wie sollten wir das schaffen?

Jake wischte sich die Lachtränen weg. Dann sah er meinen Gesichtsausdruck und wurde wieder ernst. »Hey, wir kriegen das hin. Wir müssen uns nur zusammenraufen.«

Ich nickte. Er hatte recht. Wir hatten bisher erst einmal zusammengespielt, was hatte ich erwartet?

»Vielleicht haben wir es etwas überstürzt. Lass uns die Noten erst einmal zusammen durchgehen«, schlug ich vor.

Und genau das taten wir dann auch. Danach probierten wir es noch einmal von vorne, und es hörte sich schon viel besser an. Jake hatte ein gutes Taktgefühl und spielte gefühlvoll. Er achtete auf meinen Rhythmus und passte sich an. Wir sangen die beiden Lieder immer wieder, stoppten mittendrin, verbesserten sie und fingen von vorne an.

»Ich hab echt keine Puste mehr«, sagte Jake nach zwei Stunden atemlos.

»Ich finde, wir klingen schon total super«, freute ich mich und reichte Jake eine Wasserflasche.

»Das wird toll, glaub mir«, versprach er.

»Können wir uns noch mal treffen?«, fragte ich.

Er nickte. »Der Auftritt ist dir wirklich wichtig, oder?«

»Ja.« Ich seufzte. »Ich will es auf keinen Fall vermasseln.«

»Wirst du nicht! Wir üben so lange, bis wir die Noten im Schlaf können.«

»Am liebsten wäre mir, wir hätten es schon hinter uns«, gab ich zu.

»Mach beim Singen die Augen zu«, riet mir Jake. »Dann kann auch nichts passieren.«

Einfach unsichtbar werden, dachte ich mir. *Das hat schon früher nicht geklappt.* Obwohl ich alles dafür gegeben hätte, um keine Aufmerksamkeit auf mich zu ziehen.

*

»*Sie sieht aus wie deine Grandma.*«
»*Stimmt, die hatte auch immer so weite Röcke an.*« *Sie kicherten.*
Ich starrte geradeaus auf das Blatt Papier vor mir. Wenn ich nichts sagte, verloren sie irgendwann das Interesse. Stell dir einfach vor, du wärst woanders. Mit Nathan und Taylor am Strand oder in deinem Zimmer.
»*Wo kauft man denn solche Klamotten?*«
»*Die kauft man nicht, die holt man aus der Altkleidersammlung. Sie passen zu diesen komischen Armreifen und Ketten, die sie immer trägt.*«
Der Freitag im Monat, an dem wir alle ohne Schuluniform kommen durften, war neu. Ich fuhr mir mit der Hand über den weißen Rock. Er hatte eine wunderschöne Lochstickerei und passte mir jetzt endlich. Phoebe hatte nur den Saum unten etwas kürzen müssen. Ich hatte einen Teil von Mums Kleidung und etwas Schmuck in einer großen Kiste behalten und hütete sie wie einen Schatz. Ich liebte die langen Röcke und Kleider, die sie immer getragen hatte, und hatte es kaum erwarten können, sie endlich selbst anzuziehen. Ich fühlte mich ihr damit näher.
Mr Wright kam in das Klassenzimmer. Sofort hörten sie auf, über mich herzuziehen, und setzten sich auf ihre Plätze. Sie waren geschickt und sprachen nie vor den Lehrern über mich. Niemand hätte ihnen etwas nachweisen können. Es wa-

ren nur drei Mädchen, doch die ganze Klasse schaute zu. Niemand half mir oder sprang für mich ein.

»Ich habe eine tolle Neuigkeit«, verkündete Mr Wright, und die ganze Klasse wartete gespannt.

»Billie hat sich für die Young Performers Awards qualifiziert! Herzlichen Glückwunsch.« Er strahlte mich an. »Du wirst gegen andere Kinder in New South Wales antreten. Und wenn du es noch weiter schaffst, in ganz Australien.«

»Danke, Mr Wright«, sagte ich leise. Doch anstatt mich zu freuen, rutschte mir mein Herz nur noch weiter in die Hose. Die Mädchen starrten mich höhnisch an, und ich wusste, dass es von nun an noch schlimmer werden würde. Ich wollte doch einfach nur in Frieden gelassen werden. Musik war das, was mich glücklich machte. Auf keinen Fall wollte ich, dass sie mir dieses Gefühl wegnahmen.

Als ich Nathan und Taylor nach der Schule davon erzählte, dass ich plante, Mr Wright abzusagen, ballte Nathan die Fäuste. »Es reicht! Ich werd zu ihnen gehen und ihnen die Meinung sagen. Danach werden sie nie wieder fies zu dir sein!« Taylor nickte zustimmend.

Panisch sprang ich auf. »Nein, Jungs, bitte tut das nicht!«

»Wieso nicht?«, fragte Nathan wütend. »Jemand muss doch endlich etwas tun. Du willst Phoebe nichts davon erzählen, Mr Wright soll nichts davon wissen – und wir sollen auch die Klappe halten? Damit lässt du sie gewinnen!«

Ich schüttelte den Kopf. »Es wird nur schlimmer, wenn ihr euch einmischt. Bitte, bitte sagt nichts!« Ich war den Tränen nahe. Warum war es nur so verdammt schwierig? Ich wollte einfach nur in Ruhe gelassen werden. Wenn das bedeutete, dass ich nicht bei diesem Wettbewerb mitmachen würde, war mir das egal. Hauptsache, ich würde die Schultage überstehen.

Ich durfte einfach nicht auffallen. Phoebe war ständig besorgt. Sie fragte mich immer wieder, ob alles okay in der Schule war, und ich tat so, als wäre alles in Ordnung.

»Ist gut«, beschwichtigte mich Nathan. »Wenn du es nicht willst, sagen wir nichts.«

Erleichtert nickte ich und schluckte meine Tränen wieder hinunter. Es ging nicht anders.

BILLIE

Die nächsten beiden Wochen vergingen wie im Flug. Ich war jetzt schon über einen Monat zurück in Emerald Bay und hatte mich langsam eingelebt. Obwohl ich es nicht erwartet hatte, genoss ich die Zeit mit Taylor und Ivy. Abends saß ich oft auf den Stufen des Vans und spielte auf meiner Ukulele, während ich der Meeresbrandung zuhörte. Ich hatte zehn Seiten in mein Notizbuch geschrieben. Die Melodie, an der ich in Melbourne gefeilt hatte, war nun fertig. Und ich freute mich über jeden Tag, den ich mit Phoebe verbringen konnte. Ich hatte sie wirklich vermisst. *Gewöhn dich nicht zu sehr daran,* flüsterte eine Stimme in meinem Hinterkopf. *Im Februar fährst du wieder, so wie es geplant war.* Auch die Arbeit im Kindergarten machte mir großen Spaß, und ich war Nathan zum Glück nicht wieder begegnet. Wenn er montags kam, versuchte ich im Garten oder in der Küche beschäftigt zu sein, sodass Joanne oder Meghan Isla verabschiedeten. Jake und ich hatten noch ein paarmal geprobt, und inzwischen fühlten wir uns für den Auftritt gewappnet.

Als ich am Morgen der Hochzeit aufwachte, hatte ich zwar immer noch großen Respekt davor, aber ich bekam keine Panik mehr. Ich stand auf und putzte mir in der kleinen Duschkabine die Zähne.

Und wenn du keinen Ton rausbringst? Dann ist Jake zur Stelle. Du musst da also nicht allein durch.

Ich ließ die Zahnbürste sinken und betrachtete mich im Spiegel. Auf meiner Reise hatte ich alles dafür getan, die Menschen auf Abstand zu halten. Nie wäre ich mit Garrett zusammen in Melbourne aufgetreten. Doch seitdem ich wieder hier war, hatte ich zugelassen, dass mir andere näherkamen.

Ich zog ein braunes Top und meinen Rock mit den bunten Blumen an. Soweit ich wusste, war der Dresscode für die Hochzeit schick, doch Drew hatte mir gesagt, ich sollte so kommen, wie ich mich wohlfühlte. Ich besaß keine eleganten Kleider, und der Rock war zumindest festlich.

Ich stieg aus dem Van. Der Himmel war strahlend blau – über das Wetter musste Drew sich also keine Gedanken machen. Ich pfiff nach Lewis, der mal wieder dabei war, die Fledermaus, die im Baum hing und schlief, anzubellen. »Sie tut dir doch nichts«, erklärte ich ihm zum wiederholten Mal, aber Lewis knurrte trotzdem. Dann lief er über die Terrasse ins Haus.

»Lewis, hierher!« Ich rannte ihm hinterher. Aus der Küche drangen Musik und Gelächter. »Lewis!«, rief ich noch einmal, doch er gehorchte nicht.

Ich ging zögerlich in die Küche, wo Ivy und Faye am Tisch saßen und Schminke, Bürsten und Haarspray vor sich ausgebreitet hatten.

»Hi, Billie!« Ivy winkte mich herein. Sie hatte ein blassrosa Kleid an und war gerade dabei, sich die Wimpern zu tuschen.

»Ich will nicht stören«, sagte ich. »Lewis ist einfach hineingelaufen, entschuldige.«

»Du störst doch nicht. Willkommen im Beauty Salon am Kangaroo Hill.« Ivy deutete aufs Sofa, wo Lewis lag. »Sieht so aus, als würde es ihm hier gut gefallen.«

Faye, die ihre Locken aufwendig hochgesteckt hatte, fragte: »Billie, was denkst du?« Sie nahm zwei Kleider und hob sie nach oben. »Blau oder grün?«

Ich freute mich, dass sie meinen Rat haben wollte, und deutete auf das bodenlange grüne Kleid. Es würde bestimmt toll zu ihren blonden Haaren passen. »Das grüne.«

Faye lächelte. »Das habe ich mir auch gedacht. Dann nehme ich das.«

Ivys Handy piepte. »Taylor hat geschrieben«, erklärte sie. Sie las seine Nachricht und schmunzelte. »Er ist bei Scott, und der ist wohl schon total nervös.«

»Das ist wirklich süß. Aber hoffentlich bekommt er keine kalten Füße.« Faye runzelte die Stirn. »Ich bin heute um fünf Uhr aufgestanden, um die letzten Vorbereitungen zu treffen.«

»Ich glaube nicht, dass Scott einen Rückzieher macht«, sagte ich. »Er ist doch schon so lange in Drew verliebt.«

Ivy nickte zustimmend. »Es wird bestimmt eine wunderschöne Hochzeit.«

Faye hob zwei Paletten mit Lidschatten nach oben. »Glitzer oder kein Glitzer?«

»Es ist eine Hochzeit. Glitzer ist die einzig richtige Antwort«, entschied Ivy.

»Billie, was ist mit dir?«, fragte Faye. »Willst du auch etwas Hochzeitsglitzer?«

»Ich?«, fragte ich überrascht. »Oh, ich bin eigentlich schon geschminkt.«

»Ich könnte dir auch deine Haare machen, wenn du willst.« Faye deutete auf die Blumen, die auf dem Tisch lagen. Ihre weißen Blüten hatten einen pinken Schimmer und sahen aus wie kleine Sterne. »Mr Benfield hat mir erlaubt, sie zu pflücken. Das sind Jade-Blumen. Man sagt, sie bringen Glück.« Sie nahm eine in die Hand. »Ich dachte mir, das kann bei einer Hochzeit nicht schaden.«

»Das würde bestimmt toll aussehen, Billie.« Ivy nickte zustimmend.

Eigentlich wolltest du heute ja so unauffällig wie möglich aussehen. Aber es werden dich sowieso alle anschauen, wenn du vorne stehst, also kannst du dich auch passend für die Hochzeit zurechtmachen. »Okay«, stimmte ich zu.

Faye klatschte in die Hände. »Bitte einmal hinsetzen.«

Ich setzte mich aufrecht auf einen der Stühle, und sie fing an, mir die Haare zu bürsten. Ich zuckte zusammen. Das hatte schon ewig niemand mehr gemacht.

»Drew hat erzählt, dass du nicht alleine auftrittst?«, fragte Ivy.

»Ja«, antwortete ich und versuchte, meinen Kopf dabei stillzuhalten. »Jake begleitet mich auf seiner Mundharmonika.«

»Ahaaaaa.« Faye zog das Wort in die Länge, während sie einige Strähnen meiner Haare abteilte. »Und wer ist dieser Jake?«

»Faye!« Ivy warf ihr einen warnenden Blick zu.

»Was denn?«

»Schon okay«, beschwichtigte ich sie. »Jake ist nur ein Freund. Er hilft wie ich im Kindergarten aus.« Mir war nicht in den Kopf gekommen, dass man uns für ein Paar halten könnte, weil wir zusammen Musik machten. Jake war wirklich nett, aber mehr war nicht zwischen uns. *Es ist nie mehr zwischen dir und irgendjemand anderem. Du schließt es sowieso von Anfang an aus.*

»Fertig!«, unterbrach Faye meine Gedanken nach einer Weile. Sie hielt mir Ivys Taschenspiegel hin. Meine Haare waren nun seitlich geflochten, und am Hinterkopf hatte Faye sie mit den Jade-Blumen zu einem Kranz gebunden.

»Wow! Du siehst aus wie eine Folk-Sängerin auf einem Plattencover.« Ivy lächelte mich an.

Ich drehte meinen Kopf hin und her. Es gefiel mir. »Danke Faye, es ist wirklich schön geworden.«

»Wir müssen unbedingt ein Foto machen!«, sagte Faye. Sie hielt ihr Handy nach oben, und Ivy und ich stellten uns neben sie, um ein Selfie zu machen. Wir grinsten alle drei in die Kamera.

»Und jetzt noch mit dem Filter hier, passend zur Hochzeit.« Sie wischte über das Display, und wir hatten alle kleine Herzen im Gesicht. »Super, und jetzt machen wir noch ein Reel. Wir müssen uns nur aufstellen und der Tanz dafür geht so-«

»Ich muss los!«, rief Ivy und klatschte in die Hände. Faye zog eine Grimasse und lachte.

»Sorry, aber ich bin spät dran.« Ivy nahm eine schwarze Handtasche und legte ihr Handy hinein. »Ich fahre erst zu Taylors Eltern und dann zur Farm.«

»Ich muss Jake abholen«, erklärte ich.

»Wir sehen uns dann dort«, erwiderte Faye. »Ich bin die, die hektisch herumläuft, weil sie will, dass alles perfekt ist.«

»Und ich bin die, die versucht nicht vor ihrem Auftritt durchzudrehen«, platzte es aus mir heraus.

Faye und Ivy lächelten mich verständnisvoll an.

»Komm, Lewis«, sagte ich, und er sprang vom Sofa. Als ich zusammen mit ihm durch den Garten zurück zum Van ging, fühlte ich mich auf einmal beschwingt. Faye und Ivy hatten mich meine Nervosität für eine kurze Zeit vergessen lassen. *Du wirst das heute schaffen. Drew und Scott freuen sich darauf, und Taylor, Ivy und Faye werden auch da sein und dich unterstützen.* Zufrieden packte ich meine Ukulele in den Koffer. *Und was ist, wenn Nate tatsächlich da ist?* Ich stöhnte. Ich wollte nicht daran denken.

NATHAN

Während der ganzen Fahrt zur Rosewood Farm zupfte ich an meinem Anzug herum. Ich hatte in meinen normalen Klamotten zur Hochzeit gehen wollen, doch Mum wollte nichts davon wissen.

»Einen Tag im Jahr wirst du es auch ohne Surfshorts schaffen«, hatte sie streng gesagt und mir einen marineblauen Anzug hingehalten.

»Ich wär ja nicht in Badehose gegangen«, hatte ich sie beruhigt.

»Auf der Einladung an dich steht, dass ein festliches Outfit gewünscht wird. Du kannst Drew und Scott diesen Gefallen tun.«

Ich hatte den Anzug widerwillig angezogen, aber kam mir verkleidet vor. Meine Haare hatte ich zu einem Knoten hochgebunden. Es war ein strahlender Sommertag, ich würde in kürzester Zeit schwitzen. Ich war spät dran und gab Gas. Dad hatte mir sein Auto geliehen – mein Anzug wäre im Jeep sofort dreckig geworden. Es lohnte sich einfach nicht, ihn zu putzen, da er sowieso einen Tag später wieder voller Sand vom Surfen war.

An den Wegweiser zur Rosewood Farm waren große weiße Ballons gebunden. Ich bog ab und fuhr die lange

Auffahrtsstraße entlang. Auf dem Hof war bereits ein großer Teil der Hochzeitsgesellschaft versammelt. Die Gäste standen in festlichen Kleidern und Anzügen herum. Ich parkte Dads Wagen neben den anderen Autos und stieg aus. Faye war seit Wochen damit beschäftigt, diese Hochzeit mit Mr Benfield, dem Farmbesitzer, vorzubereiten, und sie hatte sich wirklich ins Zeug gelegt. Der Hof war über und über mit Wildblumen geschmückt. Es sah wirklich schön aus.

Ich stieg aus und versuchte Ivy und Taylor in der Menge zu entdecken. Zwischen Taylor und mir war es auch in den letzten Wochen nicht besser geworden, und ich musste dringend mit ihm sprechen.

»Nathan!«, rief Ivy und winkte mir zu. Sie stand neben der alten Scheune und hatte ein blassrosa Kleid an. Neben ihr stand Taylor in einem grauen Anzug.

Ich schlenderte zu ihnen.

»Wow«, sagte Ivy. »Du siehst ja toll aus.«

Ich zog eine Grimasse.

»Ich glaube, ich habe dich noch nie so schick angezogen gesehen«, überlegte sie laut weiter.

»Ich auch nicht«, stimmte Taylor zu. »Und ich habe ein paar Jahre Vorsprung. Nicht mal zu unserer Zeugnisübergabe hattest du einen Anzug an.« Er grinste mich an, doch ich merkte, dass er unsicher war.

Ich grinste zurück. »Ich wollte ja in Surfshorts kommen, aber anscheinend ist das bei Hochzeiten nicht so gerne gesehen.«

Ivy sah zwischen uns hin und her und lächelte dann. »Ich suche Scott, bestimmt kann er Unterstützung gebrauchen.« Sie lief hinüber zum Farmgarten.

Für einen Moment schwiegen wir, dann sagten Taylor und ich gleichzeitig: »Können wir reden?«

»Du zuerst«, meinte Taylor.

Ich holte tief Luft. »Die letzten Wochen waren einfach richtig ätzend. Ich will, dass alles okay zwischen uns ist. Sorry, dass ich so abgeblockt habe.« Ich sah auf meine glänzend polierten Schuhspitzen. »Ich komm nicht damit klar, dass sie bei dir wohnt. Aber ich will es hinkriegen.«

Taylor nickte. »Ich fühl mich die ganze Zeit über mies. Ich will, dass es dir gut geht ... aber ich will auch, dass es ihr gut geht, jetzt, wo sie wieder hier ist. Ich will mich nicht zwischen euch entscheiden müssen.«

»Du musst dich nicht entscheiden«, sagte ich. »Sie ist ja sowieso bald wieder weg.«

Taylor lächelte, und ich umarmte ihn. Er klopfte mir auf die Schulter.

Als ich ihn wieder losließ, sagte er: »Da gibt es allerdings noch eine Sache ...« Er kratzte sich am Hinterkopf. »Ich wusste nicht, wie ich es dir sagen soll, es war so komisch zwischen uns.«

»Was ist los?«, fragte ich misstrauisch.

»Billie ist heute hier. Drew und Scott brauchten noch eine Sängerin für die Zeremonie.«

Ich stöhnte laut. »Ernsthaft, T?«

»Nach der Zeremonie fährt sie sofort wieder«, beruhigte er mich.

Ich fing an zu schwitzen. Der Anzug fühlte sich noch unangenehmer an als zuvor.

»Du wirst ihr wahrscheinlich nicht einmal begegnen. Der Hof ist riesig, und es sind so viele Leute hier.« Taylor sah mich schuldbewusst an.

»Schon gut, du kannst ja nichts dafür«, erwiderte ich. »Ich setze mich einfach ganz nach hinten.«

Taylor sah erleichtert aus. »Ich muss los. Dad und Drew sind total aufgeregt. Er will sie zum Altar führen, doch es ging ihm heute Morgen nicht so gut. Hoffentlich klappt alles.«

Mit einem Schlag fühlte ich mich mies. Es war Drews und Scotts Hochzeit, und es ging heute nur darum, dass sie einen unvergesslichen Tag zusammen hatten – mein Gejammer war dagegen völlig irrelevant.

»Bis später«, sagte ich.

Taylor zögerte.

»Es geht mir gut, T«, beruhigte ich ihn. »Mach dir um mich keine Sorgen.«

Mit einem Nicken eilte er davon.

Ich schlenderte zur Scheune und sah hinein. Faye war gerade dabei, Teller neben dem Buffet zu stapeln. Sie hatte ein grünes Kleid an, und ihre Locken waren kunstvoll hochgesteckt. Anstatt schicker Schuhe trug sie Sneakers. Als sie mich sah, schnalzte sie mit der Zunge: »Harrison, ich hab dich kaum erkannt! Du siehst toll aus.« Sie sah auf ihre Schuhe. »Du bist schicker angezogen als ich. Dass ich das noch erleben darf.«

»Hättest nicht wenigstens *du* mich vorwarnen können?«, fragte ich sie.

Sie sah mich müde an. »Ich bin seit fünf Uhr auf den Beinen und hab keine Ahnung, wovon du sprichst.«

»Billie.«

Sofort veränderte sich ihr Gesichtsausdruck. »Oh.«

»Ja! Oh.«

»Ich habe es dir nicht absichtlich nicht gesagt.« Sie runzelte die Stirn. »Macht der Satz Sinn? Oh Gott, ich bin so müde, dass ich kaum denken kann.«

»Anscheinend hat es niemand für nötig gehalten.«

»Es tut mir leid.« Faye legte ihre Hand auf meinen Arm. »Ich hab es wirklich komplett vergessen – ich hab nur an die Vorbereitungen gedacht.«

Faye hatte sich wirklich mit vollem Herzblut in die Hochzeit gestürzt. Es war das erste Event, das auf der Rosewood Farm stattfand, und sie wollte, dass es ein voller Erfolg wurde. Ihr jetzt ein schlechtes Gewissen zu machen und sauer zu sein, hatte keinen Sinn.

»Kann ich dir helfen?«, fragte ich. »Ich bin Weltmeister im Besteckpolieren.«

Faye schüttelte den Kopf. »Das hat der Caterer schon blitzblank vorbeigebracht. Es ist alles fertig.« Sie sah auf die Uhr. »In fünfzehn Minuten geht es los.«

Ich bot ihr meinen Arm an, und sie hakte sich ein.

»Ich hätte wetten können, dass du im Neoprenanzug hier auftauchst«, sagte sie, als wir über den Hof zum Farmgarten gingen.

»Er stand auf jeden Fall in der näheren Auswahl.«

Im Garten stand ein weißer Torbogen, der mit Wildblumen umrankt war. Scott stand bereits davor und war sichtlich nervös. Davor waren Reihen aus weißen Klappstühlen aufgebaut.

»Ich bleib hier«, sagte ich und deutete auf die letzte Stuhlreihe.

»Ivy hat mir einen Platz vorne freigehalten. Dann bis später«, erwiderte Faye und ging weiter.

Ich nahm auf einem der äußersten Stühle Platz und atmete tief aus. Nach und nach setzten sich die anderen Gäste.

Und dann sah ich sie. Billie hatte ein braunes Oberteil und einen bunten Rock an, der ihr bis zu den Knöcheln reichte. In ihr langes Haar waren zartrosa Blumen geflochten, und die goldenen Armreifen passten perfekt dazu. Auch wenn ich es am liebsten geleugnet hätte – sie sah umwerfend aus.

Ich beobachtete, wie ein Typ mit dunklen Locken sich neben sie stellte und sie über etwas lachte, das er sagte. Wer war das?

Scott gab ein Zeichen, und es wurde ganz still. Nur das Zirpen der Grillen in den umliegenden Feldern war zu hören.

Und dann fing Billie an zu singen. Ich hatte verdrängt, wie wunderschön ihre Stimme war. Ich hatte verdrängt, wie sehr ich es geliebt hatte, sie singen zu hören. Und ich hatte verdrängt, wie sehr ich sie vermisste. Die Erkenntnis traf mich mit voller Wucht. In den letzten beiden Jahren hatte ich nur Schmerz und Wut empfunden, wenn ich an sie gedacht hatte. Doch mit jeder Zeile, die sie sang, verwandelte sich dieser Schmerz in Sehnsucht. Ich starrte gebannt auf ihre Lippen, und ein Schauer durchfuhr meinen Körper. Wenn mir eins klar wurde, dann war es, dass ich noch nicht über sie hinweg war. Nein verdammt, ich liebte sie immer noch. So wie ich sie immer geliebt hatte, seitdem ich sie das allererste Mal am Leuchtturm gesehen hatte.

BILLIE

Ich hatte gerade am Studierendenwohnheim der Universität gehalten, da klopfte es auch schon an die Scheibe, und Jake machte die Beifahrertür auf. Er trug eine Leinenhose mit Hosenträgern, ein weißes Hemd und hatte einen dunkelbraunen Filzhut auf. »Hey«, begrüßte er mich und ließ sich auf den Sitz fallen.

»Hi«, antwortete ich. »Dein Outfit ist ja toll!«

Er lächelte mich an. »Deins aber auch.«

Ich startete den Motor und fuhr einmal quer durch die Stadt in Richtung Rosewood Farm. Je näher wir kamen, desto nervöser wurde ich. Faye hatte nicht zu viel versprochen: Weiße Luftballons säumten die Auffahrt, und der Hof war über und über mit Wildblumen geschmückt. Hier hatte sich in den letzten Jahren wirklich einiges verändert. Ich parkte den Van und hielt nach Nathans altem Jeep Ausschau, doch er war nirgends zu sehen. Erleichtert atmete ich aus. Vielleicht hatte ich mir die ganze Zeit umsonst Gedanken gemacht!

»Bereit?«, fragte Jake.

Ich nickte, und wir stiegen aus. Drew hatte mir erklärt, dass die Zeremonie im Farmgarten hinter dem Haus stattfinden würde. Wir folgten den anderen Gästen dorthin. Scott stand bereits unter einem weißen Torbogen, der mit Wildblumen umrankt war. Der Weg durch die Stuhlreihen, auf dem Drew gleich einlaufen würde, war mit Blütenblättern übersät.

»Hallo, Billie«, begrüßte Scott mich erleichtert. »Endlich muss ich nicht mehr ganz alleine hier vorne stehen.« Er war sichtlich angespannt und trat von einem Fuß auf den anderen.

»Das ist Jake«, stellte ich ihn vor, und Jake reichte Scott die Hand.

»Hey, Jake. Joanne gibt uns ein Zeichen, wenn Drew und Stephen fertig sind. Und sobald ihr anfangt zu spielen, kommen sie.« Scott fuhr sich nervös mit der Hand über den Hinterkopf.

Wir stellten uns etwas abseits des Torbogens und packten unsere Instrumente aus. Ich ließ meinen Blick über die Stuhlreihen schweifen, aber konnte Nathan zwischen all den Gästen in Kleidern und Anzügen nicht entdecken. Er würde in seinen kurzen Hosen sofort herausstechen. Ich hatte ihn nie in etwas anderem gesehen. Ich stieß ein erleichtertes Seufzen aus.

Jake grinste mich an. »Wahrscheinlich ist das die erste Hochzeit, auf der die Musikerin genauso aufgeregt ist wie das Brautpaar selbst.«

Ich musste lachen.

»Das wird gut«, bestärkte mich Jake noch einmal.

Faye und Ivy saßen in der ersten Reihe und winkten mir zu, von Taylor war jedoch nichts zu sehen. Ob er noch bei Drew war?

Ich nahm meine Ukulele und stimmte sie ein letztes

Mal. Kurze Zeit später hatten sich alle Gäste gesetzt, und es wurde ganz still. Eine besondere Stimmung lag in der Luft.

Joanne kam den Gang heruntergeeilt und setzte sich in die erste Reihe neben Ivy und Faye. Sie streckte ihren Daumen nach oben und lächelte.

Jake nickte mir zu, und ich zählte bis drei. *Komm schon, du schaffst das! Du hast die letzten Jahre immer vor großem Publikum gesungen. Blende es wie immer einfach aus, und konzentriere dich auf die Noten und den Text.*

Dann fing ich an, *Sweet Child O' Mine* zu singen. Bei den ersten Zeilen klang meine Stimme noch unsicher, doch Jake nickte mir aufmunternd zu. Als er mit seiner Mundharmonika einsetzte, fand ich meinen Rhythmus.

Drew stand in einem wunderschönen Kleid mit Ärmeln aus weißer Spitze am Eingang des Farmgartens und strahlte uns an. Stephen und Taylor hatten sich jeweils von beiden Seiten bei ihr eingehakt, und zu dritt schritten sie den Gang entlang. Als sie vorne ankamen, gab Drew beiden einen Kuss auf die Wange und ging zu Scott, der sie an der Hand nahm. Während ich für sie sang, breitete sich ein warmes Gefühl in meinem ganzen Körper aus. Ich schloss die Augen und fühlte, wie die Anspannung von mir abfiel. Als das Lied vorbei war, applaudierten alle, und Taylor pfiff durch zwei Finger. Jake und ich grinsten uns an, und ich atmete einmal tief durch. Der erste Teil war geschafft.

Scotts Bruder hielt die Traurede, und Scott wischte Drew dabei eine Freudenträne von der Wange. Danach sangen Jake und ich den zweiten Song – und wir waren so viel besser als während unserer Proben. Schließlich sprachen Drew und Scott ihre Ehegelübde, und Scott küsste Drew so stürmisch, dass sie beinahe zusammen in den Torbogen fielen.

Die Gäste applaudierten begeistert und fingen auf Fayes Zeichen an, gemeinsam Seifenblasen in die Luft zu pusten, die wohl auf ihren Stühlen bereitgelegen hatten. Es war ein wunderschöner Anblick, wie die schillernden Seifenblasen über die Köpfe in den Himmel schwebten. Drew und Scott staunten überrascht und nahmen sich in den Arm. Sie sahen so glücklich aus.

Und ehe ich wusste, was mich überkam, setzte ich die Ukulele an und sang:

I sing a song for you
to keep this moment
in my heart

And so you'll know
it's true
even when we'll be apart

If we would only have
one night
I would still lay with you forever

If we would only have
one day
I would still love you forever

Ich hatte das Lied geschrieben, kurz nachdem ich aus Emerald Bay weggegangen war. Während ich sang, wanderte mein Blick wie automatisch in die hinteren Reihen. Und da entdeckte ich ihn. Er hatte einen blauen Anzug an, und seine Haare waren zu einem Dutt hochgebunden. Er sah mich durchdringend mit seinen tiefblauen Augen an, und mein Atem stockte. Ab dem Moment im Ozean, als Nathan mich auf sein Surfbrett gezogen hatte, waren diese Augen mein Halt gewesen. Ich war so gefesselt, dass ich fast vergaß, das Lied zu Ende zu singen. Doch ich hielt seinem Blick stand und versuchte weiterzumachen, ohne dass jemand mitbekam, wie sehr er mich verwirrte. Sein Blick prickelte auf meinem ganzen Körper. Es war jedoch keine Wut, die ich in seinen Augen sah, so wie bei unseren letzten beiden Begegnungen, sondern … Sehnsucht? *Bildest du dir das nur ein? Nate will nichts mehr mit dir zu tun haben, das hat er doch klargemacht.*

Ich sang die letzte Zeile, und für einen Moment war es ganz still, bevor ich reißenden Applaus bekam. Unser Blickkontakt brach ab, als die Gäste aufstanden, um Drew und Scott zu beglückwünschen. Ich versuchte, Nathan durch die Menge zu entdecken, doch er war nirgends mehr zu sehen.

»Das war der Wahnsinn, Billie!« Jake umarmte mich. »Du warst umwerfend!«

»*Du* warst umwerfend! Und du hast mich gerettet«, erwiderte ich. »Ohne dich wäre ich gleich von Anfang an aus dem Takt gekommen.«

»Hast du das letzte Lied selbst geschrieben?«, fragte er. Ich nickte. Ich hatte das Lied einfach gesungen, ohne groß darüber nachzudenken. Der Moment hatte sich richtig angefühlt, um Drew und Scott in diesem besonderen Moment eine Freude zu machen. Doch ich war nicht darauf vorbereitet gewesen, dass Nathan doch hier war und die Zeilen hören würde. *Die Zeilen, die du damals für ihn geschrieben hast.*

»Ich sehe uns schon auf Tour gehen.« Jake wackelte mit den Augenbrauen. »Jetzt hast du den Auftritt geschafft. Und war es so schlimm, wie du erwartet hast?«

Ich schüttelte den Kopf. Nein, es war nicht schlimm gewesen, im Gegenteil. Erst als ich bemerkt hatte, *wer* in der Menge saß, hatte ich kurz die Fassung verloren. Doch dieser Blick von ihm … mein Puls beschleunigte sich sofort wieder, wenn ich daran dachte.

In diesem Moment kamen Taylor, Ivy und Faye zu uns, und ich versuchte, mich auf das Hier und Jetzt zu konzentrieren. Hoffentlich war ich nicht allzu rot im Gesicht.

»Ihr wart unglaublich!«, rief Taylor überschwänglich. Ivy nickte zustimmend. »Es war wunderschön, euch zuzuhören.« Faye umarmte zuerst mich und dann Jake, der überrumpelt dastand.

»Das ist übrigens Faye«, sagte ich lachend. »Leute, das ist Jake.« Jake hob seinen Hut zum Gruß.

»Ihr solltet unbedingt darüber nachdenken, ein professionelles Hochzeitsduo zu werden.« Faye klang aufgeregt.

»Du siehst aus wie das Emoji mit den Dollar-Zeichen in den Augen.« Ivy kicherte.

»Das ist auch eine super Geschäftsidee«, gratulierte Faye sich selbst.

Jake und ich grinsten uns an. Ich war verdammt erleichtert, dass der Auftritt so gut gelaufen war.

Ich wandte mich an Taylor. »Dein Dad hat es zusammen mit dir geschafft.« Drew hatte sich so sehr gewünscht, dass Stephen sie auf ihrer Hochzeit durch den Gang geleiten würde, und ihr Traum war in Erfüllung gegangen.

Taylor lächelte. »Er hat sich heute Morgen nicht ganz so gut gefühlt, also hab ich ihm ein bisschen unter die Arme gegriffen.«

Du hättest diesen Moment nie erlebt, wenn du nicht nach Emerald Bay zurückgekommen wärst. All diese Menschen waren dir wichtig, und du hättest es verpasst. Meine Wangen brannten vor Scham, obwohl ich keine andere Wahl gehabt hatte.

»Lass uns noch dem Brautpaar gratulieren und dann wieder fahren«, schlug ich Jake vor. Die Schlange vor Drew und Scott war inzwischen viel kürzer, und als wir an der Reihe waren, umarmte uns Drew so stürmisch, dass Jakes Hut auf den Boden fiel. »Tausendmal danke«, wiederholte sie immer wieder. Scott, der nun viel entspannter aussah, nickte zustimmend. »Ihr habt die Zeremonie zu etwas ganz Besonderem gemacht.«

»Ich hoffe, meine Improvisation war okay für euch«, sagte ich. Auf keinen Fall wollte ich, dass sie sich übergangen fühlten.

»Machst du Witze?«, fragte Drew. »Das war wunderschön! Dieser Moment war magisch. O Gott, mir kommen schon wieder die Tränen. Sonst bin ich nie so nah am Wasser gebaut.«

Ich lächelte. »Ich wünsche euch eine wunderschöne Feier.«

Drew nahm meine Hände. »Nein, bitte geht nicht. Ihr *müsst* hierbleiben und mit uns feiern.«

»Oh, ich weiß nicht«, stammelte ich. »Wir wollten eigentlich gerade fahren.«

»Es würde uns wirklich viel bedeuten«, betonte Scott.
Fragend sah ich Jake an.
»Von mir aus gerne«, stimmte er zu. »Ich habe heute nichts anderes vor.«
»Dann bleiben wir«, entschied ich und wusste nicht, ob ich es bereuen würde. So würde ich Nathan wohl kaum aus dem Weg gehen können. *Aber willst du das überhaupt?*

NATHAN

Drew und Scott gaben sich das Jawort, und wir applaudierten. Erleichtert atmete ich aus. Die Zeremonie war bestimmt gleich vorbei, und ich würde zurück zum Hof gehen können, ohne dass Billie mich gesehen hatte. Faye gab uns ein Zeichen, und ich nahm, wie alle anderen um mich herum, das kleine Seifenblasenfläschchen, das auf meinem Stuhl lag, und pustete hinein. Innerhalb weniger Sekunden schwebten Hunderte Seifenblasen über uns und glitzerten in der Sonne. Es sah wunderschön aus, doch ich rutschte unruhig auf meinem Stuhl hin und her.

Da setzte Billie ihre Ukulele an und fing noch einmal an zu singen. Die Lieder davor hatte ich gekannt, doch dieses war anders. Der Text ging mir unter die Haut, und ich konnte mit jeder Zeile spüren, wie viel Gefühl sie in den Song legte. Ich rang mit mir selbst, doch richtete mich schließlich auf, um sie besser sehen zu können. Und natürlich entdeckte Billie mich, und unsere Blicke trafen sich. Ich hielt den Atem an und vergaß für einen Moment die Welt um mich herum. Es gab nur noch sie und mich. Ihr Blick war unsicher und verletzlich. Und so verletzt ich selbst war – ich konnte diesen Drang, alles dafür zu tun, dass es ihr besser ging, nicht abschütteln. Ich wollte sie wie früher in den Arm nehmen und sie berühren können. Ich war wie elektrisiert. Ich sehnte mich nach ihr.

Da hörte Billie auf zu singen, und alle um mich herum applaudierten. Unser Blickkontakt brach ab, und ich wurde aus meinem Tagtraum gerissen. Die anderen Gäste standen auf, und im nächsten Moment flüchtete ich aus dem Garten. Ich lief einmal quer über den Hof bis zu den Feldern, um einen klaren Kopf zu bekommen. Dann atmete ich tief ein und aus. *Was war das denn bitte? Sie ist doch diejenige, die einfach abgehauen ist. Sie will dich nicht. Sie ist nur aus einem Grund hier: um bei Phoebe zu sein. Ansonsten hättest du sie wahrscheinlich nie wiedergesehen.*

Nach ein paar Minuten hatte ich mich beruhigt und ging zurück zur Scheune, wo Taylor, Ivy und Faye schon warteten.

»Da bist du ja«, sagte Faye. »Wir haben dich schon vermisst.« Alle drei sahen mich besorgt an.

»Sind wir auf einer Trauerfeier oder einer Hochzeit?«, fragte ich übertrieben fröhlich. »Kommt schon, wir feiern jetzt!«

Doch sie antworteten nicht und tauschten nur einen besorgten Blick aus.

»Hey, es geht mir gut«, beruhigte ich sie. »Ja, ich hab nicht erwartet, dass Billie hier ist, aber es macht mir überhaupt nichts aus.« Ich zwang mich zu einem Lächeln.

»Dann wird es dir hoffentlich auch nichts ausmachen, dass sie noch länger bleibt«, sagte Taylor. »Ich habe eben gehört, dass Drew sie zur Feier eingeladen hat.«

Meine Gesichtszüge entglitten.

»Das Fest ist riesig, ihr könnt ganz weit voneinander entfernt stehen«, schlug Faye vor.

»Vielleicht fahre ich dann besser«, murmelte ich.

»Komm schon, Mann«, sagte Taylor. »Wir können doch trotzdem Spaß haben.«

Wie sollte ich Spaß haben, wenn ich die ganze Zeit Panik hatte, Billie in die Arme zu laufen? Sie durfte auf keinen Fall wissen, was ich gespürt hatte, als sie mich so angesehen hatte. Nein, ich musste sie im Glauben lassen, dass ich längst über sie hinweg war. Sie hatte wahrscheinlich keinen Gedanken mehr an mich verschwendet, sonst wäre sie nicht ohne ein Wort gegangen. Am besten war es, wenn ich so tat, als wäre alles in Ordnung. Als würde es mich nicht kümmern. Wie beim Surfcup auch. Und vielleicht war das auch die einzige Möglichkeit, alles hinter mir zu lassen.

»Okay, lasst uns feiern«, sagte ich. Taylor klopfte mir auf die Schulter, und Faye nahm mich an der Hand, um mich zur Scheune zu ziehen.

*

Die anderen behielten recht. Ich sah Billie nur hin und wieder aus der Ferne mit diesem Typen, der Mundharmonika gespielt hatte. Woher kannten sie sich wohl? Und wieso lachte sie ständig über alles, was er sagte? Beim Essen später saßen sie zwar weit von mir entfernt, aber mein Kopf wanderte immer wieder in ihre Richtung. *Du wolltest doch cool bleiben und so tun, als wäre es dir egal!*

Nachdem die Trauzeugen und Eltern ihre Reden gehalten hatten, eröffneten Drew und Scott die Tanzfläche unter den großen Jacaranda-Bäumen. Die Baumstämme waren mit Lichterketten umwickelt, und die herabgefallenen Blüten bildeten einen lila Teppich.

»Komm, wir tanzen.« Ich hielt Faye meine Hand hin.

»Harrison«, sagte sie überrascht, »ist das dein Ernst? Ich hätte gedacht, dass ich dich für kein Geld der Welt auf diese Tanzfläche kriegen würde.«

Würdest du normalerweise auch nicht, aber ich werde allen beweisen, dass ich Spaß haben kann, auch wenn Billie hier ist.

»Na, dann würde ich die Gelegenheit besser nutzen«, erwiderte ich. Faye grinste und nahm meine Hand. Zusammen gingen wir zur Tanzfläche, und Ivy und Taylor folgten uns. Ich versuchte, in meinem Kopf die Erinnerung an den Tanzkurs in der zehnten Klasse hervorzukramen, und legte meine Hand auf Fayes Rücken. »Ich hab keine Ahnung, was ich machen muss«, gestand ich.

»Dann sind wir schon zu zweit«, erwiderte Faye. »Die meisten Tanzstunden habe ich mit Ian Burgess herumgeknutscht. Ich hab also kaum Erinnerungen an irgendwelche Tanzschritte.«

Ich grinste. »Ich auch nicht, also würde ich sagen, du hast die Tanzstunden besser genutzt.«

Wir begannen uns im Takt der Musik zu wiegen.

»Ian Burgess, wirklich?«, fragte ich nach einer Weile. »Er hat doch nie etwas in der Schule gesagt.«

»Aber er konnte richtig gut küssen.« Sie seufzte. »Er ist leider zum Studium nach Perth gezogen.«

Die Musik wurde schneller, und ich drehte Faye im Kreis. Unauffällig sah ich mich um. Billie saß immer noch auf ihrem Platz am Tisch und unterhielt sich mit einem von Scotts Cousins. Als sie den Kopf in meine Richtung wendete, sah ich schnell weg. Faye und ich tanzten weiter, und sie lachte laut, als ich sie herumwirbelte. Nach ein paar Minuten sah ich wieder zu Billie hinüber. Der Mundharmonika-Typ saß nun wieder bei ihr und redete auf sie ein. Ich blieb stehen und ließ Faye dabei aus Versehen los.

»Hey«, protestierte Faye, »du kannst mich doch nicht einfach-« Sie folgte meinem Blick, und ihr Lachen verschwand. »Verstehe«, sagte sie langsam. »Zieh mich da nicht mit rein, Harrison.« Sie ließ mich mitten auf der Tanzfläche stehen und lief zur Scheune.

»Faye!«, rief ich, doch sie drehte sich nicht um.

Taylor und Ivy hörten auf zu tanzen und sahen mich fragend an.

»Shit«, fluchte ich und lief Faye hinterher. Wohin wollte sie nur? Ich ging in die Scheune, doch sie war nirgends zu sehen. Dann lief ich auf den Hof und sah mich um, doch auch hier steckte sie nicht. Faye arbeitete hier und kannte jeden Winkel der riesigen Farm. Wenn sie nicht gefunden werden wollte, hatte ich keine Chance.

Schließlich gab ich es auf, drehte mich um und ging wieder zurück. Als ich um die Ecke der Scheune bog, stand Billie plötzlich vor mir.

»Oh«, entfuhr es ihr.

»Hi«, sagte ich.

»Hi«, antwortete sie überrascht.

»Super Feier.« Ich versuchte, normal zu klingen.

»Ja, es ist wirklich toll.« Billie kaute auf ihrer Unterlippe herum.

»Ich geh mal zurück zu den anderen. Wir haben echt Spaß, und ich will sie nicht warten lassen.« *Das hört sich doch komplett hohl an, was du da erzählst!*

Ich wollte schon gehen, als Billie sagte: »Es tut mir leid.

Ich hab versprochen, dafür zu sorgen, dass wir uns nicht mehr über den Weg laufen, und jetzt bin ich heute hier. Drew hat es sich gewünscht, und ich wollte nicht ablehnen.«

Ich setzte ein Lächeln auf. »Kein Problem.«
»Wirklich?«, fragte sie.
»Ja, es macht mir wirklich nichts aus. Ist doch schon lang her. So, die anderen warten, ich muss dann mal los.« Schnell ging ich zurück zur Tanzfläche. Hoffentlich hatte sie es geschluckt. Auf keinen Fall durfte sie wissen, dass ich noch immer etwas für sie empfand.

*

»Autsch, T, du stehst auf meinem Fuß!«
»Sorry, Billie!« Taylor öffnete das Fenster zum Dach noch ein Stück weiter. Dann kletterte er über den Schreibtisch hinaus. Billie zog sich ebenfalls am Fensterrahmen nach oben.
»Soll ich dir helfen?«, fragte ich.
»Mach eine Räuberleiter.«
Ich faltete meine Hände ineinander, sodass sie hineinsteigen konnte. Doch Billie rutschte ab und landete halb auf meinem Schreibtisch, halb auf mir. Sie lachte, und mein Herz klopfte plötzlich schneller. Wenn sie mich berührte, überkam mich seit einiger Zeit dieses Gefühl, das ich letztes Jahr noch nicht gehabt hatte. Wenn ich sie ansah, würde ich sie am liebsten küssen und ihr ganz nah sein. Ich würde ihr so gerne zeigen, was ich empfand, doch ich hatte Angst. Billie verhielt sich genau wie immer. Für sie war ich einfach ihr Freund, genauso wie Taylor. Wenn ich etwas Falsches sagte, würde ich bestimmt alles kaputt machen.

Ich schob sie sanft an ihrer Hüfte wieder nach oben. Diese Berührung reichte, dass ich eine Gänsehaut bekam. Sie fand Halt und kletterte nach draußen. »Wow!«, rief sie. »Nate, komm schnell!«

Ich nahm die Tasche, in die wir alles gepackt hatten, und reichte sie Taylor durchs Fenster. Dann kletterte ich ebenfalls hinaus aufs Dach. Die Lichter von Emerald Bay lagen in der Dunkelheit vor uns. Über dem Meer prangte ein riesiger blutroter Mond.

»Na, hab ich euch zu viel versprochen?«, fragte Taylor.

Ich schüttelte den Kopf. »Der Wahnsinn.« Ich setzte mich neben Billie.

Taylor packte die Tasche aus. »Fernglas für mich, Ukulele für Billie und Chips für Nathan.«

Ich nahm die Chipspackung und öffnete sie. »Zum Glück arbeiten Mum und Dad heute Abend. Und ich hab Hazel überzeugt, dass sie dringend mal wieder eine Übernachtungsparty bei Sasha veranstalten sollte.« Ich lehnte mich zurück und zeigte auf den Mond, der sich mit jeder Minute röter färbte. »Damit wir ungestört dieses ... den ... das hier eben betrachten können.«

Taylor schüttelte tadelnd den Kopf. »Mann, das ist eine Super-Blau-Blutmond-Finsternis. Dazu kommt es nur alle hundertfünfzig Jahre.«

Wir saßen zu dritt nebeneinander und betrachteten den Himmel.

»Das ist so schön«, flüsterte Billie neben mir. »Ich wünschte, es könnte für immer so sein.«

Am liebsten hätte ich ihre Hand genommen, doch ich traute mich nicht. Ich ballte meine Hände zu Fäusten, als ob ich Angst hätte, es trotzdem zu tun.

»Es wird einfach für immer so bleiben«, sagte ich.
»Wenn das so einfach wäre«, erwiderte Billie und klang traurig dabei.
»Du könntest ein Lied darüber schreiben«, schlug ich vor. »Dann bleibt der Moment für immer bei dir.«
Billie fing an zu lächeln, und mein Herz klopfte schneller. Immer wenn wir über ihre Musik sprachen oder sie Ukulele spielte, wirkte sie viel glücklicher als sonst. Ich wünschte, sie könnte immer so fröhlich sein.
»Wenn du irgendwann eine reiche und berühmte Sängerin bist, vergisst du uns doch sowieso«, neckte Taylor sie und streckte seine Beine aus.
»Wie kommst du denn auf so etwas?«, fragte sie entrüstet. »Nein, wir werden für immer beieinanderbleiben.«
Und in diesem Moment unter dem riesigen Vollmond auf dem Dach hatte ich tatsächlich geglaubt, dass es wirklich ein »Für immer« geben würde.

BILLIE

Ich stieg die Stufen der Holztreppe, die vom Strand zum Kangaroo Hill führte, nach oben. Ich war direkt nach dem Aufwachen zum Schwimmen gegangen und hatte versucht, die Gedanken in meinem Kopf zu ordnen, die seit Tagen dort umherschwirrten.

Den restlichen Abend der Hochzeit hatte ich versucht, nicht allzu oft in Nathans Richtung zu sehen. Wir waren vor der Scheune ineinandergerannt. Und sein Verhalten irritierte mich. War er immer zuvor abweisend und sauer gewesen, hatte er sich mir gegenüber plötzlich nett verhalten! Angeblich machte es ihm nichts aus, dass ich da war. Ich verstand es einfach nicht. Dieser Moment zwischen uns beiden, als ich gesungen hatte – hatte ich mir den nur eingebildet?

Ich lief durch den Garten zum Van und duschte mich ab. Meine Gedanken hörten nicht auf zu kreisen. *Warum kümmert dich das? Nate sollte dir egal sein. Du bist auf dem besten Weg, ihn wieder viel zu nah an dich heranzulassen. Denk einfach nicht mehr an die Hochzeit.*

Ich wickelte meine nassen Haare in ein Handtuch und schlüpfte in ein Sweatshirt, um mich aufzuwärmen. Dann ging ich hinüber zum Haus und klopfte an die Terrassentür. Taylor hatte mich gefragt, ob ich mit ihm frühstücken wollte.

Ivy öffnete. Ihre Haare waren zerzaust, und sie hatte einen Filzstiftabdruck auf der Wange. »Hi, komm rein.«

Ich folgte ihr nach drinnen.

»Ich mach uns Kaffee, Taylor ist gerade noch unter der Dusche.« Sie sah zerstreut aus. »Musst du heute nicht in den Kindergarten?«

Ich schüttelte den Kopf. »Erst morgen wieder.«

»Oh, okay.« Ivy sah enttäuscht aus.

Bestimmt gehst du Ivy inzwischen auf die Nerven. Du warst eben doch zu aufdringlich. Du spazierst hier ständig rein, obwohl du versprochen hast, dass du einfach nur im Garten bleibst und sie dich kaum bemerken wird.

»Ich muss eh gleich los-«, setzte ich an, doch Ivy fing im selben Moment an zu reden. »Es ist nur … Lewis ist einfach der beste Lernhelfer, den man sich vorstellen kann! Wenn er neben mir liegt, bin ich total ruhig. Meine Prüfung ist übermorgen, und ich dreh noch durch, weil ich so aufgeregt bin.« Sie knabberte an ihrem Daumennagel.

Mir fiel ein riesiger Stein vom Herzen. Ivy war nicht genervt von mir. »Ich weiß genau, was du meinst. Ich glaube, ohne Lewis neben mir könnte ich gar nicht mehr einschlafen. Er kann gerne bei dir bleiben, auch wenn ich heute Morgen nicht in den Kindergarten gehe.«

»Wirklich?«

»Na klar. Dann kann ich ein paar Sachen erledigen, bei denen er sich sowieso nur langweilen würde, bevor ich zu Phoebe fahre.«

»Toll!« Ivy sah auf einmal viel entspannter aus.

»Guten Morgen.« Taylor kam herein und setzte sich auf einen der Barhocker am Küchentresen. »Nur noch zwei Wochen lang früh aufstehen. Ich sag's euch, ich kann den Urlaub kaum erwarten.«

Ivy und Taylor hatten mir erzählt, dass sie über die Weihnachtsferien bei Ivys Mutter sein würden, um mit ihr in Deutschland Zeit zu verbringen.

Ivy goss Kaffee in drei Becher. »Ich freue mich schon so auf zu Hause. Und auf meine Mutter. Weihnachten in der Sonne zu feiern, stelle ich mir komisch vor. Nein, am besten ist es eiskalt, und überall leuchten Lichterketten in der Dunkelheit.«

»Weihnachten bedeutet Sommerferien und ein Barbecue im Garten«, hielt Taylor dagegen. »Aber deine Variante hört sich auch schön an.«

»Wir werden Plätzchen backen, und Mama macht ein Feuer im Kamin an.« Ivy nahm Taylors Hand. »Ich freu mich schon so, dir mein Zuhause zu zeigen.«

Taylor gab ihr einen Kuss und sagte dann zu mir: »Dann hast du das Haus und den Garten auch mal ganz für dich alleine.«

»Ja, super«, erwiderte ich, doch war mir gar nicht sicher, ob ich mich darauf freute. Ich hatte mich inzwischen schon daran gewöhnt, nicht mehr ganz so einsam zu sein.

Kurz darauf ließ ich Lewis bei Ivy und fuhr ins Stadtzentrum, um einzukaufen. An den Straßenlaternen waren Sterne angebracht, und auf der Pacific Avenue stand ein großer Schlitten mit Geschenken. Im Kindergarten wünschten sich die Kinder seit Anfang Dezember ein Weihnachtslied nach dem anderen. *Let it snow* war eines ihrer Lieblingslieder. Ich dachte darüber nach, was Ivy gesagt hatte. Die Lieder handelten vom Kaminfeuer und von Schlittenfahrten im Schnee, aber es fühlte sich nicht falsch an, sie zu singen, während die Sonne draußen schien. Wir waren es einfach so gewohnt.

Nachdem ich den Kühlschrank wieder aufgefüllt hatte, fuhr ich zu Phoebe. Mein Geldbeutel spürte den Job im Kindergarten deutlich, und ich hatte gleich zwei Schalen mit frischen Erdbeeren auf einmal gekauft. Ich parkte den Van vor Phoebes Haus, lief durch das Treppenhaus und schloss die Tür auf. »Hallo!«, rief ich.

»Wir sind im Wohnzimmer!«, rief Phoebe zurück.

Ich zog meine Schuhe aus und ging durch den Flur. Phoebe lag auf dem Sofa, und ihr Physiotherapeut Derryl war gerade dabei, vorsichtig ihr linkes Bein anzuwinkeln. Ich sah, wie schwierig diese Bewegung für sie war, denn sie hatte die Zähne fest zusammengepresst.

»Das sieht ja spaßig aus«, sagte ich mitfühlend und setzte mich an den Esstisch.

Derryl führte Phoebes Bein wieder zurück und legte es ab. »So, Mrs Newman, dann haben wir es für heute geschafft.«

Phoebe atmete schwer aus. »Danke, Derryl.«

»Sie machen das wirklich gut.« Er half ihr, sich hinzusetzen. »Sie sind meine beste Patientin.«

»Wir wissen beide, dass Sie lügen, aber es ist sehr nett, dass Sie das sagen.« Phoebe tätschelte ihm die Hand. Dann seufzte sie. »Ich hatte gedacht, es würde viel schneller vorwärtsgehen.«

»Sie müssen sich Zeit geben. Dieser Sturz war keine Kleinigkeit.«

Phoebe sah nicht so aus, als würde sie Derryls Meinung teilen. »Ich muss einfach noch mehr üben.«

Derryl nahm seine Tasche.

»Ich würde Sie ja rausbringen, aber ich fürchte, dann schaffen Sie es nicht rechtzeitig zu ihrem nächsten Termin«, scherzte Phoebe.

Derryl grinste. »Ich finde alleine zur Tür. Bis zum nächsten Mal.« Er ging hinaus.

Als die Tür ins Schloss gefallen war, fing Phoebe an zu kichern. »Er wird jedes Mal hochrot, wenn er durch den Flur geht.«

Ich verdrehte die Augen. »Ich sage es, seitdem ich fünfzehn bin: Du könntest das Bild auch einfach abnehmen, wenn fremde Menschen hierherkommen.«

»Mit dem Gemälde habe ich einen Preis gewonnen«, protestierte Phoebe. Das Bild im Flur zeigte ein großes Aktporträt. Nathan und Taylor waren damals beinahe rückwärts aus der Tür gefallen, als sie mich besuchten und auf einmal einen riesigen nackten Männerkörper vor sich hatten.

»Du könntest stattdessen auch einfach die Auszeichnung in den Flur hängen«, schlug ich vor.

»Das macht aber nur halb so viel Spaß.« Phoebe lachte und stand langsam auf. Sie versuchte, ihr gequältes Gesicht zu verbergen, doch ich hatte es genau gesehen.

»Sollen wir das Schwimmen heute vielleicht ausfallen lassen?«, fragte ich besorgt.

»Ja, wahrscheinlich ist es besser so.« Sie seufzte.

»Wir holen das in ein paar Tagen nach«, versprach ich ihr. »Kann ich dich denn irgendwie aufmuntern?«

»Erzähl mir von der Hochzeit«, bat sie und sah mich erwartungsvoll an.

»Ähm, da gibt es kaum etwas zu erzählen.« *Außer, dass Nathan dich angesehen hat wie früher und du seitdem über nichts anderes nachdenkst.*

»Hast du ein Foto?«

»Nein, daran hab ich gar nicht gedacht. Aber Ivy hat bestimmt welche gemacht. Oder ich frage Drew, wenn sie wieder aus den Flitterwochen zurück ist, ob der Fotograf ein gutes geschossen hat.«

»Du hast bestimmt wunderschön gesungen.«

»Ja, ich denke, es hat ihnen gefallen.« Ich lächelte.

»Es freut mich, dass du eine schöne Zeit hier hast, Liebes. Das ist genau das, was ich mir für dich gewünscht habe.«

Phoebe hatte recht. Ich hatte wirklich eine gute Zeit. Ich genoss es, bei Taylor und Ivy zu wohnen, und Jake und ich wollten bald wieder zusammen Musik machen. Ich freute mich jedes Mal, wenn ich in den Kindergarten ging. Es war so ganz anders, als ich es erwartet hatte. Die Schulzeit war vorbei, und ich konnte nun selbst wählen, mit wem ich meine Zeit verbrachte. Ich war keinen Hänseleien mehr ausgesetzt und hatte mich sogar schon dabei erwischt, wie ich darüber nachgedacht hatte, wie es wäre, hierzubleiben. *Aber du weißt, dass du in ein paar Wochen wieder gehen musst. Denn es ist nur eine Frage der Zeit, bis all das Schöne wieder kaputtgeht. So war es schon immer.*

*

»Cremst du mir den Rücken ein?« Taylor hielt mir die Sonnencreme hin.

»Klar«, meinte ich und legte mein Notizbuch auf mein Handtuch. In der Musikschule lernten wir derzeit, Noten nach Gehör zu spielen, und ich konnte nicht genug davon kriegen.

Taylor setzte sich vor mich, und ich verteilte die Sonnencreme auf seinem Rücken.

»Danke«, sagte er, als ich fertig war, und rannte schnurstracks ins Meer.

»Na, das war jetzt sehr sinnvoll«, spottete ich. »Soll man nicht fünfzehn Minuten warten, bis man wieder ins Wasser geht?«

Nathan, der neben mir lag, fragte: »Cremst du mich auch ein?«

»Oh, ähm, klar«, stammelte ich. Ich hatte das die ganzen letzten Jahre gemacht, wieso war das auf einmal so eine große Sache für mich?

Nathan drehte sich auf den Bauch, und ich beugte mich über ihn. Ich presste einen Klecks Sonnencreme aus der Flasche und verteilte sie auf seinen Schultern. Nathans Körper war warm, und ich konnte jeden seiner Muskeln spüren. Meine Hände zitterten. Was ist nur los mit dir? Das hier ist Nate. Dein bester Freund. So wie Taylor auch.

Doch etwas hatte sich in den letzten Wochen verändert. Mit Taylor war alles wie früher. Aber bei Nathan klopfte mein Herz jedes Mal wie wild, wenn er mich ansah. Ich wollte ihn so gerne berühren. Als er neulich beim Filmabend auf dem Sofa seine Beine über meine gelegt hatte, hatte ich am ganzen Körper eine Gänsehaut bekommen. Es war natürlich völlig normal, mit sechzehn an Beziehungen und Liebe zu denken, doch diese Gefühle hatte ich zuvor noch für niemanden gehabt.

Nathan hatte keine Ahnung von meinen Gedanken, und ich würde es ihm auch bestimmt nicht erzählen. Für ihn war ich eben Billie. Die Billie, mit der er einfach nur befreundet war. Oft redeten er und Taylor über die Mädchen aus ihrer Klasse. Ich tat so, als würde ich nicht hinhören, wenn sie darüber diskutierten, mit wem sie am liebsten ausgehen würden.

Es war komisch. Bisher hatte ich mit Nathan immer über alles reden können, doch jetzt war da diese Spannung zwischen uns, weil ich ein Geheimnis mit mir herumtrug.

»Mmhh, du machst das echt gut«, seufzte Nathan in diesem Moment zufrieden und unterbrach meine Gedanken.

»Ach ja?«, fragte ich nervös und fuhr mit der Hand über seinen unteren Rücken.

»Ja«, sagte er mit Nachdruck. »Zumindest tausendmal besser als T.«

»Oh, okay.« Das war kein wirkliches Kompliment.

Gerade, als ich meine Hand wegziehen wollte, rollte Nathan sich wieder auf den Rücken. Meine Hand lag nun auf seinem Bauch. Er sah mich aufmerksam an, und ich hätte mich für immer in seinen Augen verlieren können. Die Stille zwischen uns war seltsam, und ich wollte gerade etwas sagen, als er vorsichtig mit seinem Daumen über meinen Handrücken strich. Mein Atem stockte, und die Worte blieben mir im Hals stecken. Passierte das hier gerade wirklich? Ich wusste nicht, was ich tun sollte, also beobachtete ich nur, wie Nathans Finger langsam von meinem Handrücken hoch zu meinem Arm fuhren.

Da kam Taylor aus dem Wasser gerannt und rief: »Das Wasser ist ja viel kälter als letzte Woche!«

Schnell zog ich meinen Arm weg, und Nathan setzte sich abrupt auf.

Taylor schüttelte seine nassen Haare über mir aus.

»Spinner!«, quietschte ich.

Nathans Gesicht war knallrot, und Taylor fragte ihn stirnrunzelnd: »Alles gut bei dir?«

»Ja klar«, sagte Nathan kurz angebunden. »Alles super.« Er stand auf, nahm sein Surfbrett und achtete penibel darauf, mich nicht anzusehen. Der Moment war vorbei.

NATHAN

Eine Woche nach der Hochzeit stand ich im Badezimmer vor dem Spiegel und versuchte das zweite Mal in kürzester Zeit, mir meine Krawatte zu binden. Es war der Tag von Hazels Abschlussfeier an der Highschool. »Dass ich schon wieder einen Anzug anziehen muss«, sagte ich zu Isla. »Kannst du dir das vorstellen?«

»Daddy hat *immer* einen Anzug an.« Isla saß neben mir auf dem Waschtisch und bürstete sich die Haare. Unter ihrem blauen Kleid trug sie eine gelbe Ringelstrumpfhose. Bisher hatte sie keiner von uns dazu bewegen können, sie auszuziehen, obwohl es draußen fast dreißig Grad hatte.

Es klopfte, und Dad streckte den Kopf herein. »Seid ihr fertig?«

Ich ließ die Krawatte sinken und warf sie achtlos in die Badewanne. »Ja, wir können los.«

Dad kam herein und holte die Krawatte wieder aus der Badewanne. »Schwierigkeiten damit?«

Ich nickte.

»Isla, bist du so lieb und gehst schon mal nach unten? Sag Grandma und deinem Dad, dass wir in fünf Minuten fertig sind.« Er hob Isla vom Waschtisch, und sie lief hinaus.

Dad legte mir die Krawatte um den Hals und schlug die beiden Enden übereinander. »Es ist reine Übungssache«, erklärte er mir. »Du musst es nur ein paarmal machen. Und dann kannst du es irgendwann wie im Schlaf.«

»Das wird niemals passieren. Ich hab nicht vor, so bald wieder eine Krawatte anzuziehen. Wie Sam jeden Tag eine tragen kann, ist mir echt schleierhaft.«

Dad lächelte. »Ihr seid eben grundverschieden und geht euren eigenen Weg. Und das ist auch gut so. Bei mir hat es ewig gedauert, bis ich mich getraut habe, meinem Dad zu sagen, dass ich ein Restaurant eröffne. Er wollte, dass ich Bänker werde.«

Ich grinste. Es fiel mir schwer, mir Dad in einer Bank vorzustellen.

»Es war natürlich nicht immer einfach. Es gab eine Zeit, da lief das Three Pines sehr schlecht. Deine Mum war gerade mit dir schwanger, und wir haben überlegt zu schließen.«

»Das habt ihr mir nie erzählt«, sagte ich überrascht.

»Wir hatten schwere Zeiten, aber wir sind immer wieder aufgestanden.« Er hielt inne und sah mich eingehend an. »Das gehört zum Leben dazu.«

Mum und Dad hatten immer wieder betont, dass ich nicht im Three Pines arbeiten müsste, wenn ich es nicht wollte. Sie würden mich unterstützen, egal welchen Weg ich einschlug. Ich musste an Blake denken. Seitdem wir am Main Beach miteinander gesprochen hatten, ging mir der Surfcup noch weniger aus dem Kopf. Der Surfcup, Billie auf der Hochzeit – am liebsten würde ich das alles ausradieren und einfach so weitermachen wie bisher.

Dad zog die Krawatte fest und klopfte mir auf die Schulter. »Fertig.«

Ich sah in den Spiegel. Sie saß perfekt.

Dad öffnete die Tür. »Dann wollen wir mal. Hazel wartet bestimmt schon an der Schule auf uns. Sie war so aufgeregt, dass sie heute Morgen nicht einmal gefrühstückt hat.«

Wir gingen die Treppe hinunter. Mum, Isla und Sam standen bereits vor dem Haus, und wir spazierten zusammen zur Schule. Auf der Wiese vor der Sporthalle war eine große Bühne aus Holz aufgebaut, und es herrschte großes Gedränge.

»Da seid ihr ja!« Hazel kam in ihrem schwarzen Talar und Barett auf dem Kopf zu uns gelaufen und umarmte uns.

»Meine Lieblingstochter«, sagte Dad stolz. »Du siehst so erwachsen aus.«

»Die ist für dich.« Isla überreichte Hazel eine gelbe Blume.

»Vielen Dank dir, Isla.« Hazel steckte sich die Blume an ihren Talar. »Kommt, ich habe euch Plätze in der ersten Reihe freigehalten.«

»In der ersten Reihe?«, fragte Mum überrascht.

»Ist doch super.« Ich zwinkerte Hazel zu. Sie hatte Mum und Dad immer noch nicht verraten, dass sie Jahrgangsbeste war.

Wir folgten ihr durch die Stuhlreihen nach vorne und setzten uns auf die sechs freien Stühle. Gerade noch rechtzeitig, denn einen Moment später trat die Direktorin der Schule auf die Bühne und eröffnete die Veranstaltung. Hazel rutschte nervös neben mir auf ihrem Stuhl herum.

Dann endlich sagte die Direktorin: »Wir freuen uns, nun die beste Schülerin des Jahrgangs für die diesjährige Abschlussrede auf die Bühne zu bitten: Hazel Ann Harrison.«

Die Menge applaudierte, und Mum und Dad saßen völlig überrumpelt auf ihren Stühlen. Als Hazel die Treppe zur Bühne nach oben lief, sprangen Sam und ich auf und johlten. Hazel winkte uns zu. Dann räusperte sie sich und begann mit ihrer Rede. Sie erzählte von ihrer Zeit an der Emerald Bay Highschool und ihrem Spaß am Lernen. Mum und Dad hielten sich dabei an der Hand, und ich musste lächeln.

»Warum weint Grandma?«, hörte ich Isla Sam fragen.

»Weil sie sich gerade so freut«, flüsterte er und nahm sie auf den Schoß.

Hazel erntete stürmenden Applaus, und nachdem die Absolventen ihre Zeugnisse erhalten hatten, war die Feier zu Ende.

Hazel kam von der Bühne heruntergelaufen, und Mum drückte sie so fest, dass ihr Barrett herunterfiel.

»Wieso hast du uns nichts davon erzählt?«, fragte Dad und gab ihr einen Kuss auf die Stirn.

»Es sollte eine Überraschung sein.« Hazels Wangen waren hochrot.

»Jahrgangsbeste!« Sam legte Hazel einen Arm um die Schulter. »Herzlichen Glückwunsch, das hast du dir verdient.«

»Und jetzt feiern wir!« Dad rieb sich die Hände.

»Müsst ihr nicht zurück ins Three Pines?«, fragte Hazel.

»Nein.« Dad schüttelte den Kopf. »Das bleibt heute geschlossen.«

»Und du suchst dir aus, wohin wir gehen«, erklärte Mum.

Hazels Augen leuchteten. »Ich weiß schon, wohin ich will.«

*

Kurze Zeit später saßen wir gemeinsam am Tisch auf der Terrasse und hatten riesige Pizzakartons vor uns. Mum und Dad hatten Hazel ein schickes Restaurant nach dem anderen vorgeschlagen, doch sie wollte Pizza bestellen und bei uns daheim feiern. Mum holte eine Flasche Sekt aus dem Kühlschrank, und als sie den Korken öffnete, flog er in hohem Bogen aufs Hausdach.

»Auf Hazel!«, rief Dad, und wir stießen mit klirrenden Gläsern an.

»*Einen* Punkt«, sagte Hazel mit vollem Mund. »Es ging gerade mal um *einen* Punkt in der Englischprüfung! Hätte Faye mir nicht geholfen, hätte ich es bestimmt nicht geschafft.«

»Nur nicht so bescheiden«, erwiderte Sam. »Du hast hart dafür gearbeitet.«

»Ich glaube, ich habe für meine ganze Schulzeit nicht so viel gelernt wie Hazel für ein einziges Schuljahr«, überlegte ich.

Die anderen lachten. In dem Moment klingelte es an der Haustür.

»Wer kann das sein?«, fragte Mum und schob ihren Stuhl zurück.

»Ich geh schon!« Hazel sprang auf. »Das ist Faye, ich

hab ihr vorhin geschrieben und sie eingeladen.« Sie lief ins Haus.

Seit der Hochzeit hatten Faye und ich noch nicht miteinander geredet. »Lass uns heute Abend nicht mehr darüber sprechen«, hatte sie gesagt, als sie zur Tanzfläche zurückgekehrt war. Wir hatten den restlichen Abend so getan, als wäre nichts gewesen. Ich hatte ihr in der letzten Woche mehrere Nachrichten geschickt, aber sie hatte nicht geantwortet. *Kaum läuft es mit Taylor wieder gut, hast du dafür jetzt Faye verärgert.*

Hazel kam mit Faye zurück in den Garten. »Hi, Familie Harrison«, begrüßte sie uns.

»Hallo, Faye, schön, dass du hier bist.« Dad holte ihr einen Stuhl, und sie setzte sich. Ich hob meine Hand, und sie nickte mir zu. Sonst redete Faye wie ein Wasserfall, aber jetzt brachte sie kaum ein Wort heraus.

»Du hast also Hazel geholfen.« Sam lächelte sie an.

Faye wurde rot. »Nein, da übertreibt sie. Das hat sie ganz alleine geschafft.«

Ich stutzte. Noch nie hatte ich gesehen, wie Faye rot wurde! *War es ihr echt so unangenehm, in meiner Gegenwart zu sein?* Ich musste dringend mit ihr sprechen und die ganze Sache aus dem Weg räumen.

Als wir fertig mit dem Essen waren, sagte ich zu Faye: »Kannst du dir kurz mein Surfbrett anschauen? Da ist so eine leichte Macke an der Oberfläche, und ich weiß nicht, ob ich es zur Reparatur bringen soll.«

Faye nickte, doch Hazel verdrehte die Augen. »Ernsthaft, Nathan?«

»Es geht auch ganz schnell«, beschwichtigte ich sie.

Faye stand auf, und wir gingen zusammen einmal ums

Haus auf die Veranda. Faye runzelte die Stirn. »Wo ist dein Surfbrett überhaupt?«

»Im Jeep. Mum ist heute Morgen mal wieder darüber gestolpert und hat es von der Veranda verbannt. Ist auch egal – was ich sagen wollte, also was ich meine, ist ...« Ich kratzte mich am Hinterkopf. »Es tut mir echt leid.«

Faye verschränkte die Arme. »Was tut dir leid?«

»Es tut mir leid, dass du ... und ich nicht ...«

Faye sah mich verständnislos an.

Ich holte tief Luft und fing noch mal von vorne an. »Das mit Billie war nicht cool von mir, aber ich wollte dir nicht wehtun! Ich hab uns immer als Freunde gesehen. Es tut mir leid, falls du mehr willst und ich es nicht kapiert habe.«

»Was redest du denn da, Harrison?« Faye sah mich fassungslos an. Dann dämmerte es ihr, worauf ich hinauswollte, und sie fing laut an zu lachen. »*Du* und *ich*?«

Ich runzelte die Stirn. Anscheinend hatte ich ihr Verhalten komplett falsch interpretiert. »Sooo abwegig ist das nun auch nicht.«

Sie räusperte sich. »Nein, nein, natürlich nicht. Aber mir geht es genauso wie dir. Wir beide sind doch Freunde. Harrison und Gilbert.« Sie lächelte mich an.

»Gut«, sagte ich und atmete erleichtert aus.

»Ich war auf der Hochzeit nicht sauer, weil ich eifersüchtig war. Also doch, irgendwie schon. Der Tag war echt wichtig für mich. Ich hab mir wochenlang Mühe gegeben, dass alles perfekt ist. Es hat sich blöd angefühlt, dass dich das überhaupt nicht interessiert hat. Du warst nur fixiert auf Billie.«

Ich wollte schon protestieren, aber wem wollte ich etwas vormachen? Faye hatte ja recht. »Tut mir echt leid«, sagte ich zerknirscht.

»Ich versteh es ja. Sie ist wieder hier, und das ist richtig heftig für dich. Du bist T deswegen aus dem Weg gegangen und bist auch sonst nicht gerade ein Sonnenschein in letzter Zeit. Aber willst du denn gar nicht wissen, was damals passiert ist? Jetzt wäre endlich die Chance, es herauszufinden.«

Taylor hatte dasselbe zu mir gesagt.

»Ist es nicht offensichtlich, was passiert ist?«, fragte ich. »Sie wollte nichts mehr mit mir zu tun haben.«

Faye hob beschwichtigend die Hände. »Ich hab euch damals kaum gekannt. Aber ihr wart einfach immer zusammen, und irgendwie kann ich das nicht so richtig glauben. Sie hätte auch einfach mit dir Schluss machen und hierbleiben können. Aber wieso hat sie die Stadt verlassen?«

Als ob du dir diese Frage nicht einhunderttausendmal selbst gestellt hast. Und du hast absolut keine Antwort darauf.

»Jetzt ist sie wieder hier«, fuhr Faye fort. »Und du tust so, als würdest du nichts mit ihr zu tun haben wollen, aber das kaufe ich dir nicht ab.«

»Du bist anstrengend, Gilbert«, sagte ich schließlich und seufzte.

»Aber unglaublich liebenswert.« Sie grinste mich an. »Komm, Hazel wartet bestimmt schon. Das ist ihr großer Tag.« Sie hakte sich bei mir ein, und wir gingen zurück in den Garten.

Hatten Taylor und Faye doch recht, und ich sollte die Zeit nutzen, solange Billie hier war? Doch ich hatte Angst, dass die Antwort auf meine Frage genau die war, die ich mir in den letzten zwei Jahren selbst gegeben hatte: dass Billie mich einfach nie richtig geliebt hatte.

*

Billie saß mit ihrer Ukulele auf einem Handtuch am Strand und übte. Als ich sie nach der Schule vor dem Tor getroffen hatte, war sie wie so oft traurig gewesen. Die anderen aus ihrer Klasse hatten sich mal wieder über ihre Kleidung lustig gemacht. Letztes Wochenende hatte sie Taylor und mir stolz gezeigt, dass ihr eines der Kleider, das ihre Mutter früher immer getragen hatte, inzwischen passte. Ich fand sie wunderschön darin. Und es machte mich wahnsinnig, dass wir nicht in eine Klasse gingen und ich sie nicht beschützen konnte. Sie hatte mir schon vor Jahren verboten, mich einzumischen. Zu groß war ihre Angst, dass es noch schlimmer werden würde. Daher blieb mir nichts anderes übrig, als sie zu trösten und für sie da zu sein, wenn sie es brauchte.

Ich saß rittlings auf meinem Surfbrett im Wasser und beobachtete sie. Als sie mir neulich den Rücken eingecremt hatte, hatten ihre Berührungen mich fast um den Verstand gebracht. Ich hatte ihre Hand einfach nehmen müssen. Das Timing von T hätte dabei jedoch nicht mieser sein können. Als er angerannt kam, hatte Billie ihre Hand so schnell weggezogen, als hätte sie sich verbrannt. Seitdem war die Stimmung zwischen uns komisch. Bestimmt war ihr der Moment unangenehm gewesen, weil sie nichts für mich empfand. Ich seufzte. Ich konnte nicht aufhören, an sie zu denken, aber ich wollte auch auf keinen Fall unsere Freundschaft aufs Spiel setzen.

Billie legte ihre Ukulele zur Seite. Dann zog sie sich ihr Kleid über den Kopf und kam in ihrem dunkelgrünen Bikini zu mir ins Wasser. Ich paddelte ihr entgegen, und als sie mich erreicht hatte, hielt sie sich an meinem Surfbrett fest. »Kommt Taylor heute nicht?«

Ich schüttelte den Kopf. »Er hilft seinem Dad, das Garagendach zu reparieren.«

»Dann sind wir also nur zu zweit«, stellte sie fest.

Und auch wenn ich Schiss davor hatte, was passieren würde, wusste ich in diesem Moment, dass ich es endlich wagen musste. »Komm zu mir«, sagte ich und hielt ihr meine Hand hin. Sie zog sich daran nach oben und setzte sich rittlings mir gegenüber. Mein Blick wanderte über ihren Körper. Sie hatte eine Gänsehaut.

»Weißt du noch, wie du mich damals aus dem Wasser gezogen hast?«, fragte Billie.

»Als ob ich das je vergessen würde.«

Das Surfbrett schaukelte in den Wellen, und das Wasser um uns herum glitzerte in der Nachmittagssonne. Billie rutschte näher zu mir heran, sodass sich unsere Knie berührten, und mein Herz fing wie wild an zu klopfen. Für einen Moment saßen wir einfach so da. Dann legte sie sanft ihre Hand auf mein Knie, und ich hielt den Atem an. Wie oft hatten wir uns schon aus Versehen berührt oder waren uns so nahe gewesen? Doch das hier war etwas komplett anderes.

Ich fuhr vorsichtig mit meinem Finger über ihre Hand, dann über ihren Arm bis zu ihrem Hals nach oben und spürte, wie sie erschauderte.

»Nate?«, flüsterte sie.

»Ja?«

»Ich hab irgendwie Angst.«

Ich schluckte. Dann sagte ich: »Vertraust du mir?«

Sie nickte.

»Mach die Augen zu.«

Sie schloss die Augen, und ich strich ihr eine nasse Haarsträhne hinters Ohr. Dann fuhr ich ihr langsam mit dem Finger über ihre Nasenwurzel.

Sie fing an zu lächeln, und ihre Nase kräuselte sich dabei. Sie sah so wunderschön aus, dass ich sie einfach nur küssen wollte. Doch stattdessen hielt ich inne.

Billie öffnete die Augen, und wir sahen uns an. Dann beugte sie sich zu mir, und als ihre Lippen meine fanden, explodierte ich innerlich. Ich hielt sie fest, und wir küssten uns immer und immer wieder, während die Wellen um uns herum sanft rauschten. Die Zeit schien stillzustehen, und ich hätte alles dafür getan, dass dieser Moment nie aufhörte.

BILLIE

Ein paar Tage später hielten Phoebe und ich auf dem Parkplatz am Rockpool. Sie brauchte bei der Mobilisation noch viel Unterstützung, und zusammen gingen wir einen Schritt nach dem anderen. Sie war schon schneller als noch vor einigen Wochen.

»Ich hab dich«, versprach ich ihr.

»Da ist diese große Angst, wieder zu fallen«, erklärte sie mir. »Die hatte ich früher nie. Ich hab einfach jeden Schritt gemacht, ohne darüber nachzudenken. Jetzt kann ich meinen Kopf nicht mehr ausschalten.« Sie seufzte.

Der Rockpool am Ende des Main Beach war ein ganz besonderer Swimmingpool. Er war mit Salzwasser gefüllt, und wenn die Flut hoch war, schwappte das Meerwasser über den Rand in das Becken hinein.

»Heute schaffe ich mindestens fünfzehn Bahnen«, verkündete Phoebe zuversichtlich. Das letzte Mal hatte sie nach zehn aufhören müssen, weil die Schmerzen zu groß geworden waren. Doch die Schwerelosigkeit im Wasser tat ihr gut.

Wir legten unsere Taschen auf den Bänken ab, und ich half Phoebe dabei, vorsichtig ins Becken zu steigen. Während sie bereits losschwamm, streifte ich meinen Rock und meine Bluse ab. Meinen Bikini trug ich bereits darunter.

Ich ließ meinen Blick über den Rockpool und das glitzernde Meer dahinter schweifen. Am anderen Ende des langen Beckens stand Nathan.

»Natürlich«, stieß ich zwischen meinen zusammengebissenen Zähnen hervor. Es war wie verhext – egal wohin ich ging, wir liefen uns in die Arme. Nathan entdeckte mich ebenfalls und hielt inne.

Und gleich wird er sich bestimmt abwenden und so tun, als hätte er dich nicht gesehen.

Doch Nathan hob den Arm und winkte mir zu. Völlig perplex stand ich da. Auf der Hochzeit hatte er zwar mit mir gesprochen, doch ich hatte gedacht, dass das nur daran gelegen hatte, dass er mir nicht aus dem Weg gehen konnte. Schnell hob ich meinen Arm ebenfalls. Einen Moment später kam Nathan tatsächlich zu mir herüber.

»Hey«, begrüßte er mich.

»Hi.« Nervös nestelte ich an meinem Armreif herum. Seit der Hochzeit war ich mir noch unsicherer als zuvor, wie ich Nathan begegnen sollte.

»Geht es Phoebe wieder besser?«

Ich nickte. »Du kennst sie ja. Sie sieht es gar nicht ein, sich einzuschränken, also macht sie einfach weiter.«

Die Wellen schwappten über den Rand des Rockpools und überspülten den Boden und unsere Füße.

»Das Wasser ist echt angenehm«, meinte Nathan und steckte die Hände in die Hosentaschen seiner Surfshorts.

Ich verstand es nicht. *Seine Blicke, während du gesungen hast. Und jetzt redet ihr ganz normal miteinander? Etwas hat sich seit der Hochzeit verändert.*

»Ich geh dann auch mal hinein«, meinte ich und nestelte erneut an meinem Armreif. Doch ich musste zu fest daran gezogen haben, denn er glitt mir vom Handgelenk und fiel hinunter auf den Boden.

»Oh nein!«, rief ich, und mein Herz rutschte mir in die Hose, denn in diesem Moment kam die nächste Welle, die den Boden mit Wasser überspülte. Ich stürzte mich nach unten, doch Nathan war schneller und griff nach dem Armreif, bevor das Wasser ihn mit sich nehmen konnte.

»Ich hab ihn!« Er hielt mir den Armreif hin.

»O Gott, vielen Dank«, erwiderte ich erleichtert und nahm ihn entgegen. Mein Herz schlug immer noch ganz schnell. Das war knapp gewesen! Mums Armreif war das Wertvollste, was ich besaß. Ich durfte ihn nicht verlieren!

Nathan richtete sich auf. »Ich muss los.«

Auch ich stand wieder auf. »Danke dir noch mal«, sagte ich.

»Ich weiß doch, was er dir bedeutet.« Nathan sah mich eindringlich an. Dann drehte er sich um und ging.

Ich stand immer noch mit wild klopfendem Herzen da. Weil ich meinen Armreif fast verloren hätte und weil Nathan mich verwirrte. Ich hatte mir geschworen, ihm nicht zu nah zu kommen. Doch wie sollte ich das nur schaffen?

*

»Vielleicht solltest du es ihm doch alleine sagen«, überlegte ich. »Schließlich ist er schon immer dein bester Freund.«

»Nein, lass es uns zusammen machen.« Nathan lehnte am Terrassengeländer des Three Pines und trat nervös von einem Fuß auf den anderen.

»Hey«, meinte ich und strich ihm eine Haarsträhne hinters Ohr. »Taylor wird die Neuigkeiten bestimmt gut aufnehmen. Und es wird sich nichts zwischen uns drei ändern.«

Doch Nathan hatte die Befürchtung, Taylor könnte sich übergangen fühlen, denn er hatte ihm bisher nie von seinen Gefühlen für mich erzählt.

Liz kam mit einem Tablett auf die Terrasse. »Hallo, Billie. Möchtest du etwas trinken?«

»Nein, vielen Dank«, erwiderte ich und lächelte. Liz hatte mich umarmt, als ich gestern Hand in Hand mit Nathan bei ihnen daheim ins Wohnzimmer gekommen war.

»Deine Mum ist wirklich toll«, meinte ich zu Nathan, der nun auf dem Holzgeländer herumtrommelte.

»Ja, aber manchmal auch ein bisschen nervig. Als du gestern nach Hause gegangen bist, haben sie und Dad sich mit mir an den Küchentisch gesetzt, um mit mir über Verantwortung zu sprechen.«

Fragend sah ich ihn an.

»Na, du weißt schon ...« Nathan wurde rot.

»Oh!«, sagte ich, als ich begriff, was er meinte. Graham und Liz hatten mit Nathan über Sex gesprochen. Das war mir noch gar nicht in den Sinn gekommen. Nathan und ich waren doch gerade erst zusammengekommen! Wir knutschten miteinander, aber mehr wollte ich im Augenblick nicht.

»Ich, ich ...«, stotterte ich nur.

Er nahm meine Hand. »Ich hab ihnen gesagt, dass sie sich darüber noch keine Gedanken machen müssen. Wir sind doch gerade erst zusammengekommen.«

Erleichtert nickte ich. Nathan zog mich zu sich und gab mir einen sanften Kuss. Ein Prickeln durchfuhr meinen Körper. Obwohl es mir schwerfiel, löste ich mich von ihm. »T könnte jeden Moment hier sein. Wenn er uns jetzt sieht, wäre es nicht ganz so abgelaufen, wie wir uns das vorgestellt hatten.«

Nathan hielt mich ganz fest und tat so, als würde er mich nicht gehen lassen. Ich kicherte und konnte mich schließlich von ihm lösen. Wir setzten uns an einen der Tische, und einen Augenblick später kam Taylor schon die Stufen zur Terrasse hochgelaufen.

»Hi!«, rief ich und klang dabei viel zu aufgedreht.

»Hey«, erwiderte Taylor und streckte erst mir, dann Nathan seine Hand hin, sodass wir einschlagen konnte. »Mann, hast du die Wellen gesehen?«, fragte er Nathan. »Lass uns schnell unsere Surfboards holen.«

Nathan warf mir einen Blick zu. »Ja, gleich. Aber setz dich doch erstmal kurz hin.«

Taylor runzelte die Stirn. »Warum?«

»Mach schon, T«, bat ich ihn ungeduldig.

Er setzte sich und schob seine Sonnenbrille nach oben. Erwartungsvoll sah er uns an.

Nathan und ich tauschten einen weiteren Blick aus.

»Was ist los?«, fragte Taylor.

»Ähm, also wir ...«, fing ich an, doch traute mich dann doch nicht.

»Ja, also wir sind ...«, fuhr Nathan fort.

Da fing Taylor an, von einem Ohr bis zum anderen zu grinsen. »Was seid ihr?«

»Billie und ich sind jetzt zusammen«, sprach Nathan es aus.

»Na, endlich!« Taylor warf die Arme in die Luft. »Wirklich alle haben längst gesehen, dass da etwas zwischen euch ist.«

Ich fing an zu lachen, und Nathan stimmte erleichtert mit ein.

»Du bist also nicht ... sauer?«, fragte Nathan.

Taylor schüttelte den Kopf. »Wieso sollte ich sauer sein? Ihr beide gehört zusammen. Das war schon immer so.«

Ich umarmte Taylor. Er war einfach der beste Freund, den man sich wünschen konnte.

»Okay, jetzt, wo wir das geklärt haben – wollen wir los?«, fragte er ungeduldig.

Taylor und Nathan holten ihre Surfbretter, und kurze Zeit später paddelten sie hinaus aufs Wasser, während ich am Strand saß und Ukulele spielte.

So vergingen die ganzen nächsten Monate. Wir verbrachten die Tage zu dritt am Strand, Nathan und ich machten lange Spaziergänge zum Leuchtturm, wir trafen uns alle zusammen zum Filmabend, und Nathan streichelte währenddessen meinen Arm. Es war zu schön, um wahr zu sein.

NATHAN

Es war der Freitagabend vor Weihnachten, und das Three Pines war rappelvoll. Die Weihnachtsferien hatten begonnen, und die Gäste genossen das warme Wetter auf der Terrasse. Hazel half Mum beim Bedienen, und wir arbeiteten eine Bestellung nach der anderen ab. Ich war gerade dabei, meine Spotify-Playlist zu wechseln, da ich heute kein weiteres Mal *Jingle Bells* ertrug, als die Tür aufging und Phoebe und Helen hereinkamen.

»Hallo, Nathan«, begrüßte mich Phoebe. »Wie geht es dir?«

»Gut«, antwortete ich, so wie ich auch die letzten beiden Jahre geantwortet hatte, wenn Phoebe mir diese Frage stellte.

»Hast du einen Tisch für uns?«, fragte Helen.

»Habe ich eure Pokerrunde vergessen?«, fragte ich stirnrunzelnd.

Phoebe schüttelte den Kopf. »Nein, wir feiern heute. Ich schaffe es inzwischen, alleine aufzustehen und auch ein paar Meter ohne irgendwelche Hilfsmittel zu gehen.«

»Ein guter Anlass, um zu feiern«, stimmte ich ihr zu. »Allerdings habe ich nur einen Tisch hier drin. Draußen sind wir komplett ausgebucht.«

»Das ist kein Problem. Hauptsache, wir bekommen ein kühles Glas Wein.«

Ich führte Phoebe und Helen zu ihrem Tisch und gab ihre Bestellung an Mum weiter.

Einen Moment später kamen Joanne und Stephen herein. Ich umarmte Joanne, und Stephen klopfte mir zur Begrüßung auf die Schulter. »Sind Ivy und Taylor schon am Flughafen?«, fragte ich.

Joanne nickte. »Wir haben sie vorhin verabschiedet.«

»Scott war ganz aufgeregt«, berichtete Stephen. »Aber das Krankenhaus wird auch mal eine Weile ohne ihn auskommen müssen. Tja, mein Sohn ist eben ein viel gefragter Arzt.« Stephen verwechselte inzwischen immer häufiger Namen und warf Dinge durcheinander.

»Du meinst Taylor«, erklärte Joanne ihm ruhig. »Taylor und Ivy sind heute nach Deutschland geflogen. Drew und Scott kommen heute aus den Flitterwochen von Fidschi zurück.«

Stephen sah verwirrt aus. »Ach ja.«

»Man kann ja auch nur durcheinanderkommen bei den ganzen Reisen«, sagte ich zu ihm.

Joanne lächelte mich dankbar an.

»Tut mir leid, hätte ich gewusst, dass ihr heute Abend kommt, hätte ich euch draußen etwas freigehalten«, sagte ich bedauernd.

Joanne winkte ab. »Mach dir keine Umstände.« Sie entdeckte Phoebe und winkte ihr zu. »Wir setzen uns einfach zu den anderen, wenn es in Ordnung für sie ist.« Sie gingen hinüber an den Tisch.

Hazel kam von der Terrasse geeilt. »Eine Flasche Wasser, ein Glas Rotwein und einen Gin Tonic, bitte.« Aus ihren Zöpfen hatte sich eine Haarsträhne gelöst. Sie setzte sich erschöpft auf einen der Barhocker. »Also, wie du und Mum das jeden Tag schafft, ist mir schleierhaft.«

Erst spät am Abend leerte sich das Restaurant, nur Phoebe, Helen, Stephen und Joanne saßen noch an ihrem Tisch. Mum, Hazel und ich räumten auf und setzten uns dann zu ihnen. Dad kam ebenfalls aus der Küche zu uns und stellte die restliche Zitronentarte, die übrig geblieben war, auf den Tisch.

»Hier steckt ihr also alle!«, rief Drew und kam mit Scott herein. Sie umarmte ihre Eltern. »Wir waren schon bei euch zu Hause, aber da hat natürlich keiner aufgemacht.«

»Willkommen zurück«, sagte Phoebe. »Wie waren die Flitterwochen?«

»Es war traumhaft«, berichtete Scott. »Zehn Tage nur wir zwei in einer kleinen Holzhütte.«

»Und das Essen«, fügte Drew seufzend hinzu. »Es war wirklich himmlisch.«

»Was macht die Hüfte?«, fragte Scott Phoebe.

Wie zum Beweis stand sie vorsichtig von ihrem Stuhl auf. Wir klatschten alle, und Phoebe verbeugte sich leicht.

Helen erhob ihr Glas, und wir stießen an.

»Das ist ja eine richtige kleine Weihnachtsparty hier«, meinte Drew begeistert.

Phoebe nahm ihr Handy und wählte, doch legte einen Moment später wieder auf. »Ich möchte Billie Bescheid geben, dass wir hier sind, aber sie geht nicht ran.«

Die Blicke der anderen wanderten zu mir. Ich tat so, als würde ich es nicht bemerken, und sagte: »Ich hole noch etwas Wein.« Dann ging ich zur Theke und nahm eine Weinflasche aus dem Kühlschrank. Letzte Woche am

Rockpool war ich mutig gewesen und hatte mit Billie ein paar Worte gewechselt. Ich wusste einfach nicht, was ich fühlte. Da war diese Sehnsucht nach ihr und der dringende Wunsch, ihr nahe zu sein, jetzt, wo sie wieder hier war. Doch was, wenn die ganze Sache nach hinten losging? Und was, wenn wirklich etwas zwischen ihr und diesem Mundharmonika-Typen war? Ich zögerte. Die anderen waren damit beschäftigt, Bilder von Drews und Scotts Reise anzuschauen, und achteten nicht auf mich. Kurzerhand schlüpfte ich lautlos hinaus – meine Entscheidung stand fest.

*

Ich parkte in der Einfahrt des Kangaroo Hills und schaltete den Motor aus. Im Haus war es dunkel, nur die Lichterkette unter dem Dach blinkte rhythmisch. Das Garagentor stand noch offen. Billies Van parkte bestimmt dahinter im Garten. Für einen winzigen Moment überlegte ich, einfach wieder abzuhauen. *Mach schon!*, sagte ich mir und stieg dann doch aus.

Ich ging durch die Garage. Der Bewegungsmelder schaltete das Licht automatisch ein, und ich blinzelte in das helle Licht der Neonröhre. Ich wollte gerade in den Garten gehen, als mein Blick auf das Surfbrett fiel, das an der Wand lehnte. *Mein* altes Surfbrett. Taylor hatte es damals an sich genommen.

»Mach damit, was du willst«, hatte ich nur wütend gesagt, als er mir davon erzählt hatte. »Hauptsache, ich sehe es nie wieder.«

Er hatte es tatsächlich aufgehoben. Ich fuhr über den

Riss in der Oberfläche. Das Brett war vergleichsweise unversehrt geblieben. Was man von mir nicht gerade behaupten konnte.

Schnell wandte ich mich ab und ging in den Garten, bevor mich meine Erinnerungen einholten. Billies Van stand unter dem großen Eukalyptusbaum. Die Vorhänge waren ringsherum zugezogen, aber es drang Licht heraus. Sie war also noch wach. Allein die Vorstellung, dass sie gerade dort drin saß, ließ mich nervös werden. Am Strand waren wir zwar auch nur zu zweit gewesen, doch jetzt tauchte ich einfach bei ihr auf.

Plötzlich hörte ich lautes Hundegebell. Mist, ich hatte nicht daran gedacht, dass Lewis sofort anschlagen würde. Ich klopfte an die Tür und rief: »Ich bin's!« Dann verdrehte ich die Augen. *Ich bin's? Ihr habt euch seit zwei Jahren nicht richtig gesprochen.* »Nate«, schob ich hinterher.

*

»Pssst!« Billie presste ihren Zeigefinger vor die Lippen. »Du musst leise sein, Nate!«

Ich hob vorsichtig meinen Autoschlüssel auf, den ich eben hatte fallen lassen, und horchte. Doch in der Wohnung rührte sich nichts. Phoebe schlief wohl tief und fest. Vorsichtig schlichen wir weiter zur Eingangstür. Billie drückte lautlos die Klinke nach unten und öffnete sie. Dann schlüpften wir hinaus und liefen durch das Treppenhaus. Den Jeep hatte ich ein gutes Stück entfernt geparkt, sodass Phoebe keinen Verdacht hegen würde.

Ich nahm Billies Hand, und wir rannten über die Straße.

Es war eine sternenklare Sommernacht, und die Hitze des Tages wich erst jetzt einer leichten Brise.

»Das ist er«, sagte ich stolz, als wir vor dem alten Jeep stehen blieben. Ich hatte nach vielen Fahrstunden meinen provisorischen Führerschein erhalten. Sobald ich in zwei Jahren volljährig wurde, bekam ich auch endlich meine offizielle Fahrerlaubnis. Sam hatte zudem in seinen Ferien mit Taylor und mir auf den großen Feldern hinter der Rosewood Farm geübt.

»Ist der cool«, bewunderte Billie den Jeep. »Und du bist dir sicher, dass wir ihn nehmen können?«

Ich sperrte den Wagen auf. »Ganz sicher. Sam hat sich in Sydney eine nagelneue Familienkutsche gekauft, also hat er den hier zurückgebracht.«

Wir stiegen ein, und ich fuhr los. Es war kurz nach Mitternacht, und in Emerald Bay war kaum ein Auto unterwegs.

»Jetzt kommt das Beste«, verkündete ich und kurbelte das Schiebedach auf. Die wunderbar kühle Nachtluft strömte herein.

»Wahnsinn!« Billie streckte ihre Hände nach oben.

Es war ein unbeschreibliches Gefühl, mit ihr durch die Nacht zu fahren. Wir hatten es seit Tagen geplant. Und dass wir erst an Phoebe vorbeischleichen mussten, machte die Sache noch aufregender.

Billie ließ die Luft durch ihre Finger strömen und stieß ein kurzes Lachen aus.

»Was?«, fragte ich.

»Es ist einfach zu schön.«

Ich musste lächeln. In letzter Zeit war sie ständig niedergeschlagen, und es tat gut, sie so zu sehen. Ich bog auf die lange Schotterstraße, die zum Leuchtturm führte. Schließlich hielt ich auf dem Parkplatz und schaltete den Motor aus. Hier draußen gab es keine Straßenlaternen oder andere Häuser, und bis auf das rotierende Licht des Leuchtturms vorne an den Klippen war es stockdunkel.

»*Hast du Angst?*«*, fragte ich Billie.*

»*Nein*«*, erwiderte sie.* »*Du bist doch bei mir.*«

Es war die beste Antwort, die sie mir geben konnte.

Wir stiegen aus, und Billie machte die Taschenlampe ihres Handys an. Schon von hier hörte man die Brandung rauschen. Ich nahm ihre Hand, und zusammen liefen wir den Weg zum Leuchtturm. In der Dunkelheit sah alles so anders aus. Mein Herz klopfte wie wild bei dem Gedanken, gleich ganz alleine mit ihr sein zu können. War sie genauso aufgeregt?

Als wir vor dem Leuchtturm standen, richtete Billie den Lichtschein des Handys auf die Holzfässer neben dem Eingang. Sie standen schon ewig hier, und wir hatten als Vierzehnjährige entdeckt, dass unter einem von ihnen ein Schlüssel zum Leuchtturm versteckt war. Es gab zwar keinen Leuchtturmwärter mehr, denn die Leuchte wurde inzwischen natürlich maschinell bedient, doch die kleine Wohnung im unteren Teil des Turms existierte immer noch.

»*War es das Fass ganz links?*«*, fragte Billie, und ich merkte, dass ihre Stimme angespannter war als sonst.*

»*Ja*«*, antwortete ich, und sie richtete ihr Handy darauf. Ich schob das Fass mit aller Kraft weg, und der Schlüssel kam zum Vorschein. Erleichtert nahm ich ihn in die Hand und ließ ihn vor Aufregung gleich wieder fallen.* »*Mist!*«*, fluchte ich.*

Billie leuchtete auf den Boden, doch er war nirgends zu sehen. Wir tasteten im Dunkeln umher.

»*Ich hab ihn!*«*, rief Billie schließlich und sprang wieder auf. Wir gingen zur Tür des Leuchtturms, und sie gab mir den*

Schlüssel. Mit wild klopfendem Herz steckte ich ihn ins Schloss und drehte ihn herum. Dann öffnete ich die Tür, und wir gingen hinein. Die Luft roch muffig. Billie leuchtete mit ihrem Handy umher. Die Wohnung bestand nur aus einem Zimmer, in dem auf der einen Seite ein Bett und ein Schrank und auf der anderen Seite ein Holztisch mit zwei Stühlen und ein verschlissener Sessel standen. Auf dem Regal über der winzigen Küchenzeile war eine Vase mit einer vertrockneten Blume zurückgelassen worden.

Ich öffnete eines der beiden Fenster über dem Esstisch. Sofort strömte eine frische Meeresbrise herein. Ich hörte, wie die Wellen gegen die Klippen brandeten.

»Wir können kein Licht anmachen«, sagte Billie. »Jeder im Umkreis von Emerald Bay würde sehen, dass wir hier sind.«

Sie hatte recht. Der Leuchtturm stand ganz alleine auf einer Anhöhe.

Sie ging zum Schrank und öffnete ihn. »Volltreffer!« Neben alten Konserven und Büchern lagen Streichhölzer und drei Kerzen. Billie nahm sie heraus und zündete sie an.

Im Kerzenschein sah der Raum gleich viel gemütlicher aus. Für einen Moment standen wir beide unschlüssig da.

»Denkst du, Phoebe hat auch wirklich nichts gehört?«, fragte Billie und spielte an einer Haarsträhne herum.

Ich schüttelte den Kopf. »Sie hat tief und fest geschlafen. Und wir waren wirklich leise.« Ich räusperte mich. »Da sind wir also.« Meine Handflächen schwitzten.

Billie lächelte mich an. »Das hier ist unser Ort. Ich weiß noch ganz genau, wie wir uns das erste Mal hier begegnet sind.«

Ich ging einen Schritt auf sie zu und nahm ihre Hand. »Du

standest auf den Klippen, und ich musste mich kneifen, ob es wahr sein kann, dass du echt bist.«

Sie kicherte.

»Ich meine es ernst.« Schon wieder musste ich mich räuspern. »Ich liebe dich, Billie.«

»Ich liebe dich auch, Nate«, flüsterte sie und fuhr mir mit beiden Händen durch die Haare.

Ich zog sie an mich und küsste sie. Es war wie immer wunderschön, und doch war es heute anders. Wir hatten darüber gesprochen, dass wir beide bereit für den nächsten Schritt waren.

»Willst du ... willst du immer noch?«, fragte ich.

Billie nickte.

Mein Herz klopfte immer schneller und schneller, und als sie mich auf das Bett zog, vergaß ich alles um mich herum. Es gab nur noch sie und mich an diesem Ort, der nur uns gehörte.

BILLIE

Ivy und Taylor waren vor ein paar Stunden zum Flughafen gefahren. Ivy war vor Freude ganz aufgeregt gewesen. Bestimmt konnte sie es kaum erwarten, ihre Mutter und ihr Zuhause wiederzusehen.

»Jetzt hast du das Haus und den Garten mal ganz für dich«, hatte Taylor gesagt. »Ist bestimmt nicht einfach, ständig jemanden um dich zu haben, nachdem du so lange alleine unterwegs warst.«

Tatsächlich hatte ich in den letzten Wochen gar nicht darüber nachgedacht. Es stimmte, ich war so gut wie nie alleine. Am Kangaroo Hill wohnten Taylor und Ivy direkt neben mir, im Kindergarten war immer etwas los, und meine restliche Zeit verbrachte ich bei Phoebe. Vielleicht hatte Taylor recht, und es war eine schöne Abwechslung, mal wieder nur für mich zu sein.

Ich ging durch den dunklen Garten zum Haus und öffnete die Terrassentür. Es war irgendwie komisch, dass nicht wie sonst immer Licht brannte. Ich drückte auf den Lichtschalter. Lewis lief voraus und legte sich vor das Sofa. Ich sah mich um. *Du könntest vielleicht mal ganz in Ruhe fernsehen.* Ich nahm die Fernbedienung in die Hand, doch legte sie nach kurzer Zeit wieder zur Seite. Eigentlich hatte ich gar keine Lust darauf. Eine Weile blätterte ich in einer Zeitschrift, die Ivy gehören musste, aber die hundert besten veganen Rezepte für den Sommer langweilten mich ebenso schnell.

»Komm, wir machen einen schönen langen Abendspaziergang«, sagte ich zu Lewis. Normalerweise setzte er sich bei *Spazier* auf und war bei *gang* schon dabei, loszurennen, doch dieses Mal hob er nicht einmal den Kopf.

»Du hast recht, mir ist es eigentlich auch zu spät.« Ich seufzte und starrte auf mein Handy. Heute starteten die Sommerferien, und der Kindergarten hatte für die nächsten zwei Wochen geschlossen. Phoebe war mit Helen verabredet, und Jake war für die Weihnachtsfeiertage zu seiner Familie nach Brisbane gefahren.

Ich trommelte mit den Fingern auf der Platte des Esstischs. Dann stand ich auf und ging mit Lewis wieder nach draußen zum Van. Dort fühlte ich mich wohler als im Haus ohne die anderen.

Zuerst nahm ich meine Ukulele und versuchte, ein paar neue Liedzeilen zu schreiben, aber auch das funktionierte nicht so richtig. Schließlich legte ich mich einfach hin und las ein Buch. Dafür hatte ich mir schon viel zu lange keine Zeit mehr genommen.

Es war schon spät, als Lewis sich plötzlich aufsetzte und anfing zu bellen. Einen Moment später klopfte es an der Tür.

Ich erschrak mich so sehr, dass ich nach oben fuhr und mir den Kopf anschlug. Jemand war einfach durch die Garage in den Garten gelaufen!

»Wer ist da?«, fragte ich laut.

»Ich bin's«, antwortete eine tiefe Stimme, die ich sofort erkannte. *Nate! Was will er denn hier?*

»Nate«, sagte er nun, und ich schnappte nach Luft. »Ähm, einen Moment!«, rief ich und schlug mein Buch zu. Nathan war hier. Was auch immer das zu bedeuten hatte.

Ich fuhr mir hektisch durchs Haar und zupfte meinen kurzen Jumpsuit zurecht. Dann schob ich die Tür auf.

Er stand ein Stück vom Van entfernt. Obwohl es draußen dunkel war, konnte ich seine Umrisse klar erkennen. Er hatte die Hände in seine Hosentaschen geschoben und wippte ungeduldig auf und ab. Seine Augen taxierten mich, als ich aus dem Van stieg. Lewis war schneller als ich und lief ihm entgegen. Nathan streichelte ihn ausgiebig. Seine Haare fielen ihm über die Schulter, und Lewis schnappte danach. Er lachte. »Sorry, ich wollte euch nicht erschrecken«, sagte er. »Aber das Garagentor stand einfach offen.«

»Ich muss wohl vergessen haben, es zu schließen.« Ich nestelte an meinem Armreif herum. Noch immer konnte ich nicht glauben, dass er hier vor mir stand. Was hatte das zu bedeuten?

Nathan räusperte sich. »Phoebe kann dich nicht erreichen.«

»Ist etwas mit ihr?«, fragte ich erschrocken. Ich sah mich suchend um, doch mein Handy war nicht hier. »Mist, mein Handy liegt drüben im Haus.«

»Ihr geht es gut. Es gibt so etwas wie eine spontane Weihnachtsparty im Three Pines, und sie wollte unbedingt, dass du auch kommst.«

Ich runzelte die Stirn. »Am dreiundzwanzigsten?«

Er zuckte mit den Schultern. »Wie gesagt, es war spontan.«

Ich sah wohl immer noch ungläubig aus, denn er hob die Hände. »Ich bin nur der Bote.«

Deswegen ist er also hier. Er hilft nur Phoebe. Aber trotzdem! Bestimmt wäre auch jemand von den anderen zu mir gekommen, wenn er nicht selbst gewollt hätte.

»Ja klar, verstanden«, antwortete ich. »Das ist nett von dir.« Für einen Moment schwiegen wir beide. Dann sagte ich: »Ich komm natürlich, wenn Phoebe sich das wünscht. Ich hol nur mein Handy.«

Schnell lief ich zum Haus hinüber. Auf halbem Weg fiel mir ein, dass ich einfach davon ausgegangen war, dass er auf mich wartete. Bestimmt wollte Nathan eigentlich so schnell wie möglich wieder losfahren. Ich öffnete die Tür und schnappte mir mein Handy vom Küchentresen. Ich wollte gerade schon wieder nach draußen gehen, als ich innehielt. Es würde nur ein paar Minuten dauern, wenn ich mich im Bad etwas frisch machte.

Das ist lächerlich. Er wollte dir nur kurz Bescheid geben, und du überlegst, ob du dir noch die Haare kämmst.

Ich machte einen Schritt auf die Terrassentür zu, dann drehte ich mich doch wieder in die andere Richtung. »Dreh nicht durch, Billie«, sagte ich laut. Schließlich sprintete ich doch ins Bad. Ivy hatte zum Glück nicht all ihre Sachen mit in den Urlaub genommen. Ich kämmte mir die Haare und band sie zu einem halben Dutt. Für einen Moment überlegte ich, Parfum aufzutragen, entschied mich aber doch dagegen. Ich wollte auf keinen Fall zu bemüht wirken. Stattdessen sprühte ich mich mit Deo ein, das musste reichen. Doch es roch anders, als ich erwartet hatte. Ich beäugte das Regalbrett. Ich hatte danebengegriffen und ein Deo von Taylor anstatt von Ivy benutzt!

»Mist, Mist, Mist!«, fluchte ich. Ich drehte den Wasserhahn auf und spritzte Wasser unter meine Achseln. Noch immer roch ich leicht nach Taylor, aber ich konnte Nathan nicht noch länger warten lassen. Ich lief wieder nach draußen und verriegelte die Tür hinter mir.

Nathan saß auf den Stufen des Vans. »Sorry!«, rief ich, als ich auf ihn zuging. »Ich musste es erst einmal suchen.« Ich hielt mein Handy nach oben. »Danke, dass du gewartet hast.«

Nathan nickte. Wir standen nebeneinander und sahen auf den Boden. »Der Van ist wirklich schön«, sagte er schließlich.

»Du kannst ihn dir gerne ansehen, wenn du magst«, bot ich an, ohne darüber nachzudenken. Ich kletterte hinein, und Nathan kam hinterher. Wir standen keinen Meter voneinander entfernt, und ich merkte, wie mein Puls sich beschleunigte. *Er ist tatsächlich hier bei dir im Van! So nah wart ihr euch seit Jahren nicht mehr...* Mein Herz pochte in meiner Brust. Nathan hatte immer noch genau dieselbe Wirkung auf mich, wie früher. Ich bräuchte nur meinen Arm auszustrecken, um ihn zu berühren.

Er lehnte sich an die Küchenzeile und fuhr mit der Hand über die Holzplatte. »Hier drin hast du also die letzten zwei Jahre gewohnt?«

Ich atmete aus und sagte dann: »Ja.«

Wir hatten bisher noch kein Wort über die Vergangenheit gewechselt. Ich wusste nicht, ob er es hören wollte, aber ich wollte ihm erzählen, wo ich gewesen war. Zwei Jahre lang hatte ich mir verboten, an Nathan zu denken.

Aber die letzten Wochen hatten alles verändert. Jetzt war ich wieder hier. »Ich bin die ganze Küste entlanggefahren und hab überall gestoppt, wo es mir gefallen hat. Als der Anruf aus dem Krankenhaus kam, war ich gerade in Melbourne.«

»Wie ist es dort?«, fragte Nathan.

»Ganz anders als hier. Groß. Laut. Die Kunst- und Musikszene ist toll, überall gibt es etwas zu sehen und zu hören. Ich bin als Straßenmusikerin aufgetreten.«

»Und wie ist es gelaufen?« Nathan schob sich eine Haarsträhne hinters Ohr.

»Ganz gut. Die Konkurrenz ist allerdings riesig.«

Nathan deutete auf meine Ukulele. »Es ist immer noch dieselbe, oder?«

Ich nickte. Wir waren nun offiziell in der Vergangenheit angekommen. Erinnerte er sich wohl auch daran, wie ich an meinem vierzehnten Geburtstag um Phoebes Esstisch tanzte, weil ich mein Glück nicht fassen konnte? Oder dachte er an eines der unzähligen Male, die ich am Strand geübt hatte, während er im Wasser surfte?

Zwischen uns hatte sich Stille ausgebreitet. Nur das Zirpen der Grillen draußen war zu hören.

»Nate«, sagte ich leise. »Das Surfen ... was ist passiert?«

Ich rechnete schon fast damit, dass er einfach aufstand und ging. Doch er senkte nur den Kopf.

Was tust du da Billie? Du weißt doch ganz genau, dass du bald wieder fährst, und du weißt, dass es richtig so ist. Wieso willst du in der Vergangenheit graben?

Weil ich nicht anders konnte. Weil Nathan meine große Liebe gewesen war. Weil ich, obwohl ich die Entscheidung zu gehen, selbst getroffen hatte, ihn niemals vergessen konnte.

*

Ich saß auf Nathans Schoß in dem alten Sessel. Zusammen betrachteten wir den Morgenhimmel, der sich langsam rosa färbte. Ich schmiegte mich an ihn. Ihm das erste Mal so nah zu sein, war wunderschön gewesen, und ich versuchte, diesen Moment für immer in meinem Gedächtnis zu speichern, sodass ich ihn nie vergessen würde. Der Geruch nach Salzwasser, das Kreischen der Möwen über dem Leuchtturm, die goldene Sonne, die langsam am Himmel aufging. Und Nathans Haut, so nah an meiner, dass nichts mehr zwischen uns passte. Meine Augen wurden immer schwerer.

»*Ich schlaf gleich ein*«, *flüsterte ich.*

»*Dann mach das. Ich wecke dich rechtzeitig.*«

Wir mussten auf jeden Fall zurück sein, bevor Phoebe aufwachte.

»*Ich will aber nicht einschlafen. Ich will nichts hiervon verpassen.*«

Er vergrub sein Gesicht in meinen Haaren. »*Ich bin so glücklich.*«

»*Ich auch*«, *erwiderte ich.*

Nathan streichelte mit seinem Daumen sanft über meinen Nacken, und ich erschauderte. Ich schmiegte mich noch enger an ihn.

Plötzlich durchfuhr mich ein schrecklicher Gedanke. Bis eben war der Moment perfekt gewesen. Warum kam ausgerechnet jetzt dieses Gefühl in mir hoch, das ich ständig mit mir herumtrug? Dass das hier zu schön war, um wahr zu sein.

Dass es nicht gut gehen konnte, denn so war das Leben einfach nicht. Innerlich wappnete ich mich, dass bald wieder etwas Schlimmes passieren würde. So war es immer gewesen. Ich hatte mir vor Jahren selbst versprochen, mein Herz nicht noch einmal zu öffnen. Dann waren Phoebe, Nathan und Taylor in mein Leben getreten. Ich hätte glücklich in Emerald Bay werden können, doch die Hänseleien in der Schule hatten mir gezeigt, dass echtes Glück nicht anhielt. Und nun war ich dabei, mein Herz vollkommen an Nathan zu verlieren. Wie sollte das gut gehen?

NATHAN

»Nate, was ist passiert?« *Nate*. Niemand außer Billie hatte mich je so genannt.

Sie hatte mich tatsächlich in ihren Van gebeten. Er war ganz nach ihrem Geschmack eingerichtet und passte zu ihr. Die vielen Decken und Kissen auf der Matratze und ihre Ukulele, die sie an eine Halterung an der Wand gehängt hatte. Hier hatte sie also die letzten Jahre gewohnt und ganz Australien gesehen. Und nun waren wir auf diesen winzigen Quadratmetern beisammen und taten so, als wäre das ganz normal. Aber es war nicht normal, dass wir einfach hier standen und miteinander redeten. Jedenfalls nicht mehr. Und wieso sollte ich ihr Rede und Antwort stehen, wenn sie weiterhin aus allem ein Geheimnis machte? Doch wenn ich ehrlich zu mir selbst war, würde ich es ihr gerne erzählen. Aus demselben Grund, warum ich vom Three Pines hierher in den Garten des Kangaroo Hills gefahren war: Ich wollte ihr nah sein, so wie früher. Das hatte ich mir inzwischen eingestanden.

Ich holte tief Luft. »Es war beim East-Coast-Surfcup vor zwei Jahren. Nachdem …« Ich wusste nicht, wie ich es sonst formulieren sollte, also sprach ich es einfach aus. »Nachdem du abgehauen bist, habe ich mich mehr ins

Training gestürzt als je zuvor.« Ich sah, wie Billie bei dem Wort *abgehauen* zusammenzuckte. Es war eine kaum merkliche Bewegung. »Ich habe jeden Tag nach der Schule trainiert, meistens sogar schon vor dem Unterricht.«

In den Wellen hatte ich Billie und alles, was passiert war, vergessen können. Das Meer war mein Zufluchtsort, und mit jedem Tag, an dem sie nicht wieder zurückkehrte, wurde mein Antrieb, noch besser zu werden, immer größer.

»Ich war perfekt vorbereitet. Ich habe fest damit gerechnet, dass ich gewinnen werde. Ich hätte gewinnen *müssen*.« Auch heute noch tat es weh, darüber zu sprechen. Der Wettbewerb war der größte und wichtigste für alle jungen Surfer und Surferinnen in Australien. Im Publikum saßen Talentscouts und Sponsoren. Wer sich hier bewies, würde es ziemlich sicher in den Profisport schaffen.

»Tja, es hat sich herausgestellt, dass ich wohl nicht zu den Besten zähle«, sagte ich, immer noch enttäuscht. »Ich bin gestürzt. Sogar schon im ersten Durchgang. Ich hab mir die Bänder am Knie gerissen und war lange im Krankenhaus.«

Billie legte den Kopf schief und sah mich traurig an. »Das tut mir so leid.«

»Ich kann mich nicht mehr richtig an den Unfall erinnern. Ich weiß nur, wie ich im Krankenhaus aufgewacht bin. Die Ärzte waren sich erst nicht sicher, ob ich je wieder surfen können würde.« Für einen Moment sah es so aus, als ob Billie nach meinem Arm greifen wollte, doch dann ließ sie ihre Hand wieder sinken. Ich wünschte mir plötzlich, sie hätte sich getraut.

Schließlich räusperte ich mich. »Zum Glück haben sie

das Knie retten können.« Ich deutete auf die Narbe über meinem rechten Knie. »Aber ich werde jeden Tag daran erinnert.«

Die Narbe erinnerte mich an die furchtbare Zeit im Krankenhaus, in der ich jeden Mut verloren hatte. Die Rehabilitation war anstrengend gewesen. Billie war weg, und mein Traum war vielleicht für immer zerstört. Ich hatte mich dafür geschämt, versagt zu haben, und ließ meinen Frust an jedem aus, der mir in den Weg kam. Meine Familie war trotzdem für mich da gewesen, und Taylor hatte sich davon ebenso wenig beeindrucken lassen. Er war jeden Tag ins Krankenhaus gekommen und hatte mich danach auch weiterhin jeden Tag zuhause besucht. Er war nicht weggegangen, als ich ihn angeschrien hatte, und auch nicht, als ich mein geliebtes Surfbrett von der Veranda in den Garten geworfen hatte, um es endlich nicht mehr sehen zu müssen.

Billie sah mich mit großen Augen an. »Nate, ich weiß einfach nicht, was ich sagen soll.«

Ich räusperte mich und verschränkte die Arme vor der Brust. Die Erinnerungen schmerzten, auch Jahre später noch. *Ich will es einfach nur vergessen.*

Billie stand von der Matratze auf. »Es tut mir so leid, dass das passiert ist. Und dass ich ... nichts davon gewusst habe.«

Wenn ich sie nur ansah, beschleunigte sich mein Puls. Meine Gefühle fuhren Achterbahn. Ich wollte sie nie wieder gehen lassen, und gleichzeitig wollte ich ihr zeigen, wie sehr sie mich verletzt hatte. Wir standen hier und redeten über die Vergangenheit, doch sprachen nicht über das, was zwischen *uns* gewesen war. Ich hatte Angst vor ihrer Antwort. *Was, wenn sie mir sagt, dass sie mich nie geliebt hat?*

»Aber du surfst jetzt wieder, oder?«, unterbrach Billie meine Gedanken.

Ich nickte. »Ja, aber nur noch zum Spaß. Ich werde nicht noch einmal bei einem Wettbewerb antreten.«

»Vermisst du es denn gar nicht?«

Natürlich vermisste ich es. Seit ich surfen gelernt hatte, hatte ich Profi werden wollen. *Und ich vermisse dich. Aber man bekommt eben nicht alles, was man sich wünscht.*

»Ich bin ja trotzdem jeden Tag auf dem Wasser«, erklärte ich leichthin. »Und im Three Pines kann ich mit Dad jederzeit die Schicht tauschen, wenn es gute Wellen gibt. Es ist super so, wie es ist.«

Ich sah, wie Billie die Lippen aufeinanderpresste.

»Was?«, fragte ich verärgert.

»Ich weiß, es geht mich nichts an – aber willst du ab jetzt etwa für immer im Three Pines arbeiten?«

»Seit wann bist du ein Snob, der in einem Restaurant zu arbeiten für etwas Schlechtes hält? Meine Eltern haben das ihr Leben lang gemacht.«

Billies Augen blitzten auf. »Du weißt ganz genau, dass ich das nicht denke. Aber deine Eltern hatten immer das Ziel, ein eigenes Restaurant zu führen. Es ist *ihr* Lebenstraum. *Dein* Traum war es, Profisurfer zu werden.«

»Tja, und manchmal läuft es eben nicht so, wie gedacht, richtig?«

Billie lief rot an. Dann murmelte sie. »Du hast aber die Entscheidung getroffen, es nicht noch einmal zu versuchen.«

»Ich hatte einen Unfall! Und dann war meine Chance vorbei. Zack.« Ich schnippte mit dem Finger.

»Wieso solltest du denn nur eine einzige Chance haben?« Billie stand nun dicht vor mir.

Ich stöhnte laut auf.

»Sag schon«, hakte sie nach.

»Weil ich Jahre dafür gebraucht habe, verdammt noch mal. Jahrelang habe ich jeden einzelnen Tag nur dafür trainiert. Und als es so weit war, habe ich versagt. Auf keinen Fall mache ich das noch einmal.«

Billie erwiderte nichts. Bestimmt hatte sie damit gerechnet, dass ich inzwischen erfolgreich war, und sah mich nun mit ganz anderen Augen. Sie war enttäuscht, dass ich nicht der geworden war, den sie erwartet hatte.

»Es ist eben viel passiert«, erklärte ich.

»Ich weiß. Aber Surfen ist deine Leidenschaft! Und jetzt gibst du einfach so auf?«

Ihre Worte trafen mich. Wie konnte sie es wagen? »Das sagst ausgerechnet du?«, fragte ich aufgeregt. »Wer hat denn aufgegeben und ist einfach abgehauen, ohne ein Wort zu sagen?« Diese tiefe Wut, die ich schon so lange mit mir herumtrug, brach nun hervor. »Wer von uns beiden hat alles kaputt gemacht? Du hast es nicht mal für nötig gehalten, mit mir darüber zu reden oder mir eine Nachricht zu schicken! Weißt du, wie sich das anfühlt?« Zornig sah ich sie an.

Billie schluckte. »Das stimmt nicht, ich habe-«

Doch ich wollte ihre Antwort nicht abwarten, ich wollte nur noch hier raus. »Das war eine dumme Idee – ich hätte nie hierherkommen sollen«, presste ich hervor und sprang förmlich aus dem Van.

»Nate, warte!«, rief Billie.

Ich drehte mich noch einmal um. Billie stand in der Tür des Vans und sah mich flehend an. Und plötzlich wollte ich dringend alles loswerden, was ich ihr zu sagen hatte. »Du tauchst einfach wieder hier auf und verurteilst mich. Aber dazu hast du kein Recht! Du warst nicht da, als das alles passiert ist. Du bist einfach verschwunden. Du denkst, du kennst mich, aber das tust du nicht. Nicht mehr. Das alles ist vorbei!«

Ich warf ihr einen letzten Blick zu, dann drehte ich mich um und lief durch die Garage zurück zum Jeep. Eilig fuhr ich den Kangaroo Hill nach unten in Richtung Stadtzentrum. So lange hatte ich darauf gewartet, Billie zu sagen, wie wütend ich auf sie war. Doch jetzt, da es endlich raus war, fühlte ich mich kein bisschen besser.

»Verdammt!«, rief ich in die dunkle Nacht. Mir gingen Billies Worte nicht aus dem Kopf. *Du hast die Entscheidung getroffen, es nicht noch einmal zu versuchen.* Den ganzen Weg zurück zum Three Pines konnte ich über nichts anderes nachdenken.

*

»Ist wirklich alles in Ordnung?«, fragte ich Billie.

»Klar«, sagte sie kurz angebunden. Wir saßen auf dem Fußboden in meinem Zimmer. Dean Lewis' neues Album lief auf meiner Soundbox, und Billie wippte mit ihrem Fuß im Takt. Vor ihr lagen Broschüren von der Berufsberatung, die sie aus der Schule mitgebracht hatte, aber sie sah sie nicht durch.

»Kein Jahr mehr! Dann ist die Schule vorbei. Endlich kann ich machen, was ich will. Und muss nie wieder jemandem aus

meiner Klasse begegnen«, *meinte sie fröhlich, doch ihre Augen sagten das Gegenteil. Ich spürte, dass es ihr oft nicht gut ging. Dann trübte sich ihr Blick, und ihre Gedanken schienen ganz weit weg zu sein. Als würde sie sich an einen anderen Ort wünschen. In diesen Momenten ließ sie mich nicht an sich heran.*

»Was ist los?«, fragte ich sanft.
»Nichts«, beteuerte sie.
»Warum machst du das?«
»Was denn?«
»So zu tun, als wäre nichts, obwohl ich dir genau ansehen kann, dass du traurig bist.«

So war es immer mit Billie. Schon von Anfang an gewesen. Es machte mich rasend, doch sie verschwieg oft, was wirklich in ihr vorging. Ich kam nie ganz an sie heran. Es gab einen Teil von ihr, den sie nicht preisgab. Ich rannte gegen eine Wand, und es stimmte mich traurig, dass sie mir offenbar nicht richtig vertraute.

Billie lehnte sich zu mir. »Es ist wirklich alles in Ordnung.« Sie neigte ihren Kopf zur Seite und küsste mich.

Ich schloss die Augen und erwiderte ihren Kuss. Ich war einfach verrückt nach ihr und konnte an manchen Tagen nicht glauben, dass wir inzwischen wirklich ein Paar waren.

Wir verbrachten jede freie Minute miteinander, wenn es das Surfen zuließ. Oft hatte ich ein schlechtes Gewissen gegenüber Billie, denn ich war ständig am Trainieren. Und seitdem wir zusammen waren, war sie noch ein Stück verschlossener geworden als zuvor. Oft konnte ich mich nicht auf das Training konzentrieren, weil ich so viel darüber nachdachte.

Billie fuhr mit einer Hand über meine Wange und beugte sich noch weiter über mich. Zusammen ließen wir uns auf den

Boden sinken und küssten uns dabei immer weiter und intensiver. In dem Moment hörten wir ein Poltern vor der Zimmertür und fuhren nach oben.

»Hau sofort ab, Hazel!«, rief ich laut und fuhr mir mit der Hand übers Gesicht. Kleine Schwestern waren manchmal verdammt nervig.

Wir hörten ein dumpfes Kichern und dann Hazels Getrampel auf der Treppe.

»Sorry«, sagte ich zu Billie. »Ich werde nachher all ihre Bücher ins Klo werfen.«

»Ist doch nicht so schlimm.« Sie nahm sich eine der Broschüren und blätterte darin. »Uni, Ausbildung, ... ich hab echt keine Ahnung, was ich machen soll. Aber Hauptsache, es ist bald vorbei.«

Billie hatte bis jetzt noch keine konkreten Vorstellungen, was ihre Zukunft betraf. Sie konzentrierte sich nur auf das Schulende, aber nicht auf das, was danach kam. Ich hingegen konnte nur daran denken, was alles danach auf mich wartete. In zwei Jahren würde ich Mum und Dad mein Abschlusszeugnis überreichen, und dann könnte ich mich endlich ganz auf das Surfen konzentrieren. Bestimmt würde es Billie auch bald so gehen. Es würde alles gut werden.

BILLIE

Heute war ein besonders schlimmer Tag gewesen, denn in der Schule waren die Jahrbücher verteilt worden. Jeder Absolvent der Abschlussklasse wurde mit Bild und den Kommentaren der Klassenkameraden abgedruckt. Was für ein schreckliches Ritual war das? Ich hatte mich zurückgehalten und nichts bei den anderen geschrieben, auch wenn es mich in den Fingern gejuckt hatte. Es brachte ja doch nichts, und die Schule war sowieso bald vorbei. Stattdessen hatte ich mein Exemplar einfach in den Rucksack gesteckt und nicht wie die anderen Unterschriften eingesammelt und Abschiedsworte hineinschreiben lassen. Eigentlich hatte ich fest vorgehabt, es einfach nicht zu lesen, aber als ich nach Hause kam, zog ich es doch hervor. Es durften keine Hasskommentare geschrieben werden, das wurde von der Schulleitung vorab überprüft. Ich schlug das Buch auf und fing an zu lesen:

Hat sich nie beteiligt, wer???, hat auf jeder Feier gefehlt, sie wollte nie richtig dazugehören ...

So ging es weiter und weiter. Ich konnte es nicht glauben! Sie waren doch schuld daran, dass ich mich immer ausgeschlossen gefühlt hatte, und nun verdrehten sie die Tatsachen! Sie taten so, als hätte ich mich nicht integriert! Vor Wut schleuderte ich das Buch in die Ecke. Ich fühlte mich, als hätte ich gleich zweimal verloren.

In dem Moment klopfte es. »Ist alles in Ordnung?«, fragte Phoebe.

Ich antwortete nicht, sondern versuchte, die Tränen, die sich ihren Weg nach oben bahnten, herunterzuschlucken. Über so viele Jahre hatte ich es geschafft, Phoebe nichts von den Hänseleien in der Schule zu erzählen. Sie hatte keine Ahnung, und dabei sollte es auch bleiben.

»Alles super!«, rief ich.

»Ich komm trotzdem rein, okay?« Phoebe machte vorsichtig die Tür einen Spalt auf.

Schnell wischte ich mir die Träne, die nun doch über meine Wange lief, weg.

»Liebes, was ist los?« Phoebe kam zu mir. Auf ihrem T-Shirt waren Farbspritzer. Bestimmt malte sie an einem neuen Bild.

»Nichts!«, erwiderte ich.

Phoebe sah das Jahrbuch auf dem Boden und hob es auf, bevor ich es nehmen konnte.

»Da steht nichts Interessantes drin«, versuchte ich sie davon abzubringen, es zu lesen, doch sie hatte schon auf die richtige Seite geblättert. Sie las den Text und legte das Buch mit einem Seufzen auf meinen Schreibtisch.

»Es geht nicht um das blöde Buch! Ich hab mich mit Nate gestritten«, log ich.

Aber Phoebe sah mich nur mit schief gelegtem Kopf an. »Willst du mir nicht endlich erzählen, was los ist?«

»Es gibt nichts zu erzählen«, wehrte ich ab. »Ich wollte so-

wieso nie etwas mit den Leuten aus meiner Klasse zu tun haben. Sie haben also recht, und es ist alles in Ordnung.« Ich versuchte, mich zu beruhigen, aber inzwischen liefen mir die Tränen haltlos die Wangen hinunter.

»Billie, du kannst mir doch die Wahrheit sagen.« Phoebe wollte einen Arm um mich legen, doch ich sprang auf.

»Wieso glaubst du mir nicht einfach und lässt mich in Ruhe? Es ist doch sowieso egal! Die Schule ist bald vorbei, und ich hab diesen ganzen Mist hinter mir!«

»Ich hätte schon viel früher eingreifen müssen«, widersprach Phoebe. *»Ich hätte nicht einfach nur zuschauen dürfen!«*

Ich wollte gerade etwas erwidern, als Phoebe ganz blass wurde und sich an die Brust fasste. Ich stürzte zu ihr. *»Was ist los? Was hast du?«*

Phoebe antwortete nicht, sondern atmete immer schwerer.

Ich konnte keinen klaren Gedanken fassen. Was sollte ich nur tun? Ich musste einen Arzt rufen!

»Setz dich hierhin«, sagte ich und schob sie auf meinen Schreibtischstuhl. Ich ließ ihre Hand nicht los und nahm mein Handy. Warum verdammt noch mal fiel mir die Nummer des Notrufs nicht ein?

Es kam mir wie eine Ewigkeit vor, bis ich die richtige Nummer eintippte und den Notruf erreichte. Ich redete auf Phoebe ein, dass alles gut werden würde, bis die Notärztin endlich kam.

*

»Die gute Nachricht: Es ist kein Infarkt gewesen, Mrs Newman«, erklärte die Ärztin und packte ihren Koffer wieder zusammen. Sie hatte Phoebe eine Spritze gegeben. Phoebe sah

immer noch blass aus, aber konnte wieder normal atmen und sprechen.

»Aber ihr Blutdruck ist viel zu hoch«, fuhr die Ärztin fort. »Sie müssen sich in Zukunft dringend besser schonen und jeglichen Stress vermeiden. Sonst kann das beim nächsten Mal schlimme Folgen haben!«

Ich schämte mich so sehr. Phoebe war meinetwegen zusammengebrochen. Ich hätte mich nie so mit ihr streiten dürfen! Nur wegen mir hatte sie diesen Stress. Nur wegen mir war ihr Blutdruck gefährlich hoch. Sie sorgte sich um mich, seitdem ich vor sechs Jahren zu ihr gekommen war. Und ich hatte es nicht verhindert.

*

»Frohe Weihnachten, Liebes.« Phoebe umarmte mich. »Ich freue mich so sehr, dass wir dieses Jahr wieder zusammen feiern.«

Wir saßen im Wohnzimmer vor dem Weihnachtsbaum aus Plastik, an dem wie jedes Jahr der Papierschmuck hing, den ich in der siebten Klasse gebastelt hatte. Als ich heute Morgen aufgewacht war, hatte ich meinen Pyjama einfach angelassen und war direkt zusammen mit Lewis zu Phoebe gefahren. Am Weihnachtsmorgen mussten die Geschenke im Pyjama aufgemacht werden – das gehörte sich einfach so. Lewis war so aufgeregt, dass er immer wieder an Phoebe hochsprang, als er sie begrüßte. Sie hatte darauf bestanden, dass er Weihnachten mit uns verbrachte und nicht alleine am Kangaroo Hill blieb. »Dann werde ich eben mit der Allergie klarkommen müssen«, hatte sie gesagt. »Lewis gehört schließlich zur Familie.« Sie hatte schon jetzt rot geschwollene Augen, aber streichelte Lewis trotzdem unentwegt.

»Frohe Weihnachten«, erwiderte ich nun und schloss Phoebe, die ebenfalls noch ihr Nachthemd anhatte, in die Arme. Ich überreichte ihr mein Geschenk, das ich in rotes Papier eingewickelt hatte. Phoebe nahm es entgegen und machte es vorsichtig auf. Dann lachte sie, als sie die Badekappe mit kleinen Blumen daran nach oben hielt. »Genau mein Geschmack! Jetzt werde ich am Rockpool alle Blicke auf mich ziehen.« Sie setzte die Kappe auf und sah mich erwartungsvoll an.

»Sie steht dir perfekt«, bestätigte ich.

Lächelnd zog Phoebe nun eine goldene Schachtel hinter dem Sofa hervor und gab sie mir.

Ich öffnete den Deckel und holte einen wunderschönen grauen Filzhut heraus. Er war mit einem dunkelbraunen Lederband umwickelt, woran eine lange Feder befestigt war. »Der ist ja wunderschön«, sagte ich begeistert und fuhr über die breite Krempe.

»Als ich die Bilder von dir auf Drews Hochzeit gesehen habe, musste ich ihn dir sofort kaufen. Als Abrundung für dein Bühnenoutfit sozusagen.«

»Vielen, vielen Dank! Ich werde ihn ab jetzt immer beim Spielen aufsetzen und dabei an dich denken.« Ich gab ihr einen Kuss auf die Wange, und sie lächelte.

Wir gingen auf den Balkon und setzten uns an den gedeckten Frühstückstisch. Die bunten Lichterketten, die Phoebe um das Geländer gewickelt hatte, blinkten in der hellen Sonne. Inzwischen machte sie mit jedem Tag Fortschritte und erledigte viele Sachen im Haushalt wieder selbst – wenn auch deutlich langsamer als vorher.

»Schade, dass du am Freitag nicht mehr ins Three Pines gekommen bist«, sagte Phoebe und reichte mir den Obstteller. »Es war wirklich schön.«

»Ähm, ja, das tut mir leid. Es war schon viel zu spät, als ich deine Nachricht gesehen habe«, behauptete ich.

Sobald ich daran dachte, dass Nathan gekommen war, um mich abzuholen, wurde mir ganz anders. Und wenn ich dann daran dachte, wie er kurze Zeit später wieder hinausgestürmt war, brannten meine Wangen vor Scham. Ich hatte unseren Moment im Van kaputtgemacht, als ich ihn auf den Surfcup angesprochen hatte. Dabei hatte ich mir so sehr gewünscht, dass er noch viel länger geblieben wäre. Doch dass er seinen Traum nicht mehr verfolgen wollte, war für mich schwer zu akzeptieren. *War etwa alles, was du getan hast, umsonst? Und warum meinte Nathan, dass du ihm keine Nachricht hinterlassen hast? Was ist mit dem Brief, den du ihm geschrieben hast?*

»Nathan war an dem Abend plötzlich verschwunden«, unterbrach Phoebe meine Gedanken.

»Ach ja?«, meinte ich nur und spießte eine Mangoscheibe auf meine Gabel auf. Phoebe sollte sich keine Gedanken über Nathan und mich machen müssen.

Phoebe musterte mich, doch sagte nichts weiter dazu. Dann schob sie sich eine Haarsträhne unter die Badekappe, die sie immer noch aufhatte. »Wir frühstücken jetzt erst einmal gemütlich, und dann gehen wir zu den Surfing Santas, oder?«

Es war eine Tradition in Emerald Bay, wie in vielen anderen Städten in Australien auch: Am Weihnachtstag verkleideten sich ältere Surfer mit roter Zipfelmütze und falschem Bart.

Ich nickte.

»Danach holen wir uns ein Eis und machen einen kurzen Strandspaziergang, so weit mich meine Hüfte eben trägt«, fuhr Phoebe fort. »Und wenn wir wieder hier sind, bestellen wir Essen und schauen einen Weihnachtsfilm.«

»Hört sich perfekt an«, stimmte ich begeistert zu.

Phoebe ging es mit jedem Tag besser, und das war die Hauptsache. *Das ist der Grund, warum du zurückgekommen bist. Versuch, Nate mal einen Tag aus deinem Kopf zu kriegen. Du bist wegen Phoebe hier. Nicht wegen ihm.*

*

Wir hatten einen wunderschönen Weihnachtstag. Wir sahen den Santas beim Surfen zu, und Phoebe schaffte es tatsächlich, ganz ohne Gehstützen ein gutes Stückchen langsam am Strand entlangzuspazieren. Während wir unser Eis aßen, diskutierten wir, ob *Kevin – Allein zu Haus* oder *Kevin – Allein in New York* der bessere Weihnachtsfilm war. Daheim bestellten wir Sushi und schlüpften wieder in unsere Pyjamas, nachdem das Essen geliefert wurde.

Phoebe nieste zweimal laut und rieb sich ihre Augen.

Besorgt sah ich sie an. »Bist du dir ganz sicher, dass Lewis und ich heute Nacht hier schlafen sollen? Es dauert nur fünf Minuten, bis wir wieder an den Kangaroo Hill gefahren sind.« Ich freute mich schon darauf, in meinem alten Bett zu schlafen. Ich hatte das gemütliche Zimmer mit den sonnengelben Wänden geliebt. Doch Phoebes Gesundheit war wichtiger.

»Nein«, schniefte Phoebe. »Heute ist Weihnachten.

Wir bleiben zusammen so lange vor dem Fernseher sitzen, bis wir einschlafen und dann nur noch ins Bett fallen.«

»Dein Wunsch ist unser Befehl.« Ich grinste und streichelte Lewis über den Kopf. »Hörst du, wie sehr Phoebe dich mag?« Ich öffnete meine Sushibox und wollte auf den Startknopf der Fernbedienung drücken, doch sah, wie Phoebe nur gedankenverloren auf ihren Teller starrte.

»Ist alles in Ordnung?«, fragte ich.

Sie sah mich an. »Du weißt, dass du mir alles erzählen kannst, Liebes?«

Ich legte den Kopf schief. »Das weiß ich.«

»Ich meine es ernst. Du kannst mir vertrauen.«

»Natürlich vertraue ich dir«, erwiderte ich.

»Es ist das Wichtigste für mich, dass es dir gut geht.«

Ich beugte mich zu ihr und legte meine Hand auf ihren Arm. »Ich weiß, Phoebe. Es geht mir gut, versprochen.«

»Weißt du, man versucht immer, sein Bestes zu geben, wenn einem ein Kind anvertraut wird. Man möchte immer die richtige Entscheidung treffen, aber man macht Fehler.«

Worauf wollte sie hinaus?

»Dass ich zu dir gekommen bin, war ein riesiges Glück.« Ich drückte ihre Hand. »Dafür werde ich immer dankbar sein. Du hast alles für mich getan.«

»Vielleicht hätte ich viel mehr nachfragen müssen«, erklärte Phoebe. »Aber ich wollte dir deine Freiheit geben. Selbst als du es mit dem Daheimschlafen nicht ganz so genau genommen hast.«

Es dauerte einen Moment, bis ich verstand, was sie meinte. *Bitte was? Nate und ich hatten damals alles dafür getan, damit Phoebe keinen Wind davon bekam!*

»Du wusstest es?«, fragte ich ungläubig und wurde rot.

»Dass du und Nathan euch regelmäßig zusammen rausgeschlichen habt?«, erwiderte Phoebe und lächelte jetzt endlich wieder. »Dachtet ihr wirklich, ich bekomme nicht mit, was unter meinem Dach passiert?«

Ich vergrub mein Gesicht in die Hände und musste dann lachen. »Warum hast du denn nie etwas gesagt?«

»Ihr wart Teenager. Teenager haben Geheimnisse. Ich habe dir immer vertraut und wusste, dass du verantwortungsvoll bist. Du warst oft so traurig, und Nathan hat dir gutgetan. Wieso hätte ich das verbieten sollen?« Sie streichelte über meine Wange. »Aber du musst keine Geheimnisse haben, hörst du? Du kannst dich immer auf mich verlassen und alles mit mir besprechen.«

Ich nickte, doch insgeheim änderte sich nichts an meiner Entscheidung. Ich würde weiterhin Phoebe nur von Dingen erzählen, die sie nicht belasten würden. Ich musste sie schützen – so wie sie auch mich geschützt hatte, als ich als Kind zu ihr gekommen war.

NATHAN

»Was sagen wir bei drei?«, rief Dad.

»Koalabär!«, krähte Isla und zog die letzte Silbe in die Länge. Wir hatten bereits Geschenke ausgepackt und gefrühstückt und saßen nun in unseren Weihnachtsschlafanzügen, die Mum der gesamten Familie gekauft hatte, vor dem Weihnachtsbaum.

Sam hob sein Handy hoch und zählte: »Eins, zwei, drei!«

»Koalabär!«, riefen wir im Chor.

»Perfekt«, meinte Sam zufrieden. »Die Familie Harrison, wie sie leibt und lebt.« Er zeigte uns das Foto. Mum hatte die Augen geschlossen, Dad sah zur Seite, Isla streckte ihre Zunge heraus und Hazel riss die Hände nach oben und verdeckte damit mein Gesicht.

»Ihr seid wie eine Horde nicht zu zähmender Kängurus«, sagte Dad und kitzelte Isla.

»Wollen wir anfangen?«, fragte Sam. Ich nickte. Es war Tradition, dass am Weihnachtstag Hazel, er und ich ein Barbecue für Mum und Dad zubereiteten, sodass sie an diesem Tag nicht kochen mussten.

»Ich decke den Tisch!«, rief Hazel.

Sam und ich verdrehten die Augen.

»Was?«, fragte sie.

»Das sagst du jedes Jahr«, erklärte ich. »Und du deckst ihn so lange und faltest kompliziert Servietten, bis wir beide mit den Essensvorbereitungen fertig sind.«

»Gar nicht wahr«, protestierte Hazel, aber grinste dabei.

Sam legte ihr einen Arm um die Schulter. »Ist schon okay. Zauber du uns wieder einen Kakadu aus Servietten, und wir kümmern uns um den Rest.«

Wir gingen in die Küche. Sam und ich fingen an, Gemüse für einen Salat zu schneiden, und Hazel holte Besteck aus der Schublade.

»Wann kommt Faye eigentlich von ihren Großeltern zurück?«, fragte sie.

»Zu Silvester ist sie wieder hier«, erwiderte ich. »Da ist eine Party im Cooloola, und die lässt sie sich bestimmt nicht entgehen. Warum?«

»Ach, ich habe noch ein Buch von ihr, dass ich ihr zurückgeben wollte.«

»Ich kann es ihr mitbringen, wenn ich das nächste Mal mit ihr Surfen gehe«, bot ich an.

Hazel ging nicht darauf ein und fragte weiter: »Sind Taylor und Ivy gut in Deutschland angekommen?«

Ich nickte. Taylor hatte mir heute Morgen geschrieben. In Deutschland war zwar erst Weihnachtsabend, doch dort wurden die Geschenke bereits dann geöffnet. Außerdem hatte er mir ein Bild geschickt, auf dem er und Ivy mit Schals und Mützen im Schnee vor einem riesigen geschmückten Tannenbaum standen. Ich wünschte, er wäre hier. Dann könnte ich ihm in Ruhe von meinem Streit mit Billie erzählen. *Oder es wäre erst gar nicht dazu gekommen, denn du wärst wahrscheinlich gar nicht an den Kangaroo Hill gefahren, wenn er und Ivy daheim gewesen wären.* Ich hatte in der Nacht danach kaum geschlafen und mich von einer Seite auf die andere gewälzt.

Hazel ging nach draußen, um den Terrassentisch zu decken, und Sam hielt mir die Salatschüssel entgegen. »Brauchen wir noch mehr Soße?«

Ich zuckte mit den Schultern. »Ich glaube nicht. Aber eigentlich habe ich keine Ahnung. Dad ist der Koch. Ich serviere sein Essen nur.«

Sam grinste, doch dann wurde sein Gesichtsausdruck plötzlich ernst. »Nathan, ich will mich bei dir bedanken.«

Ich hörte damit auf, die Tomate vor mir in kleine Stücke zu schneiden, und sah ihn fragend an.

»Isla und ich hätten das letzte Jahr ohne euch alle nicht geschafft. Ich bin verdammt froh, euch zu haben.«

»Das ist doch selbstverständlich«, erwiderte ich und klopfte auf Sams Rücken, als er mich umarmte.

»Ist es nicht.« Sam schüttelte den Kopf. »Und es ist gut, dass Isla bald in die Schule kommt. Dort wird sie den ganzen Tag betreut, sodass du und Mum nicht ständig einspringen müsst. Dann kann ich sie selbst abholen.«

Darüber hatte ich noch gar nicht nachgedacht. »Oh, klar«, sagte ich nur.

»Du hast dich nach deinem Unfall nur um das Three Pines und uns gekümmert. Das war bestimmt nicht einfach. Aber jetzt kannst du endlich wieder dein Ding machen. Und dir überlegen, wie es weitergeht.« Sam lächelte mich an, und ich zwang mich, zurückzulächeln.

Mein Ding? Das gibt es nicht mehr. »Ich bleib im Three Pines. So wie es jetzt ist, passt es gut«, erklärte ich ihm.

Sam runzelte die Stirn. »Ich dachte eigentlich, das wäre nur für den Übergang?«

Erst Hazel, dann Billie und jetzt auch noch Sam.

»Mal sehen«, erwiderte ich nur knapp. »Ich heize schon mal den Grill an.« Schnell ging ich nach draußen. Ich wusste, dass Sam es nur gut meinte, aber ich wollte nicht darüber sprechen. Denn ich konnte ihm nicht sagen, dass das Surfen einfach keine Option mehr war. Ein winziger Teil von mir hatte tatsächlich die Hoffnung gehabt, dass sich auf dem Wasser endlich etwas ändern würde. Und dass ich bis Februar wieder dieses Vertrauen zurückgewann, das ich früher gefühlt hatte. Doch es war nicht wiedergekommen. Meine Angst zu fallen war geblieben. Wenn ich beim Surfcup antreten würde, würde es wieder in einer Katastrophe enden. Ich wusste es einfach. *Daher* tat ich so, als würde mich der Wettbewerb nicht interessieren. *Daher* ging ich jeden Tag ins Three Pines. Bevor ich allen erzählen musste, dass ich nicht so begabt war, wie sie glaubten, tat ich lieber so, als wäre alles in Ordnung.

*

Am Silvesterabend hatte das Three Pines bis zweiundzwanzig Uhr geöffnet. Hazel und ich hatten anschließend noch Dad geholfen, die Küche zu putzen, obwohl er lautstark protestiert hatte.

»Kommst du mit ins Cooloola?« Hazel zog ihre Jeansjacke an und ging zur Tür.

»Vielleicht später«, sagte ich.

»Ach komm schon, es ist schließlich Silvester, das müssen wir feiern.«

»Ich muss dringend noch ein paar Sachen fertig machen«, erklärte ich.

»Wie du willst.« Hazel zuckte mit den Schultern. »Ich werde mir das auf jeden Fall nicht entgehen lassen.« Sie ging hinaus.

Ich räumte die Spülmaschine aus, wischte noch einmal über alle Tische und trat dann auf die Terrasse. Es war warm. Am Strand war einiges los, überall feierten die Menschen in das neue Jahr. Doch ich war überhaupt nicht in Stimmung. Ich seufzte und betrachtete das leere Three Pines. *Das Einzige, was du erreichen willst, ist unerreichbar. Und du hast keine Ahnung, wie du es schaffen sollst.*

Früher war das Surfen so leicht gewesen. Ich hatte nicht darüber nachdenken müssen. Aber jetzt fehlte etwas, und ich kam einfach nicht darauf, was den Knoten zum Platzen bringen könnte. Es war schrecklich frustrierend.

Aber noch viel frustrierender ist es, dass du am Silvesterabend alleine im dunklen Restaurant deiner Eltern sitzt, während alle anderen feiern.

Ich ging wieder hinein, legte meine Schürze auf den Tresen und schloss die Eingangstür hinter mir ab. Dann lief ich die Treppen hinunter auf die Pacific Avenue. Die großen Eukalyptusbäume, die die Straße säumten, waren mit Lichterketten umwickelt. Die Musik aus dem Cooloola dröhnte bis hierher. Ich schlenderte hinüber und stellte mich in die Schlange vor dem Eingang.

Ich schrieb Hazel eine Nachricht. *Hab es mir doch anders überlegt, bin gleich da.* Dann steckte ich mein Handy in die Hosentasche und wartete. Die Schlange bewegte sich kaum vorwärts, anscheinend war es im Cooloola rappelvoll. Ich reckte mich, um über die Köpfe der Menschen vor mir zu sehen, was an der Eingangstür passierte, als ich plötzlich Billie ein paar Meter weiter entdeckte. Sie hatte einen grauen Hut auf, daher hatte ich sie davor nicht wahrgenommen. Schnell zog ich meinen Kopf wieder ein. Der Streit am Kangaroo Hill hatte mir echt gereicht. *Jedes Mal, wenn ihr euch seht, wird die ganze Sache nur noch schlimmer. Halte dich einfach fern von ihr.*

Doch dann sah ich, wie Billie plötzlich schwankte. Ich zögerte nicht eine Sekunde, auch wenn ich mir eben selbst noch gesagt hatte, dass ich ihr besser aus dem Weg gehen sollte. Ich rannte zu ihr und fasste sie am Arm. »Ich hab dich!«

BILLIE

Nathan und ich hatten uns am Wochenende schon wieder gestritten. Er wollte wissen, warum ich so schweigsam war, doch ich konnte ihm nichts von der Sache mit dem Jahrbuch sagen. Oder den wirklichen Grund, warum Phoebe einen Zusammenbruch gehabt hatte. Sie erzählte überall, dass sie großes Glück gehabt hatte, dass ich in der Nähe gewesen war. Doch das Gegenteil war der Fall – wäre ich nicht gewesen, wäre es überhaupt nicht dazu gekommen. Nathan wollte mir helfen, doch er machte alles nur noch schlimmer. Ich wollte ihn nicht beunruhigen, sondern dafür sorgen, dass er sich keine Gedanken machen musste.

Ich war gerade dabei, meine Tasche für den Strand zu packen. Nachdem wir gestern nur ein paar kurze Nachrichten hin und her geschrieben hatten, wollte ich Nathan heute vom Training abholen. Er trainierte für den East-Coast-Surfcup im nächsten Februar. Es war eine riesige Sache. Wenn er dort gewann, würde er seinem Traum, Profisurfer zu werden, endlich ein großes Stück näherkommen.

Ich lief durch den Ort in Richtung Main Beach. Ich würde Nathan einfach zeigen, dass ich gut gelaunt war und dass er sich nicht sorgen musste. Vielleicht konnten wir ja einen Spa-

ziergang zum Leuchtturm machen. Ich sehnte mich nach ihm. Es war schrecklich, mit ihm zu streiten, und ich vermisste ihn schon nach einem Tag.

Ich ging über die Pacific Avenue zu den Umkleiden in der Mitte des Strands. Das Training war seit zehn Minuten vorbei, vielleicht war er schon fertig. Ich wollte gerade um die Umkleiden biegen, als ich aufgebrachte Stimmen hörte.

»Nathan, was ist los mit dir?«

Das war Blake! Ich blieb stehen und lauschte.

»Du lässt nach, genau jetzt, wo es am wichtigsten ist! Ich hab dich letztes Wochenende nicht einmal im Wasser gesehen.«

»Ich konnte nicht.« Nathans Stimme klang trotzig.

»Du konntest nicht, oder du wolltest nicht?«

»Natürlich will ich«, brauste er auf.

»Du kannst dir keine Ablenkung mehr leisten, Nathan. Der Surfcup findet bereits in acht Wochen statt. Wenn du es mit dem Profisurfen wirklich ernst meinst, musst du dich voll und ganz konzentrieren!«

»Ich weiß«, hörte ich Nathan leise sagen.

»Gibt es wirklich nichts, was du mit mir besprechen willst?«, fragte Blake. Seine Stimme klang fürsorglich. »Hast du vielleicht Probleme in der Schule?«

»Nein«, antwortete Nathan schließlich. »Aber Billie mal wieder. Ich muss mich um sie kümmern.«

Ich hielt den Atem an. Nathan hatte wegen unseres Streits nicht trainiert?

»Ich weiß, dass es nicht einfach ist, das Surfen, die Schule und eine Beziehung unter einen Hut zu kriegen. Aber Nathan, diese Chance musst du nutzen! Du hast Potenzial. Du kannst es wirklich schaffen.« Blake seufzte. »Letztendlich entscheidest du, was dir am wichtigsten ist. Doch jeder, der dich *wirklich liebt, wird alles dafür tun, dass du deinen Traum leben kannst.«*

Mir traten Tränen in die Augen. Auf keinen Fall wollte ich noch weiter zuhören. Schnell drehte ich mich um und lief die Pacific Avenue zurück. Mein Magen fühlte sich an, als hätte er einen Schlag abbekommen. Blake hatte recht! »Jeder, der dich wirklich liebt, wird alles dafür tun, dass du deinen Traum leben kannst.«

Doch was tat ich? Ich lenkte Nathan ab! Er war traurig wegen mir, er trainierte nicht richtig. Ich war nicht gut für ihn, sondern zog ihn nur mit runter. Das schreckliche Gefühl breitete sich wieder in mir aus. Es war zu schön gewesen, um wahr zu sein. Nathan hatte sich von Anfang an viel zu sehr um mich gesorgt. Mir wurde schlecht, wenn ich daran dachte, dass er wegen mir seinen Traum nicht erreichen würde. Den Traum, von dem er mir schon erzählt hatte, als wir uns das allererste Mal begegnet waren. Ich durfte das nicht zulassen.

*

»Hi, Billie.« Jake winkte mir zu, als ich am Silvesterabend am Cooloola ankam. »Cooler Hut! Damit wird unser Plattencover ja *noch* besser aussehen.«

Ich lachte und tippte an meinen neuen Hut. »Vielen Dank. Stimmt, jetzt passen unsere Outfits super zusammen.«

Wir stellten uns in die Schlange vor dem Eingang. Die laute Musik dröhnte bereits aus dem Inneren. Ich hatte mit Phoebe und Helen gegessen und hatte überlegt, auch mit ihnen ins neue Jahr zu feiern. Doch sie waren noch mit ihrer Pokerrunde verabredet. »Wir werden uns Margaritas mixen und spielen, bis das neue Jahr anbricht«, hatte Phoebe gesagt. »Du bist natürlich jederzeit willkommen, Liebes. Aber ich denke, du solltest ausgehen und dir einen schönen Abend machen.«

Ich war nicht wild darauf, in Emerald Bay auszugehen. Doch dann hatte Jake mir geschrieben und mich gefragt, ob ich mit ins Cooloola kommen würde. Er war mit seinen Freunden von der Uni unterwegs. Ich hatte hin und her überlegt und mich dann entschieden, es einfach zu probieren. Wenn es mir zu langweilig wurde, konnte ich ja wieder gehen.

»Wie war dein Weihnachten?«, fragte Jake.

»Wirklich schön«, antwortete ich. »Und deins?«

Er zuckte mit den Schultern. »Es war okay. Aber ich bin froh, dass ich jetzt wieder in Emerald Bay bin.«

Als wir an der Reihe waren, zahlten wir und gingen hinein. Die Leute standen dicht gedrängt aneinander und tanzten. Neben dem Tresen war ein DJ-Pult aufgebaut, und an der Decke drehte sich eine große Discokugel. Über der Bar hing ein *Happy New Year*-Schriftzug aus Heliumluftballons.

»Da sind meine Freunde!«, rief Jake über die laute Musik hinweg, und wir drängten uns durch den Raum. »Leute, das ist Billie. Billie, das sind Bo, Isaac und Elana.« Die drei winkten mir zu, und ich rief: »Schön, euch kennenzulernen!« Die Musik war so laut, dass man sich kaum unterhalten konnten.

»Ich hol uns etwas zu trinken«, rief ich Jake ins Ohr.

»Bringst du mir ein Wasser mit?«, fragte er.

Ich nickte und drängte mich zur Bar hinüber. Während ich versuchte, an die Reihe zu kommen, um meine Bestellung aufzugeben, ließ ich meinen Blick durch den Raum schweifen. Die meisten Menschen hier kannte ich zum Glück nicht. Ich entdeckte Faye und wollte ihr schon winken, doch sie tanzte ziemlich innig mit Hazel, Nathans kleiner Schwester, und sah mich gar nicht. Hazel hatte sich kaum verändert, nur ihre dunkelbraunen Haare waren etwas kürzer als früher.

»Was darf es sein?«, fragte die Barkeeperin mich. Ich bestellte ein Wasser für Jake und für mich einen Erdbeer-Milchshake. Es passte vielleicht nicht zum Ausgehen, doch ich hatte Lust darauf. Als ich früher hier gewesen war, war das mein Lieblingsgetränk gewesen.

Die Barkeeperin reichte mir die Getränke, und ich ging wieder zu Jake und den anderen. Ich nahm einen Schluck von meinem Milchshake und fühlte mich auf einen Schlag wieder wie vierzehn.

Ich tanzte mit den anderen, doch schon nach kurzer Zeit war mir extrem heiß. Die Luft hier drin war stickig, und mein Hut sah zwar cool aus, aber war keine gute Idee für so eine Party gewesen.

»Ich geh mal kurz raus!«, rief ich, doch Jake sah mich verständnislos an, denn die Musik war voll aufgedreht. Ich deutete auf den Eingang, und er streckte einen Daumen hoch. Mit meinem Glas in der Hand quetschte ich mich durch die Menge und atmete erleichtert ein, als ich wieder draußen stand. Die frische Luft tat gut.

»Billie!«, rief in dem Moment eine quietschende Stimme, und ich drehte mich um. Leanne Reid. Vor mir stand das Mädchen, das meine gesamte Schulzeit über gemeine Sachen über mich verbreitet hatte. Sie und ihre Freundinnen hatten alles dafür getan, dass ich mich unwohl gefühlt hatte. Ihre Worte hatten mir wehgetan, und noch heute fiel es mir schwer, daran zu denken, wie traurig ich oft deswegen gewesen war.

»Es ist ja ewig her.« Sie umarmte mich einfach, und ich zuckte zusammen. *Was soll das?*

Sie rückte sich ihren Haarreif, auf dem *2023* prangte, zurecht und strahlte mich an. »Bist du auch auf Weihnachtsbesuch hier?«

Noch immer brachte ich kein Wort heraus. Sie tat einfach so, als wäre nie etwas zwischen uns passiert. Als wären wir alte Bekannte, die sich nun über den Weg laufen und über alte Zeiten plaudern könnten.

Leanne sah mich erwartungsvoll an.

»Ähm, ja, so was in der Art«, stammelte ich. *Wieso sagst du ihr nicht ins Gesicht, wie beschissen du dich früher gefühlt hast? Oder dass sie abhauen soll? Oder geh einfach selbst!* Doch meine Füße bewegten sich nicht. Ich war so perplex, dass ich einfach nur dastand und ihr zuhörte.

»Allen anderen von früher folge ich auf TikTok oder Instagram. Wir haben auch einen Gruppenchat auf WhatsApp. Wenn du willst, füge ich dich hinzu.« Sie zückte ihr Handy.

»Ich hab's nicht so mit Social Media«, murmelte ich.

»Ah, Digital Detox.« Leanne nickte verständnisvoll. »Mir wird der ständige Druck oft auch zu viel. Ich studiere Architektur in Sydney und bin nur am Lernen. Aber du hast ja eine ganz andere Richtung eingeschlagen.« Sie wackelte mit den Augenbrauen.

Verständnislos sah ich sie an.

»Na, deine Musik!«

Woher wusste sie …?

»Als das Video auf YouTube online war, hat es sofort jemand in den Gruppenchat geschickt. Ist das jetzt dein Job? Oder machst du noch etwas anderes?«

Ich hatte keine Ahnung, wovon sie redete. Am besten wäre es gewesen, wenn ich sie einfach hätte stehen lassen, doch ich wollte, wissen, was sie damit meinte. »Welches Video?«, fragte ich.

Sie hielt mir ihr Handy hin. »Dein Auftritt auf dieser Hochzeit.«

Folk Duo auf Farm-Hochzeit <3 war der Titel des Videos. Mir wurde ganz schlecht. Fieberhaft überlegte ich, was ich sagen sollte, doch Leanne erklärte: »Ich würde ja noch gerne länger mit dir quatschen, aber ich muss jetzt los. Die anderen sind schon weitergezogen, weil es ihnen hier zu voll war. Ich kann sie gerne von dir grüßen.«

Ich starrte sie immer noch einfach nur fassungslos an, doch Leanne winkte mir zu und lief dann die Pacific Avenue hinunter.

Was war denn das gewesen? Was hatte sie da erzählt? Und wie kam sie darauf, dass zwischen uns irgendetwas in Ordnung war?

Schnell kramte ich mein Handy aus meiner Tasche. Als Allererstes musste ich wissen, was es mit diesem Video auf sich hatte. Ich suchte es auf YouTube und bekam sofort das richtige Ergebnis angezeigt. Einer der Gäste hatte uns gefilmt und das Video hochgeladen. Mir war klar, dass so etwas immer passieren konnte. Auch wenn ich in den Städten öffentlich spielte, machten die Zuschauer Bilder und Videos von mir. Doch dieser Moment ... er fühlte sich so intim an. Sofort musste ich wieder daran denken, wie Nathan mich dabei angesehen hatte.

Das Video hatte schon mehrere Tausend Likes, und ich scrollte nach unten in die Kommentare. Die User überschlugen sich vor Begeisterung. Es wurde nach der Farm gefragt und ob man mich und Jake buchen könnte. *Das ist doch schön. Wenigstens gefällt ihnen deine Musik.* Doch als ich weiterscrollte, tauchten weitere Kommentare auf.

> Ich kenn sie! Das ist Billie Stevens. Wer ist noch hier, Class of 2021?

> Ich!! Ich war auch mit ihr in einer Klasse. Ich wusste damals schon, dass sie bestimmt mal eine erfolgreiche Sängerin wird.

> Die hat doch früher schon immer ihre Ukulele dabeigehabt. Cool, dass sie jetzt Sängerin ist.

Sie taten wirklich so, als würden sie mich kennen. Als wäre ich eine alte Klassenkameradin, mit der man früher eine gute Zeit verbracht hatte! In meinen Ohren rauschte es, und ich hörte mein Herz wild schlagen. Eben noch war mir heiß gewesen, doch jetzt zitterte ich. Ich versuchte, ruhig ein- und auszuatmen. Langsam ging ich zum Eingang zurück, doch ich merkte, wie ich dabei schwankte. Da nahm jemand meinen Arm und hielt mich fest. »Ich hab dich!«

BILLIE

Nate! Wo kommt er denn plötzlich her?

»Es ist alles in Ordnung«, behauptete ich. Das letzte Mal, als wir uns gesehen hatten, hatten wir uns gestritten, und ich wollte auf keinen Fall schon wieder mit ihm aneinandergeraten.

»Du zitterst doch, ich seh es ganz genau.« Nathan ließ meinen Arm nicht los, und ich war tatsächlich froh, mich auf ihn stützen zu können.

»Können wir uns kurz setzen?«, fragte ich.

Nathan nahm mir den Milchshake aus der Hand und führte mich langsam zu einer der Bänke am Rand der Pacific Avenue. Hier war die Musik nur noch leise zu hören. Wir setzten uns, und ich merkte, wie mein Kreislauf sich wieder stabilisierte.

Nach einigen Minuten fragte Nathan: »Soll ich dir ein Wasser holen?«

Ich schüttelte den Kopf. »Es geht schon wieder.«

»Du solltest etwas trinken«, erwiderte er und hielt mir den Milchshake hin. »Auch wenn es dieses schrecklich süße Zeug ist, das dir den Magen verklebt.«

Eigentlich war mir in dem Moment gar nicht danach

zumute, doch ich konnte nicht anders, als zu grinsen. Nathan hatte früher schon nicht verstanden, warum ich Milchshakes so mochte, und hatte mich mit genau diesen Worten aufgezogen.

Nathan sah mich erst stirnrunzelnd an, doch dann fing er ebenfalls an zu lächeln, und seine Augen leuchteten dabei.

Ich nahm den Milchshake, trank einen großen Schluck und sagte: »Manche Dinge ändern sich wohl nie, egal, was passiert.«

Nathan antwortete nicht, sondern knibbelte nur an einem Sticker herum, der auf der Bank klebte.

Ich räusperte mich. »Danke, dass du mir geholfen hast.«

»Manche Dinge ändern sich wohl nie, egal, was passiert«, antwortete er.

Ich spürte, wie ich rot wurde.

Erklär ihm, was passiert ist. Er hat dir geholfen, und er versteht dich.

»Leanne Reid stand eben vor mir und hat mich total aus der Fassung gebracht.«

Nathan sah auf, und sein Blick verfinsterte sich. »Was wollte sie?«

»Sich nett unterhalten«, antwortete ich aufgebracht. »Sie hat so getan, als wäre niemals etwas passiert! Als hätte ich mir all die furchtbaren Momente aus der Schulzeit nur eingebildet!« Ich zog mein Handy aus der Tasche und zeigte ihm das Video. »Lies dir die Kommentare durch!« Ich wurde schon wieder wütend. *Es ist einfach so ungerecht! Sie können sich nicht einmal daran erinnern oder blenden es einfach aus.*

Nathan starrte auf mein Handy und gab es mir dann wieder. »Das ist mies. Und fühlt sich bestimmt beschissen an. Aber du solltest nichts darauf geben, was sie schreiben oder sagen. Sie hatten immer unrecht.«

»Ich weiß«, sagte ich leise. »Aber in ihrer Erinnerung ist alles super, während ich am liebsten alle Erinnerungen an meine Schulzeit löschen würde.«

Nathan antwortete nicht. Er saß hier und hörte mir zu, obwohl er genügend Gründe hatte, es nicht zu tun. Er kümmerte sich um mich, obwohl wir uns letzte Woche gestritten hatten. Er war da, obwohl ich es die letzten Jahre nicht gewesen war. *Manche Dinge änderten sich wohl nie.*

»Nate, was ich letztes Mal gesagt habe, tut mir leid«, entschuldigte ich mich. »Es war unfair von mir und geht mich auch überhaupt nichts an.«

Nathan verschränkte die Arme vor der Brust. »Es war klar, dass du enttäuscht von mir bist. Ich habe immer davon gesprochen, all diese großen Ziele zu erreichen, und ich habe nichts davon geschafft.«

»Ich bin doch nicht enttäuscht von dir!«, widersprach ich ihm. »Nein, ich … ich möchte, dass du glücklich bist.« Ich sprach die Worte aus, und es war mir egal, ob ich damit zu weit ging oder das Falsche sagte. *Das war alles, was du immer gewollt hast. Deswegen hast du diese Entscheidung getroffen.* »Wenn du glücklich bist, so wie es jetzt gerade ist – dann ist alles gut.«

»Und wenn nicht?«, fragte er so leise, dass ich es beinahe nicht hörte.

Am liebsten hätte ich einfach seine Hand genommen. *Würde er seine dann wegziehen?* Da war immer noch etwas zwischen uns, das spürte ich ganz genau. Doch ich hatte

Angst, dass ich mit einer falschen Bewegung diesen Moment kaputt machte. »Wenn nicht, solltest du alles tun, um es zu ändern«, antwortete ich.

»Und du?«, fragte er.

»Ich?«

»Bist du glücklich?«

»Ähm, ich, ich ...«, stotterte ich. Keine Ahnung, was ich darauf antworten sollte. *Du hast gedacht, dass du das Richtige getan hast, als du weggegangen bist. Also hast du dir diese Frage nicht mehr gestellt. Sondern einfach versucht, jeden Tag weiterzumachen. Und es ist besser, allein zu sein, anstatt eine Belastung für alle anderen.*

»Ich weiß es nicht«, gestand ich schließlich.

Nathan wollte gerade etwas erwidern, doch in diesem Moment fingen die Menschen um uns herum an, laut auf das neue Jahr herunterzuzählen: »Fünf, vier, drei, zwei, eins – frohes neues Jahr!« Kurz darauf startete das Feuerwerk mit einem großen Knall. Bunte Raketen schossen in die Luft und erleuchteten den dunklen Nachthimmel. Die Leute jubelten und umarmten sich.

»Ein frohes neues Jahr«, sagte Nathan und kratzte sich verlegen am Hinterkopf.

»Das wünsch ich dir auch«, erwiderte ich. Ich nahm den Lärm und das Treiben um uns herum gar nicht wahr. Niemals hätte ich damit gerechnet, dieses Jahr mit Nathan zu beginnen. Er fing meinen Blick auf. Ich hielt es kaum aus, neben ihm zu sitzen, aber ihm nicht nah zu sein.

»Magst du immer noch keine Neujahrswünsche?«, fragte Nathan.

Egal ob Kerzen auf dem Geburtstagskuchen oder gute Vorsätze – ich hatte mich immer dagegen gesträubt, mir etwas zu wünschen. Es fühlte sich an, als würde ich das Schicksal ein weiteres Mal herausfordern.

»Nein«, antwortete ich.

»Wahrscheinlich hattest du damit immer recht.« Er zuckte mit den Schultern.

Wie konnte er sich nur so verändert haben? Nathan hatte es früher geliebt, sich Ziele für ein neues Jahr zu setzen. Er hatte Taylor und mir immer haarklein erzählt, was er alles schaffen würde. Ich erkannte ihn nicht wieder.

»Oder eben nicht!«, entgegnete ich entschieden. »Wir wünschen uns jetzt etwas für das neue Jahr.«

Nathans Mundwinkel zuckten. »Okay. Mit der nächsten Rakete.«

Wir sahen zum Himmel. Eine weitere Rakete schoss nach oben und explodierte mit goldenen Funken. Schnell schloss ich die Augen.

»Was hast du dir gewünscht?«, fragte Nathan, als ich sie wieder aufmachte.

»Ich hab es zwar nicht so damit, aber ich glaube, man darf es nicht erzählen, sonst geht es nicht in Erfüllung.« Ich grinste.

Nathan grinste ebenfalls, und mir wurde ganz warm. Ich hatte ihn wirklich vermisst. Und hier mit ihm zu sitzen und einfach Zeit zu verbringen war einer der schönsten Momente seit Langem.

Nathan räusperte sich. »Ich geh dann mal. Es war ein echt langer Tag.«

»Oh, ja, ich muss auch zurück«, erwiderte ich und stand auf. Ich musste zurück zu Jake, denn ich wollte nicht, dass er sich Sorgen machte. »Der Freund, mit dem ich hier bin, wartet bestimmt schon.«

Nathan hob die Augenbrauen.

»Du kennst ihn von der Hochzeit«, erklärte ich. »Er hat Mundharmonika gespielt.« *Sah ich da eine Spur von Feindseligkeit in seinem Blick?* »Er ist nur ein Freund«, beeilte ich mich zu sagen. Auf keinen Fall sollte er wie Faye denken, dass mehr zwischen mir und Jake war.

»Okay«, erwiderte Nathan, und ich sah, wie seine Gesichtszüge sich entspannten. *Ist er tatsächlich eifersüchtig?* Ich konnte es nicht richtig glauben.

Zusammen gingen wir wieder in Richtung Cooloola.

»Also dann ...« Ich hob die Hand zum Abschied.

»Ja, also ...« Nathan steckte seine Hände in die Hosentaschen. »Bis bald?«

»Bis bald«, erwiderte ich erleichtert und lächelte.

Er nickte, drehte sich um und lief die Pacific Avenue entlang. Ich sah ihm hinterher und merkte, wie mein Lächeln immer größer wurde.

NATHAN

Ich machte die ganze Neujahrsnacht kein Auge zu. Immer wieder musste ich an Billie denken. Wie wir uns etwas für das neue Jahr gewünscht hatten, während um uns herum das Feuerwerk explodierte. Ich wusste ganz genau, was ich wollte. Dieses Gefühl, das ich früher beim Surfen gehabt hatte. Dieses Gefühl, dass ich alles schaffen konnte. Es war dasselbe Gefühl, das ich hatte, wenn ich in Billies Nähe war.

Sie hatte mir versichert, dass zwischen ihr und dem Mundharmonika-Typen nichts war, und ich war wahnsinnig erleichtert. »Bis bald«, hatte sie danach gesagt. Sie wollte mich also auch wiedersehen. Zwischen uns war etwas, das hatte ich ganz genau gespürt. Es hatte sich nicht verändert. Noch traute ich mich nicht, sie zu fragen, warum sie gegangen war. Aber vielleicht bereute sie es inzwischen. Denn auf meine Frage, ob sie glücklich sei, hatte sie nicht richtig geantwortet.

Unruhig drehte ich mich auf die andere Seite. Ich konnte kaum still liegen. Am liebsten wäre ich sofort aufgestanden, aber es war mitten in der Nacht. *Willst du das wirklich durchziehen?* Ja, ich wollte. Ich musste endlich wieder loslegen. Und es wenigstens versuchen.

Als ich aufwachte, nahm ich sofort mein Handy in die Hand. Es war erst halb acht, aber ich konnte nicht länger warten. Es läutete einige Male, bis Blake abhob.
»Wer ist da?« Seine Stimme klang verschlafen.
Ich räusperte mich. »Hier ist Nathan.«
Für einen Moment war es still in der Leitung. »Nathan!«, erwiderte er überrascht. »Ich freue mich, dass du anrufst. Auch wenn ich erst vor zwei Stunden ins Bett bin.«
»Tut mir leid. Aber ich wollte dich fragen, ob ihr heute trainiert?«
Wieder war es still in der Leitung. »Wirklich?«, fragte Blake.
»Wirklich.«
»Heute ist Neujahr, also ist eigentlich kein Training geplant«, erklärte Blake. »Aber das ist egal! Wir können uns natürlich treffen.«
»Okay«, erwiderte ich.
»Wann hast du Zeit?«, fragte er.
»In einer Stunde ist Flut.«
Blake lachte. »Dann lass uns keine Zeit verlieren.«

*

Kurze Zeit später standen Blake und ich mit unseren Brettern am Parkplatz des Sunshine Beach.
»Ich kann dir nicht sagen, wie froh ich bin, dass du mich angerufen hast.« Blake umarmte mich.
»Tut mir leid, dass ich nie auf deine Anrufe reagiert habe«, sagte ich. »Aber ... ich war einfach nicht so weit.«
»Hauptsache, du bist jetzt hier.«

Wir gingen nebeneinander zum Wasser vor.

»Ich hab dich oft gesehen. Du warst weiterhin jeden Tag surfen, oder?«

Ich nickte und atmete laut aus. »Aber es fühlt sich nicht mehr so an wie früher.«

»Natürlich. Du hast eine schlimme Erfahrung da draußen gemacht. Das hat dir erstmal den Boden unter den Füßen weggezogen.«

Er hat recht. Genau so hat es sich angefühlt.

Blake blieb stehen. »Körper und Geist sind beim Surfen unabdingbar miteinander verbunden. Du kannst noch so viel trainieren und deine Muskeln auf die Anstrengung vorbereiten – das ist immer nur der eine Teil. Dein Verstand ist mindestens genauso wichtig. Du musst mit jedem Ritt besser darin werden, die Wellen einzuschätzen, und auch in brenzligen Situationen einen kühlen Kopf bewahren.«

Blake hatte mir schon früh beigebracht, dass die Kraft des Meeres riesig war. *Hab keine Angst, aber Respekt!* war sein Lieblingsspruch gewesen.

»Wollen wir?« Er sah mich aufmunternd an.

Ich atmete tief durch. »Ja. Lass uns loslegen.«

Ich hatte verdrängt, wie sehr ich es vermisst hatte, mit Blake zu trainieren. Er rief mir Tipps von der Seite zu, korrigierte meine Haltung und klatschte mit mir ab. Als ich nach zwei Stunden völlig k.o. wieder aus dem Wasser watete, rief Blake begeistert: »Das war großartig!«

Ich legte mein Brett in den Sand und löste die Leine von meinem Fuß. »Es war okay.« *Du warst ganz gut. Aber reicht es für den Surfcup?*

»Was erzählst du da?« Blake runzelte die Stirn. »Nathan, du bist wirklich wieder in Form. Wenn wir die nächsten vier Wochen bis zum Surfcup weiterhin trainieren, hast du gute Chancen!«

»Meinst du wirklich?« Ich setzte mich in den Sand.

»Wieso sollte ich dir etwas vormachen? Was würde mir das bringen?« Blake kniete sich neben mich. »Du hast Manöver drauf, von denen können andere Surfer nur träumen. Ich sehe genau, wie gut du bist. Aber das Wichtigste ist, dass du es auch wieder siehst!«

Seine Euphorie tat gut und steckte mich an. *Blake glaubt wirklich, dass du eine Chance hast.* Ich lächelte. »Okay. Ich versuche es.«

»Wir machen gleich morgen weiter.« Er streckte mir die Hand hin, und ich schlug ein.

Ich tat es wirklich. Ich würde wieder trainieren und mich zum Surfcup anmelden. Und dann würde ich allen zeigen, dass ich es konnte.

*

Als ich am nächsten Tag mit meinem Surfbrett zum Strand kam, waren Blake, Zac und Hannah schon da. Zac würdigte mich keines Blicks, doch Hannah rief: »Willkommen zurück!«

»Danke«, erwiderte ich. Dann sagte ich: »Zac, kann ich dich kurz allein sprechen?«

Widerwillig nickte er, und wir gingen einige Schritte den Strand hinunter.

»Ich will mich bei dir entschuldigen«, erklärte ich ihm. »Es war richtig daneben von mir, was ich vor einigen Wochen getan habe. Ich wollte dich auf keinen Fall in Gefahr bringen, und es wird nie wieder vorkommen.«

Zac verschränkte skeptisch die Arme, doch sagte dann: »Angenommen.« Er holte tief Luft. »Du trainierst also wieder mit uns?«

Ich nickte.

»Und du wirst am Surfcup teilnehmen?«

Ich nickte wieder.

»Ich trainiere seit einem Jahr dafür. Und ich werde alles dafür tun, um zu gewinnen. Auch wenn du zurück bist.«

»Vollkommen klar«, entgegnete ich.

»Gut«, sagte er mit Nachdruck.

Wir gingen zurück zu den anderen.

Blake sah zwischen mir und Zac hin und her. »So, jetzt, wo alles geklärt ist, betone ich noch einmal: Wir sind *ein Team*. Wir trainieren zusammen, wir freuen uns zusammen – und wir leiden zusammen. Ja, Zac und Nathan werden am ersten Tag des Wettkampfs in derselben Kategorie gegeneinander antreten. Doch jeder konzentriert sich dabei auf sich. Ihr werdet eure Technik perfektionieren, ihr werdet alles dafür tun, dass euer Durchgang der beste wird.«

Zac und ich nickten.

»Hannah wird am zweiten Tag dran sein.« Blake lächelte. »Und der Konkurrenz aus Sydney und von der Gold Coast zeigen, was es heißt, zu surfen.«

Hannah streckte siegessicher ihren Arm nach oben.

Blake klatschte in die Hände. »Los geht es. Ab ins Wasser mit euch.«

Wir drei paddelten aufs Wasser, und Blake blieb draußen, um uns zu beobachten. Ich achtete darauf, Zac nicht zu nahe zu kommen. Auf keinen Fall sollte er denken, dass ich ihn provozierte. Ich konzentrierte mich nur auf mich.

Nach einiger Zeit winkte Blake mich hinaus. Ich nahm die nächste Welle und surfte ins flache Gewässer. Dann ging ich zu ihm.

»Hab ich etwas falsch gemacht?«, fragte ich. *Vielleicht bist du im direkten Vergleich zu Hannah und Zac jetzt schon zu schlecht.*

Blake schüttelte den Kopf. »Im Gegenteil. Ich will nur, dass du dir das hier ansiehst.« Er hielt mir sein Handy hin und spielte ein Video ab, das er eben aufgenommen hatte.

»Siehst du, wie du den perfekten Zeitpunkt abpasst, an dem die Welle bricht?« Blakes Stimme überschlug sich fast vor Begeisterung. »Jeder andere hätte sich zu früh abgedrückt, aber du hast genau gesehen, dass sie noch etwas länger brauchen wird, um sich aufzubauen!«

Ich lächelte. Es stimmte, ich machte es wirklich gut. Schon lange hatte ich nicht mehr darüber nachgedacht, wie ich von außen wahrgenommen wurde. Ich hatte mich während des Surfens nur in meinen eigenen Gedanken verloren.

»Siehst du es?«, wiederholte Blake noch einmal.

»Ich sehe es«, bestätigte ich grinsend.

Blake lächelte und klopfte mir auf die Schulter.

Ich nahm mein Brett und lief wieder ins Wasser. Ich paddelte hinaus. Es war bewölkt, und die Sonne brannte nicht vom Himmel wie in den letzten Tagen. Ich beobachtete, wie Zac und Hannah surften – sie waren wirklich richtig gut. Doch ich hatte es eben selbst gesehen. Ich konnte es.

Als die nächste Welle kam, stützte ich mich von meinem Brett ab und surfte sie. Für einen Moment war ich vollkommen befreit. Ich lehnte mich noch weiter hinein und gab alles, was ich hatte. Und dann wurde mir eines klar. Die Angst, sich ganz hineinzustürzen, war weg! Ja, ich würde vielleicht wieder fallen. Doch das durfte mich nicht lähmen.

Am Ende der Welle tauchte ich unter. »Ja!«, schrie ich laut, als ich wieder an die Oberfläche kam.

Hannah saß nicht weit entfernt auf ihrem Brett und reckte beide Daumen nach oben. Ich winkte ihr zu.

Adrenalin rauschte durch meinen Körper. Ich fühlte mich, als könnte ich plötzlich alles auf dieser Welt erreichen. Ich ließ mich an der Oberfläche des Wassers treiben. Tausend Bilder schossen mir in den Kopf. Mein erstes Surfbrett, die vielen Tage mit Sam am Strand, Billie, Taylor und ich zusammen im Wasser, der letzte Surfcup. Und immer wieder Billie. Alles hing miteinander zusammen. Und nein, ich würde nicht mehr aufgeben und einfach nur zusehen. Ich würde alles dafür tun, um mein Leben wieder selbst in die Hand zu nehmen.

NATHAN

Am Sonntag darauf stand ich im Three Pines und zapfte Getränke. Ich pfiff vor mich hin, und Mum lächelte, als sie sich ein Tablett vom Tresen nahm. Sie und Dad hatten total positiv auf die Nachricht reagiert, dass ich wieder mit dem Training begonnen hatte. »Ich helfe natürlich weiterhin so viel wie möglich im Restaurant«, hatte ich ihnen versichert.

»Mach dir darüber keine Gedanken«, hatte Dad gesagt. »Wir finden schon eine Lösung.«

Ich hatte in der letzten Woche jeden Tag mit Blake, Zac und Hannah trainiert und bekam mit jedem Mal ein besseres Gefühl.

Die Tür ging auf, und Faye kam hinein. Sie setzte sich auf einen der Barhocker vor mich und sah mich mit gerunzelter Stirn an. »Du kannst pfeifen?«

»Natürlich kann ich pfeifen.«

»Ich hab dich noch nie pfeifen gehört.«

»Vielleicht hatte ich ja einfach nur keinen Grund dazu.« Ich wackelte mit den Augenbrauen.

Faye grinste. »Kann es sein, dass deine erschreckend gute Laune damit zu tun hat, dass du heute Morgen am Main Beach surfen warst? Bis vor Kurzem wolltest du dort nie hin.« Bevor ich antworten konnte, seufzte sie übertrieben. »Ich wusste es, du surfst fremd!«

Ich lachte. »So etwas in der Art.« Ich erzählte ihr von meinem Training mit Blake und der Entscheidung, am Surfcup teilzunehmen.

»Harrison!«, rief sie begeistert. »Das sind ja großartige Neuigkeiten!« Sie lehnte sich über die Theke und umarmte mich.

»Was ist passiert?«, fragte sie, nachdem sie sich wieder hingesetzt hatte.

Ich zuckte mit den Schultern. »Es war einfach so ein Gefühl, dass ich es noch einmal probieren muss.«

Faye sah mich prüfend an. »Aha. Einfach so?«

»Ganz genau«, stimmte ich ihr zu und zapfte ihr eine Cola, so wie immer. »Wie geht es dir?«

Faye stöhnte. »Ich hab mich heute Morgen mal wieder mit meiner Mutter gestritten. Mit Türknallen und Aus-dem-Haus-Stürmen. Sie ist mit nichts an mir zufrieden. Ich muss endlich ausziehen – dringend.« Sie nahm die Cola und trank einen Schluck. »Ich hab schon so viele WGs besichtigt, aber es hat nie richtig gepasst. Und alleine will ich nicht wohnen.«

»Dann lass uns eine eigene WG gründen«, schlug ich vor.

»Was?«, fragte Faye perplex. »Meinst du das ernst?«

Ich war selbst überrascht über meinen Vorschlag. Aber je mehr ich darüber nachdachte, desto besser gefiel mir die Idee. *Du nimmst dein Leben in die Hand, so wie du es schon vor einer ganzen Weile hättest tun sollen!*

»Ich meine es ernst. Es wird Zeit, dass ich endlich aus meinem Kinderzimmer in eine eigene Wohnung ziehe.

Wir beide sind befreundet und wissen, was uns erwartet. Du weißt, dass mein Surfzeug überall herumliegen wird, und ich werde damit klarkommen müssen, dass du schon frühmorgens jeden Gedanken, der dir durch den Kopf geht, mit mir teilen wirst.«

Faye schaute mich immer noch ungläubig an. »Du meinst das wirklich ernst!« Sie sprang auf. »Ziehen wir echt zusammen?«

»Wenn du Lust hast, ja.«

Sie kam hinter den Tresen und umarmte mich stürmisch. »Das ist die beste Idee, die du je hattest.« Faye setzte sich wieder. »Wir könnten einen Freunde-Freitag einführen. Alle, die wir kennen, kommen vorbei, und wir sitzen zusammen und essen und trinken. So habe ich es mir immer vorgestellt.«

»Erstmal brauchen wir eine Wohnung«, bremste ich sie. »Außerdem sind Ivy und Taylor unsere Freunde, und mit denen hängen wir sowieso schon immer rum, es wird sich also nicht viel ändern.«

Doch Faye ließ sich nicht beirren. »Wir brauchen auf jeden Fall einen Namen. Couch-Crew. Oder Breakfast-Club.« Sie runzelte die Stirn. »Ist das ein Filmtitel? Ich bin mir nicht sicher ...«

Ich schnippte mit den Fingern vor ihrem Gesicht. »Hörst du mir überhaupt zu?«

Faye grinste. »Klar hör ich dir zu. Wir werden in Nullkommanichts eine Wohnung finden – ich kenne so gut wie jeden Menschen in Emerald Bay.« Sie klatschte in die Hände. »Ich kann es kaum erwarten, das später Ivy zu erzählen.«

Ivy und Taylor waren gestern aus Deutschland zurückgekommen. Taylor hatte mir vorhin eine Nachricht geschrieben, ob wir uns heute noch sehen würden.

»Du triffst also nachher Ivy?«, fragte ich.

Sie nickte. »Wir gehen zusammen an den Strand.«

Das heißt, ich könnte Taylor am Kangaroo Hill besuchen. Vielleicht ist Billie auch da.

Faye blieb noch eine Weile sitzen und las mir Wohnungsanzeigen aus dem Internet vor. Schließlich verabschiedete sie sich und rief: »Bis bald, Mitbewohner.«

Ich winkte ihr zum Abschied zu und grinste. Keine Ahnung, was in mich gefahren war, aber ich hatte wirklich Lust, endlich etwas zu verändern. Und mit Faye zusammenzuwohnen wäre bestimmt ein Abenteuer!

Ich zog mein Handy aus der Hosentasche und schrieb Taylor, dass ich nach meiner Schicht zu ihm an den Kangaroo Hill kommen würde. Er antwortete sofort: *Bist du dir sicher??? Ich weiß nicht, ob Billie heute unterwegs ist.*

Genau das war meine Hoffnung. Ich hatte sie seit der Silvesternacht nicht mehr gesehen. *Bin ich. Es gibt einige Neuigkeiten ...* schrieb ich zurück.

Taylor schickte mir ein fragendes Emoji, doch ich antwortete nicht darauf. Nachher würde ich ihm alles ganz genau erzählen.

*

»Okay, *wie* lange war ich weg?« Taylor sah mich perplex an. Wir saßen auf der Terrasse des Kangaroo Hill, und er war außer sich vor Begeisterung gewesen, als ich ihm von meinem Training mit Blake und von meiner Anmeldung zum Surfcup erzählt hatte.

»Zwei Wochen«, erwiderte ich.

»Genau! Gerade mal zwei Wochen.« Er lächelte. »Mann, das sind großartige Nachrichten.« Er nahm einen Schluck von seinem Ingwerbier.

»Da ist noch eine Sache ... es war zwar ein Zufall, aber ich habe mit Billie Silvester verbracht.«

Taylor verschluckte sich und spuckte dabei beinahe das Bier wieder aus. Als er aufgehört hatte zu husten, sagte er: »Ich fahre nie wieder weg! Oder vielleicht doch, wenn dann solche Sachen passieren.«

Ich grinste.

»Jetzt lass dir nicht jedes Wort aus der Nase ziehen. Ich will alles wissen!«

Also erzählte ich ihm alles. Von meinem Besuch vor Weihnachten, von dem Streit – und schließlich von der Silvesternacht.

»Und was bedeutet das jetzt?«, fragte er.

Ich zuckte mit den Schultern. »Ich weiß es noch nicht. Aber irgendwas ist da noch immer zwischen uns.«

Taylors Lächeln wurde immer größer. »Ich wusste es!«

Ja, da war etwas zwischen uns. *Aber trotzdem ist Billie damals abgehauen, und sie wird wieder gehen.* Ich war hin- und hergerissen. Ich wollte ihr zeigen, wer ich sein konnte. Ich wollte ihr genauso nah sein wie früher. Ich wollte endlich wissen, was vor zwei Jahren passiert war. Ich wollte alles gleichzeitig und wusste doch nicht, wie ich das anstellen sollte.

»Keine Ahnung, T«, sagte ich. »Es ist so kompliziert.«

Taylor nickte. Dann schüttelte er den Kopf. »Ja, ist es. Aber irgendwie auch nicht, oder?«

Ich seufzte. Vielleicht hatte er recht. »Ach ja, Faye und

ich wollen übrigens in eine WG ziehen«, wechselte ich das Thema.

Taylor warf die Hände in die Luft. »Er krempelt tatsächlich sein komplettes Leben um.«

Ich grinste. »Es wird dringend Zeit. Eigentlich habe ich schon viel zu lange damit gewartet. Ich hab die letzten zwei Jahre nur gearbeitet und mein ganzes Geld gespart.«

Ich hörte ein Motorengeräusch und fuhr nach oben. Doch das Auto fuhr am Haus vorbei. »So, und jetzt will ich alles über eure Reise wissen«, sagte ich.

»Es war toll! Wir sind in die Alpen gefahren, und es lag so viel Schnee. Ich war das erste Mal snowboarden. Surfen ist mir zwar trotzdem lieber, aber es hat echt Spaß gemacht. Und Ivy war total glücklich, bei ihrer Mum zu sein.«

»Hört sich super an«, meinte ich und spähte in den Garten, weil ich wieder etwas gehört hatte.

»Du kriegst noch einen schiefen Hals«, schmunzelte Taylor.

Doch tatsächlich fuhr in diesem Moment ein Auto in den Garten. Das Motorengeräusch stoppte, und kurze Zeit später kam Lewis zu uns gelaufen. Man hörte einen kurzen schrillen Pfiff, doch Lewis blieb vor mir sitzen, und ich streichelte ihn. Einen Moment später kam Billie um die Ecke auf die Terrasse. Sofort fing mein Herz schneller an zu klopfen.

»Oh, hi.« Sie strich sich eine Haarsträhne hinters Ohr.

»Hey«, erwiderte ich.

»Hi«, sagte Taylor und sah neugierig zwischen uns hin und her.

Billie räusperte sich. »Wie geht es deinem Jetlag?«

»Ganz okay«, antwortete Taylor. »Ich bin nur etwas müde.«

Er sprang auf. »Und anscheinend ziemlich vergesslich! Ich wollte Mum und Dad ja noch dringend etwas vorbeibringen. Sorry, ich muss sofort los.«

Ich verdrehte die Augen. *Wie unauffällig, T!*

Er lief nach drinnen. »Bin gleich wieder zurück!«

Billie und ich sahen ihm hinterher.

Ich kratzte mich verlegen am Hinterkopf. »Hey«, meinte ich dann. *Das hast du doch eben schon gesagt!*

»Hi.« Billie lächelte mich an. Wie ich ihr Lächeln liebte!

»Warst du bei Phoebe?«, fragte ich.

Sie lehnte sich an das Geländer der Veranda und nickte. »Sie macht wirklich gute Fortschritte. Scott meinte bei der letzten Untersuchung, dass sie wahrscheinlich in wenigen Wochen wieder ganz gesund ist.«

In wenigen Wochen, wiederholte ich in meinem Kopf. *Rede mit ihr. Erzähl es ihr!*

»Ich trainiere wieder«, sprudelte es nun aus mir heraus. »Und ich habe mich zum East-Cost-Surfcup angemeldet.«

Billie sah mich mit offenem Mund an. »Wirklich?«

Ich nickte.

»Nate, das ist ja großartig!« Sie strahlte mich an, und mir wurde ganz warm. »Wann ist der Surfcup?«

»Am ersten Samstag im Februar.«

»Dann kann ich zusehen«, meinte sie und stotterte dann: »Also ich meinte, ich bin hier, aber ich schaue nur zu, wenn du das willst. Ich muss natürlich nicht. Ich bin einfach davon ausgegangen, dass-«

»Ich würde mich freuen, wenn du zusiehst«, unterbrach

ich sie. Wenn Billie dabei war, würde ich es schaffen, das wusste ich einfach.

Sie lächelte. »Okay. Dann werde ich da sein.«

Billie wollte wirklich dabei sein! Und doch meldete sich die Stimme in meinem Kopf, dir mir sagte, dass sie bald weiterziehen würde. Sie hatte von Anfang an gesagt, dass sie nur so lange bleiben würde, bis Phoebe wieder ganz gesund war. Ich hatte also nur noch wenige Wochen, um herauszufinden, ob wir noch eine Chance hatten.

BILLIE

»Dann werde ich da sein«, versprach ich Nathan. Ich konnte es kaum glauben. Er wollte wirklich wieder bei einem Wettbewerb surfen. Und ich war mir sicher, dass er es schaffen würde. *Du wirst auf jeden Fall dabei sein und ihn anfeuern. Danach kannst du Emerald Bay immer noch verlassen.* Doch wollte ich das überhaupt?

»Und da ist noch etwas«, sagte Nathan. »Ich werde daheim ausziehen. Faye und ich wollen eine WG gründen.«

Ich traute meinen Ohren kaum! Das hier war der Nathan, den ich kannte! Er plante endlich wieder seine Zukunft. Und ich konnte mit diesem Wissen beruhigt weiterreisen. Doch etwas hatte sich verändert. Wenn ich daran dachte, in wenigen Wochen wieder meine Sachen zu packen, wurde mir ganz komisch. Als ich Ende Oktober in Emerald Bay angekommen war, hatte ich es kaum erwarten können. Warum fühlte es sich dann plötzlich so anders an?

Nathan sah mich erwartungsvoll an. »Das wird bestimmt gut«, erwiderte ich.

»Das glaube ich auch. Sieht also so aus, als hätte ich

dringend einen Wunsch fürs neue Jahr gebraucht.« Er kratzte sich am Hinterkopf.

Ich nickte und lächelte. Der Moment in der Silvesternacht war besonders gewesen. In der ganzen letzten Woche hatte ich ständig daran gedacht. Als ich an Silvester die Augen geschlossen hatte, hatte ich mir fest gewünscht, dass das schlechte Gefühl, das immer in mir aufkam, sobald alles gut lief, nicht wiederkommen würde.

Nathan sah auf sein Handy und stand auf. »Ich muss los. Wir trainieren jetzt auch immer abends.«

Wir standen voreinander, und ich kaute auf meiner Lippe. Ich wusste nicht, was ich sagen oder tun sollte. Sobald Nathan in meiner Nähe war, war die Luft wie elektrisiert. Ich wollte ihm endlich sagen, dass ich damals nicht ohne ein Wort verschwunden war, doch auf keinen Fall wollte ich, dass wir uns wieder stritten. Es war so schön, dass wir normal miteinander redeten.

Schließlich räusperte er sich. »Wir sehen uns ja wahrscheinlich morgen, oder?«

Überrascht sah ich ihn an.

»Ich hole Isla wie immer am Montagmittag ab.«

»Oh! Ja, klar. Natürlich!« Ich wurde rot. Was sollte er auch sonst meinen? *Glaubst du, er will dich einfach so treffen?* Wenn ich doch nur wüsste, was er wollte. Nein, wenn ich doch nur wüsste, was ich wollte.

»Bis bald.« Nathan lief über die Veranda ums Haus. Ich sah ihm nach. In meinem Kopf und in meinem Herz herrschte Chaos.

*

Am nächsten Tag wurde ich freudestrahlend von den Kindern begrüßt. Der Kindergarten war zwei Wochen geschlossen gewesen, und ich hatte es vermisst, dort zu arbeiten. Meghan, Joanne und ich saßen zusammen draußen, während die Kinder im Sandkasten spielten.

»Billie, kannst du ein Lied mit den Kindern für das Sommerfest einüben?«, fragte Meghan. Sie hatte einen Notizblock vor sich.

»Das Sommerfest?«, hakte ich nach.

»Ende Februar feiern wir jedes Jahr den Abschluss des Sommers mit einem großen Fest«, erklärte Joanne. »Die Familien werden eingeladen, es gibt Essen, Trinken, eine Tombola und all so was.«

»Das hört sich schön an«, antwortete ich.

»Wir wissen, dass du dann nicht mehr hier sein wirst, aber du könntest ja starten, und Meghan und ich üben danach weiter mit den Kindern?«

Ich zwang mich zu einem Lächeln. »Ja, klar. Bestimmt hilft Jake auch, wenn ich ... wenn ich nicht mehr hier bin.« Es fiel mir wirklich schwer, das auszusprechen.

»Super, dann ist dieser Punkt schon mal abgehakt.« Meghan machte zufrieden einen Haken auf ihrem Notizblock.

»Ich kann gleich heute damit anfangen«, versprach ich. Ich hatte von Anfang an gesagt, dass ich nur drei Monate hier arbeiten würde. Wieso war mir dann so komisch zumute?

Etwas später saß ich mit den Kindern im Spielzimmer in einem Kreis. »Ich brauche dringend eure Hilfe«, erklärte ich.

Erwartungsvoll sahen sie mich an.

»Ich möchte ein Lied mit euch singen. Allerdings keins, dass ihr schon kennt, sondern wir erfinden zusammen ein neues.«

Sie klatschten begeistert in die Hände.

»Als Erstes müssen wir uns überlegen, worüber wir singen«, sagte ich.

»Über ein Känguru!«, rief Isla.

»Lieber über einen Koala«, widersprach Noah ihr.

»Den Koala-Song gibt es doch schon«, meinte Aaron.

»Also ein Tier«, griff ich ihre Ideen auf und dachte nach. »Wie wäre es mit einem Lied über den Zoo?«

»Ja!«, riefen sie begeistert.

Wir überlegten uns zusammen einen Reim für die erste Liedzeile und hatten riesigen Spaß dabei. Als Isla und die anderen Kinder vor Freude im Kreis sprangen, überkam mich ein wunderbares Gefühl. *Das wirst du so sehr vermissen!*

Irgendwann kam Joanne zu mir und sagte: »Du machst das wirklich toll, Billie. Die Kinder lieben es, dir zuzuhören.«

»Danke«, freute ich mich.

»Hast du schon einmal darüber nachgedacht, das beruflich zu machen?«

»Kindergärtnerin zu sein?«

Sie schüttelte den Kopf. »Nein, Musikpädagogin. Die Kinder ziehen so viel aus der Musik mit dir.«

Darüber hatte ich noch nie nachgedacht. Ja, ich hatte immer etwas mit Musik machen wollen. Mir war auch nie wichtig gewesen, selbst vor Publikum zu singen. Ich war Busker geworden, weil es so einfacher war, etwas Geld zu verdienen, während ich durch das Land fuhr.

»Ich weiß nicht«, sagte ich ehrlich. Es würde bedeuten, an einem festen Ort zu bleiben, um eine Ausbildung zu machen.

»Denk mal drüber nach.« Joanne lächelte mich mit ihren gutmütigen Augen an. »So, jetzt muss ich mich beeilen. Die Kinder werden gleich abgeholt.«

»Ich kann dir helfen«, sagte ich schnell. Bisher hatte ich jeden Montag vermieden, Nathan zu begegnen, doch nun konnte ich es kaum erwarten, ihn so schnell wie möglich wiederzusehen.

Joanne und ich trommelten die Kinder beieinander und suchten allerlei Kuscheltiere und Spielzeug zusammen. Immer wieder sah ich zur Tür, doch Nathan tauchte nicht auf. Schließlich kam Sam atemlos hereingelaufen.

»Daddy!«, rief Isla überrascht. Dann runzelte sie die Stirn. »Onkel Nathan sollte mich doch abholen.«

»Der musste dringend Grandpa helfen. Aber ich bringe dich gleich zu ihnen.« Sam nahm Isla auf den Arm. »Hi, Joanne, hi, Billie.«

»Hi«, erwiderte ich und versuchte, nicht allzu enttäuscht zu klingen. Ich hatte mich den ganzen Tag auf den Moment gefreut, wenn Nathan Isla abholen würde. Und je länger ich über alles nachdachte, wurde mir eines ziemlich klar: Ich wollte eigentlich gar nicht mehr hier weg.

*

»Ich muss mit dir sprechen.« Phoebe sah mich ernst an.

Wir saßen gerade beim Abendessen, und ich hielt inne. Ein mulmiges Gefühl machte sich in mir breit. »Ist etwas passiert?«

»Nein, also nicht direkt. Irgendwie schon – du bist vor Kurzem achtzehn geworden.«

»Und das bedeutet …?«

»Das bedeutet, dass meine Vormundschaft beendet ist. Rechtlich gesehen bist du nun für dich selbst verantwortlich und brauchst meine Einwilligung nicht mehr.«

Ich nickte.

»Und es gibt noch etwas Weiteres, sehr Wichtiges.« *Sie schob mir einen großen Umschlag zu.*

»Was ist das?«

Phoebe räusperte sich. »Der Nachlass deiner Eltern. Er wurde vom Gericht so lange zurückgehalten, bis du volljährig bist, denn laut Gesetz darfst du ihn erst nach deinem achtzehnten Geburtstag erhalten.«

Ich betrachtete den Umschlag. Ich hatte nie darüber nachgedacht, dass Mum und Dad mir etwas hinterlassen hatten. Alles, was mir geblieben und wichtig war, waren einige Fotoalben und ein paar Kleider von Mum, die ich hütete wie einen Schatz.

Ich nahm den Umschlag und zog einige Seiten Papier hervor. Ich überflog sie. Auf einer Seite war ein Kontoauszug mit meinem Namen darauf. Auf der Habenseite stand eine schwarze dicke Zahl. »Siebentausend Dollar«, flüsterte ich. Ich konnte es einfach nicht glauben. Das war so viel Geld!

Phoebe streckte ihre Hand über den Tisch und nahm meine Hand. »Du weißt, dass ich weiterhin immer für dich da bin und dich bei allem unterstützen werde. Egal ob du studieren willst oder doch etwas ganz anderes machst.«

Ich nickte und sah dann wieder auf das Papier vor mir. Bisher hatte ich keine Entscheidung getroffen, was ich nach dem Abschluss machen wollte. Taylor wusste schon seit Lan-

gem, dass er wie sein Vater Zimmermann werden wollte, und Nathan tat alles für seine Surfkarriere. Ich wollte am liebsten Musik machen, aber ich hatte noch keine Ahnung, wie. Und jetzt das.

»Ich hab keinen Hunger mehr«, sagte ich und schob meinen Teller weg.

»In Ordnung, Liebes.« Phoebe nickte verständnisvoll.

Ich nahm die Unterlagen und ging damit in mein Zimmer. Ich schloss die Tür und atmete tief aus. Dann setzte ich mich auf mein Bett und blätterte den Stapel Papier noch einmal durch. Ich war mir nicht sicher, was ich von dem Geld halten sollte. Es war meins, weil es Mum und Dad gehört hatte, und trotzdem fühlte es sich nicht gut an. Als würde die Vergangenheit ein weiteres Mal in meine Zukunft eingreifen.

Auf einem anderen Papier war ein weiterer Posten aufgeführt: unser alter Van. Laut Anschrift stand er bei einem Händler in Newcastle. Sofort schossen Bilder durch meinen Kopf. Wie Mum ihren Schmuck hineingepackt hatte und wir am Wochenende auf Märkte und Festivals gefahren waren. Wie Dad auf seiner Ukulele spielte, während ich zwischen Kissen und Decken auf der großen Matratze lag. Mein Herz wurde schwer, und ich hielt die schönen Erinnerungen kaum aus. Auch nach all den Jahren vermisste ich sie noch genau so sehr wie am ersten Tag.

NATHAN

»Und, was sagst du?« Faye strahlte mich an.

Wir standen in einer leeren Wohnung in der Palm Street. Sie bestand aus zwei Zimmern und einer Wohnküche, in die gerade mal ein kleiner Tisch mit zwei Stühlen passen würde. Doch sie hatte eine große Terrasse und zwei Parkplätze vor der Tür.

»Ich finde sie gut. Von hier brauche ich nur drei Minuten länger ins Three Pines und zum Strand«, sagte ich.

»Ich habe mit dem Vermieter gesprochen. Die Miete muss wie üblich wöchentlich bezahlt werden. Und wir könnten schon am Samstag einziehen, wenn wir wollen.«

Das waren gerade mal noch vier Tage. Auf einmal ging alles so schnell. Doch worauf wartete ich eigentlich? Ich musste endlich wieder nach vorne schauen, und das hier war ein riesiger Schritt in die richtige Richtung.

Faye sah mich unsicher an. »Du willst doch noch, oder?«

»Ja, ich will noch«, versicherte ich ihr und lächelte sie an.

Faye klatschte in die Hände und hüpfte auf und ab. »Der Wahnsinn, das wird bestimmt super!«

Ich grinste jetzt breit.

»Willst du das Zimmer mit dem größeren Fenster oder das mit dem breiteren Wandschrank?«, fragte sie.

»Such du dir aus, welches du haben willst«, sagte ich großzügig.

»Das mit dem breiteren Schrank natürlich«, antwortete sie.

Wir gingen noch einmal zusammen durch die Räume.

»Wirklich groß ist die Wohnung nicht«, stellte ich fest. »Aber hell und gemütlich.«

»Wenn du bald erfolgreich bist und ständig unterwegs, hab ich eh die ganze Wohnung alleine für mich.« Faye grinste mich an. »Nur deswegen habe ich Ja gesagt.«

»Das ist ja sehr nett.« Ich boxte sie sanft in die Seite.

»Wenn du berühmt bist, werden Kamerateams hierherkommen. Du wirst mich natürlich schon vergessen haben, aber ich verkaufe dann den Stuhl, auf dem du gesessen hast, die Gläser, aus denen du getrunken hast ... vielleicht kannst du mir ja auch einen Pullover hier lassen, den ich versteigern kann?«

Ich lachte und schob sie zur Tür hinaus.

*

Am Freitagabend packte ich meine letzten Sachen in einen Umzugskarton. Morgen früh würde Dad mein Bett mit mir abbauen und mir helfen, alles in die neue Wohnung zu fahren. Mum hatte uns altes Geschirr und Besteck aus dem Three Pines gegeben, und Fayes Mutter hatte im Keller einen Tisch und vier Stühle, die sie uns überlassen wollte.

Ich sah mich um. Noch konnte ich mir nicht vorstellen,

wie es war, nicht mehr hier zu wohnen. Ich öffnete das Dachfenster und sah hinaus in die Dämmerung. Nach dem Unfall hatte ich mein Zimmer verflucht. Ich hatte diesen großen Plan gehabt und hatte ihn nicht beenden können. Doch jetzt würde ich es wieder versuchen. Entschlossen klebte ich den Deckel der letzten Kiste zu.

In dem Moment klopfte es am Türrahmen, und ich sah nach oben. Mum stand vor mir.

»Na?«, fragte sie.

»Ich bin fertig«, sagte ich.

»Ich werde dich vermissen, mein Schatz.« Sie setzte sich auf mein Bett.

»Wir sehen uns trotzdem fast jeden Tag«, beruhigte ich sie. »Und es sind gerade mal vier Straßen von hier bis zur neuen Wohnung.«

»Ich weiß, ich weiß. Aber es ist trotzdem etwas anderes. Wenn du morgens zum Surfen gegangen bist, hab ich mich immer auf die Seite gedreht und bin noch einmal eingeschlafen. Meistens hab ich vom Meer geträumt.«

»Du hast mich gehört?«, fragte ich überrascht.

Sie lächelte. »Ich bin deine Mum.«

Ich setzte mich neben sie aufs Bett. »Bist du nicht froh, dass du jetzt eine Sorge los bist?«

Sie runzelte die Stirn. »Wie kommst du denn auf so etwas?«

Ich zuckte mit den Schultern.

Sie strich mir über die Wange. »Als du beim Surfcup gestürzt bist, habe ich das erste Mal in meinem Leben verstanden, was es heißt, vor Angst nicht atmen zu können. Es hat sich wie eine Ewigkeit angefühlt, bis du wieder aufgetaucht bist. Ich dachte, ich kippe um, weil ich so lange keine Luft geholt habe. Und als du im Krankenhaus warst, hätte ich alles dafür getan, um an deiner Stelle dort zu liegen.« Sie nahm meine Hand. »Aber mir war immer klar, dass der Moment kommt, an dem du wieder aufstehst und deinen Weg weitergehst.«

Ich atmete laut aus. *Der Weg vor dir macht dir allerdings auch Angst.*

»Mach einen Schritt nach dem anderen«, sagte Mum, und ich nickte. Sie stand auf. »Komm, Dad und Hazel warten bestimmt schon.«

Um meinen letzten Abend daheim zu feiern, wollten wir alle noch mal gemeinsam essen. Es fühlte sich komisch an. *Wie du zu Mum gesagt hast – du wohnst direkt um die Ecke. Und wie Mum gesagt hat – ein Schritt nach dem anderen.*

*

»Ravioli aus der Dose, Spaghetti aus der Dose oder – mein persönlicher Favorit – Nudelsuppe aus der Dose.« Faye stapelte die Konserven auf dem Küchentresen. »Keine Ahnung, wie lange sie schon bei meiner Mutter in der Speisekammer standen, aber Konserven werden nicht schlecht, oder?«

Wir hatten den Tag damit verbracht, unsere Möbel aufzubauen. Was schneller als erwartet gegangen war, denn in die Wohnung passte nicht viel hinein. Jetzt waren wir dabei, unsere Sachen einzuräumen, und hatten noch keine Zeit gehabt einzukaufen. Außerdem hatten wir herausgefunden, dass der Herd eine Macke hatte und nicht richtig funktionierte.

Ich verzog das Gesicht. »Ich kann schnell rüber ins Three Pines fahren. Dort kriegen wir sofort etwas Warmes zu essen. Oder wir laden uns einfach bei Taylor und Ivy ein.«

Faye schüttelte den Kopf. »Nein, so geht das nicht. Das ist unser erster Abend. Wir müssen ihn zusammen hier feiern. Das gehört dazu.«

»Wozu?«

»Na, zum stilechten *Das-erste-Mal-Ausziehen*. Kennst du nicht die Szene in Filmen, in denen sie auf dem Wohnzimmerboden sitzen und mit Plastikbesteck essen, weil noch keine Kiste ausgepackt ist?«

Ich grinste. »Nee, die Filme hab ich wohl nicht gesehen.«

»Aber ich«, sagte Faye bestimmt. »Und in keinem der Filme kam ein schönes Restaurant vor. Nein, das müssen wir selbst schaffen.«

»Können wir nicht einfach Toastbrot essen?«, fragte ich. »Dafür braucht man auch keinen Herd.«

Faye schob als Antwort den Konserventurm ein Stück weiter zu mir.

»Okay«, gab ich mich geschlagen. »Ich nehm die Ravioli.«

Faye grinste zufrieden und holte einen Dosenöffner und zwei Gabeln aus einer der Küchenschubladen. Dann ging sie hinaus auf die Terrasse, und ich folgte ihr. Auf den Boden hatte sie eine Decke und Kissen gelegt, auf der wir es uns gemütlich machten.

»Wir sollten uns wohl bald Stühle für die Terrasse kaufen«, stellte ich fest.

Faye nickte. »Und wir brauchen Bilder an der Wand

und Pflanzen, damit es gemütlicher wird.« Sie öffnete die beiden Dosen und reichte mir eine.

Ich spießte eine Ravioli auf und steckte sie mir in den Mund. »Gar nicht mal schlecht«, gab ich zu, als ich hintergeschluckt hatte.

Faye grinste und fing ebenfalls an zu essen. »Wir wohnen nun wirklich hier, kannst du das glauben?«

Ich schüttelte den Kopf. »Nicht so richtig. Aber in den letzten Wochen sind so einige Sachen passiert, die ich nicht glauben kann.«

»Du meinst den Surfcup?«
Ich nickte. »Alles ändert sich dadurch. Ich trainiere wieder mit Blake, Billie hat versprochen zuzusehen, und ich werde kaum mehr Zeit für das Three Pines haben.«

»Was?«, fragte Faye perplex.

»Na ja, wenn ich gewinne, werde ich hoffentlich endlich einen Sponsor haben und bei noch viel mehr Wettbewerben antreten. Das-«

»Ich weiß, was der Surfcup bedeutet!«, unterbrach mich Faye ungeduldig. »Ich meinte das davor. Du hast mit Billie gesprochen?«

»Ja.«

Ich hatte Billie allerdings die ganze letzte Woche nicht gesehen. Am Montag war die Spülmaschine im Three Pines kaputtgegangen, und ich war damit beschäftigt gewesen, den überfluteten Boden aufzuwischen. Also hatte Sam Isla selbst abgeholt. Ich könnte Taylor und Ivy besuchen, um ihr zufällig zu begegnen, doch das war schon beim letzten Mal komisch gewesen. Sollte ich versuchen, ihre neue Nummer herauszufinden? Aber was würde ich ihr schreiben? Sie hatte zwar gesagt, dass sie zum Surfcup kommen wollte, aber bedeutete das wirklich etwas? Bildete ich mir alles nur ein, und sie wollte mir nur einen Gefallen tun, weil sie ein schlechtes Gewissen hatte? Oder fühlte sie *doch* dasselbe wie ich? Es machte mich wahnsinnig, und je mehr ich darüber nachdachte, desto unsicherer wurde ich. *Du hast allerdings nicht mehr viel Zeit, um es herauszufinden.*

»Und jetzt?«, holte mich Faye aus meinen Gedanken.

Ich zuckte mit den Schultern. »Ich hab keine Ahnung.«

Faye betrachtete mich und sagte dann: »Es geht mich ja auch gar nichts an. Regel Nummer eins unserer WG: Jeder macht sein Ding und muss nicht darüber sprechen, wenn er nicht möchte.«

»Eine gute Regel«, stimmte ich zu und streckte mich auf der Decke aus.

»Ich kann dir gar nicht sagen, wie erleichtert ich bin, dass ich meiner Mutter nicht mehr jeden Tag Rede und Antwort stehen muss, mit wem ich meine Zeit verbringe«, erklärte Faye.

Ich nickte verständnisvoll. Faye und ihre Mutter hatten oft Streit. »Haben wir denn noch weitere Regeln?«

Faye nahm eines der Kissen in den Arm. »Mal überlegen ... Regel Nummer zwei: Wer nicht abspült, muss die Surfbretter einwachsen.«

Ich grinste. »Regel Nummer drei: In diesem Haushalt sind Cornflakes als Grundnahrungsmittel erlaubt.«

Wir überlegten uns eine Regel nach der anderen. Als wir bei Nummer zwölf angekommen waren, fing Faye an zu gähnen, und wir verzogen uns auf unsere Zimmer.

Es war ungewohnt, nicht daheim unter dem Dach zu schlafen. Ich rollte mich in meinem Bett von einer Seite auf die andere. Eins war allerdings genau gleich: Jedes Mal, wenn ich die Augen schloss, sah ich Billie und ihr wunderschönes Lächeln vor mir.

*

Irgendwann musste ich doch eingeschlafen sein. Als ich aufwachte, wiegten sich die großen Palmen vor meinem Fenster im Wind, und die Vögel in den Bäumen zwitscherten. Ich zog mich an und ging in die Küche. Dort saß Hazel am Küchentisch. Sie hatte ihren Ordner vor sich, den sie schon während der Schulzeit überall mit hingenommen hatte.

»Hallo, Schwester, die hier nicht wohnt«, begrüßte ich sie.

»Hi«, erwiderte Hazel, ohne von ihren Notizen aufzusehen.

»Was machst du hier?«, fragte ich.

»Ich habe Faye ihre Bücher zurückgebracht.«

»Gib es zu, ich fehl dir schon nach nur einem Tag.«

Hazel schnitt mir eine Grimasse.

Ich sah auf mein Handy. Mein Training fing bereits in fünfzehn Minuten an. »Soll ich dich mit nach Hause nehmen?«, fragte ich Hazel. »Ich komme direkt daran vorbei, wenn ich zum Strand fahre.«

Hazel wurde rot. »Nee, ich geh gleich selbst los. Ich muss sowieso noch in der Bibliothek vorbei, und die ist ja in der entgegengesetzten Richtung.«

»Okay«, erwiderte ich. *Das war komisch.*

Doch als ich meine Surfsachen packte und mich auf

den Weg machte, war ihre Reaktion schon so gut wie in Vergessenheit geraten.

BILLIE

Ich hatte Phoebe erzählt, dass ich am Samstag in Newcastle shoppen gehen wollte, um nach einem neuen Kleid für die Abschlussfeier zu suchen. Sie hatte natürlich angeboten, mir zu helfen, doch ich hatte sie abwimmeln können.

»Am Ende finde ich wahrscheinlich gar nichts und gehe doch in einem meiner Kleider«, hatte ich gesagt. So musste ich mir auch keine Gedanken machen, wenn ich abends ohne Tüten nach Hause kommen würde.

Phoebe hatte mir ihr Auto geliehen, und nun fuhr ich auf den großen Parkplatz des Autohändlers. Ein Fahrzeug reihte sich neben das andere. Ich parkte und stieg aus.

Ein älterer Herr kam auf mich zugelaufen. »Kann ich Ihnen helfen?«

»Ja«, erwiderte ich und zog die Unterlagen aus meiner Tasche. »Ich bin wegen ... ich habe das hier.« Ich hielt ihm das Papier und meinen Ausweis hin.

Er nahm es und las es stirnrunzelnd durch. Für einen Moment überlegte er, dann erhellte sich sein Blick. »Ja natürlich, das ist der alte Van hinterm Haus. Kommen Sie mit.«

Er holte die Schlüssel aus seinem Büro, und ich folgte ihm an den glänzenden Autos vorbei auf den Hinterhof. Dort stand unter einer dicken Schicht Laub vergraben Mums und Dads alter Van. Er sah ganz genau so aus wie in meiner Erinnerung. Nicht mehr ganz weiß und mit ein paar Rostflecken, die die letzten Jahre über ein wenig mehr geworden waren.

Der Verkäufer verschränkte die Arme. »Er steht jetzt schon eine ganze Weile hier, doch er ist immer noch gut in Schuss.« Da klingelte sein Handy, das an seinem Gürtel befestigt war. Er drückte mir die Schlüssel in die Hand. »Schauen Sie sich doch schon mal um, ich bin gleich wieder für Sie da.«

Ich schluckte und betrachtete die Schlüssel. Wollte ich das wirklich? Dann atmete ich einmal tief ein und ging zum Van. Ich schloss ihn auf und stieg hinein. Die Luft war heiß und stickig, es roch nach altem Holz. Und dieser Holzgeruch katapultierte mich direkt zurück in die Vergangenheit. Mum hatte den Van geliebt. »Wir haben unser eigenes Zuhause dabei«, hatte sie immer gesagt. »Es gibt nur uns drei, und wir fahren, wohin wir wollen.« Bevor ich auf die Welt gekommen war, waren sie und Dad damit in ganz Australien unterwegs gewesen.

Ich strich mit meinen Fingern über die Küchenzeile, die Schränke und die Polster auf der Sitzbank. Hier drinnen hatte ich mich immer behütet gefühlt. Wir waren ganz nah beieinander gewesen. Ich hob eines der Polster hoch. Da war es. **Billie + Mum + Dad** hatte ich mit einem Filzstift an die Seitenwand geschrieben. Die Schrift war ausgeblichen, aber immer noch zu sehen. Mir stiegen die Tränen in die Augen, und ich ließ ihnen freien Lauf. Niemals wäre ich darauf gekommen, dass sich kurze Zeit später alles ändern würde. Hätte ich doch nur nicht auf die Schule im Nachbarort gewechselt. Dann hätten Mum und Dad mich nicht mit dem Auto abholen müssen. Ich war schuld daran, dass sie diesen Unfall gehabt hatten.

Ich fing an zu schluchzen. Das schreckliche Gefühl überkam mich wieder: die Angst, dass noch einmal etwas Schlimmes passieren würde. Phoebe hatte wegen mir Probleme mit ihrer Gesundheit, und es war ebenso meine Schuld, dass Nathan seinen Lebenstraum nicht richtig verfolgte. Sie sorgten sich um mich, doch ich war nicht gut für sie.

Ich wischte mir die Tränen von den Wangen und schluchzte dabei immer noch laut. Hier im Van zu sein tat weh, und gleichzeitig war ich Mum und Dad ganz nah, so wie früher. Alles erinnerte mich an sie. Der Traumfänger am Rückspiegel, die goldenen Bordüren an den Kissenhüllen und die ausgeblichenen Vorhänge vor den Fenstern. Dies war ein Teil meines Zuhauses gewesen. Und jetzt gehörte es mir. Es war wie eine Fügung, die ich nicht übersehen durfte. Jahrelang hatte ich jeden um mich herum belastet. Nun hatte ich die Möglichkeit, ganz neu anzufangen. Und damit auch die ganzen Jahre, in denen ich vor Angst kaum hatte atmen können, hinter mir zu lassen. Ich wusste ganz genau, was ich zu tun hatte. Auch wenn es schrecklich wehtun würde. Entschlossen stand ich auf und kletterte wieder aus dem Van.

»Entschuldigung.« Der Verkäufer kam über den Hof zu mir geeilt. »Es hat doch etwas länger gedauert als gedacht.«

Ich räusperte mich. »Wie läuft das nun ab?«

»Der Van muss durch die Inspektion und wieder zugelassen werden. Danach gehört er Ihnen.«

»Wie lange wird das dauern?«, fragte ich.

Er überlegte. »Wenn alles schnell geht – drei bis vier Wochen.«

Bis dahin hätte ich mein Abschlusszeugnis in der Tasche

und musste nicht mehr in die Schule. Ich hatte keinen Studienplatz oder sonst irgendeinen Plan. Doch jetzt war auf einmal alles ganz klar.

*

Ich saß mit der Ukulele auf den Stufen des Vans und spielte das Lied, das ich schon seit Tagen mit den Kindern für das Sommerfest einübte. Es machte riesigen Spaß, doch gleichzeitig war ich traurig, wenn ich daran dachte, dass ich bei ihrem Auftritt nicht dabei war. Jake hatte mir geschrieben, ob wir zusammen weitere Lieder einstudieren wollten, da es an der Uni bald einen Songcontest geben würde. Ich hatte noch nicht geantwortet. Es war genau das eingetreten, was ich hatte vermeiden wollen, als ich wieder zurückgekehrt war: Ich hatte mich auf die Menschen hier eingelassen, ich hatte mein Herz wieder geöffnet – und nun wollte ich nicht gehen.

Seitdem ich Nathan versprochen hatte, dass ich beim Surfcup zuschauen würde, konnte ich an nichts anderes mehr denken. Was, wenn ich danach gar nicht wieder losfahren wollte?

Meine Hände änderten die Akkorde zu dem Lied, das ich für Nathan geschrieben hatte und auf Drews und Scotts Hochzeit gesungen hatte. Dieser Moment, als Nathan mich angesehen hatte, hatte mich verändert.

Ich war vor zwei Jahren gegangen, weil ich keinen anderen Ausweg gesehen hatte. Ich hatte gedacht, ich würde das Richtige tun. Seitdem hatte ich Nathan jeden Tag vermisst, auch wenn ich mir selbst verboten hatte, an ihn zu denken. Ich hatte alles dafür getan, um ihn zu vergessen.

Doch nun waren wir uns wieder nähergekommen, und es war das passiert, was ich befürchtet hatte: Ich wollte zu ihm zurück. Ich sehnte mich so sehr nach ihm, dass ich es kaum aushielt. Das war die Wahrheit, auch wenn ich mir lange etwas anderes eingeredet hatte, um über ihn hinwegzukommen. Ich wusste, wie sehr ich ihm wehgetan hatte, und ich hatte keine Ahnung, ob er mir das je verzeihen würde. Aber ich liebte ihn immer noch. Ich hatte vermutlich nie aufgehört, ihn zu lieben.

Entschlossen legte ich meine Ukulele weg. Ich musste endlich herausfinden, was Nathan fühlte. Doch wir hatten uns seit einer Woche nicht gesehen. Sollte ich einfach bei ihm vorbeifahren? Oder ins Three Pines gehen? Ich entsperrte mein Handy und suchte im Internet nach dem Wellenstand. Es war 16:30 Uhr, und die Flut war gerade vorbei. Bestimmt war Nathan gerade beim Training! Ich stand auf. Sollte ich einfach zum Main Beach fahren und am Strand zusehen? Ich könnte mit Lewis einen Spaziergang machen und Nathan zufällig begegnen. Alleine bei dem Gedanken, ihn gleich dort zu sehen, wurde ich nervös. Unschlüssig stand ich vor dem Van. *Was soll schon passieren? Du musst es wenigstens probieren!*

In Windeseile räumte ich meine Sachen in den Van und pfiff nach Lewis, der im Schatten des Baumes döste. Er sprang in den Fußraum, und ich machte die Tür hinter ihm zu. Dann stieg ich ein und lenkte den Van durch die Garage aus der Einfahrt hinaus. Viel zu schnell fuhr ich durch die Stadt, aber jetzt, da ich mich entschieden hatte, Nathan zu sehen, konnte ich es nicht mehr erwarten. Ich parkte am Main Beach und stieg aus. Lewis sprang aus dem Van und rannte sofort zum Wasser vor. Der Strand war recht voll, denn es war Sonntag. Ich schlenderte Lewis hinterher und versuchte dabei unauffällig, die Surfer im Wasser zu beobachten. Doch ich konnte Nathan nirgends entdecken. Meine Vorfreude wich Enttäuschung. Ich hatte fest damit gerechnet, ihn hier zu sehen. *Wahrscheinlich war es eine doofe Idee. Du verrennst dich gerade in etwas, Billie.*

»Hi«, sagte in diesem Moment Nathan neben mir, und ich machte vor Schreck einen Sprung zur Seite. Ich war so auf das Meer und die Surfer konzentriert gewesen, dass ich ihn hier am Strand gar nicht erwartet hatte.

»Hi«, antwortete ich mit wild klopfendem Herz und drehte mich zu ihm um. Er hatte seinen Neoprenanzug an und sein Surfbrett unter den Arm geklemmt. In seinen langen Wimpern hingen Wassertropfen. *Und seine blauen Augen werden dich immer um den Verstand bringen.*

»Ich mache einen Spaziergang mit Lewis«, sagte ich schnell. In dem Moment kam Lewis mit einem großen Stück Treibholz angerannt. Als er Nathan entdeckte, sprang er freudig an ihm nach oben.

»Aus, Lewis!«, rief ich.

»Nein, nein, ist schon gut«, beruhigte mich Nathan. Er ließ sein Surfbrett in den Sand fallen und kraulte Lewis ausgiebig.

»Hattest du Training?«, fragte ich, und meine Stimme war ganz zittrig.

»Ja. So langsam habe ich wirklich das Gefühl, dass ich es schaffen kann.« Er lächelte, und meine Knie wurden weich.

»Das freut mich wirklich sehr für dich.« Ich lächelte zurück.

Lewis rannte wieder davon, und Nathan wippte von einem Bein aufs andere. War er nervös?

Ich räusperte mich und überlegte fieberhaft, was ich als Nächstes sagen sollte.

»Isla spricht übrigens über nichts anderes mehr als den Auftritt auf dem Sommerfest und deinen Song«, meinte Nathan.

Ich nickte. *Sag endlich etwas!* Doch nun, da ich vor ihm stand, brachte ich kaum ein Wort über die Lippen.

»Tja, also ...« Nathan nahm sein Surfbrett wieder unter den Arm. »Ich zieh mich dann mal um.«

Wieder nickte ich. *Trau dich jetzt! Wenn er nicht will, weißt du endlich, was Sache ist.*

»Hast du vielleicht Lust, einen Kaffee trinken zu gehen?«, fragte ich im selben Moment, in dem Nathan sagte: »Kann ich dich bei deinem Spaziergang begleiten?«

Wir lachten beide, und in meinem Bauch begann es zu kribbeln. *Nate will Zeit mit dir verbringen!*

»Gerne«, antworteten wir beide gleichzeitig und grinsten.

»Kaffee klingt gut nach dem Training«, meinte Nathan. »Sollen wir ins Cooloola?«

Sofort musste ich an die Silvesternacht denken. »Sehr gerne«, antwortete ich. »Von dort kann ich auch Lewis im Blick behalten.« Lewis war gerade dabei, ein Stück Treibholz nach dem anderen aus dem flachen Wasser zu tragen.

Nathan und ich gingen nebeneinanderher zu den Umkleiden, und ich versuchte, meine Atmung zu beruhigen. Es passierte wirklich. Wir würden gemeinsam Zeit miteinander verbringen. *Und dann? Was genau willst du ihm sagen?*

»Bin gleich zurück.« Nathan verschwand in der Umkleidekabine.

Ich fuhr mir nervös durch die Haare und versuchte, sie zu ordnen, doch es war wie immer vergebens.

Als Nathan zurückkam, trug er ein schwarzes T-Shirt zu seinen Surfshorts, und seine nassen Haare fielen ihm über die Schulter.

»Mein Jeep steht nicht weit weg vom Cooloola«, erklärte er. Wir gingen einige Meter zur Pacific Avenue, und Nathan verstaute seine Sachen auf der Rückbank des Jeeps. Ich musste daran denken, wie wir in demselben Auto nachts zum Leuchtturm gefahren waren, und mir wurde ganz heiß. Schnell konzentrierte ich mich wieder auf das Hier und Jetzt.

Wir liefen noch ein Stück weiter bis zum Cooloola und sprachen dabei beide kein Wort.

»Was möchtest du?«, fragte Nathan mich, und ich war froh, dass wir ein Gesprächsthema hatten.

»Einen Cappuccino, bitte.«

»Ich würde dir auch einen Milchshake holen, wenn du das willst.« Nathan grinste.

Ich grinste zurück. »Nein, vielen Dank.« Ich setzte mich an einen Tisch in der vordersten Reihe, während Nathan für die Bestellung an die Bar nach drinnen ging. Ich sah, wie Lewis sich nicht weit entfernt im Sand wälzte, und musste lachen.

»Unsere Getränke kommen sofort.« Nathan setzte sich mir gegenüber.

Lautlos atmete ich aus.

»Da sind wir also«, sagte Nathan leise.

»Ja, da sind wir also«, wiederholte ich.

In dem Moment kam die Bedienung und brachte unsere Bestellung.

Ich nahm meine Tasse und trank einen Schluck, froh, etwas zu tun zu haben.

Nathan sah mir direkt in die Augen, und mein Atem stockte. »Ich bin froh, dass wir uns am Strand getroffen haben.«

»Ich auch«, stimmte ich ihm zu. *Du hast also die richtige Entscheidung getroffen. Nathan wollte dich auch sehen.* Ein unfassbar schönes Gefühl breitete sich in meinem Körper aus. Vielleicht würde doch alles irgendwie gut werden.

Und im selben Atemzug durchfuhr mich ein Zucken.

BILLIE

Ich sah mich um. Irgendetwas stimmte nicht. Eine schreckliche Ahnung überkam mich. Es war das Gefühl, das immer aufgetaucht war, wenn ich am glücklichsten gewesen war.

»Was ist?« Nathan runzelte die Stirn.

Ich brauchte einen Moment, um zu begreifen, was los war. »Lewis«, sagte ich unruhig. »Er ist nicht da!«

Nathan drehte sich suchend um. »Er war doch eben noch am Strand.«

Ich sprang auf und lief in Richtung Strand zurück, dort, wo ich Lewis noch vor wenigen Minuten gesehen hatte. Ich suchte alles mit meinen Augen ab, doch er war nirgends zu sehen. Ich pfiff laut. Normalerweise kam er spätestens jetzt angerannt. Mir wurde ganz schlecht vor Sorge. Wo war er nur? Ich wartete noch einen Moment und eilte dann zu Nathan zurück, der ebenfalls aufgestanden war.

»Er ist nicht hier, ich muss ihn sofort suchen!« Hektisch nahm ich meinen Geldbeutel, doch er ging auf, und die Münzen darin verstreuten sich auf dem Boden. »Mist«, fluchte ich und kniete mich hin, um sie einzusammeln.

Nathan bückte sich und half mir. Als er merkte, dass ich zitterte, legte er seine Hand auf meine. Ich bekam sofort eine Gänsehaut. »Wir werden ihn finden«, versprach er und sah mir dabei in die Augen. Ich hatte mich so sehr nach einer Berührung von ihm gesehnt! Doch gleichzeitig konnte ich nur an Lewis denken. Ich richtete mich wieder auf und ließ dabei Nathans Hand los.

Er legte zwei Scheine neben die noch vollen Tassen und sagte: »Wir suchen ihn eben so lange, bis wir ihn gefunden haben.« Er benutzte das *wir* ganz selbstverständlich.

»Du musst das nicht tun«, wehrte ich ab.

»Natürlich helfe ich dir«, entgegnete er und holte sein Handy aus der Hosentasche. »Und ich sage auch allen anderen Bescheid.«

Ich war froh über seine Hilfe, denn ich selbst konnte keinen klaren Gedanken fassen. Wir liefen die Pacific Avenue entlang, und während ich nach Lewis Ausschau hielt, telefonierte Nathan erst mit Faye und dann mit Taylor.

Als er wieder auflegte, erklärte er: »Hier ist der Plan: Faye und Hazel treffen sich in der Main Street, um von dort loszulaufen und die Straßen in der Innenstadt abzusuchen. Ivy bleibt am Kangaroo Hill, falls Lewis von selbst wieder nach Hause kommt. Taylor versucht, Jake zu erreichen, damit sie zusammen an den Crescent Mountain fahren können. Vielleicht ist Lewis ja den ganzen Strand entlang bis dorthin gelaufen.«

Ich war außer mir vor Sorge, doch ein warmes Gefühl überkam mich. Sie alle halfen mir, einfach so, und waren für mich da.

»Dann suchen wir den südlichen Teil von Emerald Bay ab«, schlussfolgerte ich.

Nathan nickte. »Sollen wir den Jeep nehmen?«

Ich schüttelte den Kopf. »Lass uns lieber laufen, sonst übersehen wir vielleicht etwas.«

Dann kam mir ein schrecklicher Gedanke. »Was, wenn Lewis vor ein Auto gelaufen ist und-«, fragte ich panisch, doch Nathan unterbrach mich: »Denk nicht daran. Denk nicht eine Sekunde darüber nach. Wir finden ihn!«

Wir liefen vom Strand in Richtung Landstraße, die aus Emerald Bay herausführte. Immer wieder stieß ich einen lauten Pfiff aus und rief Lewis' Namen, doch er war nirgends zu sehen.

»Gibt es denn Orte in Emerald, die er ganz besonders mag?«, fragte Nathan.

Ich überlegte, doch schüttelte dann den Kopf. »Nein, er fühlt sich eigentlich überall wohl.«

»Ich schreibe Mum und Dad, dass sie jeden Gast im Three Pines fragen sollen, ob ihn vielleicht jemand gesehen hat«, sagte Nathan.

»Danke«, flüsterte ich. Ich war froh, dass er bei mir war und einen kühlen Kopf behielt. Zusammen gingen wir immer weiter über die Felder aus der Stadt hinaus.

»Meinst du, er könnte bis zur Farm gelaufen sein?«, fragte ich, als wir schon fast bei der Abzweigung zur Rosewood Farm angekommen waren.

»Es wäre eine Möglichkeit. Aber lass uns lieber vorher nachfragen, bevor wir umsonst hingehen.« Er tippte eine Nachricht in sein Handy. »Ich schreibe Faye, ob sie dort anrufen kann.«

Kurze Zeit später piepte sein Handy, und er überflog

die eingegangene Nachricht. »Bisher ist Lewis wohl nicht auf der Farm aufgetaucht. Aber Mr Benfield geht sofort los, um in den umliegenden Feldern zu suchen.«

Mr Benfield kannte mich nicht einmal, doch half mir ebenso bereitwillig wie alle anderen.

»Wohin sollen wir nun?«, fragte ich unschlüssig.

»Lass uns Richtung Küste laufen und von dort wieder an den Strand. Vielleicht ist er ja inzwischen auch wieder am Main Beach und wird schon längst von irgendjemandem mit Eis gefüttert«, versuchte Nathan mich aufzumuntern.

Auch wenn er damit nicht ganz erfolgreich war, machte es mich glücklich, dass er es probierte. Und auch wenn ich die Sorgen kaum aushielt, war es schön, in diesem Moment zu zweit zu sein. Ich hatte mich so lange bemüht, dieses Gefühl aus meinem Leben auszuschließen. Durch die wechselnden Wohnorte und meine Regeln. Ich hatte mich entschieden, allein zu sein – zusammen mit Lewis. Er war alles, was ich hatte. Auf keinen Fall durfte ihm etwas passieren.

Ich konzentrierte mich wieder auf die Suche. Wir durchkämmten die Wiesen in Richtung der Küste, doch Lewis blieb weiterhin unauffindbar.

»Vielleicht hat er sich verletzt, und wir sind an ihm vorbeigelaufen«, sagte ich mit verzweifelter Stimme. Das Meer war inzwischen ganz nah, man konnte bereits die Brandung hören.

»Lewis ist ein schlauer Hund. Wenn wir in seiner Nähe gewesen wären, hätte er uns sofort erkannt und gebellt«, versicherte mir Nathan und nahm meine Hand, so wie zuvor im Café. Dieses Mal ließ ich sie nicht wieder los. Es war mir egal, ob es falsch oder richtig war oder ob ich es hinterher bereuen würde.

Wir liefen zusammen den Küstenpfad entlang. Die hohen Gräser machten es unmöglich, weit zu sehen. Schließlich endete der Pfad, und wir standen vor einer Gabelung. Rechts führte der Weg zum Leuchtturm. Links ging es wieder zum Main Beach hinunter.

»Wohin willst du gehen?«, fragte Nathan, und ich bemerkte die Verunsicherung in seiner Stimme.

Ich deutete in Richtung des Leuchtturms. »Dort haben wir noch nicht gesucht.«

Noch immer hielt Nathan meine Hand, als wir den Weg entlangliefen. Wenn ich mich nicht so schrecklich gefühlt hätte, wäre es wunderschön gewesen. *Das ist euer Ort! Hier hat alles angefangen!* Ich hatte nicht gedacht, dass ich noch einmal hierher zurückkommen würde. Seitdem ich wieder in Emerald Bay war, hatte ich den Leuchtturm gemieden. Er war noch genauso schön wie in meiner Erinnerung. Die Wellen schlugen gegen die Felsen, und man konnte das Salzwasser förmlich in der Luft schmecken.

»Warst du in den letzten Jahren mal hier?«, fragte ich Nathan, als wir vor der Eingangstür des Leuchtturms standen.

Er schüttelte den Kopf. »Zu viele Erinnerungen.« Er blickte zu Boden, und ich konnte sehen, wie schmerzhaft das alles für ihn war.

Meine Wangen brannten, und ich konnte keinen klaren Gedanken fassen. Doch eine Erkenntnis bohrte sich durch mich hindurch. *Wenn er nie wieder hier war, hat er deinen Brief auch nie gefunden!* Ich schob den Gedanken an die Seite, in der Hoffnung, später mit Nathan reden zu können. Doch jetzt ging es nur um Lewis. Ich würde es nicht verkraften, ihn nie wiederzusehen.

»Was ist, wenn Lewis irgendwo verletzt liegt und niemand bemerkt ihn? Was ist, wenn ich ihn nicht wiederfinde?«, brach es aus mir hervor, und ich fing an, schneller zu atmen. Alles drehte sich.

»So viele Leute suchen nach ihm – wir werden ihn finden.« Nathan sah mich an. Wie lange hatte ich mir gewünscht, wieder in seine tiefblauen Augen sehen zu können? Doch selbst seine Augen konnten mich und meine immer größer werdende Panik nicht beruhigen.

»Billie«, sagte Nathan sanft. »Versuch, ruhig zu atmen.«

Doch ich schaffte es nicht, mich zu beruhigen, und schnappte nur verzweifelt nach Luft.

Da stellte Nathan sich ganz dicht vor mich und streichelte mit seinem Zeigefinger sanft über meine Nasenwurzel. So wie er es auch früher getan hatte, wenn ich Panik bekommen hatte. Ich schloss wie automatisch die Augen und konzentrierte mich nur auf diese Berührung. Mein Atem ging langsamer. Seine Nähe beruhigte mich, doch machte mich gleichzeitig nervös.

»Alles wird gut«, flüsterte Nathan. Seine Stimme war ganz nah an meinem Gesicht. Ich erschauderte, und Nathan nahm seinen Finger wieder weg. Ich wollte schon meine Augen wieder öffnen, als ich plötzlich seine weichen Lippen auf meinen spürte.

Nathans Kuss war zögerlich, doch in mir drin tobte ein Feuerwerk. Ich erwiderte ihn und fuhr mit meinen Händen vorsichtig über seine Schulter an seinem Hals nach oben. Ich hätte jeden Zentimeter seinen Körpers mit geschlossenen Augen nachzeichnen können. Nathan fuhr mir mit einer Hand durch die Haare, mit der anderen hielt er mich am Rücken fest. Er schmeckte nach Salzwasser und Sonne, so wie er es immer getan hatte. Es fühlte sich ganz genauso an wie früher und gleichzeitig wie nie zuvor. Es war wie bei einem Song, den man früher geliebt und rauf- und runtergehört hatte. Der einen in genau dieses *früher* katapultierte. Und hörte man ihn Jahre später, war der Song der gleiche, aber man selbst hatte sich verändert und entdeckte ihn noch einmal ganz neu. Erinnerungen, Schmerz, Sehnsucht und Hoffnung vermischten sich in diesem einen Kuss, und ich vergaß alles um mich herum. Unsere Zungen fanden sich immer und immer wieder. Die Wellen im Meer rauschten. Sie würden unabdingbar kommen und gehen, doch dieser Moment gehörte nur uns.

Nathans Handyklingelton holte uns abrupt in die Wirklichkeit zurück. Wir fuhren auseinander, und die Situation mit Lewis prasselte erneut auf mich ein. *Hat ihn jemand gefunden? Was, wenn ihm etwas passiert ist? Und anstatt ihn weiter zu suchen, knutsche ich hier mit Nathan rum.* War ich eben noch im siebten Himmel gewesen, fühlte ich mich mit einem Schlag furchtbar. Ich wusste nicht, wo ich hinsehen sollte. Die Schuld, die sich in mir aufbaute, drohte mich zu erdrücken.

NATHAN

»Billie«, sagte ich. »Versuch, ruhig zu atmen.«

Doch ihr Atem ging stattdessen immer schneller. Sie war völlig verzweifelt, weil wir Lewis bisher noch nicht gefunden hatten.

Ich dachte nicht groß darüber nach, als ich tat, was ich schon früher immer gemacht hatte, wenn sie Panik bekommen hatte: Ich streichelte ihr sanft mit dem Zeigefinger über die Nasenwurzel. Billie schloss die Augen, und es funktionierte auch dieses Mal. Ihr Atem wurde langsamer.

Ich war ihr so nah wie schon Ewigkeiten nicht mehr, und mein Atem stockte nun selbst. Seit Wochen hatte ich mir diese Nähe und Vertrautheit zurückgewünscht! Ich fasste all meinen Mut zusammen und beugte mich zu ihr. Ich küsste sie erst zögerlich, doch als sie meinen Kuss erwiderte, brachte mich das fast um den Verstand. Ich hatte sie so sehr vermisst! Zwei Jahre lang hatte ich jeden Tag an sie gedacht und mich nach ihr gesehnt. Ich hielt sie fest, und wir küssten uns immer und immer wieder. In diesem Moment war mir egal, was alles zwischen uns passiert war oder was noch kommen würde. Hier standen wir, an *unserem* Ort, und Billie wollte mich ebenso spüren wie ich sie.

Plötzlich schrillte der Klingelton meines Handys, und

wir fuhren auseinander. Ich brauchte einen Moment, um mich zu sammeln, und zog es aus meiner Hosentasche. Es war Hazel. Schnell hob ich ab.

»Hazel?«

»Wir haben Lewis gefunden«, sprudelte es aus ihr heraus. »Ich hatte die Idee, in der Tierklinik anzurufen, und tatsächlich ist Lewis dort. Er wurde angefahren und hat sich dabei die Pfote verletzt. Es ist zum Glück wohl nicht allzu schlimm.«

»Okay, wir fahren sofort hin. Danke.«

Ich legte wieder auf, und Billie, die die ganze Zeit auf den Boden gestarrt hatte, sah mich nun panisch an. »Was ist passiert? Wenn alles gut wäre, hättest du schon längst den Daumen gehoben oder sonst irgendetwas Beruhigendes gemacht!«

»Lewis ist in der Tierklinik«, erklärte ich ihr.

Billie schlug sich die Hände vor den Mund.

»Es geht ihm gut«, beruhigte ich sie schnell. »Er hat sich die Pfote verletzt. Mehr weiß ich auch nicht. Ich ruf sofort Taylor an, ob er uns abholen kann. Es dauert viel zu lang, bis wir zu den Autos am Strand zurückgelaufen sind.«

Ich wählte Taylors Nummer, und er versprach, uns sofort am Leuchtturm abzuholen. Billie und ich gingen zum Parkplatz, und ich strich ihr dabei beruhigend über den Rücken. Sie ließ es gewähren. Noch immer spürte ich ihren Kuss auf meinen Lippen. Was genau bedeutete der Kuss nun? Wie ging es weiter? Mir schossen lauter Fragen durch den Kopf, doch jetzt ging es um Lewis. Billie hatte die Arme um sich geschlungen und sah mich nicht an. Bestimmt war sie mit ihren Gedanken ganz woanders.

Taylor fuhr in seinem Pick-up vor, und wir stiegen ein.

»Danke für deine Hilfe«, sagte Billie.

»Das ist doch selbstverständlich.« Taylor fuhr los. »Wisst ihr schon Genaueres?«

»Hazel hat mir nur gesagt, dass er an der Pfote verletzt ist, es ihm aber ansonsten gut geht«, erklärte ich.

»Das sind doch schon mal ganz gute Nachrichten«, meinte Taylor. »Bestimmt ist er schon bald wieder gesund.« Er lächelte Billie aufmunternd an.

»Ich gebe Faye Bescheid, dass ich mit euch zur Tierklinik fahre und heute Abend nicht mit ihr esse«, sagte ich und holte mein Handy hervor. Eigentlich waren wir verabredet gewesen, aber Faye würde das auf jeden Fall verstehen.

»Nein, du musst ihr nicht absagen«, wehrte Billie ab. »Bestimmt müssen wir in der Klinik sowieso lange warten. Du hast mir heute schon so sehr geholfen.«

»Bist du dir sicher? Das ist wirklich kein Problem, ich mach das gerne.«

Billie lächelte leicht. »Nein, es ist alles gut. Ich melde mich nachher bei dir.«

»Okay«, erwiderte ich schließlich, auch wenn ich sie gerne begleitet hätte. *Vielleicht braucht sie Zeit für sich. Ihr könnt einfach später darüber reden, was der Kuss bedeutet hat.*

»T, lässt du mich an der Pacific Avenue raus?«, fragte ich.

Taylor nickte und hielt einen Moment später.

Ich stieg aus. »Dann hören wir uns nachher?«, fragte ich Billie.

Sie nickte.

Ich schlug die Tür zu, und Taylor fuhr davon. Ich sah

seinem Wagen hinterher und raufte mir die Haare. Was war in den letzten Stunden eigentlich passiert?

Ich ging zum Jeep und fuhr nach Hause in die neue Wohnung. Als ich gerade mein Surfbrett in der Einfahrt auslud, ging die Haustür auf, und Faye stürmte hinaus. Bevor ich etwas sagen konnte, lief sie schon die Straße hinunter. Ich ging hinein und durch das Treppenhaus zur Wohnung. Die Wohnungstür stand offen, und in der Küche stand Hazel.

»Hey«, begrüßte ich sie.

»Hey«, erwiderte sie leise.

Ich ging zum Kühlschrank und öffnete ihn. »Was ist denn mit Faye los? Wir wollten eigentlich zusammen essen.« Ich durchforstete die einzelnen Regale nach etwas Essbarem, aber Faye und ich hatten beide mal wieder nicht eingekauft. »Zum Glück hast du beim Tierarzt angerufen. Billie war außer sich vor Sorge. Sie fährt gerade zu Lewis.« Ich schloss die Kühlschranktür wieder und öffnete das Eisfach. Dort stand eine große Packung Eiscreme, die Hazel mir zum Einzug geschenkt hatte. Ich schloss die Tür zum Eisfach ebenfalls und richtete mich auf.

Hazel sah aus dem Fenster und sagte nichts.

»Ich habe echt riesigen Hunger nach der ganzen Aufregung«, fuhr ich fort. »Der Tag war einfach komplett verrückt.«

Ich fuhr mir durch die Haare, und als Hazel immer noch nicht antwortete, schnippte ich mit den Fingern.

Hazel drehte sich zu mir um. Erst jetzt sah ich die Tränen in ihren Augen. »Es geht nicht immer nur um dich, Nathan«, sagte sie mit gepresster Stimme.

Sofort ging ich zu ihr und nahm sie in den Arm. »Was ist los?«, fragte ich.

Hazel lief eine Träne über die Wange. Schließlich sagte sie: »Faye ... und ich ... wir beide. Jedenfalls habe ich das gedacht.«

Ich brauchte einen Moment, bis ich verstand, was sie meinte. *Natürlich, du Idiot! Deswegen haben sie sich ständig getroffen. Und deswegen war Faye so merkwürdig drauf, als sie nach Hazels Abschlussfeier zu uns nach Hause gekommen ist.*

»Okay, ich hab echt eine verdammt lange Leitung«, stellte ich fest.

Hazel schniefte und lächelte. »Du hast wirklich nichts mitbekommen, egal wie oft ich mir Bücher bei ihr ausgeliehen habe.«

»Und was ist jetzt passiert?«, fragte ich.

Hazel räusperte sich. »Faye ist nicht bereit dazu, den Leuten von uns zu erzählen. Ich dachte, jetzt, wo sie bei ihrer Mutter ausgezogen ist, wird es besser. Doch heute bei der Suche nach Lewis hat sie mir gesagt, dass sie weiterhin warten will.« Sie wischte sich die Tränen mit dem Ärmel ihres Pullovers weg. »Aber ich will nicht heimlich mit ihr zusammen sein. Das Ganze ist dann in einem riesigen Streit eskaliert.«

»Ach, Hazelnut«, sagte ich mitfühlend.

Sie zuckte mit den Schultern. »Ich will einfach nur nach Hause.«

»Du kannst natürlich auch hierbleiben«, meinte ich.

Hazel schüttelte den Kopf. »Bestimmt kommt Faye bald wieder zurück. Ich möchte gerade nicht mit ihr reden.«

Ich nickte. »Okay. Soll ich dich nach Hause fahren?«

Sie schüttelte den Kopf. »Nein, ich laufe lieber.«

»Dann bis bald?«

»Ja, bis bald.« Hazel öffnete die Wohnungstür. »Und sag Billie gute Besserung für Lewis. Ich wollte dich natürlich ausfragen, was es zu bedeuten hat, dass du mit ihr unterwegs warst. Aber lass uns das lieber auf einen anderen Zeitpunkt verschieben.«

Ich nickte.

Sie ging hinaus und schloss die Tür hinter sich.

Ich fuhr mir übers Gesicht. Ich hatte überhaupt nichts von alldem mitbekommen und war weder für Hazel noch für Faye da gewesen. Stattdessen war ich die ganze Zeit über nur mit mir selbst beschäftigt. Ich überlegte kurz und lief dann in mein Zimmer, um ein Stück Surfwachs zu holen. Ich ging auf die Terrasse, schaltete das Licht an und nahm Fayes Surfbrett, das an der Hauswand lehnte. Mit kreisenden Bewegungen verteilte ich das Wachs darauf. Ich war fast fertig, als ich hörte, wie die Tür aufgeschlossen wurde. Einen Moment später kam Faye auf die Terrasse. Ihre Augen waren ganz rot, offensichtlich hatte sie geweint.

»Was machst du da?«, fragte sie.

»Ich wachse dein Brett. Beim letzten Mal hast du gemeint, dass du kaum mehr Grip hast.«

Faye kam zu mir und fuhr über die Oberfläche des Surfboards. »Danke, Nathan«, sagte sie überrascht. »Das ist echt nett von dir.«

»Und morgen früh nach dem Training gehe ich einkaufen«, versprach ich. »Damit wir endlich etwas zum Essen hier haben, wenn wir verabredet sind.«

Faye lächelte schwach.

Ich zögerte, doch gab mir einen Ruck. »Ich hab dich vorhin aus der Wohnung laufen sehen.«

»Oh, ich hab dich gar nicht bemerkt.« Sie strich sich verlegen eine Haarsträhne hinters Ohr. »Hast du Hazel noch getroffen?«

Ich nickte.

Faye biss sich auf die Unterlippe. Nach einem Moment sagte sie mit übertrieben fröhlicher Stimme: »Ich würde mich in diesem Fall gerne auf Regel Nummer eins berufen.«

Ich merkte genau, dass es ihr nicht gut ging. Aber Faye hatte mich ebenso in Ruhe gelassen, als ich nicht über Billie sprechen wollte.

»Okay«, erwiderte ich. »Aber dann wünsche ich mir von dir Regel Nummer sieben.«

Faye runzelte die Stirn. »Es waren so viele, ich kann mich nicht erinnern, was Nummer sieben war.«

»Essen schmeckt auf dem Boden viel besser«, wiederholte ich unsere Auflistung, die wir an dem Abend unseres Einzugs gemacht hatten. »Lass uns gleich beim Lieferservice etwas zu essen bestellen und dann hier draußen essen, so wie es sich gehört.«

Faye nickte und lächelte.

Ich holte die Eiscreme und zwei Löffel aus der Küche und trat wieder auf die Terrasse. »Und bis das Essen kommt, fangen wir hiermit an.«

Faye öffnete den Becher und nahm sich einen großen Löffel Eis. Anschließend sagte sie: »Regel Nummer dreizehn: Man sollte einfach immer den Nachtisch zuerst essen.«

Nachdem wir gegessen hatten, ging jeder von uns in sein Zimmer. Ich setzte mich auf mein Bett und sah das hundertste Mal an diesem Abend auf mein Handy. Billie hatte sich immer noch nicht gemeldet. Meine Nummer war immer noch dieselbe wie früher. Ob sie sie noch eingespeichert hatte? *Ansonsten fragt sie bestimmt Taylor danach.* Einen Moment später piepte mein Handy tatsächlich.

> Lewis hat sich die Pfote verstaucht und muss zur Beobachtung die Nacht über in der Tierklinik bleiben. Aber es geht ihm gut. Morgen kann ich ihn abholen.

Sofort antwortete ich:

> Ein Glück, dass es ihm gut geht! Kann ich irgendetwas für dich tun?

Ich wartete auf ihre Antwort. Dann schickte ich schnell ein *Schlaf gut!* xxx hinterher, auch wenn ich wusste, dass Billie bestimmt kaum ein Auge zutun würde, solange Lewis in der Klinik war. Ich sah, wie sie schrieb, doch einen Moment später war sie wieder offline. Ich runzelte die Stirn. *Sie hat im Moment einfach keinen Kopf dafür. Nicht mehr und nicht weniger.*

Ich legte mich hin und schloss die Augen. Sofort sah ich wieder unseren Kuss am Leuchtturm vor mir, und die Schmetterlinge in meinem Bauch schlugen Saltos. Dieser Kuss war echt gewesen. Ich hatte es gespürt – wir hatten beide noch Gefühle füreinander. Und gleich morgen früh würde ich zu ihr fahren und ihr das ins Gesicht sagen.

BILLIE

Ich konnte nicht einschlafen. Lewis fehlte mir so sehr. Normalerweise lag er immer neben mir im Van, und sein regelmäßiges Atmen beruhigte mich in der Nacht. Es war schrecklich gewesen, ihn bei der Tierärztin zurückzulassen. Doch er hatte Glück im Unglück gehabt. Er hatte sich die Pfote verstaucht, als er in der Main Street vor ein Fahrrad gelaufen war.

»Es tut mir leid«, hatte ich gemurmelt und mein Gesicht in seinem Fell vergraben, als ich in der Klinik ankam. Die Tierärztin meinte, ich müsste mir keine Sorgen um ihn machen. In kurzer Zeit würde es ihm wieder gehen. Doch meine Schuldgefühle waren riesig. Ich hätte ihn nicht aus den Augen lassen dürfen, um mit Nathan Kaffee trinken zu gehen. *Nate. Unser Kuss.* Noch immer konnte ich nicht glauben, was am Leuchtturm passiert war. Wenn ich die Augen schloss, erinnerte ich mich an jede Sekunde. Seine Lippen auf meinen, meine Hände auf seiner Brust, unsere Körper eng umschlungen.

Als Hazel angerufen hatte, war ich wieder zur Besinnung gekommen. Nathan hatte auch danach noch meine Nähe gesucht, doch ich war froh gewesen, dass ich ihn davon abhalten konnte, mit in die Klinik zu fahren. Ich wollte nur zu Lewis und ihn in die Arme schließen, anstatt darüber nachzudenken, was der Kuss bedeutet hatte. *Was es bedeutet? Ihr liebt euch noch immer. Trotz allem, was war.*

Ich drehte mich auf die andere Seite der Matratze. Der Kuss war ein riesiger Fehler gewesen. Ja, es war von Anfang an falsch gewesen, Nathan wieder so nahezukommen. Ich hätte es nie so weit kommen lassen dürfen. Meine Sehnsucht nach ihm hatte mich unvorsichtig und egoistisch werden lassen. *Dabei hättest du es besser wissen müssen. Lewis' Unfall ist doch der Beweis: Es kann nicht gut gehen.*

Ich sehnte mich so sehr in Nathans Arme zurück, dass es wehtat. Aber ich würde diesem Gefühl nicht wieder nachgeben dürfen. Schließlich fiel ich in einen unruhigen Schlaf, aus dem ich mehrfach hochschreckte und meine Finger in die leere Matratze neben mir vergrub.

*

Bereits im Morgengrauen war ich wieder wach gewesen und wartete nun ungeduldig, bis die Tierklinik endlich öffnete, sodass ich Lewis abholen konnte. Er humpelte ein bisschen, aber war ansonsten genauso fröhlich und verspielt wie immer. »Ich lass nie wieder zu, dass dir etwas passiert«, wiederholte ich immer wieder, während ich ihn streichelte. Die Tierärztin gab mir eine kühlende Salbe für Lewis' Pfote mit, und ich half ihm, in den Van zu klettern.

»Du darfst den ganzen Tag schlafen und essen«, erklärte ich ihm. »Oder die Fledermaus anbellen, wenn du das gerne möchtest.« Lewis gähnte ausgiebig.

Ich hatte im Kindergarten Bescheid gegeben, dass ich

heute nicht arbeiten würde, da ich Lewis nicht alleine lassen wollte. Zum Glück war Joanne verständnisvoll gewesen. Außerdem war heute Montag, und ich wollte es vermeiden, Nathan zu begegnen. Letzte Woche war es noch genau andersherum gewesen. *Ja, aber jetzt bist du wieder zur Vernunft gekommen.* Ich wusste nicht, wie ich ihm sagen sollte, was ich ihm sagen musste. Ich würde Nathan wieder wehtun. Allein darüber nachzudenken, riss mir das Herz heraus.

Ich fuhr durch die Stadt den Kangaroo Hill nach oben und versuchte, nicht daran zu denken, was mir bevorstand. Heute würde ich den Tag mit Lewis am Strand verbringen und in Ruhe überlegen, was ich ihm sagen würde.

Ich wollte gerade in die Auffahrt einbiegen, als ich plötzlich Nathan entdeckte. Er lehnte an seinem Jeep, den er am Seitenstreifen geparkt hatte. Als er mich entdeckte, hob er die Hand und winkte. Ich war so perplex, dass ich auf die Bremse trat. *Du wolltest dir doch ganz in Ruhe überlegen, was du ihm sagst!*

Nathan sah mich fragend an, und ich fuhr langsam weiter in die Einfahrt und durch die Garage in den Garten. Ich atmete laut aus. *Du musst da jetzt durch. Vielleicht ist es sowieso besser, anstatt ihn noch länger warten zu lassen.*

Ich stieg aus und hob dann Lewis aus dem Auto. »Du bist ganz schön schwer mein Süßer«, murmelte ich.

Nathan kam durch die Garage zu uns, und Lewis lief trotz verletzter Pfote zu ihm. Nathan streichelte ihn ausgiebig. Unruhig trat ich von einem Bein aufs andere.

Nathan richtete sich auf und machte ein paar Schritte auf mich zu. »Hi.«

»Hey«, erwiderte ich und verschränkte die Arme vor der

Brust, da ich nicht wusste, was ich sonst mit ihnen machen sollte.

»Ich wollte nach euch sehen.«

Obwohl mir ganz flau im Magen war, wurde mir warm. So war Nathan. Er war umsorgend und liebevoll, und er tat alles für mich. Doch er übersah dabei, dass ich ihm nicht guttat.

»Es geht uns gut«, sagte ich mit belegter Stimme. »Lewis ist bald wieder gesund. Du hättest nicht extra herfahren müssen.«

Nathan runzelte die Stirn. »Ich wollte dich aber sehen.«

»Hast du nicht eigentlich Training?«, fiel mir ein.

»Schon, aber das hier ist wichtiger.«

»Du kannst nicht einfach dein Training ausfallen lassen! Der Surfcup ist schon dieses Wochenende.« Meine Stimme klang viel höher als sonst. Aber Nathan sollte auf keinen Fall wegen mir seine Vorbereitung vernachlässigen. Das war schließlich schon einmal passiert. Dieses Mal musste er seine Chance nutzen. Sollte ich lieber bis nach dem Surfcup warten, ihm meine Gedanken zu erzählen?

Nathan hob beschwichtigend die Hände. »Ich hab alles im Griff.«

»Okay.« Ich zwang mich zu einem Lächeln. »Ich will einfach, dass du dich darauf konzentrierst.«

Nathan machte noch einen Schritt auf mich zu und stand jetzt ganz dicht vor mir. »Das werde ich auch wieder. Aber ich musste die ganze Nacht an dich denken.« Er atmete aus. »Und an den Leuchtturm.«

Ich merkte, wie mir die Röte in die Wangen schoss. Jetzt, da er hier so vor mir stand, konnte ich mir nicht vorstellen, noch einmal ohne ihn zu sein. Bei ihm fühlte ich mich sicher.

Nathan nahm meine Hand, doch ich schreckte zurück. *Du kannst das nicht. Du kannst ihn nicht hinhalten und so tun, als würde es ein Happy End für euch geben!*

»Was ist denn?«, fragte er.

»Ich kann das nicht«, platzte es aus mir heraus.

Nathan wich zurück.

»Nate, das gestern am Leuchtturm – das hatte nichts zu bedeuten«, log ich.

Er schüttelte er den Kopf. »Nein, das glaube ich dir nicht.«

»Ich war verunsichert wegen Lewis und habe nicht richtig nachgedacht. Es war ein Fehler.« Jetzt war raus, was ich ihm so dringend hatte sagen müssen.

»Ein Fehler«, wiederholte er ganz langsam.

Ich sah auf den Boden. Ich wusste, wie feige ich war, aber ich wollte ihn nicht ansehen.

»Weißt du, was ein Fehler war?«, fragte er nun zornig. »Dass ich so doof war, zu glauben, du hättest dich geändert.«

Ich zwang mich, wieder nach oben zu sehen. In Nathans tiefblauen Augen lagen Enttäuschung und Wut.

»Du bist vor zwei Jahren einfach abgehauen. Und ich weiß bis heute nicht, warum! Immer und immer wieder habe ich mich gefragt, was passiert ist. Was ich getan haben könnte, dass du so etwas machst. Dann tauchst du wieder in der Stadt auf, und wir tun so, als wäre das alles nicht passiert.« Er lachte bitter. »Nein, es war tatsächlich *mein* Fehler. Ich hätte wissen müssen, dass du jetzt wieder so eine Nummer abziehst. Du lässt mich an dich heran, nur um mich dann wieder wegzustoßen.«

»So ist es nicht«, widersprach ich ihm. »Und ich habe dir geschrieben. Ich habe dir damals genau erklärt, warum ich gegangen bin.« Ich wollte, dass er es endlich wusste.

»Bullshit!« Nathan spuckte das Wort fast aus. »Und selbst wenn du etwas geschrieben hast – du hättest mit mir reden *müssen*. Das hatte ich nicht verdient. Du hast einfach den leichten Weg gewählt und bist gegangen, ohne mit mir zu sprechen!«

Wegzugehen war das Schwerste gewesen, was ich je getan hatte, doch das sagte ich ihm nicht.

Nathan raufte sich die Haare. »Weißt du, Billie, es ist mir inzwischen egal. Es ist mir egal, warum du gegangen bist oder warum irgendwelche Nachrichten nie bei mir aufgetaucht sind. Du hast es getan. Und es war dir scheißegal, wie ich mich dabei fühle. All die Jahre dachte ich, ich kenne dich. Aber ich kenne dich kein bisschen. Du ziehst lieber alleine durch das ganze Land, anstatt mit mir zusammen zu sein. Anscheinend hab ich mir alles, was davor zwischen uns war, also nur eingebildet. Zum Glück weiß ich jetzt, woran ich bin, und werde diesen Fehler nie wieder machen!«

Er drehte sich um und lief durch die Garage zur Einfahrt. Einen Moment später hörte ich den Motor des Jeeps aufheulen. Stumm stand ich da, während mir die Tränen über die Wangen liefen. Ich hatte ihm und mir das zweite Mal das Herz gebrochen.

*

Die Zeugnisübergabe lief wie in einem Film an mir vorbei. Ich konnte mich nicht konzentrieren. Stattdessen dachte ich nur an den Van, der auf dem Parkplatz in Newcastle auf mich wartete. In den letzten Wochen hatte ich bereits neues Geschirr, eine Bettdecke und Bettwäsche dafür gekauft. Jedes Mal, wenn ich dort war, fühlte ich mich Mum und Dad ganz nah.

Wenn Phoebe mich fragte, wohin ich mit ihrem Wagen fuhr, oder Nathan wissen wollte, wo ich so oft steckte, erzählte ich ihnen, dass ich mich in dem großen Musikgeschäft in Newcastle umsah. Sie wussten, dass ich dort die Zeit vergaß.

Ich war ständig nervös, und Nathan merkte, dass etwas nicht mit mir stimmte. Ich konnte ihn nicht an mich heranlassen. Wie auch? Bald würde ich ihn verlassen, und ich konnte kaum atmen, weil alleine die Vorstellung daran so schrecklich wehtat. Ich wollte mir nicht ausmalen, wie er reagierte, wenn ich ihm sagte, dass ich aus Emerald Bay fortgehen würde. Ich redete mir ein, dass Nathan es irgendwann verstehen würde. Er musste doch sehen, dass er ohne mich besser dran war.

Ich hatte Angst davor, alleine loszufahren und mein Zuhause hinter mir zu lassen. Weg von den Menschen, die ich liebte. Doch ich hatte das schon früher geschafft, als ich zwischen den Pflegefamilien hin und her gereicht wurde. Denn die Angst, dass wieder etwas Schreckliches passieren würde, war tausendmal größer. Ich würde es nicht ertragen, so etwas noch einmal zu erleben. Also brach ich mein Herz selbst, um das Schlimmste zu vermeiden.

BILLIE

Nachdem Nathan gegangen war, verkroch ich mich den restlichen Tag mit Lewis im Van und war froh, dass ich Taylor und Ivy aus dem Weg gehen konnte. Ich spielte Ukulele, und meine Tränen tropften dabei in mein Notizbuch. Lewis stupste mich mit seiner Schnauze an, weil er nicht verstand, was mit mir los war. Ich wusste, dass ich Nathans Worte verdient hatte. Ich wusste, dass ich ihn für immer von mir weggestoßen hatte. Ich wusste aber auch, dass es die richtige Entscheidung war.

Am liebsten hätte ich am nächsten Tag wieder im Kindergarten abgesagt, doch Joanne verließ sich auf mich, und ich wollte unbedingt das Lied für das Sommerfest weiter einstudieren. Als ich ankam, erwartete Isla mich schon in der Garderobe.

»Ist dein Hund noch krank?«, fragte sie mich besorgt.

»Es geht ihm schon wieder viel besser«, beruhigte ich sie.

»Ich habe eine Überraschung für dich.« Isla lächelte. Sie zog ein Blatt Papier hinter ihrem Rücken hervor und reichte es mir. Darauf waren einige Strichmännchen und ein Hund zu sehen. In der Ecke lachte eine große gelbe Sonne.

»Vielen Dank«, sagte ich. »Wen hast du denn da gezeichnet?«

Isla deutete auf die Strichmännchen. »Das bin ich, und das ist Dad, Grandma, Grandpa, Tante Hazel, Onkel Nathan und du.«

Ich schluckte. »Und was machen wir?«

Sie zuckte mit den Schultern. »Gar nichts. Wir sind einfach alle zusammen.«

Wieder schluckte ich.

»Und da du ja nicht so gut Hunde malen kannst, habe ich dir deinen Hund auch noch gemalt.« Sie deutete auf den braunen Kreis, der wohl Lewis darstellte.

»Es ist wunderschön geworden, Isla«, sagte ich mit belegter Stimme. Ich kniete mich auf den Boden und umarmte sie. »Komm, wir gehen zu den anderen.« Ich nahm sie an der Hand, und wir gingen in den Spielraum.

»Billie!«, riefen Aaron und Priya und rannten auf mich zu.

»Hallo«, begrüßte ich sie. »Habt ihr unseren Song geübt, solange ich nicht da war?« Sie nickten eifrig.

Joanne war gerade dabei, mit einigen der Kinder am Tisch zu basteln. Als sie mich sah, zwinkerte sie mir zu. »Du wurdest schon vermisst.« Sie stand auf und kam zu mir. »Es gibt tolle Neuigkeiten: Matt, unser Kollege, ist endlich wieder gesund. Wir sind also bald wieder zu dritt hier.«

»Oh«, erwiderte ich. »Toll.«

»Ich war schon ganz verzweifelt, weil du ja bald wieder

gehen wirst. Aber jetzt muss ich mir keine Sorgen mehr machen.«

»Dann passt ja alles«, sagte ich tonlos. Im Kindergarten wurde ich bald nicht mehr gebraucht. Phoebe war wieder gesund und hatte meine Hilfe nicht mehr nötig. Und Nathan wollte nichts mehr von mir wissen. *Du hast also erreicht, was du von Anfang an geplant hattest, als du wieder hierhergekommen bist. Das ist doch gut.* Wieso fühlte es sich dann ganz und gar nicht gut an?

*

»Da bist du ja, Liebes.« Phoebe öffnete die Tür und umarmte mich. Auf ihrer Stirn prangte ein Farbfleck. »Komm rein. Wie geht es Lewis heute?«

»Es geht ihm besser«, antwortete ich und folgte ihr hinein. Noch immer hatte ich Schuldgefühle, wenn ich daran dachte, dass er wegen mir Schmerzen an seiner Pfote hatte. »Was machst du?«, fragte ich, um das Thema zu wechseln.

»Ich male.« Phoebe strahlte. »Schon so lange habe ich keinen Pinsel mehr in der Hand gehalten. Aber heute war mir danach.«

Früher hatte Phoebe immer gemalt oder an einer Skulptur gebastelt. Ich runzelte die Stirn und überlegte. In den letzten Jahren hatte sie aufgehört, davon zu erzählen, und als ich wieder hierhergekommen war, hatte ich auch keine neuen Bilder entdeckt.

»Außerdem wollte ich dir das hier zeigen.« Phoebe ging ohne Schwierigkeiten vom Flur ins Wohnzimmer, drehte sich einmal und kam zurück. Ihre Bewegungen waren noch nicht so geschmeidig wie vor dem Unfall, aber es war ein riesiger Unterschied zu den vorherigen Wochen.

»Tadaaa!«, rief Phoebe, und ich klatschte in die Hände. »Ich sag es dir, in ein paar Wochen laufe ich schon wieder den Crescent Mountain nach oben.«

»*Vielleicht* sollte das dein Physiotherapeut vorher wissen«, gab ich zu bedenken.

Phoebe machte eine wegwerfende Handbewegung. »Was Derryl nicht weiß, macht Derryl nicht heiß.«

Als sie meinen tadelnden Gesichtsausdruck sah, kam sie zu mir und gab mir einen Kuss auf die Wange. »Nun schau nicht so, Liebes. Du weißt, dass ich nur Spaß mache. Ich will nichts übereilen, aber ich merke, wie mein Körper wieder zu seiner alten Kraft kommt. Und ich kann es kaum erwarten, wenn alles so ist wie vorher.«

Wenn alles so ist wie vorher. Ich schluckte. Irgendwie war mir schlecht. War ich die Einzige, die nicht wollte, dass alles wieder wie früher wurde?

»Helen war so lieb und hat uns Scones aus der Bäckerei mitgebracht.« Phoebe ging in die Küche und füllte Wasser in den Wasserkocher. »Ich mache uns Tee.«

»Ich komme gleich«, sagte ich und ging ins Bad. Dort drehte ich den Wasserhahn auf und spritzte mir etwas Wasser ins Gesicht. Schon seit dem Kindergarten fühlte ich mich wacklig auf den Beinen. Nein, eigentlich schon seit gestern. Seitdem Nathan am Kangaroo Hill gewesen war. Ich trocknete mein Gesicht ab und ging wieder zurück. Als ich an Phoebes Zimmer vorbeilief, blieb ich stehen. Die Tür war ein Stück geöffnet, und ich konnte die große Staffelei vor dem Fenster sehen. Ich schlüpfte hinein.

Das große Bild, an dem sie gerade malte, zeigte sie und mich. Wir hielten uns in den Armen und lachten dabei. Das Bild war voller Wärme und Liebe, man spürte es in jedem von Phoebes Pinselstrichen. Ich ging zur Staffelei und fuhr vorsichtig über die trockene Farbe.

»Es ist jetzt schon mein absolutes Lieblingsbild von allen, die ich je gemalt habe«, sagte plötzlich Phoebe leise hinter mir.

Ich drehte mich nicht um, sondern starrte nur weiter auf das Bild. In den letzten Jahren hatte ich Phoebe zwar regelmäßig gehört und auch gesehen, aber ich hatte sie immer auf Abstand gehalten. Ich hatte ihr nie erzählt, warum ich gegangen war oder wie es in mir aussah. Sie war aber trotzdem immer für mich da gewesen. Sie war meine Familie. Mir traten die Tränen in die Augen.

»Liebes, ist alles in Ordnung?«, fragte Phoebe vorsichtig.

Ich drehte mich um. Dann schüttelte ich den Kopf.

»Was ist los?« Phoebe nahm mich an der Hand, und wir setzten uns auf ihre Bettkante. Sie streichelte mir über die nasse Wange.

»Ich will doch überhaupt nicht wieder weggehen«, platzte es aus mir heraus. Endlich hatte ich es ausgesprochen. »Ich will hier bei dir bleiben. Ich will im Kindergarten bleiben und bei Taylor und Ivy. Ich möchte mit Jake Musik machen, und ich will zu Nathan zurück. Aber es geht nicht. Es geht einfach nicht.« Ich schüttelte den Kopf.

»Was geht nicht?« Phoebe sah mich fragend an.

»Ich muss wieder weg.«

»Warum?«, fragte sie. »Was hält dich davon ab hierzubleiben?«

Ich antwortete nicht.

Phoebe strich mir über die Haare. »Du kannst mir immer alles erzählen.«

Mein Blick wanderte wieder zur Staffelei. Phoebe und ich, wie wir uns stützten. Seit Jahren trug ich meine Gedanken mit mir herum, aber teilte sie mit niemandem. Ich hatte sie in mir weggeschlossen und hatte versucht, nach vorn zu schauen. Doch was hatte es mir gebracht?

Ganz langsam fing ich an, Phoebe alles zu erzählen. Von meiner Panik, ihr wieder weggenommen zu warden, und dass ich ihr deshalb nie gesagt hatte, was in der Schule los gewesen war. Und von dieser schrecklichen Angst, dass wieder etwas Schlimmes passieren würde, so wie es immer gewesen war. Ich erzählte und erzählte, und es tat so gut, endlich alles auszusprechen.

»Deswegen bist du gegangen?« Phoebe nahm mein Gesicht in ihre Hände. »Ich will, dass du mir nun ganz genau zuhörst, ja? Du hast keine Schuld an einem Unfall, an meiner Gesundheit oder irgendetwas anderem. Dir sind schlimme Dinge widerfahren, doch daran trägst du keine Schuld.«

»Aber-«

»Du trägst keine Schuld«, wiederholte Phoebe nachdrücklich und streichelte über meinen Rücken. »Auch wenn wir gerne davor weglaufen würden – wir können nicht aufhalten, was passiert. Und das ist oft schrecklich beängstigend. Denn die Gefahr, dass unser Herz gebrochen wird, wenn wir es öffnen, ist immer da. Aber wenn wir dieses Risiko nicht eingehen, verschließen wir uns auch für alles Schöne.«

Ich schluckte. Es war genau, wie Phoebe gesagt hatte. Denn ja, ich hatte versucht, mich vor allem zu schützen – doch gleichzeitig hatte ich auch die schönen Momente verpasst, die ich hier in Emerald Bay mit voller Wucht wieder zu spüren bekommen hatte.

Phoebe räusperte sich. »Als du zu mir gezogen bist, habe ich ebenfalls plötzlich riesige Angst gehabt.«

»Wirklich?«, fragte ich überrascht.

»Natürlich! Ich hab die meiste Zeit meines Lebens ganz alleine verbracht. Und nun war da dieses kleine Mädchen, das ich so sehr beschützen wollte. Aber ich habe mir geschworen, dass ich dir jede Freiheit gebe, die du brauchst, um deinen Weg zu finden. Du hattest schon so viel durchgemacht. Ich habe oft nicht nachgefragt, was genau los ist, weil ich dich nicht einengen wollte. Vielleicht war das ein Fehler. Aber an dem Tag, als du mit dem Van losgefahren bist, hätte ich am liebsten meine Sachen gepackt, um dir hinterherzureisen, weil ich mir solche Sorgen gemacht habe.«

»Ich dachte, du bist ohne mich besser dran«, sagte ich leise.

»Wie könnte ich jemals ohne dich besser dran sein?« Phoebe drückte meine Hand. »Meine Welt ist so viel heller, seitdem du in meinem Leben bist, Liebes. Wie diese sonnengelbe, strahlende Wand in deinem Zimmer. Das musst du mir glauben.«

Ich lächelte, und meine Augen füllten sich wieder mit Tränen. Nicht aus Traurigkeit, wie so oft in den letzten Jahren, sondern aus Erleichterung. Ich lehnte mich an

Phoebes Schulter und betrachtete das Gemälde. Ich wollte nicht mehr all das Schöne von vornherein ausschließen, weil ich Angst vor dem Schmerz hatte. Nein, ich wollte hierbleiben und mein Herz endlich wieder ganz öffnen.

*

Das Wetter war komisch für diese Jahreszeit. Statt Sonnenschein war der Himmel die meiste Zeit bedeckt, und das Wasser war aufgewühlt. Der Wind wurde immer stärker, und ein Sturm braute sich in Emerald Bay zusammen. In den letzten Tagen waren die Wellen immer größer geworden.

Der Van war vorbereitet, und ich hatte eine Tasche mit den wichtigsten Sachen gepackt. Den Rest ließ ich hier. Ich hatte an einem Abend die alten Fotoalben von Mum und Dad hervorgeholt. Mum hatte die Fotos ganz genau beschriftet, wann und wo sie geschossen worden waren. Ich hatte bereits eine Reiseroute im Kopf und würde all die Orte sehen, an denen sie auch gewesen waren.

Wenn ich Phoebe und Nathan von meinen Plänen erzählen würde, würden sie wahrscheinlich sogar darüber nachdenken, mit mir mitzukommen. Oder sie würden mich davon abhalten, zu fahren. Wenn ich das wirklich durchziehen wollte, musste ich es also tun, ohne dass sie es mitbekamen.

Als ich im Kinderheim gewesen war, hatte es immer wieder Geschichten von älteren Kindern gegeben, die abgehauen waren, weil sie auf keinen Fall dortbleiben wollten. Bei mir war es andersherum. Ich musste einfach gehen, auch wenn ich bei Phoebe, Nathan und Taylor bleiben wollte. Taylor. Sollte ich wenigstens ihn einweihen? Nein, es wäre total unfair, ihn damit zu belasten.

Also schrieb ich einen langen Brief an Phoebe und platzierte ihn auf dem Wohnzimmertisch. Ich schrieb auch meine neue Handynummer auf. Ich würde mich regelmäßig bei ihr melden, damit sie wusste, dass es mir gut ging. Aber Nathan musste ich ganz loslassen. Ich musste den Kontakt abbrechen, sodass er mich vergessen konnte und ich schon bald nur noch eine blasse Erinnerung für ihn war.

Ich hatte den Van vom Händler geholt und einige Straßen weiter geparkt, damit niemand Verdacht schöpfte. Phoebe war bei einer Vernissage und würde erst spät heute Abend wiederkommen. Bis dahin war ich bereits die Ostküste ein gutes Stück nach oben gefahren. Ich stieg ein und verstaute meine Sachen. Ich steckte das Foto von Mum und Dad, das sie an einem tropischen Strand ganz im Norden zeigte, hinter die Gangschaltung. Das war mein erstes Ziel. Ich startete mit zitternder Hand den Motor. Wie in Trance fuhr ich aus der Stadt heraus. Als ich die Abzweigung zum Leuchtturm sah, bog ich kurzerhand ab. Ich atmete tief ein und aus. Sobald ich Emerald Bay hinter mir gelassen hatte, würde es mir bestimmt besser gehen. Endlich würde ich niemandem mehr zur Last fallen, und keiner würde sich mehr Sorgen um mich machen. Ich war ganz alleine für mich verantwortlich.

Als ich am Leuchtturm parkte, schlug meine Stimmung sofort um. Was tat ich hier eigentlich? Was hatte ich mir dabei gedacht, einfach wegfahren zu wollen? Ich stieg aus, und der Wind zerzauste meine Haare. In meiner Erinnerung war ich wieder das kleine Mädchen, das nach den Delfinen Ausschau gehalten hatte. Das so viel Schmerz gespürt hatte, aber eben auch Hoffnung, als Phoebe, Nathan und Taylor in mein Leben getreten waren. Doch gleichzeitig hatte ich immer Angst gehabt. Sie war mein ständiger Begleiter gewesen. Angst, dass ich Phoebe wieder weggenommen werden würde. Angst vor den Hänseleien in der Schule. Angst, dass wieder etwas Schlimmes passieren würde. Wenn ich selbst ging, würde es wehtun, aber diese allgegenwärtige Angst würde bestimmt endlich verschwinden. Und genau deswegen war es die richtige Entscheidung. Ich holte mein Notizbuch aus meiner Tasche, riss eine Seite heraus und fing an zu schreiben: Lieber Nate, ...

NATHAN

»Alles in Ordnung, Nathan?« Blake sah mich besorgt an.

»Alles super«, erwiderte ich.

Übermorgen fand der Surfcup statt, und wir hatten eben ein letztes Mal zusammen trainiert. Bei der letzten Welle war ich gestrauchelt, obwohl ich versucht hatte, mich nur darauf zu konzentrieren. Nachdem ich vom Kangaroo Hill weggefahren war, hatte ich mir geschworen, keinen Gedanken mehr an Billie zu verschwenden. Es tat zu sehr weh.

»Ruh dich morgen aus«, sagte Blake.

»Das mache ich«, versprach ich.

»Dann sehen wir uns am Sonntagmorgen.« Blake legte mir eine Hand auf die Schulter. »Du wirst das schaffen.«

Ich nickte, obwohl ich keine Ahnung hatte, ob das stimmte. Ja, ich *wollte* es schaffen. Aber die Konkurrenz war groß und die Wellenbedingungen nicht so gut wie in den letzten Wochen. *Du darfst jetzt nur nicht nervös werden. Zieh dein Ding durch.*

Ich zog mich um und trug mein Surfbrett zum Jeep. Nachdem ich es eingeladen hatte, ging ich hinüber zum Three Pines. Wie an jedem Freitagabend war es gut besucht, und Mum war damit beschäftigt, die Gäste zu bedienen. An der Pinnwand neben der Tür hing neben dem Plakat für den East-Coast-Surfcup ein großer Zettel: *Bedienung gesucht.*

»Sollen wir damit nicht warten?«, hatte ich Mum gefragt. »Was ist, wenn ich es wieder nicht …«

Doch Mum hatte den Kopf geschüttelt. »Wir brauchen dringend Unterstützung hier. Du wirst surfen – wenn du das willst. Egal, was beim Surfcup passiert.«

Ich ging zum Tresen, wo Hazel gerade Getränke zapfte.

»Hey«, begrüßte ich sie. »Ich löse dich ab.«

Sie schüttelte den Kopf. »Du musst dich für deinen großen Tag ausruhen.«

»Ich möchte dir wirklich helfen.«

Hazel sah mich erstaunt an.

»Komm schon, Hazel«, bat ich sie. »Ich muss irgendetwas tun, damit ich nicht allzu viel nachdenke.«

Sie löste ihre Schürze und kam hinter dem Tresen hervor. »Wie du magst. Aber wenn Mum fragt, was du hier machst, sagst du ihr, dass ich versucht habe, dich davon abzuhalten.«

Ich nickte und überflog den Zettel mit den Bestellungen.

Hazel setzte sich auf einen der Barhocker. »Ich habe übrigens die Zusage für das Praktikum bekommen.«

»Super! Herzlichen Glückwunsch!« Ich streckte meine Hand in die Luft, und Hazel schlug ein. »Wann geht es los?«

Hazel hatte in der Tierklinik in Newcastle arbeiten wollen, seitdem sie ganz klein gewesen war.

»In fünf Tagen.«

»So bald?«

»Die Uni beginnt schon im März, daher muss ich sofort anfangen.« Sie atmete tief ein. »Ich brauche allerdings ein paar von deinen Umzugskisten.«

Erstaunt sah ich sie an.

»Ich habe mich bei einer Tierarztpraxis in Sydney beworben, und sie haben mich sofort genommen«, erklärte Hazel.

»Du gehst weg?«, kapierte ich endlich, was sie mir sagen wollte.

Hazel nickte. »Aber nur für einen Monat. Ich möchte auf jeden Fall hier in Emerald Bay studieren.«

»Ich werde dich echt vermissen, Hazelnut.« Ich legte ihr einen Arm um die Schulter.

»Tja, man lernt die Menschen oft erst zu schätzen, wenn sie nicht immer verfügbar sind.« Hazel lehnte ihren Kopf an meine Schulter.

Ich grinste. »Sehr weise.« Dann löste ich mich von ihr. »Gilt das nur für mich oder auch für Faye?«

Hazel kaute auf ihrer Unterlippe. »Keine Ahnung. Aber vielleicht weiß sie ja, was sie will, wenn ich zurückkomme.«

»Ich glaube, es ist ziemlich klar, was sie will, wenn ich so an die letzten Wochen denke.«

Hazel spielte mit dem Trinkhalm in ihrem Glas.

»Ich denke, sie traut sich einfach nicht«, überlegte ich.

»Faye?«, fragte Hazel und runzelte die Stirn. »Sie traut sich doch sonst alles.«

Ich zuckte mit den Achseln. »Jeder hat wohl seine Schwachstelle.«

»Ich will aber nichts verheimlichen«, erwiderte Hazel traurig. »Das bin nicht ich.«
Ich nickte. »Verstehe ich.«
»Aber?« Hazel hob die Augenbrauen.
»Nichts aber.«
»Hier liegt definitiv ein *Aber* in der Luft.«
Ich kratzte mich am Hinterkopf. »Natürlich gibt es für dich kein Problem. Du bist Hazel, so wie du bist, so war es immer, und so wirst du von uns allen geliebt. Aber Faye ... für sie ist das alles neu.«
Hazel stöhnte. »Bei dir hört es sich so an, als wäre ich ein schrecklicher Mensch.«
»Quatsch. Aber stell dir vor, du hättest Mum und Dad anlügen müssen. Oder hättest Angst, dass sie nichts mehr mit dir zu tun haben wollen.«
Hazel knabberte an ihrem Daumennagel. »Es wäre die Hölle, und ich will es mir gar nicht vorstellen. Aber ich will so nicht mit ihr zusammen sein. Ich habe mich in den letzten Wochen einfach schlecht gefühlt. Nicht mehr wie ich selbst. Verstehst du das?«
Ich nickte. »Ja.«
Hazel starrte in ihr halbvolles Wasserglas. Dann sagte sie mit fröhlicher Stimme. »Ich kann es kaum erwarten, mit dem Praktikum anzufangen und danach endlich an die Uni zu dürfen. Nie wieder Sport oder Gedichtinterpretation. Dafür jeden Tag Biologie.« Sie lächelte, doch ich merkte, dass sie ihre Traurigkeit überspielte. Aber Hazel würde ihren Weg gehen, da war ich mir ganz sicher.
Die Tür ging auf, und Sam und Isla kamen herein.
»Da seid ihr ja!«, rief Mum, die in dem Moment von der Terrasse hereingelaufen kam. Sie nahm Isla auf den

Arm und gab Sam einen Kuss auf die Wange. Dann sah sie mich hinter dem Tresen, und ich sagte schnell: »Ich habe Hazel gezwungen, mich hinter die Bar zu lassen.«

Mum grinste und kam zu mir, um mir ebenfalls einen Kuss auf die Wange zu geben. Isla machte es ihr nach, und ich lachte.

Dad steckte den Kopf aus der Küchentür. »Habe ich doch richtig gehört, dass ihr alle da seid.« Er klopfte mir auf die Schulter und setzte sich dann neben Hazel, die sich an ihn lehnte. »Nathan, hattest du ein gutes Training?«

Ich nickte.

»Wir werden dir am Samstag so laut zujubeln, dass niemand anderes eine Chance hat«, erklärte Mum.

Ich lachte. »Ich habe ganz vergessen, euch zu sagen, dass Familien *doch* nicht zugelassen sind.«

Hazel grinste. »Sind wir dir etwa peinlich?«

»Wir sind eine Familie, oder?«, fragte Isla in dem Moment.

»Ja«, erwiderte Dad stolz, und Isla lächelte erleichtert.

Mum strich ihr übers Haar. Dann fragte sie: »Bleibt ihr alle zum Essen?«

Sam, Hazel und ich sahen uns an und nickten.

Es fühlte sich nach Veränderung an. Isla ging bald in die Schule. Hazel würde bereits nächste Woche ausziehen, und ich hatte keine Ahnung, was mich nach dem Surfcup erwartete. Alles war möglich. Und ich wollte nicht mehr über das Vergangene nachdenken.

*

»Ich bin echt gespannt, was es so Dringendes gibt«, sagte

ich zu Taylor, als ich am nächsten Mittag am Sunshine Beach neben ihm ausstieg. Er lehnte an seinem Pick-up und lächelte geheimnisvoll. Er hatte mir nur geschrieben, dass er mich unbedingt treffen musste, aber keinen Grund verraten.

»Ich hab eine Überraschung für dich«, verkündete er. Dann griff er auf die Ladefläche und hob mein altes Surfbrett heraus. Das Surfbrett, mit dem ich meinen Unfall gehabt hatte und das ich vor Zorn kaputt gemacht hatte. Doch jetzt war kein Riss mehr darin zu sehen. Nichts erinnerte an den Sturz. Ich fuhr über die glatte Oberfläche.

»Ich wusste einfach, dass du irgendwann wieder bei einem Wettkampf antreten würdest. Daher habe ich es behalten«, erklärte Taylor. »Ich hab es reparieren lassen. Wenn du sagst, es bringt Unglück, musst du es natürlich nicht nehmen, aber ich dachte-«

Anstatt zu antworten, umarmte ich ihn. »Danke, T.«

Er klopfte mir auf die Schulter. »Gern geschehen.«

Ich freute mich wirklich, denn ich hatte dieses Surfbrett immer geliebt. Nein, es fühlte sich nicht falsch an, damit morgen anzutreten, sondern genau richtig.

»Hast du Lust?«, fragte ich und machte eine Kopfbewegung zum Meer hin.

»Ich hatte gehofft, dass du das fragst!« Taylor lächelte.

*

Kurze Zeit später saßen wir auf unseren Brettern und ließen uns im Wasser treiben. Das Surfen war mir im Moment egal. Ich hatte genug trainiert, und ich würde heute nichts mehr riskieren. Nein, ich wollte einfach hier draußen mit Taylor zusammen sein und die salzige Luft einatmen, so wie es immer gewesen war. Obwohl ich mir geschworen hatte, nicht mehr über sie nachzudenken, erzählte ich ihm von Billie, dem Leuchtturm und dem Tag danach am Kangaroo Hill.

»Ich verstehe es einfach nicht«, sagte ich traurig.

Taylor sah mich verständnisvoll an. »Ich auch nicht. Zu mir hat sie nichts gesagt, aber ich habe sie diese Woche auch kaum gesehen.«

»Es sollte mir einfach egal sein. Ich muss versuchen, sie zu vergessen. Sie wird sowieso bald wieder fahren.« Ich hielt meine Hand ins Meer und ließ das Wasser durch meine Finger gleiten. »Aber verdammt noch mal, wieso hat sie sich mir erst wieder geöffnet und stößt mich nun wieder weg? Wer soll daraus schlau werden?« Ich stöhnte und vergrub meinen Kopf in meinen Händen.

Taylor räusperte sich. »Eigentlich seid ihr euch ziemlich ähnlich.«

Ungläubig sah ich ihn an. »Mann, was erzählst du da?« Auf keinen Fall war ich wie Billie. Ich sagte offen heraus, was ich wollte, was mir passte und was nicht.

»Erinnerst du dich an die Zeit nach deinem Unfall?«

Ich nickte und betrachtete die Oberfläche meines Surfbretts. *Es ist kein Riss mehr zu sehen.* Damals hatte ich jeden Mut verloren und hatte einfach nur in meinem Bett gelegen. Mein Knie verheilte nur langsam, und während draußen weiterhin die Sonne schien, versuchte ich alles auszusperren.

»Du hast versucht, jeden um dich herum rauszuekeln. Wenn ich zu dir kam, hast du mir gesagt, dass ich wieder verschwinden soll.«

Taylor hatte sich nicht von mir vertreiben lassen. Er war trotzdem jeden Tag wiedergekommen. Er hatte die ganzen Sommerferien mit mir in meinem Zimmer verbracht, anstatt draußen zu surfen oder zu feiern. Ich würde ihm für immer dankbar sein, dass er so hartnäckig geblieben war.

»Du bist geblieben«, sagte ich.

Taylor nickte. »Und ich würde es jederzeit wieder so machen.«

Ich beobachtete die Wellen, die sich nicht weit von uns entfernt aufbauten und wieder brachen.

»Seitdem Billie wieder zurück ist, kann ich es wieder spüren«, erklärte ich.

Stirnrunzelnd sah Taylor mich an. »Was?«

»Dass ich es schaffen kann. Dass ich jede Welle reiten kann. Trotzdem habe ich irgendwie Angst vor morgen.«

»Du wirst es schaffen«, sagte Taylor mit Nachdruck. »Das weiß ich einfach.«

NATHAN

Am nächsten Morgen konnte ich nicht frühstücken oder mich auf irgendetwas konzentrieren. *Heute ist es so weit. Du hast es in der Hand, ob du endlich deinen Traum erreichst.* Mir war vor Aufregung ganz schlecht.

»Nathan, wenn du dein Surfbrett noch einmal wachst, kannst du darauf eine Kerze anzünden«, sagte Faye irgendwann energisch und nahm mir das Surfwachs aus der Hand.

Als es endlich so weit war, packte ich meine Sachen in den Jeep und fuhr zum Main Beach.

»Wir sehen uns, wenn du deine Trophäe nach oben hältst. Ich bin die, die am lautesten schreit«, hatte Faye zum Abschied gesagt, doch ich hatte nichts erwidert. Ich war zu beschäftigt damit, meine Nervosität in den Griff zu kriegen.

Am Main Beach waren die Vorbereitungen in vollem Gange. Große Zelte waren aufgebaut, und die Sponsorenfahnen der Surfmarken wehten im Wind. Schon jetzt waren die ersten Zuschauer da, die sich mit Handtüchern und Picknickdecken am Strand die besten Plätze sicherten.

Ich hielt Ausschau nach Blake. Ich entdeckte ihn mit Zac vor dem Zelt, über dem groß *Anmeldung* stand. »Bist du bereit?«, begrüßte er mich, als ich zu ihnen ging. Ich nickte, obwohl ich alles andere als bereit war. Mein Puls beschleunigte sich immer mehr, und ich merkte, wie sich jetzt schon Schweiß auf meiner Stirn sammelte. Zac und ich bekamen unsere Startnummern, und wir gingen zu dem Zelt, in dem die Teilnehmer warteten, bis sie an der Reihe waren.

»Zac ist als Zweiter dran, Nathan als Letzter«, las Blake aus dem Plan vor.

Na toll. Du darfst dir jeden Einzelnen deiner Konkurrenten ansehen, bevor du endlich selbst aufs Wasser darfst.

Blake fing meinen Gesichtsausdruck auf und beruhigte mich: »Mach dir keine Gedanken. Es kann ein Vorteil sein, die Durchgänge der anderen zu sehen, um den Wellengang besser einzuschätzen.«

Zac und ich dehnten uns, und ich beobachtete, wie immer mehr Zuschauer zum Strand strömten. *Hältst du etwa wirklich nach ihr Ausschau?*, schalt ich mich selbst. *Ja, sie hat dir versprochen zu kommen, doch das war vor der Entscheidung, dass Billie ein für alle Mal der Vergangenheit angehört.*

Als es endlich losging, war der Strand gerammelt voll. Der Veranstalter eröffnete den Surfcup, und die Menge jubelte. Ich versuchte erst gar nicht, meine Familie, Taylor, Ivy und Faye zu entdecken. Es war einfacher, wenn ich nicht wusste, wo sie standen.

Der erste Teilnehmer startete und legte einen guten Ritt hin. Noch bevor er wieder aus dem Wasser kam, gingen Zac und Blake zusammen zum Wasser vor. Blake klopfte ihm auf die Schultern, und als das Zeichen gegeben wurde, paddelte er in die Wellen hinaus.

Zac war hervorragend. Er bewegte sich flink im Wasser und surfte seinen Durchgang perfekt. Ich sah, wie eine der Preisrichterinnen beeindruckt mit dem Kopf nickte und sich Notizen machte. *Du konzentrierst dich nur auf dich. So, wie du es geübt hast.*

Ich sah mir einen Teilnehmer nach dem anderen an, und mit jedem wurde meine Angst ein bisschen größer. Sie alle waren verdammt gut. Die Konkurrenz war riesig. *Was hast du erwartet? Dass das hier ein Spaziergang werden würde?* Mein Schädel pochte inzwischen, und mir wurde immer unwohler.

»Ich komm gleich wieder«, murmelte ich und sah, wie Blake Zac einen Blick zuwarf. Dann lief ich zu den Toiletten. Ich lehnte mich in einer der Kabinen an die Wand und versuchte, ruhig zu atmen. Ich musste mich beruhigen, sonst würde ich es niemals schaffen! *Was hast du immer zu Billie gesagt? Tief ein- und ausatmen.* Ich strich mir mit meinem Zeigefinger über die Nasenwurzel und konzentrierte mich auf diese Bewegung. Trotz allem wünschte ich mir sehnlichst, dass sie hier wäre.

»Nathan?« Blake stand plötzlich vor der Toilettenkabine.

»Mir geht es gut«, versuchte ich mit fester Stimme zu sagen, doch sie zitterte.

»Es ist okay, wenn es nicht so ist«, hörte ich ihn sagen. »Du trittst das erste Mal seit Langem wieder an. Wer bleibt da denn einfach cool?«

Ich öffnete die Kabinentür. Blake stand davor und lächelte mich aufmunternd an.

»Ich glaub, ich schaff es nicht«, murmelte ich und sah auf den Boden.

»Ich trainiere nun schon so lange mit dir«, erklärte Blake. »Ich *weiß*, dass du es schaffen kannst.« Er legte seine Hände auf meine Schultern. »Aber du bist der Einzige, auf den es ankommt. Wenn du da auf keinen Fall rauswillst, dann lass es. Das ist nicht schlimm. Aber wenn es nur darum geht, dass du Angst davor hast, wieder hinzufallen, dann schnapp dir jetzt dein Surfbrett.« Er sah mir tief in die Augen. »Wir alle haben Angst, wenn wir versuchen, diese Wellen zu meistern. Es geht einzig und allein darum, ob wir es trotzdem immer wieder versuchen.«

Ich erinnerte mich an den Moment, als ich mich endlich wieder getraut hatte, mich voll in die Wellen fallen zu lassen. Es war großartig gewesen. *Komm schon!*

»Okay«, sagte ich mit fester Stimme.

Blake reckte jubelnd die Faust in die Luft. »Komm, du bist gleich dran.«

Zusammen gingen wir wieder hinüber zum Zelt. Ich band meine Haare zu einem Zopf und trug Zinkcreme gegen die Sonne auf meine Wangen.

»Viel Glück.« Zac hielt mir seine Hand hin.

Ich lächelte und schlug ein. »Danke.«

Ich nahm mein Surfbrett unter den Arm und ging mit Blake zum Wasser vor. *Atme einfach tief durch.*

»Mit der Startnummer zweiundzwanzig unser letzter Teilnehmer hier aus Emerald Bay – Nathan Harrison«, dröhnte es aus den Lautsprechern, und Applaus brandete auf.

»Nathan!«, hörte ich Faye über die Menge hinweg rufen und musste grinsen. Dann trug ich mein Brett ins Wasser und paddelte hinaus. Der Wind war stärker als an den Tagen zuvor, und die Strömung hatte sich etwas gedreht. *Du kennst diese Bucht in- und auswendig.* Genau auf diesen Heimvorteil hatte Blake uns eingeschworen. Ich paddelte immer weiter hinaus und beobachtete die Wellen. Die Nächste kam, und ich wollte mich gerade von meinem Brett nach oben drücken, doch hielt dann inne. Ich hatte nur einen Versuch. Die Welle brach viel zu früh in sich zusammen, und ich atmete tief aus. Die Nächste würde dafür umso größer werden. Und tatsächlich baute sich hinter mir eine Welle perfekt auf, und ich paddelte los, um sie zu kriegen. In dem Moment, in dem sie brach, drückte ich mich von meinem Brett nach oben und surfte los. Ich dachte an nichts, sondern fühlte nur diese unbändige Stärke des Wassers. Bis zum Schluss stand ich sicher auf meinem Brett. Ich hatte es geschafft! Ich riss meine Hände in die Höhe und ließ mich nach hinten in die Wellen fallen. Das Wasser fing mich auf, und ich tauchte hinein. Für einen Moment blieb ich unten und spürte die Strömung des Ozeans um mich herum. Dann tauchte ich wieder auf und holte tief Luft. Vor Erleichterung stieß ich einen lauten Schrei aus. Ich zog mein Brett zu mir und schwamm zurück zum Strand. Als ich aus dem Wasser lief, hörte ich, wie geklatscht und gejubelt wurde.

Blake lief mir entgegen und umarmte mich. »Das war der Wahnsinn!« Er war nun ganz nass, doch er drückte mich immer wieder. Da sah ich über seine Schulter hinweg Billie. Sie stand ganz am Rand der Menge und hatte gebannt die Hände vor dem Mund zusammengeschlagen. Sie war wirklich hier! So, wie sie es versprochen hatte. *Aber warum?* Ich merkte, wie mir trotz des kalten Wassers auf meiner Haut ganz warm wurde. Ich wandte den Blick ab, denn in dem Moment kamen Zac und Hannah zu mir gelaufen.

»Ihr wart beide so gut«, rief Hannah immer wieder und reichte mir ein Handtuch. Ich trocknete mich ab.

»Die Siegerehrung findet gleich statt, du hast keine Zeit, dich umzuziehen«, erklärte Blake. Wir gingen zu den anderen Teilnehmern, die bereits vor der Bühne mit dem Siegertreppchen warteten. In diesem Moment war mir tatsächlich egal, ob ich gewonnen hatte. Ich hatte es geschafft! Ich würde weitersurfen. Und wenn ich heute keinen Preis gewann, dann beim nächsten Wettbewerb.

Einer der Juroren stieg auf die Bühne und dankte allen Sponsoren. Unauffällig drehte ich mich um, doch ich konnte Billie nirgends entdecken. War sie immer noch hier?

Der Juror rief den Namen für den dritten Platz auf. Ein Surfer aus Byron Bay, der wirklich gut gewesen war. *Warst du besser als er? Oder ist es damit schon vorbei?*

»Auf Platz Nummer zwei: Nathan Harrison«, hörte ich in dem Moment den Juror sagen, und Blake fiel mir um den Hals. Wie in Trance stieg ich auf das Siegertreppchen, und der Juror hängte mir eine Medaille um den Hals. Pfiffe ertönten, und ich sah, wie Faye, Taylor und Ivy auf und ab hüpften. Mum und Dad winkten mir zu, Hazel klatschte, und Sam hatte Isla auf den Schultern, die ein Fähnchen schwenkte. Ich konnte Billie nirgends entdecken, doch ich grinste trotzdem von einem Ohr zum anderen. Ich hatte den zweiten Platz gemacht!

»Und der Gewinner des diesjährigen East-Coast-Surfcups: Zac Maxwell!«

Wieder jubelte die Menge, und ich klatschte ebenfalls.

Zac hatte es verdient. Er war in diesem Turnier der Beste gewesen. Ich hatte genug Zeit, um mich in Zukunft weiter zu verbessern.

Er stieg neben mich, und wir grinsten uns an. Blake konnte es nicht fassen und klatschte wie wild.

Ich grinste immer noch, als das Turnier beendet wurde und ich wieder von der Bühne stieg. Ich grinste, als Hannah mir zuflüsterte: »Der Typ, der da neben Blake steht, ist wohl ein berühmter Talentscout.« Und ich grinste, als ich zu den anderen ging und mich einer nach dem anderen umarmte.

»Ich wusste es«, wiederholte Taylor immer wieder, und Mum wollte mich gar nicht mehr loslassen. Ich ahnte, dass es Hazel und Faye schwerfiel, hier nebeneinanderzustehen, und war dankbar, dass sie es trotzdem für mich taten.

»Heute feiern wir«, verkündete Dad. »Wir treffen uns alle im Three Pines.«

»Ich komme gleich nach«, sagte ich zu ihnen.

Mum nickte. »Wir bereiten schon mal alles vor.«

Ich ging zurück zum Zelt und atmete einmal tief durch. Das Ganze fühlte sich wie ein Traum an. Noch vor Kurzem hatte ich gedacht, meine Surfkarriere wäre für immer vorbei. *Doch Billie hat dir klargemacht, dass du es wieder versuchen musst.* Sofort bekam mein Herz einen Stich. Ich zog mich um, packte meine Sachen zusammen und trug alles zum Jeep. Als ich mit dem Verladen fertig war, ging ich allerdings nicht ins Three Pines, sondern setzte mich ans Steuer und startete den Motor.

*

Der weiße Leuchtturm strahlte wie immer in der Sonne. Ich parkte und lief den Weg entlang. Zwei Jahre hatte ich diesen Ort gemieden – bis Billie und ich uns hier wieder geküsst hatten. Bevor ich mit den anderen feierte, wollte ich einen Moment für mich allein haben. Hier auf den Klippen über dem Meer war wie immer nichts anderes zu hören als das Rauschen der Wellen und das Schreien der Möwen. Ich betrachtete die Medaille um meinen Hals. Ich hatte erreicht, wovon ich so lange geträumt hatte. *Und doch fehlt dir etwas.*

Ich versuchte, durch eines der kleinen Fenster in den Leuchtturm hineinzusehen. Ob es darin wohl noch genauso aussah wie damals? Ich schaute mich um. Außer mir war niemand hier. Und die Holzfässer standen immer noch neben der Eingangstür. Ich schob das äußerste Fass zur Seite. Der Schlüssel lag tatsächlich noch darunter. Wahrscheinlich wusste bis heute niemand außer Billie und mir, dass er überhaupt dort lag. Ich nahm ihn und steckte ihn in das Schloss. Dann drehte ich ihn herum und drückte die Klinke nach unten. Die Tür ging schwer auf. Was tat ich hier eigentlich?

Ich ging hinein. Es roch genauso nach altem Holz und abgestandener Luft wie damals. Nichts deutete darauf hin, dass irgendjemand hier gewesen war. Auf den Möbeln lag eine dicke Staubschicht.

Hier am Leuchtturm hatte alles angefangen. Ich hatte mich in Billie verliebt, und er war zu *unserem* Ort geworden. Vielleicht suchte ich deswegen genau hier nach Antworten. Ich verstand immer noch nicht, was passiert war. Ich wusste, dass ich Billie tief im Innern kannte – egal, was ich aus Wut zu ihr gesagt hatte. Ich wusste, wer sie war, und daher konnte ich nicht glauben, dass sie unseren letzten Kuss hier bereute. Ich ging zu dem Schrank und sah hinein. Noch immer standen einige heruntergebrannte Kerzen herum. Daneben lagen eine Möwenfeder und eine Muschel. Ich musste lächeln. Billie hatte sie nach unserer gemeinsamen Nacht dort hineingelegt. Ich hatte es schon vergessen gehabt. Dann hielt ich inne. Neben der Muschel lag ein zusammengefaltetes Papier, auf das feine Notenlinien gedruckt waren. Mit klopfendem Herz nahm ich es und faltete es auseinander. Das war Billies Schrift! Ich fing an zu lesen.

Lieber Nate,
wenn du das hier liest, bin ich nicht mehr in Emerald Bay. Allein das zu schreiben tut schrecklich weh. Doch es geht nicht anders. Ich weiß, dass nichts, was ich schreibe, ausreicht, um dir zu sagen, wie leid es mir tut. Aber ich kann nicht hierbleiben. Du weißt nicht, wie dunkel es manchmal in mir ist und wie viel Angst ich davor habe, dir dein Leben zu erschweren. Deswegen muss ich gehen.
Ich habe den alten Van von meinen Eltern bekommen. Er würde dir gefallen. Wenn du an mich denkst, stell dir vor, wie ich all die Reisen mache, die sie unternommen haben, bevor ich auf die Welt gekommen bin. Ich werde versuchen, ihre Spuren zu entdecken und ihnen nah zu sein. Ich werde mich alleine auf den Weg machen, damit sich niemand mehr um mich sorgen muss. Du hast dich viel zu lange gesorgt. Du wirst so viele tolle Dinge erreichen, und ich will dir dabei auf keinen Fall im Weg stehen. Ich werde jeden Tag an dich denken, egal, wo ich bin. Ich liebe dich, Nate. Und ich werde dich immer lieben.
Deine Billie

BILLIE

Er hatte es geschafft! Nathan hatte den zweiten Platz belegt! Ich hatte die ganzen letzten Tage hin- und herüberlegt, ob ich zum Surfcup gehen sollte. Lewis hatte mir heute Morgen mit aufgestellten Ohren dabei zugesehen, wie ich den Motor des Vans erst an- und wieder ausgeschaltet hatte, nur um dann loszufahren und vor der Garage wieder zu stoppen. Schließlich hatte ich mich dazu entschlossen, hinzugehen. Ich hatte es Nathan versprochen, und auch wenn ich wusste, dass ich ihn verloren hatte, wollte ich mein Versprechen einlösen.

Ich hatte mich abseits der Menge gestellt und meine Daumen während seines ganzen Durchlaufs fest umklammert. Nathan surfte großartig. Das Wasser war sein Element, und ich konnte sehen, wie sehr er sich selbst vertraute, es zu schaffen.

Ich beobachtete, wie er seine Medaille bekam und danach von seiner Familie und den anderen gefeiert wurde. *Wie gerne wärst du nun dort und würdest ihm gratulieren.* Ich versuchte, den Kloß in meinem Hals nach unten zu drücken.

Bevor er mich entdecken konnte, lief ich schnell den

Strand entlang in Richtung Süden. *Du hast es einfach komplett zerstört. Schon als du das erste Mal gegangen bist. Und als Nathan sich dir wieder geöffnet hat, hast du ihn noch einmal weggestoßen.*

Ich hob eine Muschel aus dem Sand auf und warf sie ins Wasser. Es tat unglaublich weh, aber ich musste mich damit abfinden, dass ich Nathan verloren hatte. Ich atmete die salzige Luft ein.

Ich würde trotzdem in Emerald Bay bleiben. Auch wenn ich viele schlimme Erinnerungen hatte, überwogen die schönen umso mehr. Und genau daran wollte ich anknüpfen. Je mehr ich über Joannes Vorschlag nachdachte, mit Kindern zu arbeiten und ihnen zu helfen, indem ich Musik mit ihnen machte, desto aufgeregter wurde ich.

Inzwischen war ich am Ende des Strands angekommen und sah zum Leuchtturm hinauf. Sofort bekam ich eine Gänsehaut. Dieser Ort würde mich immer an Nathan erinnern. Doch ich wollte trotzdem dorthin. *Vielleicht fällt es dir so leichter, Abschied zu nehmen. Du hast es schon einmal geschafft.*

Ich lief den Weg zum Leuchtturm entlang und kletterte dann zu den Klippen. Am Rand blieb ich stehen und sah hinaus aufs Meer. Ich beobachtete, wie die Wellen gegen den Stein schlugen. Keine Ahnung, wie lange ich schon dort stand, als sich plötzlich jemand hinter mir räusperte. Ich fuhr zusammen und drehte mich um.

Nathan stand vor mir. Ich brachte kein Wort heraus.

»Ich habe dich vom Leuchtturm aus gesehen.« Er deutete nach oben.

Mein Herz raste. *Jetzt sag doch was!* »Was machst du hier? Hast du nicht etwas zu feiern?«, fragte ich mit schwacher Stimme und lächelte vorsichtig. »Und herzlichen Glückwunsch.«

»Danke.« Nathan trat von einem Bein aufs andere. »Ich kann es immer noch nicht wirklich glauben, dass ich den zweiten Platz gemacht habe.«

»Ich schon«, erwiderte ich und versuchte, meine Haare zu bändigen, die im Wind wehten. »Mir war klar, dass du es schaffen wirst.«

»Ich hab dich beim Surfcup gesehen.«

Ich errötete und nickte. »Ich habe es dir versprochen.«

Nathan fuhr sich über sein Gesicht. »Du hast auch gesagt, dass dir unser Kuss nichts bedeutet hat.«

Ich spürte, wie mir Blut in die Wangen schoss.

Nathan zog einen Zettel aus seiner Hosentasche und hielt ihn hoch. Es war mein Brief an ihn. *Er hat ihn also doch gelesen! Wann? Und warum hat er nie etwas gesagt?*

»Und jetzt finde ich das hier! Da steht, dass du mich immer lieben wirst.« Er war ganz rot im Gesicht. »Wieso hast du den Brief nicht bei mir daheim eingeschmissen? Ich habe die ganze Zeit geglaubt, dass ich schuld an allem war. Und dass du mich nie richtig geliebt hast!«

»Es tut mir so leid«, sagte ich. »Ich wollte wirklich nicht, dass du das glaubst. Ich dachte, du gehst auf jeden Fall zum Leuchtturm zurück und findest ihn.«

Nathan raufte sich die Haare und erwiderte wütend: »Du hättest mir eine Nachricht schreiben müssen, dass dieser Brief dort liegt. Irgendeinen Hinweis. So was klappt vielleicht in irgendwelchen Filmen, aber doch nicht im echten Leben!«

»Ich hab nicht richtig nachgedacht«, sagte ich betreten.

»Es tut mir wirklich leid.« Am liebsten hätte ich seine Hand genommen.

Er sah mich an. »Ist es wahr?«

»Was?«, fragte ich.

»Was du geschrieben hast. Ist es immer noch wahr?«

Dass ich ihn immer lieben werde? Ich schluckte. »Natürlich«, flüsterte ich.

Nathan musterte mich aus seinen tiefblauen Augen. Dann wurde sein Blick weicher. »Wieso hast du mir nie erzählt, wie du dich gefühlt hast? Ich wollte doch für dich da sein.«

Er ist hier. Obwohl du ihn so oft weggestoßen hast. Ich räusperte mich. »Es war ein Fehler. Das weiß ich jetzt. Aber ich hatte Angst, dich damit zu belasten. Ich hatte ständig nur Angst. Es tut mir so leid, dass ich dir wehgetan habe.«

Nathan machte einen Schritt auf mich zu, und mein Herz fing schneller an zu klopfen. Wir standen nun ganz dicht voreinander. »Der Brief... endlich verstehe ich, was passiert ist. Er hat diese Puzzleteile in meinem Kopf zusammengesetzt. Und ich würde dir gerne sagen, dass ich für dich da sein will. Aber es geht nicht.«

Würde. Konjunktiv. Nathan gab mir keine Chance mehr. Das hier war ein Abschied. Ich sah auf den Boden. Was hatte ich auch anderes erwartet? Es war zu viel passiert, und ich hatte ihn zu sehr verletzt.

»Aber ich weiß einfach nicht, wie ich noch einen Abschied schaffen soll, wenn du jetzt wieder gehst, um weiterzureisen. Auch wenn ich natürlich verstehe, dass du deinen Eltern nah sein willst.«

Schnell hob ich meinen Kopf. »Ich gehe nicht wieder.«

»Was?«

»Ich gehe nicht wieder«, wiederholte ich. »Ich möchte hier in Emerald Bay bleiben. Bei euch allen.« Ich biss mir auf die Lippe. *Sag es ihm.* »Bei dir.«

Nathan sah mich einen Moment wortlos an. »Meinst du das wirklich ernst?«

Ich nickte. Ja, ich wollte bei ihm bleiben. Und vor allem wollte ich ihn nie wieder loslassen, damit wir in Zukunft zusammen all das Wunderschöne erleben konnten. Ich nahm seine Hände, und ein Schauer jagte durch meinen Körper.

Nathan sah mich ernst an. »Versprich mir, dass du deine Sorgen mit mir teilen wirst.«

»Ich verspreche es dir«, erwiderte ich.

Nathan zog mich zu sich und sagte: »Ich hab dich so vermisst, Billie.«

»Ich dich auch«, antwortete ich und lehnte meine Stirn an seine. »Ich hab jeden Tag an dich gedacht, egal, wo ich war.«

Nathan beugte sich zu mir, und als er mich dieses Mal küsste, wusste ich, dass ich es schaffen würde, meine Ängste hinter mir zu lassen. Hier standen wir zusammen an dem Ort, an dem alles begonnen hatte. Ab hier erwartete uns unsere gemeinsame Zukunft.

Billie

Sieben Wochen später

Es regnete, doch das machte uns nichts aus. Nathan war schon im Morgengrauen aufgestanden, hatte mir einen Kuss gegeben und war mit seinem Surfbrett zum Wasser vorgelaufen. Ich hatte die Vorhänge der Heckscheibe zur Seite geschoben, mich neben Lewis gekuschelt und ihm dabei zugesehen, wie er in die Wellen hinauspaddelte.

Wir fuhren seit ein paar Wochen gemeinsam die Küste entlang und hielten mit dem Van an jedem Ort, der uns gefiel. Wir hörten Musik, während der glitzernde Ozean draußen an uns vorbeiflog, und sangen lauthals mit. Wir saßen abends in eine Decke gehüllt vor dem Lagerfeuer und redeten. Über alles, was in der Zeit passiert war, als wir getrennt gewesen waren. Und über die Zukunft. In wenigen Tagen würden wir nach Emerald Bay zurückkehren. Meine Ausbildung zur Musikpädagogin startete bald, und Nathan hatte ein Treffen mit seinen neuen Sponsoren. Außerdem musste er sich für ein Turnier vorbereiten, das im Herbst in Sydney stattfand. Bestimmt würde er bald oft unterwegs sein, um an noch größeren Stränden trainieren zu können.

Und während ich die beiden letzten Jahre ständig unterwegs gewesen war, freute ich mich, nun nach Hause zurückzukehren. Ich freute mich darauf, Phoebe jeden Tag sehen zu können. Ich freute mich auf meine Arbeit mit den Kindern und ihnen zu zeigen, wie glücklich einen die Musik machen konnte. Ich freute mich auf gemeinsame Konzerte mit Jake. Und auf Taylor, Ivy und Faye.

Ich war glücklich. Mehr als je zuvor. Wenn ich morgens beim Aufwachen in Nathans Augen sah, fühlte ich mich federleicht. Und sobald die Angst, dass dieses Glück nicht von Dauer sein konnte, doch nach oben kam, streichelte ich mir über meine Nasenwurzel und versuchte an Phoebes Worte zu denken. Wir konnten den Lauf der Dinge nicht aufhalten, auch wenn sie schmerzhaft waren. Doch wir konnten wählen, ob wir unser Herz trotzdem wieder öffneten. Dasselbe hatte mir auch Dr. Palmer gesagt, als ich einen Termin in ihrer Praxis gehabt hatte. Ab jetzt würde ich wieder regelmäßig zu ihr gehen.

Lewis gähnte ausgiebig und legte seinen Kopf auf meinen Schoß. Ich nahm mein Notizbuch und schlug es auf. Inzwischen war ich auf der letzten Seite angelangt. Ich blätterte durch das Buch. Die Melodien, die ich aufschrieb, waren in den letzten Wochen leichter geworden. Doch die schwereren davor gefielen mir genauso gut. Sie alle gehörten zu mir und machten mich aus.

Nathan stieg aus dem Wasser und kam durch den Regen auf mich zu. Die Narbe über seinem Knie war inzwischen kaum mehr zu erkennen. Stattdessen befand sich darüber nun ein Tattoo: eine Welle, nur aus einer zarten

Linie gemalt. Er hatte es sich wenige Tage nach dem Surfcup stechen lassen. Als er meinen Blick auffing, lächelte er mich an, und mein Herz machte mal wieder einen dreifachen Salto. Er legte sein Surfbrett neben den Van auf den Boden, öffnete die Heckklappe und gab mir einen langen Kuss.

»Na?«, fragte er und streichelte mir über die Wange. »Fahren wir weiter?«

Ich nickte.

Die Wellen hinter ihm rauschten. Sie waren unaufhaltsam in Bewegung und spülten alles mit sich, was vorher da gewesen war. Es gehörte zu uns, aber es bestimmte nicht, wohin wir gingen. Ein neuer Anfang war jederzeit möglich – ich musste es nur zulassen.

ENDE

Two is a crew!

Dieser zweite Band wäre nie ohne Unterstützung entstanden. Ich danke allen, die dafür gesorgt haben, dass ich wieder zurück nach Emerald Bay reisen konnte …

… meiner großartigen Lektorin Anni. Ein Lektorat mit dir ist wie eine Folge Gilmore Girls in Chat-Format!
… meiner Agentin Christine, die unermüdlich für mich und meinen Traum vom Schreiben im Einsatz ist.
… Anna, Lea und dem Rest des Teams bei ONE und Lübbe.
… Mi, für ihre wunderschönen Zeichnungen.
… Passi. Punkt. Manchmal sind sogar Worte zu wenig, um das zwischen uns zu beschreiben.
… Vivi, für einfach alles, alles, alles. Ich könnte ein weiteres Buch damit füllen.
… meiner Familie und meiner Wahlfamilie. Eben all meinen Lieblingsmenschen. Ihr wisst, wer ihr seid. Und ich hoffe, ihr wisst genau, wie froh ich bin, euch zu haben.
… jeder einzelnen Leserin und jedem einzelnen Leser, allen Blogger:innen und Rezensent:innen. Egal ob auf Instagram oder anderen Plattformen – ich freue mich so sehr über eure unterstützenden Reaktionen. Ich kann euch nicht genug danken!

*Billies Bucket List
oder
10 Orte, die du in Australien
gesehen haben musst*

New South Wales

Von Rockpool zu Rockpool
Der berühmteste Strand in Sydney ist der Bondi Beach mit dem Icebergs Pool. Von hier kannst du auf einem wunderschönen Küstenpfad die Buchten bis zum Rockpool in Bronte, den Bronte Baths, entlangwandern und zwischendurch in einem der lässigen Cafés Pause machen.

Die Blue Mountains entdecken
Das Gebirge westlich von Sydney hat seinen Namen durch den blauen Schleier, der durch die ätherischen Öle der Eukalyptusbäume verursacht wird. Hier findest du Wasserfälle, tiefe Schluchten, und wenn du Glück hast, auch Koalas in den dichten Eukalyptuswäldern.

Queensland

Sonnenaufgang mit Kängurus
Jeden Morgen zum Sonnenaufgang hüpfen Dutzende wilde Kängurus an den Strand von Cape Hillsborough. Ein wunderschöner Moment, um die scheuen Tiere in Ruhe zu beobachten und den neuen Tag zu begrüßen.

Entdecke die größte Sandinsel der Welt
K'gari (ehemals Fraser Island) ist die größte Sandinsel der Welt mit langen Stränden und tropischen Regenwäldern. Das Highlight ist der Süßwassersee Lake McKenzie. Laufe durch den feinen weißen Sand und schwimme in smaragdgrünem Wasser.

Surfer Vibes in Byron Bay
Der Küstenort ist bekannt für seine Surf-Spots und die entspannte Atmosphäre. Mein Lieblingsort: der strahlend weiße Leuchtturm oben auf der Klippe, von dem du Wale und Delfine beobachten kannst.

Mit Schildkröten schnorcheln
Das Great Barrier Reef ist das größte Korallenriff der Erde. Hier kannst du unter Wasser schillernde Fische und mit etwas Glück sogar Schildkröten entdecken. Vielleicht machst du auch eine Segeltour zu einer der vielen paradiesischen Inseln vor der Küste?

Northern Territory

Unter Wasserfällen schwimmen
Südlich von Darwin liegt der Litchfield National Park. Dort kannst du dich unter den Wasserfällen Wangi Falls und Florence Falls abkühlen und dich in den Buley Rockholes, einer Kette von flachen Wasserbecken, treiben lassen.

Das Herz Australiens im Red Centre entdecken
Uluru, ein riesiger roter Sandsteinmonolith, ragt hier aus dem Land und bietet einen unglaublichen Anblick. Für das Volk der Anangu, die seit mehr als 30.000 Jahren in der Region leben, ist er ein heiliger Berg mit zutiefst spiritueller Bedeutung.

Victoria

Kunst und Kultur in Melbourne
Melbourne (Aboriginal-Name: Narrm) ist bekannt für seine vielen Museen, Street Art und Restaurants. Lass dich durch die Innenstadt treiben, sitze in einem der leckeren Cafés und höre bei einem Gratiskonzert der vielen Busker zu.

Besuch einer Pinguinkolonie
Die Insel Phillip Island liegt südlich von Melbourne und ist ein Naturparadies. Das Highlight sind aber die Zwergpinguine am Summerland Beach. Jeden Abend zum Sonnenuntergang kann man beobachten, wir sie vom Meer zurück in ihre heimischen Erdlöcher wandern.

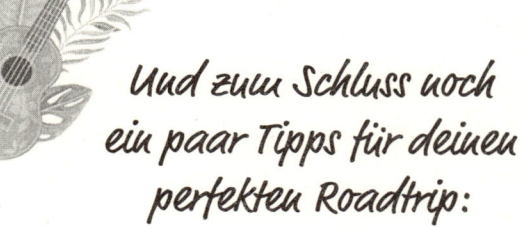

Und zum Schluss noch ein paar Tipps für deinen perfekten Roadtrip:

· Australien ist riesig! Plan dir daher genug Zeit für die langen Fahrtstrecken ein.

· „Take nothing but photos, leave nothing but footprints" – Sei achtsam in der Natur unterwegs.

· Stell dir an einem Tag einen Wecker, sodass du den Sonnenaufgang über dem Meer beobachten kannst.

· Ein Roadtrip ist kein Roadtrip ohne deine Lieblingsmusik. Die Songs, die du hörst, während du durch die unvergleichliche australische Landschaft fährst, werden dich für immer an dein Abenteuer erinnern! ♥

Leseprobe

Lorena Schäfer
The Dreams we chase

LEXI

»*Meine Damen und Herren, wir befinden uns im Landeanflug auf Sydney. Bitte klappen Sie nun die Tische vor Ihnen nach oben und bringen Sie Ihre Sitzlehne in eine aufrechte Position.*«

Schlaftrunken richtete ich mich in meinem Sitz auf. *Wach werden, Lexi! Das ist der Moment, auf den du so lange gewartet hast!*

Ich rieb mir die Augen und lehnte mich zur Seite, um durch das kleine Fenster nach draußen zu spähen. Unter mir erstreckte sich der glitzernde Ozean. Das Flugzeug neigte sich zur Seite, flog eine große Schleife, und dann konnte ich tatsächlich die leuchtend weißen Segel der Oper von Sydney neben der Harbour Bridge erkennen. Ich stieß einen kleinen Freudenschrei aus, was den Mann neben mir besorgt aufschauen ließ.

In der letzten Nacht hatte ich vor Aufregung kaum ein Auge zugemacht, weil ich so aufgeregt gewesen war. Es passierte wirklich! Ich zog nach Emerald Bay, zwei Stunden nördlich von Sydney, wo ich an der Uni für den Studiengang Meeresbiologie angenommen worden war. Nicht gerade typisch für ein Mädchen aus dem Outback, doch es war schon seit Jahren mein Traum. Und ich hatte alles dafür getan, dass er wahr wurde.

Mit einem Ruck setzte das Flugzeug auf dem Boden auf und rollte auf die Landebahn. Ich packte meine Kopfhörer und meine Jacke in meinen Rucksack und wartete geduldig, bis ich endlich aussteigen konnte.

Auf dem Weg zum Gepäckband betrachtete ich mit einem Grinsen im Gesicht die vielen Menschen um mich herum. Wo ich herkam, sah man meistens nicht mehr als eine Handvoll Leute in einer ganzen Woche. Während ich wartete, bis sich das Kofferband in Bewegung setzte, zog ich mein Handy aus meiner Hosentasche und schaltete den Flugmodus aus. Sofort kam eine Nachricht von Emma. *"Bist du gut gelandet???"* Meine große Schwester hatte mich kaum ins Flugzeug steigen lassen wollen. Ich schluckte und tippte: *"Alles super. Vermiss dich jetzt schon!"* Dann löschte ich den letzten Satz wieder und schrieb stattdessen: *"Melde mich, wenn ich im Wohnheim angekommen bin. <3"* Emma sollte sich auf keinen Fall Gedanken um mich machen. *Ich* hatte entschieden, tausende Kilometer weit wegzuziehen, und es würde großartig werden. Nein, es würde *perfekt* werden, dafür würde ich schon sorgen.

Ich öffnete meine Kalender-App und ging noch einmal meine Planung durch. Tatsächlich hatte ich es geschafft noch heute einen Termin bei der Dekanin, Professor Wong, zu bekommen. Ich würde direkt nach der Ankunft in ihr Büro gehen. Morgen war die Einführungsveranstaltung für die Erstsemester und der Rundgang durch die Labore, und in drei Tagen starteten endlich die Vorlesungen. Mein Herz klopfte schneller. Ich ging wirklich an die Uni! Und nicht nur *irgendeine* Uni. Emerald Bay hatte einen hervorragenden Ruf. Auf der Website und in den Broschüren hatte der Ort, der direkt am Meer lag, wunderschön ausgesehen, und ich konnte es kaum erwarten. *Vielleicht lernst du ja heute Abend schon all deine Kommilito-*

nen im Wohnheim kennen? Oder machst eine Tour über den ganzen Campus? Oder gehst direkt zum Strand?* Meine Gedanken überschlugen sich fast bei der Aussicht auf all die neuen Erfahrungen, die auf mich warteten.

Der quietschgrüne große Koffer, den ich im Frühling zu meinem achtzehnten Geburtstag bekommen hatte, kam auf dem Gepäckband angefahren, und ich zog ihn mit einem Ächzen herunter. *Okay Lexi, vielleicht wäre es nicht notwendig gewesen* alle *Bücher über Biologie, die du besitzt, mitzunehmen.* So schnell es der schwere Koffer zuließ, lief ich in die Empfangshalle. Ich hatte über die Uni ein Shuttle gebucht, das mich nach Emerald Bay bringen würde. Meine Augen suchten die wartenden Menschen ab und fanden ein Schild, auf dem in schiefen Buchstaben »*Alexis Dunn*« neben dem Logo der Universität stand. Der ältere Herr, der es hochhielt, hatte schneeweiße Haare und ein freundliches Lächeln. Ich ging zu ihm.

»Alexis?«, fragte er mich, als ich vor ihm stehenblieb.

»Hi, ja genau, aber alle nennen mich nur Lexi.«

Er reichte mir die Hand. »Herzlich willkommen! Ich bin Louie, dein Fahrer.«

„Hallo Louie." Ich strahlte ihn an.

»Dann wollen wir mal«, sagte Louie und wollte meinen Koffer nehmen. Als er merkte, wie schwer er war, hob er ihn schnaufend mit beiden Händen nach oben, und ich blickte ihn entschuldigend an.

Louie stieß ein tiefes Lachen aus. „Bücher?"

Ich nickte und grinste.

Als wir aus dem Flughafengebäude traten, schlug mir ein warmer Wind entgegen. Es war das komplette Gegenteil zu daheim, wo die Luft in der sengenden Hitze des Outbacks meistens stillstand.

Louie öffnete den Kofferraum eines Mini-Vans und verstaute mein Gepäck darin. Ich stieg ein und ließ mich auf eine der Rückbänke fallen.

Louie setzte sich ans Steuer. „Bist du bereit?", fragte er und lächelte mich durch den Rückspiegel an.

„Ja", antwortete ich mit fester Stimme. Und ob ich bereit war! Jede Menge Extrakurse neben der Schule, Forschungs-Camps in den Ferien – in den letzten Jahren hatte jeder meine Schritte auf diesen Moment eingezahlt. Ich konnte nicht aufhören zu grinsen. Es ging wirklich los! Seit ich die Zusage bekommen hatte, konnte ich nur noch daran denken, was mich alles erwarten würde. Die Uni mit den vielen Laboren, das Wohnheim, der Ozean direkt vor der Haustür – es würde bestimmt die beste Zeit meines Lebens werden!

Louie startete den Motor und fuhr los auf den Highway. Der Außencampus in Emerald Bay gehörte offiziell zur Universität von Sydney. Früher hatte ich davon geträumt, hier in der Großstadt zu studieren, da ich nicht wusste, dass die Forschungsstation der Meeresbiologie in dem kleinen Küstenort angesiedelt war. *Hast du etwa gedacht, dass man an der Uni Wale direkt neben der Harbour Bridge im Hafenbecken von Sydney beobachtet?*, kam mir wieder diese eine bestimmte Stimme in den Kopf und dann das Lachen der anderen Teilnehmer beim Whale Watching im Feriencamp vor zwei Jahren. Schnell sah ich aus dem Fenster, wo die Häuser der Vororte an uns vorbeiflogen.

„Mein Enkel Cameron studiert auch an der Universität", erklärte Louie. "Dir wird es bei uns gefallen – du hättest dir keinen besseren Ort aussuchen können."

"Wenn es genauso schön ist wie auf den Fotos…"

"Es ist in Wahrheit noch schöner."

Ich grinste. "Sie sind ein guter Tourismusbeauftragter, Louie." Wenn in Emerald Bay alle so nett waren wie er, würde es wirklich toll werden.

Louie lachte. "Glaub mir, wenn du erst einmal dort bist, wirst du wissen, was ich meine. Kein Foto kann diese besondere Stimmung einfangen."

Meine Haut kribbelte vor Aufregung.

"Du kommst aus dem Red Centre?", fragte Louie.

"Ja, aus Warraweena", antwortete ich, auch wenn ihm dieser Ort bestimmt nichts sagen würde. Außer unserer Schaffarm und zwei weiteren Häusern gab es dort nichts. "Sieben Stunden von Adelaide entfernt."

Louie pfiff durch die Zähne. "Das ist wirklich mitten im Outback."

Das Outback. Meine Familie wohnt dort schon, seitdem Dads Vorfahren vor über einem Jahrhundert aus England mitten ins Herz von Australien ausgewandert waren. "Man hat uns von einer grünen, regnerischen Insel in die heiße Wüste verpflanzt", sagte Dad immer wieder. "Was haben sie sich damals nur dabei gedacht?" Außer Mum hatten wir alle rötliche Haare, und unsere blasse Haut war ganz besonders anfällig für einen Sonnenbrand in der australischen Hitze. Doch Dad liebte die Farm und die Abgeschiedenheit. "Ich kann mir nicht vorstellen, irgendwo anders zu leben", hatte er mir einmal erklärt. Mum ging es genauso, und Emma war dabei, in ihre Fußstapfen zu treten. Nur ich hatte als einzige in der Familie einen ganz anderen Traum.

Die drei hatten die Idee gehabt, mich mit dem großen Familien-Van bis nach Emerald Bay zu bringen, doch ich hatte es ihnen zum Glück ausreden können. Die Fahrt würde fast zwanzig Stunden dauern, und der Arbeitsausfall auf der Farm wäre teuer. Nein, ich hatte mich dazu entschieden, für mein Studium wegzugehen, also würde ich es auch alleine schaffen.

Mum und Dad hatten es sich allerdings nicht nehmen lassen, mich nach Adelaide zum Flughafen zu fahren, und die Stimmung zwischen uns war bis zum Abschied komisch gewesen. Auf der langen Fahrt durch das Outback hatten wir vor allem geschwiegen. Die einsame rote Landschaft war an mir vorbeigezogen, und ich hatte nicht gewusst, was ich sagen sollte. Mir war klar, dass meine Eltern sich eigentlich wünschten, dass ich bleiben würde. Dads Brüder lebten nur einen Ort weiter, und Mum stammte von einer Rinderfarm etwas nördlich. All meine Cousins und Cousinen wollten ebenfalls in der Nähe bleiben. Doch ich hatte mich vor einigen Jahren in den Ozean und die Meeresbiologie verliebt. Und seitdem ging mir dieser Traum nicht mehr aus dem Kopf. Emma hingegen war die Tochter, die die Arbeit auf der Farm liebte. Sie war Dad schon früher überallhin gefolgt, während ich mich in meinem Zimmer hinter meinen Büchern verkrochen hatte. Trotzdem war sie meine beste Freundin und verstand mich besser als jeder andere Mensch. Als ich die Zusage für den Studiengang bekommen hatte, war sie mit mir durch mein Zimmer getanzt.

„Ich werde dich so vermissen", hatte sie geflüstert und mich dabei fest umarmt.

„Komm mit", hatte ich halb im Scherz, halb ernst geantwortet. Aber Emmas Plan war es, die Farm eines Tages zu übernehmen. Sie hatte ihren Highschoolabschluss nur gemacht, weil Mum und Dad darauf bestanden hatten.

Ich seufzte leise und pustete meinen Pony aus dem Gesicht. Eigentlich hatte Emma ihn noch einmal kürzen wollen, doch in der Aufregung der letzten Tage hatte ich das total vergessen. In Zukunft würde ich das wohl alleine machen müssen.

Lexi, du wirst bald am Meer studieren! Du wirst dich jeden Tag mit Naturwissenschaften und Büchern befassen und alles für den Artenschutz tun, so wie du es wolltest. Und du wirst deiner Familie zeigen, dass dein Weg der richtige für dich ist!

Trotzdem hatte sich zwischen all der Vorfreude ein winziges Zwicken in meine Magengegend geschlichen. Als ich mir in meinem Zimmer daheim ausgemalt hatte, wie ich endlich aufbrechen würde, war es noch nicht dagewesen, und jetzt verunsicherte es mich.

Louie deutete aus dem Fenster, und ich drehte meinen Kopf, um nach draußen zu sehen. Wir fuhren an einer wunderschönen Bucht vorbei, und das Sonnenlicht tanzte auf dem Wasser. Sofort fühlte ich mich besser und lächelte in mich hinein. Ich war hier, um meinen Traum zu erfüllen. Und es würde einfach wunderschön werden.